SATURA

Holly Martin

Natale al Lilac Cottage

Romanzo

Traduzione di Laura Contrada

LEONE EDITORE

Holly Martin
Natale al Lilac Cottage

ISBN 978-88-6393-513-4

Titolo originale: Christmas at Lilac Cottage

Traduzione: Laura Contrada

www.leoneeditore.it

Capitolo 1

Il timer del forno trillò e Penny si affrettò a posare l'album da disegno per prendere le presine. Quando aprì lo sportello del forno, una deliziosa zaffata fruttata invase la cucina, facendola sorridere emozionata. I tortini erano dorati e ben cotti, la pastasfoglia aveva un aspetto croccante; li trasferì velocemente su una griglia perché si raffreddassero e diede una rapida mescolata al caldo vino speziato che sobbolliva sui fornelli.

Lanciò un'occhiata alle ghirlande di foglie verdi che ornavano il camino e alle piccole lampadine bianche che le circondavano; le luci che decoravano le finestre conferivano alla stanza un bagliore scintillante che rischiarava il grigiore di quel pomeriggio d'inverno inoltrato. Sapeva che la porta della dépendance attigua aveva un aspetto altrettanto accogliente, frutto di ore intere trascorse ad agghindarla a festa in occasione dell'arrivo dei nuovi inquilini.

Era tutto perfetto e Penny non vedeva l'ora di incontrarli.

Era stata l'agenzia incaricata di trovare degli inquilini per la sua dépendance a consigliarle Henry e Daisy Travis. Penny avrebbe preferito una donna nubile come lei, ma la giovane coppia vantava ottime referenze e non aveva figli.

Non che avesse alcun problema con i bambini: anzi, li adorava. A un certo punto della sua vita aveva persino fantasticato di averne di suoi, ma il desiderio l'aveva presto abbandonata. Ormai voleva soltanto fare amicizia con delle persone che si trovassero allo stesso punto della vita in cui si trovava lei.

Una per una le sue amiche si erano sposate e avevano avuto dei figli, e ogni nascita celebrata in paese aveva contribuito alla sua crescente sensazione di isolamento: all'improvviso tutti avevano qualcuno da amare e di cui prendersi cura, mentre Penny aveva soltanto un cane grasso e pigro che si chiamava Bernard. La solitudine era cresciuta dentro di lei a poco a poco fino a diventare quasi tangibile, ma quando la gente le chiedeva se non si sentisse tagliata fuori, lì da sola in cima alla collina, lei sfoderava un sorriso allegro e raccontava di come il suo lavoro non le lasciasse neppure il tempo di pensarci. Tuttavia, nonostante il ruolo di unica intagliatrice di ghiaccio della città le portasse via davvero molto tempo, Penny sapeva bene che accettare così tante commissioni era l'unico modo per distrarsi dalla terribile solitudine che pativa.

Aveva sempre vissuto a Lilac Cottage e non avrebbe mai potuto immaginare di trasferirsi da qualche altra parte. La vista sulla città di White Cliff Bay e sulla costa bianca e rocciosa da cui il paese aveva preso il nome era mozzafiato: poteva restare ad ammirarla per ore senza mai stancarsi. Il cuore della città, però, era distante dieci minuti buoni in auto da casa sua e stava cominciando a mal sopportare quella solitudine che aveva sempre amato.

Affittare la dépendance sarebbe stata un'ottima mossa per fare nuove amicizie e sperava che, anche tenendo separate le loro vite, lei e i suoi vicini potessero comunque avere l'occasione di scambiare quattro chiacchiere ogni tanto.

Penny controllò nuovamente l'orologio con una nervosa eccitazione che le pulsava nelle vene. Aveva cucinato le lasagne per i suoi nuovi inquilini e sperava davvero di poter trascorrere la serata a parlare davanti a un bicchiere di vino e una bella cena.

Sarebbe stato tutto perfetto e non vedeva l'ora di cominciare questo nuovo capitolo della sua vita.

Henry sbatté le mani sul volante quando l'ennesimo semaforo rosso lo costrinse a frenare. In quel paesino che si estendeva per non più di un paio di miglia sembrava esserci un semaforo a ogni angolo della strada, e fino a quel momento li aveva beccati tutti rossi.

Era stato senza dubbio il trasloco peggiore del mondo. Aveva constatato sulla sua pelle che costo e resa del servizio vanno spesso di pari passo. La dépendance in cui si stava trasferendo era già arredata, dunque aveva optato per un semplice furgoncino per trasportare il resto delle sue cose; aveva stupidamente ingaggiato la ditta più economica sulla piazza per portarle a destinazione, e ora la sua roba si trovava sperduta nelle stradine più remote di White Cliff Beach nello Yorkshire invece che a White Cliff Bay nelle campagne del Devon.

E che problemi aveva la gente in città? Faceva così tante domande. Si era fermato a fare benzina all'unico distributore del paese, poi aveva fatto un po' di spesa al supermercato ed era andato in un locale per pranzare con Daisy, e una buona trentina di persone lo aveva avvicinato per farsi raccontare la storia della sua vita. Daisy era stata carina e gentile con tutti e si sarebbe fermata a chiacchierare con chiunque, mentre lui voleva solo essere lasciato in pace e a stento si era trattenuto dal mandarli al diavolo.

Daisy sarebbe rimasta da sua sorella per la notte e francamente non gli dispiaceva affatto, perché era di pessimo umore. Tutto ciò che desiderava in quel momento era raggiungere la sua nuova casa, disfare i bagagli e addormentarsi davanti alla tv o con un buon libro tra le mani.

Sperava soltanto che Penny Meadows, la padrona di casa, non fosse una chiacchierona. Immaginava che una persona che viveva tutta sola in cima a una collina, completamente tagliata fuori dalla vita in città, fosse una specie di eremita a cui piaceva starsene sulle sue. A lui andava più che bene: non voleva nuovi amici e non voleva conversare; voleva soltanto essere lasciato in pace.

Svoltò, imboccando quello che sperava fosse il lungo vialetto d'accesso a Lilac Cottage. Si era già perso tre volte mentre cercava quel dannato posto, e quando si era fermato a chiedere aiuto gli era sembrato che le persone facessero a gara per dargli le indicazioni sbagliate, come se volessero tenerlo lontano dal cottage.

Finalmente lo vide apparire mentre oltrepassava la cima della collina. Aveva creduto che il nome Lilac Cottage derivasse dagli alberi di lillà, ma era evidente che fosse un richiamo al colore viola chiaro delle pareti. Sembrava la casa dei sogni di Barbie! Le lucine colorate che scintillavano allegramente dalle cime degli alberi, tra i cespugli e sulla staccionata che circondava l'abitazione contribuivano a renderla ancor più stucchevole.

Daisy lo avrebbe adorato. Lui rivolse uno sguardo corrucciato alle luci, come se gli avessero fatto un torto indicibile. Stupido Natale. Tutte sciocchezze.

Una Range Rover argentata parcheggiò nello spiazzo e Penny quasi saltellò dalla gioia. Corse verso la porta per andare ad accogliere i nuovi inquilini, ma all'ultimo momento esitò: spalancare la porta prima ancora che avessero il tempo di spegnere il motore sarebbe parso un po' eccessivo e lei non voleva dare l'impressione di essere troppo entusiasta. Contò velocemente fino a dieci e solo allora aprì la porta. L'uomo che trovò in piedi di fronte a lei, avvolto nei fiocchi di neve che gli svolazzavano attorno, era… bellissimo. Era così alto che Penny dovette inclinare la testa per poterlo guardare: aveva occhi color grigio ardesia che la scrutavano torvi, incastonati tra ciglia lunghe e nere, era muscoloso e aveva i capelli ispidi e scuri, sotto i quali un cipiglio infastidito irrigidiva i lineamenti di un viso che altrimenti sarebbe apparso meraviglioso.

«Sono Henry Travis.»

Penny si sentì in dovere di dire qualcosa ma allo stesso tempo le sembrò di non riuscire a formulare frasi sensate. Il cipiglio del suo nuovo inquilino si fece più evidente davanti a quel silenzio fuori luogo e lei si costrinse a ritrovare la voce.

«Penny Meadows, piacere di conoscerla. Venga pure, le mostro la sua nuova casa.»

Gli fece cenno di entrare e lanciò un'occhiata fuori, ma non c'era traccia di Daisy. Magari sarebbe arrivata più tardi. Chiuse la porta e si voltò a mostrargli il salotto, che le sembrò improvvisamente minuscolo rapportato all'enorme stazza di Henry. Cercò di oltrepassarlo per condurlo in cucina, ma era troppo grosso; lui la guardò confuso mentre lei tentava di sgusciare nello spazio ristretto tra il suo corpo e la parete, e soltanto dopo qualche secondo si decise a fare un passo di lato.

Penny entrò in cucina. Si sentiva goffa e impacciata in sua presenza.

«Questa è la porta comunicante» gli disse scioccamente, indicandogli quella che non poteva essere altro che la porta comunicante. Ci mancava solo che aggiungesse: «Questa è la maniglia della porta e quello è un divano».

«Ma abbiamo anche un ingresso indipendente, vero?» chiese Henry.

«Certo. Ma lascerò questa porta sempre aperta, così potrete entrare quando vorrete.»

Il volto di Henry era così corrucciato che riusciva a stento a intravedere i suoi occhi. Fece per seguirla oltre la porta ma picchiò la testa contro il telaio e imprecò a voce bassa, massaggiandosi la fronte.

«Accidenti, mi dispiace. Non pensavo fosse così basso.»

Lui le lanciò un'occhiataccia mentre metteva piede nel suo nuovo salotto. «Caspita, è piccolissimo.»

Penny lo aveva sempre considerato carino e confortevole, ma la sua mole lo faceva sembrare una stanza della casa delle bambole.

«Ehm... qui c'è la vostra cucina e la porta d'ingresso, che dà sul retro del giardino. Quindi immagino che tecnicamente sia anche la vostra porta sul retro.» Ridacchiò nervosa, schiaffeggiandosi mentalmente la fronte per la stupidità di quell'affermazione. «Al piano di sopra ci sono le due camere da letto e il bagno.» Penny tremò pensando a quanto Henry avrebbe trovato stretto il bagno. Si sarebbe dovuto quasi accartocciare su se stesso per riuscire a passare sotto il soffitto inclinato della doccia.

In due soli passi da gigante lui raggiunse la cucina e si guardò intorno scuotendo la testa, probabilmente sconcertato dalle dimensioni minute della stanza.

Si voltò indietro verso Penny e forse scorse il disperato barlume di speranza negli occhi della donna, perché il suo viso si addolcì leggermente. «È deliziosa, davvero, e poi è solo per pochi mesi. Sono sicuro che riuscirò a ricordarmi di chinarmi quando passo sotto le porte, almeno fino a che non troveremo un posto migl… più grande.»

Penny cadde dalle nuvole. «Per pochi mesi?»

Henry annuì. «Stiamo cercando una casa giù in città. Rob dell'agenzia immobiliare dice che dovrebbe liberarsi qualcosa per marzo o aprile al più tardi. Non le aveva detto che si trattava di un accordo a breve termine?»

Penny ingoiò la delusione e scosse la testa. Aveva provato ad affittare la dépendance senza successo per mesi interi e quando si era convinta a lasciarla nelle mani dell'agenzia anche loro avevano faticato a trovare degli inquilini. Nel giro di qualche tempo però Henry e Daisy se ne sarebbero andati e lei sarebbe tornata sola.

Si sforzò di stiracchiare un sorriso, determinata a trascorrere quei pochi mesi nel migliore dei modi possibili. «Veniamo a noi: ho sistemato un letto anche nella seconda camera, ma se preferite usarla come studio o in qualche altro modo, posso spostarlo senza problemi.»

Henry la guardò come se fosse fuori di testa. «No. Abbiamo chiaramente bisogno di due letti.»

Penny sbatté le palpebre. Magari dormivano in stanze separate; conosceva molte coppie che per un motivo o per l'altro avevano adottato questa soluzione. Per quanto la riguardava, non avrebbe mai dormito lontana da suo marito, ma dopotutto non ne aveva mai avuto uno, quindi chi era lei per giudicare?

«Perfetto. Io, ehm… ho preparato dei tortini e del vino, se ha voglia di mettere qualcosa sotto i denti prima di disfare i bagagli.»

«No, preferirei sistemare la mia roba prima che faccia buio. In realtà la maggior parte delle cose arriverà solo domani: la ditta di traslochi si è persa ed è finita dall'altra parte del Paese.»

«Oh no, che seccatura» commentò Penny. Magari era quello il motivo del suo cipiglio perenne. «Se vuole posso aiutarla a scaricare la macchina. Ho cucinato anche delle lasagne, dunque se lei e Daisy non doveste avere voglia di mettervi ai fornelli stasera, siete più che benvenuti a cenare da me.»

«Daisy starà da mia sorella questa notte.»

«Be', lei può venire comunque...» La voce di Penny si spense in un sussurro. Era molto sconveniente cenare con il marito di un'altra donna? Si trattava soltanto di una cena, ma la serata tranquilla con i suoi nuovi vicini si stava trasformando in qualcosa di troppo intimo, ora che erano rimasti solo in due. Henry doveva essere della stessa opinione perché a quelle parole le sue sopracciglia schizzarono verso l'alto. «Oppure posso portargliene una porzione da mangiare qui in tutta tranquillità.» C'era qualcosa di ancora più deprimente nell'immagine di loro due che cenavano da soli, ognuno nella propria cucina.

«Devo disfare le mie cose entro stasera e sistemare tutto prima che le cianfrusaglie di Daisy sommergano questo posto. Potrebbe riempire la casa intera con le sue sciocchezze, perciò sarà meglio che trovi in fretta un po' di spazio per la mia roba. Magari ordinerò una pizza e la mangerò mentre metto in ordine.»

Penny incassò il rifiuto senza perdere il sorriso falso che si era stampata sul viso. «Lasci almeno che la aiuti con gli scatoloni.»

«Veramente io...»

«In due impiegheremo meno tempo, e poi sta iniziando a nevicare: prima cominciamo, meglio è.»

Henry si trovò costretto ad annuire. Penny lo seguì fino alla macchina e non riuscì a impedire che i suoi occhi indugiassero sul fondoschiena dell'uomo per qualche secondo. Che cosa le diceva la testa? Era sposato!

Penny era delusa che lui non avesse degnato il panorama neanche di uno sguardo, perdendosi il sole che impreziosiva le onde con ghirlande scarlatte e dorate. Henry aprì il portabagagli, estrasse uno scatolone e glielo passò. A giudicare dalla grazia dei suoi movimenti, non avrebbe mai sospettato che fosse così pesante e le dita le cedettero, lasciando che lo scatolone precipitasse per terra e che una pila di libri ruzzolasse fuori, sparpagliandosi sul vialetto di ghiaia.

«Mi dispiace così tanto! Pensavo fosse più leggero.»

Lui la guardò incredulo. Penny si inginocchiò e si affrettò a riporre i libri nello scatolone, notando che conteneva le migliori opere di Ernest Hemingway, John Steinbeck e James Lee Burke, classici di Dickens e Thomas Hardy e vari titoli di Tolkien, Dan Brown e Iain Banks. Amava gli uomini a cui piaceva leggere.

Henry sospirò sommessamente. «Lasci, ci penso io. Lei prenda questo: contiene dei cuscini, quindi dovrebbe riuscire a portarlo dentro intero.»

Penny afferrò lo scatolone e notò il sarcasmo nelle sue parole. Non stava andando per niente bene.

Si diresse verso casa e raggiunse il salotto della dépendance; si chiese dove avrebbe potuto sistemare lo scatolone perché non gli desse fastidio, ma concluse che gli sarebbe stato tra i piedi comunque perché i suoi piedi riempivano tutta la stanza. Aveva detto che erano cuscini, quindi la soluzione migliore era portarli direttamente al piano di sopra. Si voltò e se lo ritrovò davanti mentre si chinava per passare sotto la porta; sbatté contro di lui che urtò una pianta sullo scaffale alle sue spalle. Penny rimase pietrificata a guardare il vaso che si schiantava contro il pavimento spargendo terra scura sul tappeto color crema.

Henry alzò gli occhi al cielo e sospirò pesantemente.

«Miseriaccia! Vado subito a prendere l'aspirapolvere.»

«La prego di non fraintendere, ma sarebbe meglio se qui finissi io. Non c'è abbastanza spazio per entrambi e finiremmo per intralciarci a vicenda.»

«Ha ragione, mi perdoni. Non sono per niente d'aiuto, non è vero? Mi lasci soltanto pulire questo disastro e...»

«Ci penso io.» Henry stava cercando di mantenere la calma, ma la sua irritazione era palese.

Penny annuì e arretrò fino alla sua cucina. «Be', sentitevi liberi di entrare attraverso la porta di casa mia, è il modo più rapido per...»

«Penso proprio che useremo il nostro ingresso, non si preoccupi.»

Un'ondata di delusione la travolse a quella silenziosa dichiarazione d'indipendenza.

«Magari dovrei farle vedere alcune cose, per esempio come funziona il forno e...»

«Sono certo di poterci arrivare da solo e se così non fosse so dove trovarla.» Henry abbozzò un sorriso. «La ringrazio per il suo aiuto. Ci si vede.»

Lui chiuse la porta comunicante e Penny rimase a fissare la sua ombra attraverso il vetro satinato, ripensando al saluto che le aveva rivolto: *ci si vede*.

Deglutì rattristata. Era stata una sciocca a pensare che avrebbero utilizzato la porta comunicante come ingresso principale, passando per la sua cucina ogni volta che entravano in casa, e magari fermandosi a prendere una tazza di tè o a cenare con lei tutti i giorni. Avevano pur sempre una vita loro. Erano soltanto i suoi inquilini, nulla di più. Diventare suoi amici non era di certo in cima alla lista delle loro priorità, specialmente considerato che non si sarebbero trattenuti a lungo a Lilac Cottage.

Osservò Henry guardarsi intorno e poi lo vide muoversi per la stanza, dopodiché sentì il rumore di mobili trascinati lungo il pavimento. L'ombra della libreria si stagliò contro la vetrata della porta, bloccando la luce che entrava dalla dépendance, e non si mosse più: Henry non aveva alcuna intenzione di usare la porta comunicante, né ora né mai, e aveva eretto una muraglia per tenerla fuori da casa sua.

Penny avvertì le lacrime agli angoli degli occhi, ma le ricacciò indietro, stizzita. Era stata rifiutata.

Capitolo 2

Penny tirò su la zip della felpa ed entrò nella stanza refrigerata passando per la cucina; il termostato era impostato su una temperatura molto bassa e sentì l'aria ghiacciata avvolgerla all'istante. Fortunatamente i vestiti pesanti che indossava protessero gran parte del suo corpo da quell'ondata gelida, lasciando soltanto le mani e il viso a patire il freddo.

Si guardò intorno nello spazio rinnovato di recente: era molto più carino e spazioso di prima e lavorare lì dentro era davvero piacevole. Era una stanza larga, con i macchinari per produrre i blocchi di ghiaccio allineati lungo una parete, così che il centro rimasse libero per lavorare. Il pavimento e le pareti erano stati piastrellati per mantenere costante la bassa temperatura e per facilitarle le pulizie.

Sollevò il coperchio di uno dei macchinari e guardò all'interno: l'acqua oscillava lentamente e manteneva il ghiaccio puro e limpido. Penny notò che era parzialmente congelata sul fondo: era il momento perfetto per aggiungere alcune delle decorazioni che i suoi clienti avevano richiesto; questo, in particolare, desiderava luci a led e fiocchi di neve. Lasciò cadere una manciata disordinata di fiocchi glitterati al centro del blocco di ghiaccio in formazione e aggiunse le lucine, spingendole verso il basso per non farle galleggiare sulla superficie dell'acqua, sistemando i cavi di lato. Aveva un aspetto magico e sapeva che il risultato finale sarebbe stato ancora più bello.

La cabina freezer si trovava sul lato opposto della stanza e Penny aprì il portello. Numerosi blocchi di ghiaccio allineati lungo la parete scura attendevano pazientemente di essere trasformati in piccole opere d'arte, mentre una decina di sculture pronte aspettavano soltanto di essere acquistate.

Erano passati dieci anni da quando aveva cominciato a intagliare il ghiaccio. Non si stancava mai di ammirare la bellezza di una scultura terminata e si era sempre sentita orgogliosa di tutti i suoi capolavori. Nemmeno intagliare i cigni la annoiava, sebbene fossero le sculture che si ritrovava a realizzare più spesso, soprattutto per i matrimoni.

Penny afferrò uno dei blocchi di ghiaccio che riposava su una piattaforma con le ruote e lo tirò fuori dalla cabina freezer, chiudendosi il portellone alle spalle. Bloccò le ruote e studiò la tela trasparente di fronte ai suoi occhi.

Quello sarebbe diventato un albero di Natale. Un paio d'ore prima aveva incollato lo schizzo alla superficie fredda del blocco e adesso era pronta a intagliarlo. Infilò i guanti e gli occhiali di sicurezza, e prese la smerigliatrice per tracciare i contorni dell'immagine; la punta sottile dell'attrezzo era perfetta per quel lavoro. Non dovette concentrarsi troppo: a rifinire i dettagli avrebbe pensato in seguito.

Poteva trascorrere ore intere lì dentro a perfezionare ogni curva, ghirigoro, foglia e piuma. Quand'era in quella stanza non pensava ad altro se non a scolpire, cesellare, raschiare, tagliare e creare pezzi unici e intricati. Era proprio quello il motivo per cui amava così tanto rintanarsi lì dentro: non c'era spazio nella stanza per i cittadini di White Cliff Bay e le loro vite, che sembravano andare avanti inesorabilmente mentre lei rimaneva immobile, cristallizzata nel tempo; non c'era modo di pensare alla sua solitudine e farsi divorare dall'idea che quella stessa solitudine sarebbe stata, negli anni, la sua unica compagna. Riusciva a perdersi nelle sue sculture per ore, senza mai farsi sfiorare da questi pensieri tristi, ma bastava rimettere piede fuori dal suo cantuccio freddo per riscaldarsi un po', perché il mondo reale tornasse prepotentemente a visitarla.

Finì di tracciare i contorni della futura scultura e prese la motosega per tagliare via il ghiaccio in eccesso. Non pensò a Henry e ai suoi occhi grigi, né alla sensazione che la sua solitudine fosse esponenzialmente aumentata da quando lui aveva usato una libreria intera per chiuderla fuori dalla sua vita.

Henry esitò di fronte alla porta di casa di Penny, incerto se bussare o meno. Proprio nel momento in cui si decise ad agire, però, la vide entrare in cucina. Indossava dei pantaloni impermeabili neri e una felpa dello stesso colore che facevano risaltare perfettamente tutte le sue curve e le davano un aspetto davvero sensuale. Gli sembrò che fosse pronta a saltare in sella a una motocicletta e sparire nel tramonto.

La vide sfilarsi gli stivali da lavoro e sbottonarsi la felpa e, non sapendo se sotto indossasse altri vestiti, si affrettò a distogliere lo sguardo. Soltanto dopo qualche secondo si arrischiò a lanciarle un'occhiata: notò con sollievo che indossava una canottiera e che sotto i pantaloni impermeabili portava dei leggings neri. Penny appese gli abiti in un armadio e si infilò una felpa di una taglia decisamente troppo grande che gli nascose alla vista tutte quelle attraenti curve. I boccoli castani che prima le scivolavano lungo la schiena erano raccolti in una coda disordinata. Era scarmigliata e sfatta e terribilmente adorabile. I suoi occhi verdi però sembravano tristi ed Henry si chiese se fosse stato lui a causarle quella sofferenza.

Abbassò gli occhi sul mazzo di rose bianche che aveva tra le mani e si chiese se non fossero una mossa sbagliata. Non voleva che lo considerasse un gesto romantico.

Finalmente Penny lo notò e lui la salutò con la mano. Lei non ricambiò: la persona allegra che si era trovato davanti prima era scomparsa e la scintilla nei suoi occhi verdi si era spenta. La vide sospirare visibilmente e avvicinarsi per aprirgli la porta.

Tanti piccoli fiocchi di neve vorticarono tra di loro, posandosi sulle sue ciglia e i suoi capelli. C'era qualcosa in lei che lo intrigava. Era bella, certo, non poteva negarlo... ma non era soltanto il suo aspetto esteriore ad attirarlo.

Henry le porse le rose. «Le chiedo scusa per come mi sono comportato prima. È stato il trasloco peggiore nella storia dei traslochi. È andato tutto storto, anche prima che arrivassi qui. Ero arrabbiato e stanco e mi dispiace. Mi chiedevo se l'invito per le lasagne e il dolce fosse ancora valido.»

Penny lo fissò smarrita. «Io, ehm...» Si guardò intorno alla ricerca di una scusa da rifilargli; si vedeva che la sua presenza non le faceva piacere e lui si sentì un completo cretino. Ci avrebbe messo un bel po' a farsi perdonare. Fortunatamente non le venne in mente nulla da usare come alibi, perciò si costrinse ad annuire e gli fece cenno di entrare.

Henry le porse di nuovo le rose e stavolta lei le accettò.

«Ho visto che ha spostato la libreria» disse lei, tentando senza successo di mantenere un tono di voce noncurante.

Doveva averla ferita molto con quella mossa.

«Posso rimetterla dov'era, io... la rimetterò dov'era.»

«Non c'è nessun problema. È casa sua, può farne ciò che vuole.» Penny si strinse nelle spalle.

Non si era nemmeno chiesto come avrebbe reagito davanti alla porta bloccata. Era scontato che non le avrebbe fatto piacere.

«Mi lasci spiegare. Nell'ultimo posto in cui abbiamo vissuto, oltre alla porta principale e alle finestre, di notte chiudevamo a chiave anche le porte delle nostre camere da letto e io dormivo con una mazza da baseball sotto il letto. Ci siamo trasferiti qui proprio perché è un posto più tranquillo e farà bene a Daisy. Siete tutti così gentili e disponibili in città... Ci vorrà soltanto un po' di tempo per farci l'abitudine. Sono mortificato di averla ferita. Rimetterò a posto la libreria stasera stessa.»

Penny ammirò i fiori e si ammorbidì visibilmente. «Sistemo questi in un vaso e poi preparo la cena.»

Henry si lasciò sfuggire un sospiro di sollievo.

«Gradisce un bicchiere di vin brulé mentre aspetta?» Penny riempì un vaso d'acqua e posò i fiori all'interno.

«Sì, grazie. Ha un odore delizioso» disse Henry sedendosi al tavolo da pranzo. La guardò muoversi per la stanza senza riuscire a toglierle gli occhi di dosso, pensando che c'era qualcosa di incredibilmente intrigante in lei.

«È una mia ricetta. In realtà mi limito a unire gli ingredienti.» Penny accese il fornello sotto la pentola e mescolò il contenuto. «Una specie di sangria mista a vin brulé: vino rosso, rum, brandy, succo, frutta e qualche spezia.»

«Sembra bello forte.»

Penny rise e lui notò con piacere che la scintilla nei suoi occhi si era riaccesa.

«Probabile. Non l'ho ancora assaggiato. Per fortuna non dobbiamo guidare.»

All'improvviso una bestia enorme e arruffata dal pelo rosso scuro trotterellò in cucina e si mise ad annusare le lasagne nel forno. Henry rise: non aveva mai visto un animale dall'aspetto più ridicolo in tutta la sua vita.

«Però! Che razza è?»

Penny ridacchiò. «Penso che nemmeno lui lo sappia. Sarà metà setter, metà pastore inglese, metà terranova.»

«Parecchie metà.»

«Lo so. Pensa di essere un cagnolino di piccola taglia: mi sale sempre sulle gambe per farsi accarezzare e poi mi schiaccia fino a togliermi il respiro. Peserà quasi cinquanta chili. Potrebbe farsi cavalcare dai bambini come i pony!»

«Sembra uno dei Muppet.»

«Potrebbe rimanerci molto male... ma lo penso anch'io. Il veterinario dice che non ha mai visto un cane così rosso e con quel pelo così ispido sembra proprio uscito da *Sesamo apriti*. Henry, le presento Bernard. Bernard, questo è Henry, il nostro nuovo vicino.»

Bernard si avvicinò e lo annusò con vago interesse, poi si accucciò sui suoi piedi per farsi coccolare. Henry gli accarezzò la testa e la pancia, e si voltò a guardare Penny che lo stava osservando con un sorriso in volto, ma distolse rapidamente lo sguardo.

Lui la fissò mentre riempiva due alti calici di vino speziato e li portava a tavola. Penny porse a Henry il suo bicchiere.

«Vogliamo fare un brindisi?» suggerì.

«Che ne pensa di: ai nuovi inizi?»

Lei lo guardò e gli sorrise, poi fece tintinnare il bicchiere contro il suo.

I suoi occhi grigi la fissavano intensamente, come se stessero cercando risposte a domande lasciate in sospeso. Henry bevve un sorso di vino dal suo calice senza staccarle gli occhi di dosso e Penny notò solo in quel momento che non portava la fede.

«Grazie per aver decorato a festa anche la nostra porta. Daisy la adorerà.»

«È stato un piacere. Non vi ho preso un albero di Natale perché ho pensato che avreste voluto sceglierne uno tutto vostro.»

«Daisy ne sarà contenta, grazie.» Henry le sorrise e il cuore di Penny saltò un battito.

Non era mai stata il tipo di donna che si innamora di un semplice sorriso, ma il suo era talmente perfetto da illuminargli tutto il volto. Non era facile ricordare che era sposato. Si concentrò su Bernard per qualche secondo per non fissare il suo sorriso meraviglioso.

«Allora, cosa vi porta a White Cliff Bay?» chiese infine, bevendo un sorso di vino.

«Soprattutto il lavoro. Ho trovato un posto alla White Cliff Bay Furniture Company; comincio dopo Natale.»

Penny sgranò gli occhi. «Come falegname?»

Lui annuì. Ecco spiegato il mistero dell'anello: faceva un lavoro manuale, proprio come lei, e maneggiare gli attrezzi del mestiere indossando dei gioielli poteva essere pericoloso.

«Complimenti, sono davvero molto selettivi con i loro dipendenti» commentò Penny. «Ho sentito dire che ogni volta che pubblicano un annuncio rispondono almeno cinquecento candidati. Fanno dei colloqui assurdi, vero?»

«Sì, sembrava di essere a *The Generation Game* con tutti i compiti che ci assegnavano. Ci hanno fatto vedere una sola volta come realizzare un progetto e poi ci hanno chiesto di replicarlo in breve tempo con la massima cura. Il colloquio è durato un giorno intero: la mattinata era incentrata sulle abilità manuali e nel pomeriggio un gruppo di ben sette intervistatori mi ha tenuto sotto torchio per più di due ore. Quando sono uscito mi sembrava di aver corso una maratona!»

«Assumono soltanto i migliori, quindi deve aver fatto qualcosa che li ha davvero colpiti. Sarà un ottimo trampolino di lancio se deciderà di cambiare lavoro in futuro. Tutti sanno che è un'azienda davvero prestigiosa.»

Henry bevve un lungo sorso. «Non ho programmi per adesso. Mi piacerebbe rimanere a White Cliff Bay per un bel po'.»

Il modo in cui lo disse, guardandola dritta negli occhi, le causò un brivido lungo la spina dorsale. Stava per caso flirtando con lei? Penny scacciò quel pensiero così stupido dalla sua testa con un bel sorso di vino. Era speziato, fruttato e, come aveva predetto Henry, davvero molto forte.

Riuscì a fatica a distogliere lo sguardo da quello di lui e si impose di alzarsi in fretta per andare a mettere in tavola le lasagne.

«Ha sempre fatto il falegname?»

«Sì. È un lavoro che adoro. Amo creare pezzi unici con le mie mani. Ho disegnato e venduto dei mobili in proprio ma ho scolpito anche gioielli e statuette di legno. Diciamo che questo è più un passatempo, una cosa che mi piace fare nel mio tempo libero. Quelli dell'agenzia mi hanno detto che a lei non dispiacerebbe se utilizzassi il suo capanno degli attrezzi come bottega; ne è sicura?»

Penny annuì. «Ma certo! È enorme e io ne uso soltanto una piccola parte, quindi si senta libero di usarlo come meglio crede. Mi farebbe veramente piacere vedere alcune delle sue creazioni. Sa, io ho un lavoro molto simile al suo.»

«Di che cosa si occupa?»

«Intaglio il ghiaccio.»

«Forte. C'è molta richiesta in questo settore?»

Penny gli servì il piatto di lasagne e si sedette per mangiare con lui. «Vuole sapere se mi pagano abbastanza da potermi permettere questa casa?»

Gli occhi di Henry si allargarono leggermente. «Mi perdoni, sono stato inopportuno. Faccia come se non avessi detto nulla. Anch'io odio quando la gente si impiccia del mio lavoro e della mia situazione economica. Non sono affari che mi riguardano.»

«La casa apparteneva ai miei genitori, ma si sono trasferiti in Italia anni fa e l'hanno lasciata a me e mio fratello. Lui vive in una città poco distante da qui e nel tempo ho acquistato la sua metà. Sono l'unica intagliatrice di ghiaccio nel raggio di parecchi chilometri e ogni settimana ricevo commissioni per matrimoni, congressi, feste… Spesso devo rifiutare una richiesta perché non ho tempo per portarla a termine. È un lavoro che paga molto bene.»

Henry sembrava sorpreso ma ormai Penny si era abituata a quel genere di osservazioni: poche persone prendevano il suo lavoro sul serio e in tanti dubitavano che fosse in grado di mantenersi semplicemente intagliando il ghiaccio.

«E, ehm… c'è anche un signor Meadows da qualche parte?»

Penny infilzò un pezzo di lasagna con la forchetta. Perché le persone pensavano che avesse per forza bisogno di un uomo per essere felice? Lei stava benissimo da sola.

«Dal modo in cui sta torturando quelle lasagne direi che ho toccato un nervo scoperto. Mi perdoni di nuovo.» Penny sorrise osservando le lasagne massacrate. «Gliel'ho chiesto soltanto perché la felpa che indossa mi sembrava troppo grande per essere sua» disse Henry.

«Mi piacciono le felpe larghe, le trovo molto comode. Non c'è nessun signor Meadows comunque; non c'è mai stato.

Tutti in città credono che a quest'ora avrei già dovuto avere un marito e dei figli, perciò è un argomento un po' stressante. Io... mi hanno spezzato il cuore in passato e non penso di avere il coraggio di innamorarmi di nuovo.»

Guardò il piatto con orrore. Per quale motivo gli aveva detto quelle cose? Lo conosceva a malapena! Quanto vino aveva bevuto per ritrovarsi con una lingua così sciolta? E poi non era neanche vero: non si teneva alla larga dagli uomini perché aveva paura di una nuova relazione; semplicemente stava meglio da sola. Era tutto più facile così. Bevve l'ultimo sorso di vino e si alzò da tavola per andare a versarsene un altro bicchiere.

«Insomma, adesso che vive a White Cliff Bay dovrà partecipare al ballo della vigilia di Natale» disse, tentando disperatamente di cambiare discorso. «Daisy lo adorerà: ci sono musica e buon cibo, e si balla. Quest'anno ci sarà anche un'importante gara tra intagliatori di ghiaccio.»

«Non credo che il ballo mi si addica. Sono troppo grosso per danzare con grazia.»

«Ma ci vanno tutti. Sarà un'ottima occasione per fare nuove amicizie e sono sicura che Daisy ci rimarrebbe malissimo se non ci andasse.»

Henry sembrava ancora poco convinto.

«È per beneficienza, non può rifiutare.»

Lui le sorrise di nuovo e lei si maledisse. Si stava comportando come una stupida adolescente alla prima cotta.

«Be', se è per beneficienza, allora immagino di non poter proprio dire di no.»

Penny sorrise e scosse la testa. Notò che Henry aveva finito di mangiare e si alzò per portare il piatto vuoto nel lavandino. «Che ne dice di andare in salotto? Si sta più comodi.»

Ma che stava facendo? L'ultima cosa che avrebbe dovuto fare era mettersi comoda sul divano accanto a un uomo tanto affascinante quanto sposato. Henry però si era già incamminato insieme al suo nuovo migliore amico Bernard.

Penny lo guardò. Poteva farcela, era perfettamente in grado di trovarsi nella stessa stanza con un uomo da cui era così attratta senza saltargli addosso. Le venne da ridere. Non c'era mai saltata addosso a nessuno in tutta la sua vita e di certo non avrebbe cominciato proprio ora. Approcciarsi o anche soltanto intavolare una conversazione con un uomo non era decisamente il suo forte. Era facile parlare con Henry, però. Nonostante lui le piacesse, il fatto che fosse sposato la tranquillizzava e aveva finito per raccontargli, in una sola sera, molto più di quanto avesse detto di recente a qualsiasi altro uomo. Avrebbe semplicemente continuato a godere della sua compagnia e, incrociando le dita, il giorno dopo avrebbe esteso quella piacevole amicizia anche a sua moglie.

Mise due tortini in un piatto e lo seguì nel salotto, ma si fermò di scatto quando lo vide accovacciato su quattro zampe davanti al camino impegnato a cercare di accendere il fuoco. Per la miseria, che fondoschiena mozzafiato! Rimase immobile a fissarlo ondeggiare per aria mentre lui sistemava ramoscelli e cartacce tra i ciocchi di legna più grandi.

Anche Bernard sembrava incantato dal sedere del nuovo arrivato e Penny si affrettò a tirarlo per il collare prima che decidesse di saltargli addosso. Si era quasi dimenticata dell'insana passione del suo cane per la maggior parte degli ospiti che riceveva a casa. Non veniva molta gente a trovarla lassù, ma la povera Jill, la signora delle pulizie, era stata spesso oggetto delle sue attenzioni indesiderate, soprattutto quando si metteva a quattro zampe per lavare o spolverare. Bernard pensava che fosse divertente, e più la sua vittima provava a divincolarsi o scappare, più lui le si aggrappava come se dovesse domare una bestia selvaggia e ne andasse della sua vita.

«A letto!» esclamò Penny indicando la cuccia di Bernard. Il cane sospirò mogio alla prospettiva di dover abbandonare i suoi piani di divertimento. «A letto, adesso.» Bernard si allontanò con disappunto e si accucciò nel suo cantuccio.

«È un'offerta allettante, ma, insomma... ci siamo appena conosciuti! Almeno diamoci prima del tu» disse Henry, per poi scoppiare a ridere quando la vide arrossire.

Penny si accomodò sul divano e si stupì quando lui si sedette accanto a lei: c'erano altre tre poltrone nella stanza, ma lui aveva scelto proprio quel posto. Si sarebbe voluta alzare per spostarsi, ma sarebbe stato scortese. Henry emanava un odore inebriante, dolce ma speziato, come di cannella mischiata a scorze di limone e chiodi di garofano. Profumava di Natale e di quei pomi d'ambra che preparava da piccola con i suoi genitori e poi appendeva sopra al camino. Quanto avrebbe voluto avvicinarsi e annusargli il collo!

Lui non disse niente: si limitò a fissarla come un affamato avrebbe guardato una bistecca, poi all'improvviso si sporse in avanti e le sfiorò l'angolo delle labbra con il pollice. A quel tocco Penny avvertì una scossa e sobbalzò allontanandosi da lui.

Gli occhi di Henry si spalancarono terrorizzati. «Sono mortificato. Di solito non sono così inquietante, lo giuro. Non sono il tipo che si mette a sfiorare tutte le donne che incontra. Aveva del sugo sulle labbra e ho pensato... che sciocco. Avrei fatto meglio a dirglielo e basta.» Abbassò lo sguardo sul bicchiere di vino. «Che cosa ha detto di aver messo qui dentro? Mi è andato dritto alla testa.»

Penny cercò di ritrovare la voce per sdrammatizzare e per rimetterlo a suo agio, ma non riusciva a pensare ad altro che al tocco della sua mano. Era passato così tanto tempo dall'ultima volta che un uomo l'aveva sfiorata in quel modo? Il suo corpo aveva reagito in maniera strana.

Si schiarì la voce. «Direi che il tu va bene e non penso sia stato inquietante.»

«Davvero?»

«Un po' inappropriato magari, ma non inquietante.»

«Molto inappropriato. Mi dispiace.»

Calò il silenzio. L'atmosfera tra di loro era elettrica e bollente come le fiamme nel camino.

Penny gli passò un tortino sentendosi, per la prima volta in quella serata, molto nervosa accanto a lui. Henry lo accettò e morse il dolce, ancora terribilmente imbarazzato.

«Mmh, è delizioso. Io sono una frana a cucinare dolci: non mi vengono mai bene.» Diede un altro morso e si lasciò sfuggire un gemito di piacere. «Dimmi qualcos'altro su questo ballo. Dovrò indossare un vestito?»

Penny apprezzò il tentativo di ritornare su un terreno più sicuro, anche se l'improvvisa immagine di Henry in giacca e cravatta che balenò nella sua mente generò in lei dei pensieri davvero sconvenienti. «Sì, tutti quanti indossano i loro abiti più eleganti.»

Henry fece una smorfia.

«Sono sicura che saresti davvero attraente con lo smoking.» Santo cielo, cosa diavolo aveva messo in quel vino? Un siero della verità? Le sopracciglia di Henry schizzarono verso l'alto e il boccone di dolce rimase sospeso a metà strada tra il piatto e la sua bocca. «Oh, perdonami. Sono un vero disastro con gli uomini: li tratto come farei con le mie amiche. "Quel vestito ti sta così bene", "Che belle quelle scarpe". Non mi fraintendere, ti prego: non ci sto provando con te.»

Lui ricominciò a mangiare come se nulla fosse ma a Penny sembrò di intravedere, anche se soltanto per una frazione di secondo, uno strano lampo di dispiacere nei suoi occhi.

Bevve un sorso di vino.

«Di quale organizzazione benefica si tratta?»

«Cambia tutti gli anni. Stavolta raccogliamo fondi per la ricerca sugli aborti spontanei, i bambini nati morti e i parti prematuri.»

«Mi sembra una causa davvero nobile. Mia sorella Anna ha subito un aborto spontaneo e so bene quanto possa essere devastante. Adesso ha due figli, ma non penso che il dolore per la perdita di quel bambino potrà mai lasciarla in pace.»

Penny lo fissò con un groppo in gola. Lui capì e ricambiò l'occhiata assottigliando leggermente lo sguardo.

Quando parlò lo fece con voce dolce. «È successo anche a te, non è così?»

Lei deglutì. «Sei perspicace. Sì, molto tempo fa... otto anni, per essere precisi. Avevo soltanto ventun'anni.» Non era un argomento che affrontava con piacere ma parlare con lui le veniva spontaneo. «Sei un ottimo interlocutore. Non ne parlo mai con nessuno. Io e Chris uscivamo soltanto da tre o quattro mesi ma avevo capito subito che si trattava di vero amore; pensavo che saremmo rimasti insieme per sempre. Poi sono rimasta incinta. Lui non voleva tenerlo: voleva girare il mondo e un bambino sarebbe stato un ostacolo. Ma io non avrei mai potuto abortire. Ho amato quel bambino con tutta me stessa fin dal momento in cui l'ho scoperto. Ero incinta di quasi quattro mesi quando l'ho perso. Chris era così sollevato... ha praticamente esultato quando gliel'ho detto. Io non riuscivo a smettere di piangere: per il mio piccolo, per la reazione di Chris... Qualche giorno dopo mi ha lasciata. Mi ha spezzato il cuore.»

«Mi dispiace tantissimo.»

«Non è niente. Cioè, non è vero, ma è passato molto tempo. E a ripensarci sono felice che sia finita: non era neanche lontanamente la persona giusta per me. Non avrei mai potuto immaginare di crescere un figlio insieme a lui. Era un vero cretino. Non è una bella cosa da dire, ma forse in fin dei conti è stato meglio così.»

«Anche a me è successa una cosa simile quando avevo sedici anni. Misi incinta la mia fidanzata. Lei era terrorizzata, continuava a dire che voleva abortire perché un figlio le avrebbe rovinato la vita. Io non riuscivo nemmeno a pensarci: era mio figlio, quello, e non capivo come lei potesse odiare così tanto un bambino che non era ancora nato. Per fortuna i suoi genitori erano cattolici e non le permisero di abortire, ma mi considerarono il solo responsabile di quella situazione e mi vietarono di vederla durante tutta la gravidanza. Si trasferirono e dissero che avrebbero dato il bambino in adozione. Io ero sconvolto. Immagino che avrei dovuto essere sollevato: era stata una leggerezza commessa da ubriaco, avevo solo sedici anni e tutta la vita davanti, e i suoi genitori mi stavano dando una via d'uscita… ma non ci riuscivo. Non ho mai più visto la mia fidanzata. Mi hanno detto che è scappata via in Australia subito dopo aver dato alla luce una bambina.»

Penny lo fissò terrificata. Era peggio aver subito un aborto spontaneo oppure sapere di avere una figlia da qualche parte del mondo e non poterla nemmeno conoscere?

«E che cosa successe alla bambina?»

Proprio in quel momento Bernard, accucciato davanti alla finestra, scattò sulle zampe e cominciò ad abbaiare furiosamente contro qualcosa di invisibile in giardino.

Henry si precipitò all'ingresso come se fosse pronto a fronteggiare il mondo intero. Penny ridacchiò di fronte al suo istinto di protezione e lo guardò aprire la porta, mentre Bernard, cogliendo l'occasione, saettava fuori.

«Sono soltanto conigli. Bernard li detesta.»

Henry rimase immobile sulla soglia a scrutare l'oscurità con i pugni stretti e lei gli si avvicinò. Bernard annusava le tane dei conigli calpestando la terra smossa con le sue zampe enormi, nella chiara speranza che un giorno uno dei suoi acerrimi nemici saltasse fuori dalla buca e finisse dritto nella sua bocca.

Una volta appurato che nessuno si stava nascondendo al buio per ucciderli, Henry si decise a voltarsi e andò a sbattere contro Penny facendole quasi perdere l'equilibrio; le sue mani si mossero in fretta e la sostennero per le braccia. Lei lo guardò. La sagoma del suo corpo si stagliava contro il buio della notte, tanti piccoli fiocchi di neve gli svolazzavano intorno al viso come zucchero a velo, e il suo profumo dolce e speziato, ora così vicino, le inebriava le narici. Gli aveva mostrato la sua anima quella sera e, per la prima volta dopo tanto tempo, sentiva di non desiderare altro che annullare la distanza tra di loro e baciarlo. Avvertì la strana sensazione che anche lui lo volesse: vide i suoi occhi riempirsi di desiderio e indugiare sulle sue labbra. Che cosa stava facendo? Era un uomo sposato! Se per lei era sconveniente provare quei sentimenti, per lui era decisamente inappropriato ricambiarli.

Penny fece un passo indietro. «Be', si sta facendo tardi e devo alzarmi presto domattina. Credo sia meglio darci la buonanotte.»

Lui la guardò con aria confusa e lei realizzò di avergli mandato dei segnali molto contrastanti quella sera.

«Hai ragione. Ti lascio andare a riposarti allora» disse lui piano.

«Non vedo l'ora di conoscere Daisy domani» ribatté Penny.

Si aspettava di scorgere almeno un barlume di rimorso nei suoi occhi per l'accenno alla moglie e si stupì quando non ottenne nessuna reazione: Henry si limitò ad annuire, attraversò la cucina e uscì dalla porta sul retro senza voltarsi neanche una volta.

Penny inspirò l'aria fresca della sera per schiarirsi le idee e richiamò Bernard in casa. Il cane corse dentro, si scrollò di dosso i fiocchi di neve umidi e poi si gettò sul divano, sedendosi proprio nel punto in cui erano lei ed Henry poco prima. Sospirò e tornò in cucina.

Che ingiustizia: il primo uomo per cui sentiva di provare qualcosa dopo anni e anni, un uomo affascinante, intrigante, intelligente, gentile, che faceva un lavoro manuale... era sposato. Ma lei stava meglio da sola: quello era stato il suo mantra per gli ultimi otto anni e gli sarebbe rimasta fedele.

Sobbalzò quando sentì un rumore provenire dalla dépendance: la libreria che copriva la porta comunicante si stava rapidamente spostando. Lui lo stava facendo per lei e Penny non sapeva se voleva più abbracciarlo o prenderlo per le spalle e scuoterlo forte: era un uomo sposato ma sembrava che fosse lui, tra i due, a non saperlo.

Daisy sarebbe arrivata l'indomani. Con un po' di fortuna avrebbe bloccato sul nascere quella strana chimica che si era creata tra loro due.

Henry spense le luci del piano terra e salì di sopra per coricarsi. Si sentiva terribilmente attratto da Penny; persino con quella felpa enorme e i leggings e i capelli legati in una coda disordinata, la trovava adorabile. Era anche una donna interessante e avrebbe voluto chiacchierare con lei per tutta la notte. Tuttavia, non sembrava molto sicura di ciò che desiderava: un momento flirtava con lui e l'attimo dopo si tirava indietro. Henry non aveva bisogno di un'altra donna complicata nella sua vita: Daisy occupava già tutto il suo tempo.

Ma furono proprio il sorriso di Penny e i suoi occhi verdi l'ultima cosa a cui pensò prima di addormentarsi.

Capitolo 3

Henry camminava per le stradine ripide e tortuose con la nipote Bea in equilibrio sul fianco; era troppo piccola per stare al passo delle sue gambe lunghe e tenerla in braccio era la soluzione migliore per lui. Non che a lei dispiacesse, in ogni caso.

Oltrepassò le villette graziose che spuntavano una dietro l'altra lungo la via di ciottoli e le loro porte d'ingresso che si affacciavano direttamente sulla strada. Le case si susseguivano disordinate, senza criterio, quasi come se fossero state costruite una sull'altra. Erano tutte dipinte di colori accesi ma ognuna aveva uno stile proprio, dall'appartamentino minuto alla villa di tre piani, ed erano stranamente piacevoli da guardare.

Entrò in un bar e lanciò un'occhiata al menu; sorrise divertito quando si accorse che la scelta era limitata a cappuccino, espresso e un paio di tè alle erbe. Altro che Starbucks.

«Mio Dio, di chi è quel gran bel sedere laggiù?» sentì dire a una voce alle sue spalle in un tono decisamente poco discreto.

«Abbassa la voce, Jade! Vuoi che ti senta?»

«Era ora che anche a White Cliff Bay arrivasse un uomo degno di questo nome.»

«È Henry Travis, il fratello di Anna Kent, e quella è sua nipote. Si è appena trasferito nella dépendance di Penny.»

Henry era sbalordito; parlavano tranquillamente di lui come se fosse un pezzo di carne in vetrina.

Una terza donna scoppiò a ridere. «Scommetto che Penny non riesce a crederci: ha ricevuto tutti i regali di Natale della sua vita in una volta sola!»

«Non uscirà mai con Penny» replicò la donna che si chiamava Jade. «Gli uomini come lui frequentano soltanto belle donne. E poi lei non saprebbe nemmeno da dove cominciare per compiacerlo.»

«Perché, tu lo sai?»

«Oh sì. Lo farei piangere dalla gioia!»

«Ma sentila!»

«Sta' zitta, Beth. Vuoi forse provarci tu?»

«Sarei molto più brava di te.»

«Perché non scommettiamo? Cento sterline alla prima che se lo porta a letto.»

Henry rimase immobile ad attendere il suo turno in cassa, lo sguardo incredulo incollato al bancone. Quanti anni avevano quelle donne? Dodici? Si voltò rapidamente nella loro direzione: tre bionde ossigenate con unghie lunghe e curate, e dei vestiti del tutto fuori luogo per trascorrere il sabato mattina al bar. Quel tipo di donna non gli diceva proprio niente.

«Ci sto» disse una porgendo all'amica la mano da stringere.

«Bene. Siccome l'ho visto prima io, ho diritto a provarci per prima» disse Jade alzandosi.

Henry si affrettò a distogliere lo sguardo. Sentì il ticchettio dei tacchi sul pavimento di piastrelle e capì che si stava avvicinando.

«Mi scusi, lei deve essere Henry Travis. Sono Jade Ambleside, piacere di conoscerla.» Gli porse una mano finemente curata che lui ignorò.

«Mi perdoni, ho le mani piuttosto occupate» ribatté indicando Bea con un cenno del capo.

«Oh! Sei o non sei la bambina più bella del mondo?» cantilenò Jade. «Come ti chiami?»

Bea la fissò senza battere ciglio. Non le avrebbe detto una parola: non lo faceva mai con nessuno fuori casa. Anna si preoccupava sempre del fatto che Bea fosse una vera chiacchierona in casa e che poi diventasse muta come un pesce una volta fuori da quelle quattro mura.

«Si chiama Bea. È molto timida.»

«Non devi essere timida con me, tesorino.» Jade abbinò un sorriso stucchevole alla voce cantilenante. Bea si limitò a guardarla come se fosse stupida. «Adoro i bambini. Amo parlarci e giocarci, e loro vanno tutti pazzi per me.»

Henry ne dubitava. Lanciò uno sguardo alla cassa: lo stesso cliente che si stava facendo servire quando era entrato stava ancora chiacchierando amabilmente con il barista.

«Henry, che ne dice di vederci qualche volta? Potremmo passare del tempo insieme...» propose Jade spingendo il petto in fuori.

«Per giocare? Anche lei ha dei bambini?» chiese Henry fingendo di fraintendere. «Ad Anna piacerebbe moltissimo se Bea giocasse con i suoi figli. So che c'è una bellissima area giochi dall'altra parte della città. Molto rumorosa, un po' sporca, ma i bambini la adorano. Riferirò ad Anna che le piacerebbe andarci. Ora purtroppo devo scappare, vado di fretta. Dirò ad Anna di farle una telefonata.»

Si voltò di scatto e sgusciò via dal bar. Forse avrebbe dovuto cominciare a indossare la fede per scoraggiare ogni minimo accenno di approccio... anche se il tipo di persona come Jade raramente si faceva fermare da un anello.

***

Penny era seduta al tavolino accanto alla vetrina della pasticceria e sbocconcellava un cornetto al cioccolato appena sfornato. Era sabato e i bambini della scuola giocavano a rincorrersi intorno all'enorme albero di Natale al centro della piazza, lanciandosi palle di fanghiglia biancastra e gridando divertiti ogni volta che il ghiaccio freddo entrava in contatto con la loro pelle calda. Non c'era stata una nevicata vera e propria: non nevicava mai a White Cliff Bay. Qualche timido fiocco si era accumulato ai cigli delle strade negli ultimi giorni e si era ghiacciato durante la notte, ma l'immagine pittoresca di una cittadina con strade e tetti ricoperti di soffice neve non poteva essere più distante.

Le luci colorate dell'albero di Natale danzavano e scintillavano illuminando il grigiore della mattinata, colorando i ciottoli delle vie di macchie blu, rosse, verdi e viola. Tutte le vetrine traboccavano di lucine, bastoncini di zucchero, Babbi Natale, renne e bambolotti di Gesù Bambino. Alcune erano decorate con cura, con ogni stella, luccichio e scia glitterata posizionata strategicamente, mentre altre erano un semplice e divertente miscuglio di colori e stili diversi.

Scendere in città nei periodi più vivaci le metteva sempre allegria. I cittadini erano più socievoli e chiacchieroni: una passeggiata di cento metri poteva durare un'ora perché tutti volevano fermarsi a scambiare due parole con lei, anche se si erano incontrati soltanto il giorno precedente.

La porta della pasticceria si aprì all'improvviso e il calore e l'odore delle torte appena sfornate vennero rimpiazzati da un'ondata di aria gelida.

Penny sorrise alla sua amica Maggie guardandola zampettare verso di lei. Era diventata enorme e si faceva più grossa di minuto in minuto. Non si sarebbe mai permessa di dirglielo apertamente però, anche se in città tutti si sentivano in diritto di farlo.

Maggie si lasciò sprofondare nella poltrona di pelle marrone di fronte a Penny e staccò un bel morso al cornetto che l'amica le aveva preso.

«Dove sono oggi i tuoi angioletti?» chiese Penny accennando ai figli di Maggie, insospettita dalla loro assenza.

«Daniel li ha portati a vedere una partita di calcio, quindi ho un paio d'ore libere tutte per me. È assurdo ma mi mancano da morire quando non ci sono… È tutto troppo tranquillo.»

«Non preoccuparti, presto ne avrai un altro a cui badare. Come sta oggi il mio figlioccio?»

Maggie si accarezzò con tenerezza il pancione enorme. «Adesso sta dormendo, ma di notte non sta fermo un secondo. Sembra che balli la samba lì dentro.»

«Non vede l'ora di uscire.»

«Be', deve pazientare per altre sei settimane: non può nascere prima del tredici gennaio. Al momento sono troppo impegnata per partorire.»

«Come vanno i preparativi per il ballo della vigilia?» Ormai mancavano solo dieci giorni al grande evento e Penny era sicura che l'amica avesse organizzato tutto nei minimi dettagli.

«Molto bene. Il padiglione sarà pronto con qualche giorno di anticipo. Ho già pensato al cibo e i tavoli, le sedie e le stufe verranno consegnati il giorno stesso. Ho trovato anche dei volontari per allestire la sala. Lo sai come sono fatta: era già tutto pronto mesi fa. Eppure continuo a ricevere una ventina di email al giorno con domande, richieste o modifiche. La band vuole un camerino tutto per sé, che è già un bel problema, ma sono quei maledetti intagliatori di ghiaccio a farmi impazzire.»

Penny sorrise. I contendenti erano dei tipi molto particolari. Probabilmente sarebbero stati dieci in tutto, inclusa lei, a esibire le loro creazioni quella sera e a partecipare alla piccola gara che si sarebbe tenuta subito prima dell'apertura delle danze. Nei prossimi giorni alcuni tra i migliori intagliatori di ghiaccio di tutta Europa avrebbero raggiunto White Cliff Bay. Penny era emozionata al pensiero di ritrovarsi fianco a fianco con i migliori artisti della categoria, ma ne aveva conosciuti alcuni negli anni precedenti e sapeva che, oltre a essere piuttosto competitivi, potevano essere anche molto antipatici.

«Come sono i tuoi nuovi vicini?» chiese Maggie masticando un boccone di cornetto.

«Ho conosciuto soltanto Henry.»

Maggie bevve un lungo sorso di tè scrutandola con sospetto. «Perché fai quella faccia, Penny Meadows?»

«Non sto facendo nessuna faccia.»

«La stai facendo eccome.»

«Lui...» Si sfregò gli occhi. Perché Maggie doveva conoscerla così bene? «È l'uomo più bello che io abbia mai visto.»

Maggie batté le mani e squittì di eccitazione.

«Mags, è sposato.»

Lei si incupì. «Conosco sua sorella Anna e mi ha ripetuto più volte che non vedeva l'ora di averlo qui in città, ma non ha mai parlato di una moglie...»

«Daisy» suggerì Penny.

«Ora che mi ci fai pensare mi ricordo di averla sentita nominare. In questo periodo mi dimentico tutto, ho la testa vuota.»

«Comunque la cosa strana è che… mi è sembrato che flirtasse con me.»

«E che cosa c'è di strano? Sei simpatica, dolce, bella e hai un gran talento.»

«È un uomo sposato!»

«Ah, già. Che verme. Gli uomini sono tutti uguali: non sanno neanche cosa sia la fedeltà.»

«Parli proprio tu che hai sposato uno degli uomini più leali che conosco.»

Il volto di Maggie si distese in un gran sorriso. «Daniel è fantastico, non è vero? L'altro giorno mi ha portata a casa quasi di peso perché ero stanca e non ce la facevo a fare un minuto di strada in salita. Da quando sono rimasta incinta non ho cucinato un singolo pasto. Lo amo così tanto.»

«È emozionatissimo all'idea di diventare di nuovo padre. L'ho incontrato qualche giorno fa e non parlava d'altro.»

La porta si spalancò di nuovo lasciando penetrare una nuova ondata di aria ghiacciata. Penny alzò lo sguardo e si trovò a guardare dritto negli occhi grigi di Henry. Era con una bambina che gli stringeva la mano; la riconobbe perché l'aveva già incontrata in città, doveva essere la sua nipotina. Lui la salutò con la mano prima di avvicinarsi al bancone.

Penny non riusciva a togliergli gli occhi di dosso e sembrava che anche lui avesse serie difficoltà a farlo. Qualcosa era successo tra di loro la sera precedente e lo sapevano entrambi.

Maggie sibilò per attirare la sua attenzione e lei si costrinse a distogliere lo sguardo dal suo vicino alto e seducente.

«È lui?» sussurrò, fortunatamente abbastanza piano perché nessuno la sentisse.

Penny annuì con discrezione.

«È davvero attraente.»

«Maggie!»

«Che c'è? Lo stanno pensando tutti.» Scoccò a Henry uno sguardo di approvazione. E aveva ragione: ogni donna lì dentro – che fosse giovane, vecchia o felicemente sposata – lo stava fissando adorante.

«Quella è sua nipote?» domandò Penny cercando di sviare il discorso.

Maggie annuì. «Bea. Credo che abbia da poco cominciato ad andare a scuola.»

Penny sospirò e guardò fuori dalla finestra, lontano da Henry. «Maggie, credo sia arrivato il momento di ricominciare a frequentare qualcuno. È passato tanto tempo ormai.»

«Non mi sorprende che tu lo abbia deciso proprio il giorno in cui quel fustacchione si trasferisce in casa tua.»

«È sposato!» Penny rise esasperata.

«Sì, ho capito. Be', ci sono parecchi altri uomini disponibili in città.» Guardò anche lei fuori dalla finestra sperando di vederne passare uno. «Che ne dici di George?» Maggie le indicò il ragazzo dai capelli ricci dall'altra parte della strada. Lo conoscevano dai tempi della scuola e, nonostante non ci fosse mai uscita insieme, sapeva che era un bravo ragazzo. «È dolce, carino, molto simpatico e divorziato.»

Penny vide Libby uscire dal bar di fronte con due tazze di cioccolata calda e passarne una a George, che le ripulì affettuosamente il naso da una nuvoletta di panna, e poi le allungò quello che sembrava un sacchetto di dolci. Libby sembrò deliziata dal contenuto del sacchetto e ringraziò George con un bacio sulla guancia. Penny sorrise per lo sguardo che lui rivolse a lei. «È perdutamente innamorato della sua migliore amica. Non ho nemmeno una possibilità.»

«Davvero?» Maggie si sporse verso la vetrina per osservarli meglio. «Pensavo avesse una cotta per Polly.» Le indicò la rossa lentigginosa sul retro della pasticceria che lavorava lì con sua madre Linda.

Penny guardò Polly che stava chiacchierando animatamente con Matt della gioielleria. «No, ma Matt ce l'ha e penso che il sentimento sia reciproco.»

Tutti avevano qualcuno. Si era ripromessa di bastare a se stessa ma la verità era che la solitudine non era affatto divertente.

Linda Forbes, la proprietaria della pasticceria, scelse quel momento per avvicinarsi al loro tavolo con la nipotina Tilly di sei anni, che esibiva un sorriso smagliante e una zazzera disordinata di capelli ramati. Penny fu contenta della distrazione ma continuò a percepire le occhiate che Henry le lanciava oltre le spalle di Linda.

«Tilly vorrebbe sapere se avreste voglia di assaggiare la nostra nuova creazione: biscotti a forma di omino di neve fatti con i marshmallow.»

«Volentieri.» Maggie fece un cenno di ringraziamento e divorò un biscottino in un solo boccone.

Penny sorrise a Tilly e le chiese tramite dei segni: «Li hai fatti tu?».

I suoi occhietti si illuminarono e la bimba cominciò a gesticolare animatamente. Penny dovette concentrarsi per riuscire a capire cosa stesse cercando di dirle.

«Io ho messo i marshmallow sulla glassa e la nonna ha fatto i nasi e le bocche. Ne ho anche decorato qualcuno ma la nonna ha detto che quelli sono per noi e questi qui per i clienti.»

Penny le disse ancora con dei segni: «Mi piacerebbe vedere quelli che hai decorato tu. Sono sicura che sono bellissimi».

Tilly sorrise e corse sul retro della pasticceria per prendere i biscotti fatti con le sue mani.

Linda rivolse a Penny un sorriso affettuoso. «Sei così dolce con lei. Quand'è che ti deciderai ad avere dei figli tuoi? Saresti una mamma perfetta.»

Penny avvertì la solita dolorosa fitta al petto al pensiero di avere una famiglia tutta sua e persino Maggie le lanciò un'occhiata compassionevole mentre spazzolava l'ultimo dei suoi biscotti.

«Tutte le ragazze con cui sei andata a scuola hanno dei bambini ormai» proseguì Linda. «In effetti sei l'unica in paese ad avere più di venticinque anni e nessun figlio.»

«Non è vero» ribatté Maggie. «Jade era nella nostra stessa classe e non ha figli, così come Beth e Chelsea e le altre della Brigata Bamboline Bionde.»

«E ne siamo tutti molto contenti! Che razza di madri sarebbero? Sempre fuori a bere e a passare la notte nel letto di un uomo diverso. Penny invece sarebbe un'ottima mamma.» Linda tornò a concentrarsi su di lei. «Quanti anni hai ormai, ventinove, trenta? Non far passare troppo tempo. Il tuo orologio biologico sta ticchettando. Al giorno d'oggi non ti serve nemmeno un uomo: basta farsi inseminare artificialmente. Non vorrai passare il resto della tua vita da sola?»

Penny la guardò orripilata. Non era la prima volta che i suoi concittadini si sentivano in dovere di questionare sul fatto che non avesse figli, ma di certo non lo avevano mai fatto così apertamente. E come ciliegina sulla torta, sapeva che Henry stava ascoltando quella conversazione parola per parola.

«Non credo di volere figli» disse piano, anche se era una bugia.

Linda le rivolse un'occhiata scioccata, come se la ritenesse un mostro. «Come sarebbe a dire che non vuoi figli?»

«Mi scusi.» Henry si intromise improvvisamente nella discussione. «Vorrei una fetta di torta e vado un po' di fretta.»

«Ma certo. Mi perdoni per averla fatta aspettare.» Linda tornò velocemente al suo posto dietro il bancone ed Henry lanciò a Penny uno sguardo preoccupato prima di voltarsi.

L'aveva fatto per aiutarla.

Tilly tornò di corsa al loro tavolo con un vassoio tra le mani pieno di biscotti deformi. I suoi omini di neve sembravano ubriachi o usciti direttamente da un quadro di Picasso, con gli occhi storti e dei sorrisi più simili a ghigni perversi.

«Sono bellissimi! Mi piacciono tanto» disse Penny, con dei segni. Tilly sorrise contenta e le offrì uno dei biscotti. «No, non posso. Sono tuoi.» Lei insistette e Penny ne assaggiò uno. «Delizioso.»

Tilly tornò di corsa al suo posto dietro il bancone portando il vassoio con sé.

Maggie si sporse sul tavolo. «Lascia perdere quella vecchiaccia ficcanaso. I figli sono terribili, piangono e fanno la cacca a tutte le ore del giorno e della notte, non ti fanno dormire, devi passare il resto della tua vita a scarrozzarli avanti e indietro perché hanno molta più vita sociale di te e ogni centesimo che guadagni lo spendi per loro. Fai bene a non averne.»

«Tu però sei recidiva!» rise Penny.

Il viso di Maggie si rallegrò mentre guardava affettuosamente il suo pancione. «Lo so. Non imparo mai la lezione.»

Penny si alzò. «Sarà meglio che vada. Devo finire una scultura prima di stasera.» Baciò l'amica sulla guancia. «Ci vediamo dopo.»

Maggie la salutò con un cenno della mano, ma i suoi occhi rimasero incollati sulle altre torte esposte sul bancone.

Penny arrivò alla porta insieme a Henry; lui la aprì per lei e la fece uscire per prima, sistemandosi Bea su un fianco mentre la seguiva. Camminarono insieme senza dirsi niente.

«Grazie per… ehm…» Penny accennò vagamente alla pasticceria.

«Ci mancherebbe. Sono tutti così scortesi in città?»

«Non voleva essere scortese, è solo che la gente del posto adora impicciarsi.»

«Non mi piace. Da dove vengo io, nessuno ficca il naso nella vita privata degli altri.»

«Qui ci preoccupiamo per chiunque, cerchiamo di aiutarci. Potrebbe sembrare inopportuno ma in realtà si vuole semplicemente il meglio per gli altri. Preferisco fingere di non volere figli o una famiglia solo mia, ma non è vero. E lo sanno tutti.»

Henry non disse nulla e lei si sentì in imbarazzo.

«Non so perché ti racconto queste cose. C'è qualcosa in te che mi spinge a confidarti tutti i miei segreti. Vorrei dare la colpa al vin brulé ma adesso non posso.»

«Che stavi facendo con le mani prima?» si intromise Bea, al sicuro tra le braccia di Henry. Lui la guardò confuso.

«La bambina nella pasticceria, Tilly, è sorda. Significa che non sente i suoni.»

«Non sente niente?» Gli occhioni di Bea si riempirono di stupore.

«No, quindi non riesce a sentire quello che dicono le persone. Perciò parla con le mani. Si chiama linguaggio dei segni: ogni gesto corrisponde a una parola diversa.»

Bea annuì solennemente con tutta la serietà di una bambina di quattro anni che accetta di farsi carico del peso del mondo intero sulle spalle.

«Vuoi che ti insegni il tuo nome nel linguaggio dei segni così la prossima volta che vedi Tilly puoi presentarti?»

Bea annuì contenta e Penny le mostrò tre semplici gesti per indicare le lettere B, E e A, perfettamente consapevole che Henry la stava osservando. Ma che cosa voleva? Non stava guardando le sue mani e i suoi gesti, stava fissando proprio lei. Gli lanciò una breve occhiata e si stupì nell'incontrare due occhi pieni di desiderio. Lui si affrettò a distogliere lo sguardo, chiaramente imbarazzato per essere stato colto in flagrante.

Henry si schiarì la voce. «Quindi hai imparato il linguaggio dei segni solo per comunicare con Tilly?»

Penny sorrise. «La città intera lo ha fatto. Quando la mamma di Tilly, Polly, capì che la figlia era sorda, si presentò all'assemblea cittadina annunciando che stava organizzando delle lezioni di linguaggio dei segni a casa sua per chiunque volesse imparare a comunicare con la bambina. Quasi tutto il paese partecipò: dovemmo spostare le lezioni in comune perché non c'era abbastanza spazio a casa sua. Alcuni hanno imparato soltanto le basi, ma altri sono in grado di conversare fluentemente. È grazie a questo che Tilly è una bambina così sicura di sé: sa che in città non si sentirà mai esclusa. La gente qui è molto premurosa. So che non lo dimostrano sempre nel modo giusto e che a volte si intromettono in faccende che proprio non le riguardano, ma sono tutte persone che ci tengono.»

Henry annuì pensieroso. «Immagino che sia...»

Proprio in quel momento Beth, seconda in comando della Brigata Bamboline Bionde, comparve dal nulla. Aggirò Penny e sgusciò proprio tra lei ed Henry con la maestria tipica di una persona che ha molta esperienza in materia. Beth era bellissima e aveva modi molto più graziosi della sua amica Jade; gli uomini si scioglievano davanti a lei.

«Henry, io sono Beth.»

Lui rimase impietrito. Penny non era sorpresa: Beth tendeva a fare quell'effetto.

Rimase interdetta per qualche secondo prima di realizzare che la sua conversazione con Henry era terminata: ormai lui aveva occhi solo per Beth. Si voltò e fece per andarsene quando lo sentì parlare.

«Ha idea di quanto sia maleducato interrompere una discussione in questo modo?»

Penny si voltò verso di lui più che stupita.

Beth si guardò attorno, solo in quel momento vide Penny e ridacchiò. «Oh, sei tu. Non ti dispiace, vero cara?»

Penny scosse la testa; non c'era bisogno di mettersi a fare una scenata.

«Be', a me sì.» Henry le fu di nuovo accanto in una sola falcata, lasciandosi Beth alle spalle. Le posò una mano sulla schiena e insieme si incamminarono su per la collina. «Perdonami. È una tua amica?»

«No. Eravamo nella stessa classe a scuola ma decisamente non siamo amiche.»

«Non sopporto i maleducati. Adesso sarà meglio che vada, devo andare a prendere Daisy.»

«Io voglio bene a Daisy» disse Bea accoccolandosi meglio sul petto di Henry. «Tu vuoi bene a Daisy, zio Henry?»

«Moltissimo.»

«E a me?»

«Ma certo.»

Bea sembrò soddisfatta dalla risposta. Henry era uno zio molto dolce; sarebbe stato un ottimo padre per sua figlia e Penny sentì una fitta al cuore al pensiero che non ne aveva mai avuto la possibilità. Ma a sedici anni, quando lui stesso era un bambino, avrebbe di sicuro faticato molto. Erano ben pochi i ragazzi di quell'età maturi abbastanza da crescere un figlio; quindi forse dare la bambina in adozione era stata la scelta migliore.

«Ci vediamo più tardi se per te va bene. Daisy non vede l'ora di conoscerti.»

Penny annuì ed Henry si affrettò su per la collina, con Bea tra le braccia che la salutava vigorosamente.

Lo guardò camminare e sentì le farfalle nello stomaco. Non serviva il linguaggio dei segni per decifrare i segnali che le stava inviando: era fisicamente attratto da lei. Nessuno la guardava così da tempo. Molti degli uomini in città pensavano fosse irrimediabilmente danneggiata: era stato Chris a raccontare a tutti i suoi amici in paese che l'aborto l'aveva distrutta e che non faceva altro che piangere per ore. La maggior parte degli scapoli della sua età aveva rinunciato a corteggiarla come se temesse di vederla scoppiare in lacrime di punto in bianco, anche dopo anni. Henry era diverso: lui vedeva solo lei e il suo passato non gli importava.

La faceva infuriare il fatto che anche lui le piacesse molto, tanto da tenerla sveglia tutta la notte a rimuginare. Era un uomo sposato e amava la sua Daisy. Quella storia non sarebbe mai potuta finire bene.

Penny parcheggiò la macchina dietro quella di Henry poco dopo e lo trovò in piedi sul limitare della collina con un braccio intorno alle spalle di una donna dai capelli biondi. Stavano ammirando il panorama e la donna indicava qualcosa giù in città. Era minuta, forse anche più di Penny, e magra come un chiodo; le braccia e le gambe erano così sottili da sembrare quelle di un bambino. Indossava dei jeans a fiori e una maglietta nera, e stringeva Henry adorante.

Penny scese dalla macchina e lui si voltò a guardarla. Doveva aver detto qualcosa alla moglie perché anche lei si girò e le rivolse un enorme sorriso. Penny si avvicinò senza riuscire a toglierle gli occhi di dosso. Non poteva avere più di diciotto anni; aveva due grandi occhi azzurri e le guance rosate, ed era innegabilmente bellissima, ma sembrava una ragazza appena uscita dalle scuole superiori. Sulla maglietta che indossava c'era un gattino. Era solo una bambina ed Henry perse rapidamente punti nella sua personale classifica di gradimento.

«Daisy, questa è Penny, la nostra padrona di casa. Penny, lei è Daisy.»

«Piacere» disse Penny esitante, sentendosi all'improvviso vecchia e smunta in confronto a quella donna giovane e bellissima.

«Sono così contenta di conoscerti! Ho visto Bernard dalla finestra, posso accarezzarlo? Bernard è il nome più bello del mondo comunque.» Daisy la travolse con l'esuberanza di un cucciolo.

«Ma certo» rispose Penny facendole cenno di seguirla.

Daisy si voltò verso Henry con uno sguardo di completa adorazione, come a chiedergli il permesso, e lui in effetti annuì con un cenno del capo.

«Vado a controllare il pranzo. Voi donne avviatevi pure» disse lui sparendo dietro la porta di casa sua.

Daisy la seguì in casa e Bernard caracollò giù dal divano avvicinandosi per conoscere la nuova arrivata, scodinzolando allegramente e rovesciando i giornali e i fogli impilati sul tavolino.

Daisy si accucciò sulle ginocchia per accarezzarlo. «Sei o non sei il cane più carino del mondo?» Bernard si stese sulla schiena per farsi accarezzare la pancia e lei rise. «Adoro i cani ma papà non me ne farebbe mai prendere uno.»

Penny la guardò giocare emozionata con Bernard. Oltre a essere fisicamente minuscola, aveva anche la maturità di una ragazzina. Sembrava molto dolce e tenera, certo, ma non somigliava affatto all'immagine che si era fatta della moglie di Henry.

«Allora, Daisy, frequenti l'università o…» Lasciò cadere la frase per non menzionare le scuole superiori. Non voleva offenderla: magari sembrava semplicemente molto più giovane.

Lei ridacchiò di nuovo. «Mi dicono sempre tutti che sembro più grande. Ho solo sedici anni, li ho compiuti la settimana scorsa. Vado ancora a scuola e a settembre comincerò il college.»

Penny sentì le budella attorcigliarsi per la rabbia. Aveva solo sedici anni! Henry l'aveva portata via alla sua famiglia e pensava di poter creare il suo nido d'amore perverso a casa sua, ma si sbagliava di grosso.

«Ti dispiacerebbe restare un attimo qui con Bernard? Devo scambiare due parole con Henry.»

«Nessun problema.» Daisy non si disturbò nemmeno ad alzare lo sguardo, impegnata com'era ad accarezzare il cane.

Penny aprì la porta comunicante ed entrò nella dépendance senza curarsi del fatto che stava invadendo uno spazio privato. Henry fece capolino dalla porta della cucina e si stupì di vedere lei al posto di Daisy.

Il suo volto si corrucciò di fronte all'espressione sconvolta di Penny.

«Va tutto bene?»

Lei si chiuse la porta alle spalle. «È solo una bambina!» berciò.

«Ottima osservazione.»

«E tu l'hai sposata! Non può essere legale. Si devono avere almeno diciotto anni per sposarsi. Tu così grosso e lei così piccola… mi fai schifo!» ringhiò, puntandogli un indice accusatorio contro il petto muscoloso.

Henry l'avrebbe forse guardata meno sconvolto se lei fosse entrata in casa sua completamente nuda ballando la conga. «Che cosa? Aspetta un attimo. Non è mica mia moglie!»

«Ancora peggio!» Penny realizzò che stava gridando. «Pensavo fossi un brav'uomo e ora scopro che invece sei un disgustoso pervertito!»

Le sue sopracciglia schizzarono verso l'alto per poi corrugarsi in una smorfia furiosa.

«Prima di tutto, essere la mia padrona di casa non ti dà il diritto di intrufolarti qui dentro senza permesso.» Aprì la porta alle spalle di lei. «Secondo, Daisy non è mia moglie né la mia fidanzata. È mia figlia. Adesso esci immediatamente da casa mia prima che mi arrabbi sul serio.»

Capitolo 4

Penny guidava su per le stradine tortuose oltrepassando case sempre più distanti tra loro man mano che saliva verso casa.

Come aveva potuto essere così sciocca? Perché non aveva chiesto più informazioni sulle persone che avrebbe ospitato nella dépendance? Avrebbe forse accettato chiunque pur di porre fine alla sua solitudine? L'agenzia non aveva mai specificato che fossero padre e figlia: ne aveva parlato semplicemente come «Henry e Daisy Travis» e lei aveva immaginato che fossero una coppia. Magari avevano evitato di menzionarlo di proposito, forse pensando che avrebbe avuto delle perplessità di fronte all'idea di avere un'adolescente come vicina di casa, o magari avevano solo pensato che fosse un'informazione irrilevante.

Non aveva visto Henry per tutto il pomeriggio, mentre terminava di intagliare la sua ultima creazione di ghiaccio, e nemmeno più tardi quando il suo assistente Josh era venuto ad aiutarla a caricare la scultura sul furgoncino. Daisy era uscita poco prima, sicuramente per andare a esplorare la città, e nonostante Henry fosse rimasto in casa dalla porta accanto non era trapelato neanche il minimo rumore: era un silenzio rivelatore.

Avrebbe dovuto farsi perdonare.

Stava giusto cominciando a imbrunire e il cielo si stava riempiendo di nuvole color prugna e mirtillo. Mentre procedeva lungo la strada sterrata e fangosa che tagliava la collina e portava dritto a casa sua, notò Daisy che arrancava sulla salita verso il cottage. Frenò e abbassò il finestrino.

«Ormai sei quasi arrivata, ma vuoi un passaggio?» le chiese.

Daisy non se lo fece ripetere due volte e salì a bordo. «Bella ripida questa collina, eh? Altro che palestra: mi basterà fare su e giù tutti i giorni per tornare in forma» esordì chiudendo lo sportello.

«Ci farai l'abitudine.»

«Papà è davvero arrabbiato e lui non si arrabbia mai. Cioè, spesso è imbronciato, ma mai arrabbiato.»

«Gli ho dato del pervertito: anche un santo si sarebbe arrabbiato.»

Daisy ridacchiò. «Come hai fatto a pensare che stessimo insieme? È così vecchio.»

Penny le sorrise. «Sono contenta che lo trovi divertente; vorrei che lo facesse anche tuo padre.»

«Lo farà. Vieni a cena da noi stasera. Non si arrabbierà con te se ci sono anch'io, non glielo lascerò fare.»

«Penso che al momento non voglia nemmeno vedermi, figuriamoci cenare con me.»

«Andiamo, che può succedere? Tanto non può arrabbiarsi più di così.»

Penny dovette darle ragione. Parcheggiò accanto alla Range Rover di Henry. «Gli ho comprato dei fiori» gemette sentendosi patetica. Uscì dal furgoncino e mostrò a Daisy il mazzo di fiori viola e arancioni.

Daisy rise. «Davvero? Fantastico!»

Penny si sentì ancora più stupida. Era stata un'idea terribile ma lui stesso aveva comprato dei fiori per scusarsi la sera prima e sperava di strappargli una risata facendo lo stesso.

Daisy la incoraggiò a seguirla fino alla porta e poi le fece cenno di rimanere lì. Ridicolo. L'avrebbe guardata per un solo istante prima di sbatterle la porta in faccia.

«Ciao papà!» cinguettò Daisy.

«Stavo per venirti a cercare. Ti avevo detto di tornare prima che facesse buio.»

Nonostante il tono leggero, Penny avvertì chiaramente la preoccupazione di Henry.

«Ho impiegato più tempo del previsto a risalire la collina e poi il sole sta tramontando proprio adesso. Ho portato un'amica, può rimanere a cena?»

«Hai già fatto amicizia? Certo che può rimanere a cena. Dov'è?»

«È rimasta fuori perché ha paura di te.» Daisy ridacchiò.

«Che sciocchezza. Non mordo mica!»

Penny intravide l'ombra alta di Henry avvicinarsi alla porta e poi la sua testa fece capolino. Il sorriso gli si congelò sulla bocca non appena vide chi era.

«È una mia amica e hai detto che poteva restare a cena, quindi devi farla entrare.» Daisy rise apertamente con la sicurezza di una bambina che sa di aver raggirato il proprio padre.

Henry sospirò pesantemente e fece un passo indietro per lasciarla entrare.

«Io, ehm, ti ho portato questi per scusarmi...» provò a scherzare Penny mentre gli porgeva il mazzo di fiori.

Henry la guardò confuso. «Nessuno mi ha mai portato dei fiori. È roba da donne.»

«Perché? Non hanno mica un'etichetta che dice "roba da donne"» protestò Daisy. «Io penso che sia un'idea carina.»

Penny avanzò nel calore della cucina e lanciò un'occhiata alla ragazza che si stava evidentemente divertendo un mondo.

Henry accettò i fiori e li esaminò come se fossero un pericoloso ordigno inesploso. Recuperò un boccale di vetro, lo riempì d'acqua e vi immerse gli steli senza rimuovere la carta in cui erano avvolti.

Si voltò a fronteggiare Penny con le braccia incrociate al petto, un broncio corrucciato che gli incupiva gli occhi.

«Sono davvero mortificata.»

«Questo l'hai già detto.»

Grandioso: non aveva nessuna intenzione di renderle le cose più semplici.

«Vado a mandare un'email» disse Daisy. «Tra quanto si cena?»

«Cinque minuti» rispose Henry senza distogliere lo sguardo dalla donna.

Daisy lasciò la stanza e Penny la sentì correre al piano di sopra. Henry continuò a fissarla in silenzio; la tensione tra loro sembrava una grande nuvola nera.

«Non c'è bisogno di invitarmi a cena: volevo soltanto scusarmi e l'ho fatto. Non voglio di certo farti sentire a disagio in casa tua. Di' a Daisy che mi sarebbe tanto piaciuto rimanere ma che ho avuto un imprevisto.»

Si avvicinò alla porta e lui non provò nemmeno a fermarla. Penny uscì dalla dépendance, si rifugiò nella sua cucina e accese la luce. Bernard si voltò a guardarla per poi ritornare subito a dormire quando capì che si trattava di lei e non di un ladro, nonostante fosse abbastanza sicura che avrebbe fatto lo stesso anche con uno sconosciuto.

Si sedette al tavolo con la testa tra le mani. Sarebbe stato terribile vivere in quelle condizioni: la tenera amicizia che sembrava in procinto di sbocciare tra lei ed Henry era già andata persa e non sarebbe rinata mai più.

All'improvviso sentì la porta comunicante spalancarsi e quando alzò gli occhi vide Henry appoggiato contro lo stipite.

«Ci vieni a cena o no?»

Penny lo guardò. La tensione tra di loro sarebbe stata insopportabile e non pensava di poter trascorrere una serata intera in quel modo.

«No, grazie. Preparerò qualcosa al volo.»

«Persino il mio brutto muso deve essere meglio che passare la serata qui da sola. Ci penserà Daisy a fare conversazione.»

Non era esattamente l'offerta più allettante che avesse ricevuto nella sua vita, ma lui scomparve di nuovo dietro la porta senza lasciarle la possibilità di ribattere. Penny si alzò e lo seguì in casa sua; stava già mettendo in tavola tre porzioni di pasta al forno filante.

«Daisy, porta il sederone a tavola!» ordinò Henry, ma sembrava di buon umore e la ragazza rise dal piano di sopra. Posò uno dei piatti sul tavolo di fronte a Penny. «Ci sono pane all'aglio e insalata. Serviti pure» disse brusco.

Si sedette di fronte a lei e si concentrò sulla sua pasta senza rialzare lo sguardo. Penny fece lo stesso e cercò di mandare giù qualche boccone, rimpiangendo la sua cena solitaria.

Daisy arrivò in cucina di corsa e si sedette tra di loro. Si servì una porzione di pasta e tre fette di pane, e solo dopo aver divorato metà della prima si accorse che l'atmosfera tra Penny e suo padre era terribilmente pesante.

«Non essere antipatico, papà» borbottò.

Henry sospirò e posò forchetta e coltello. Penny tornò a guardare il suo piatto; non aveva nessuna intenzione di scusarsi di nuovo. In quel momento un boccone di pasta la colpì dritta sulla guancia, le scivolò lungo il mento e finì per schiantarsi contro la sua maglietta. Lei rimase sbigottita e Daisy scoppiò a ridere; constatò sorpresa che anche Henry stava faticando a reprimere un ghigno.

«Non darmi mai più del pervertito.»

«Mi hai davvero tirato la pasta?» esclamò Penny, decisamente confusa dal modo in cui si stava evolvendo quella situazione.

«Lui e la zia lo fanno sempre. Non sembrano per niente due adulti!» rise Daisy.

Henry scrollò le spalle. «Adesso siamo pari.»

Penny raccolse della pasta dal piatto e la soppesò tra le mani, minacciosa.

«No. Non osare» rise Henry.

Penny la lanciò dall'altra parte del tavolo e lo colpì al centro della fronte; poi scoppiò in una risata spontanea e sincera, quel tipo di risata che le era mancata per molti anni, che si trasformò presto in un esilarante verso nasale.

Il volto di Henry si illuminò divertito. «Hai grugnito!»

Penny scosse la testa senza riuscire a smettere di ridere e si lasciò andare a un altro grugnito. La risata divertita di Henry si aggiunse alla sua e soltanto più tardi, quando ricominciarono a mangiare, si accorsero che l'atmosfera cupa tra di loro si era completamente dissolta.

Henry osservò Penny, di fronte a lui, mangiare con molto più entusiasmo rispetto a cinque minuti prima. Era stato uno stupido a reagire in quel modo alle sue accuse: si era trattato di un malinteso perfettamente comprensibile e avrebbe dovuto liquidarlo con una risata.

Gli piaceva averla lì: lui e Daisy erano sempre soli e la compagnia non gli dispiaceva affatto. Aveva tenuto tutte le donne che aveva frequentato il più lontano possibile da casa, preferendo mantenere separate la sua vita sociale e sua figlia, ma questa cenetta in famiglia tra loro tre gli sembrava eccezionale: Penny completava il gruppo alla perfezione. Si sentiva attratto da lei e non era soltanto per il suo aspetto fisico; era una donna affascinante e sentiva che avrebbe potuto trascorrere tutta la serata in sua compagnia senza stancarsi.

«Allora Daisy, frequenterai la White Cliff Senior School?» chiese Penny.

«Dopo Natale» rispose lei masticando un pezzo di pane.

«Non parlare con la bocca piena» la rimproverò Henry.

Daisy deglutì. «Per il momento andrò soltanto a conoscere i compagni e alcuni degli insegnanti, ma non posso cominciare prima di Natale perché le classi sono troppo piene. Dopo le feste un ragazzo si trasferirà e potrò prendere il suo posto, e menomale, perché altrimenti avrei dovuto frequentare una scuola in un'altra città che è lontana un'ora di autobus. Poi il professore di arte è bravissimo, hanno esposto alcune sue opere nei musei di Londra!»

«Il professor Cartwright, giusto?»

Il volto di Daisy si illuminò. «Sì, lo conosci?»

«È stato anche il mio professore. Insomma, ti piace l'arte?»

«La adoro. Mi piace tantissimo l'idea di creare qualcosa con le mie stesse mani.»

Henry sorrise guardando sua figlia che si emozionava parlando della sua grande passione.

«Papà ha detto che intagli il ghiaccio.»

«Esatto.»

Daisy cominciò a bombardare Penny di domande sulle modalità di lavorazione del ghiaccio ed Henry la osservò spiegare i dettagli per filo e per segno. Era chiaro che amasse il suo lavoro. Gli piaceva il modo in cui Penny parlava con Daisy: la trattava da adulta, senza semplificare le parole e il discorso. La maggior parte delle donne con cui era stato le parlavano come se fosse ancora una bambina piccola e lei, ovviamente, lo odiava. Tante persone trovavano difficile interagire con un'adolescente ma Penny sembrava avere anni e anni di esperienza; si era comportata allo stesso modo con Bea giù in città, senza utilizzare vocine cantilenanti come invece aveva fatto Jade.

Henry finì di mangiare e si alzò per portare il suo piatto nel lavandino quando sentì bussare alla porta. Si voltò a controllare e si stupì di vedere proprio Jade. Sospirò: parli del diavolo... Sembrava pronta per un servizio fotografico, con quell'abitino rosso aderente e i tacchi alti. Chiaramente non aveva recepito il messaggio giù al bar.

Aprì la porta e Jade gli fu addosso in un baleno, intossicandolo con una nuvola di profumo dolciastro; lui fece un passo indietro e lei si imbronciò leggermente.

«Henry, le ho portato la cena. Pensavo che disfare tutti quei bagagli l'avrebbe stancata, perciò sono passata al The Olive Branch e ho preso del cibo italiano. Potremmo mangiarlo insieme.»

«Che pensiero gentile, la ringrazio molto. Purtroppo ho già mangiato ma domani io e Daisy potremmo scaldarlo: abbiamo ancora molte valigie da disfare e un piatto pronto sarebbe una mano santa.»

Sentì Daisy ridacchiare per il suo rifiuto cortese e faticò a reprimere a sua volta un sorrisetto.

«Daisy?» domandò Jade confusa.

«Mia figlia.» Henry le indicò il tavolo e capì che non si era nemmeno accorta delle altre due persone all'interno della stanza. Non sapeva se sentirsi onorato oppure offeso dalla noncuranza di Jade.

La donna si sporse a guardare e Daisy le sorrise a bocca aperta, mostrando chiaramente cosa stava masticando. Henry si accigliò di fronte alla sua maleducazione ma dovette comunque trattenere una risatina.

«Che carina.»

Jade non sembrava aver visto Penny e la cosa stava cominciando a infastidirlo, non sapeva perché.

«Penny, ti piace il cibo italiano?» la richiamò. «Sembra che Jade ne abbia portato una montagna: potresti mangiarlo con noi domani.»

Penny annuì confusa. Era tornata piuttosto silenziosa, come se avesse deciso di ritirarsi nuovamente nel suo guscio proprio quando ne stava uscendo.

Jade ridacchiò, innervosita per l'intesa che sembrava esserci tra Henry e Penny.

«Spero che il trasloco stia andando tutto liscio. C'è qualcosa che posso fare per aiutarla?» domandò attorcigliandosi una ciocca di capelli tra le dita. Era chiaro che sarebbe stata più che contenta di dargli una mano.

«In realtà ci sarebbe una cosina. Penny e io usciamo insieme martedì; per caso potrei lasciarle Daisy per la serata?»

La ragazza quasi si strozzò con la pasta. Era passato un bel po' di tempo dall'ultima volta in cui aveva avuto bisogno di una babysitter. Lanciò un'occhiata a Penny ma la trovò più sconvolta di lei.

«Lo chiederei a mia sorella ma al momento è molto impegnata con il piccolo. Allora, che ne dice? So che adora i bambini.»

Il sorrisetto lezioso di Jade scomparve in un baleno. «Esce con Penny?»

Lo chiese con un tono disgustato che innervosì molto Henry. Trattenne a stento la rispostaccia che gli era salita alle labbra; tutto sommato Jade era stata gentile a portargli la cena, anche se lo aveva fatto per un secondo fine.

«Sì. Ci siamo trovati bene insieme fin dal momento in cui ci siamo conosciuti. Allora, penserà lei a Daisy?»

«Io, ehm… ho impegni per quella sera.»

«Ah, accidenti. Be', sono sicuro che troverò qualcun altro. Vuole entrare per il dolce? Abbiamo dei ghiaccioli e forse anche qualche Magnum nel freezer.» Henry fece per avvicinarsi al frigorifero, ben sapendo che Jade non avrebbe accettato di sedersi a tavola con Penny e Daisy a mangiare un gelato.

La donna scosse la testa, ancora turbata dal rapporto tra lui e Penny. «No, sarà meglio che vada. Io, ehm… mi aspettano da qualche altra parte.»

«Che peccato. Grazie comunque per essere passata.»

Jade uscì in fretta e scomparve dietro l'angolo del cottage. Henry si affrettò a chiuderle la porta alle spalle e tornò a sedersi a tavola.

«Sei stato così scortese!» ridacchiò Daisy.

«Lei è stata scortese. Non mi piace per niente.» Si voltò verso Penny. «Un'altra compagna di classe?»

Lei annuì.

«Quante volte è venuta a trovarti quassù negli anni?»

«Mai, è la prima volta. Pensavo che non conoscesse nemmeno la strada. Lei, ehm…» Guardò Daisy come se stesse cercando le parole giuste. «… usciva con Chris.»

«Chi è Chris?» domandò Daisy.

«Il mio ex.»

«Fammi indovinare: uscivano insieme mentre lui stava con te» grugnì Henry.

Penny annuì un'altra volta.

Infame.

Henry bevve un sorso d'acqua e guardò Penny seduta di fronte a lui. L'atteggiamento di Jade nei suoi confronti lo disgustava... e anche quello di Beth. Sentì il desiderio di prendere a calci nel sedere tutti quei cretini in città che pensavano che Penny non meritasse attenzioni.

«Lo sai che significa questo, vero? Io e te usciamo insieme martedì.»

Penny si voltò a guardarlo con gli occhi sgranati. Daisy gli sorrise.

Capitolo 5

Penny si svegliò nel bel mezzo della notte, allertata da strani borbottii e gridolini spaventati che provenivano dal salotto. Si alzò in fretta e corse al piano di sotto.

Notò con stupore che i suoni provenivano da Daisy, sdraiata sul suo divano accanto a Bernard. Stava chiaramente avendo un incubo. Non sapeva se avrebbe dovuto svegliarla e non voleva nemmeno spaventarla; non sapeva neanche perché Daisy si trovasse nel suo salotto.

«Daisy» sussurrò, ma non ottenne risposta.

Che cosa doveva fare? Che razza di madre sarebbe stata se non riusciva neppure a gestire una ragazzina che stava avendo un incubo? L'avrebbe d'istinto stretta a sé e le avrebbe accarezzato la testa, ma Daisy non era sua figlia e non si sentiva in diritto di farlo.

Decise di lasciarla sul divano sotto la vigile guardia di Bernard e si introdusse nella dépendance, diretta al piano di sopra. La porta della camera da letto di Henry era aperta e si concesse una breve pausa per osservarlo dormire; le coperte gli avvolgevano la vita e il petto nudo e muscoloso baluginava alla luce della luna che filtrava dalle tende tirate.

Si sporse verso di lui e gli sfiorò un braccio. La sensazione della sua pelle morbida e calda le scombussolò lo stomaco con un desiderio che non avvertiva da anni. Lui non si mosse e Penny provò a scuoterlo leggermente.

Poi Henry socchiuse gli occhi, le sorrise e le accarezzò il braccio.

Lei era lì, nella sua camera da letto. Non aveva smesso di pensare a lei neanche per un attimo prima di addormentarsi e adesso lei era lì. Stava sognando, certo, ma la sua pelle era così morbida da sembrare di carne e ossa. Non indossava uno di quei completini sensuali che immaginava di solito sulle donne che venivano a visitarlo nel sonno ma aveva comunque un aspetto angelico, anche se infagottata in un paio di pantaloni con le stampe di fiocchi di neve e una maglia che le stava troppo grande. Aveva voglia di trascinarla nel letto accanto a sé e scoprire il corpo delizioso che nascondeva sotto quegli abiti larghi.

Fece scivolare la mano lungo il polso di lei fino a intrecciare le dita con le sue. Si spostò leggermente indietro sul materasso e la tirò piano contro di sé. Per un solo meraviglioso istante lei sembrò assecondare il movimento, poi si fermò e gli lasciò la mano.

«Henry, sono io. Penny.»

Sapeva benissimo chi fosse. Anche se, a mano a mano che il sonno lo abbandonava, cominciava a intuire sempre più chiaramente che non si era intrufolata in camera sua per una notte di sesso selvaggio. Si schiarì la voce e si strofinò il viso per tentare di cancellare dalla sua testa tutte le immagini sconce che gli stavano venendo in mente.

«Va tutto bene?» le chiese mettendosi a sedere.

«Daisy sta avendo un incubo.»

Henry saltò fuori dal letto, la mente ora sgombra da quei pensieri imbarazzanti.

«Dov'è?»

«Nel mio salotto. Non l'ho svegliata perché avevo paura di spaventarla.»

Lui si precipitò giù per le scale. Che cosa ci faceva Daisy nel salotto di Penny? Si era accorto che aveva faticato ad addormentarsi e l'aveva sentita scendere al piano di sotto, probabilmente per leggere o guardare la tv, ma non conosceva il motivo che l'aveva spinta a lasciare la dépendance.

Penny lo seguì giù per le scale fino al suo salotto; lo guardò prendere la figlia tra le braccia con dolcezza, posarle un tenero bacio sui capelli e riportarla al sicuro in casa loro. Si domandò per un istante se fosse il caso di seguirlo, ma si rispose che Henry sapeva di sicuro come affrontare quella situazione e che lei gli sarebbe stata solo d'impiccio.

L'idea di tornare a dormire non la sfiorò nemmeno, specialmente dopo quello che era appena successo tra loro in camera da letto. Lui l'aveva invitata a entrare nel suo letto e per una manciata di secondi aveva pensato di cedere. Che cosa avrebbe fatto la mattina dopo quando si sarebbe svegliato e avrebbe trovato lei a fianco al posto di una delle supermodelle che sicuramente popolavano i suoi sogni?

Stava versando del latte in un pentolino per prepararsi una cioccolata calda quando sentì un rumore alle sue spalle. Si voltò e trovò Henry immobile nella sua cucina, con addosso soltanto un paio di boxer neri aderenti; tra le mani aveva la sua vestaglia ma non sembrava intenzionato a indossarla. Penny si affrettò a distogliere lo sguardo.

«Sta meglio?»

«Sì, sembra che l'incubo sia finito.» Sospirò pesantemente e Penny sentì il cuore stringersi.

«Le capita spesso?»

«Troppo spesso per i miei gusti, ma molto meno rispetto a quando era una bambina.»

Penny si voltò a guardarlo, colpita dalla tensione nella sua voce. Lui colse lo sguardo di compassione che gli lanciò e le sorrise mestamente.

«In generale ruotano intorno alla sua paura di essere rifiutata o abbandonata, sebbene io faccia sempre il possibile per rassicurarla che non la lascerò mai. Ha sofferto di ansia da separazione per i primi dieci anni della sua vita: non potevo lasciarla con nessuno a parte Anna o i miei genitori, e anche in quei casi faceva molte storie. Aveva soltanto due mesi quando la madre l'ha abbandonata e, anche se Daisy non ha ricordi di lei, non deve essere stato facile capire perché se ne è andata. Quando aveva tre mesi, i nonni materni l'hanno lasciata con me per il fine settimana e non sono mai tornati a riprenderla... proprio quando stava cominciando ad abituarsi a vivere con loro. Da piccola mi stava sempre appiccicata ed era comprensibile. Piangeva disperata anche se la mettevo giù e rimanevo nella stessa stanza. Sono sicuro che inconsciamente stava soltanto aspettando che la abbandonassi anch'io. Per i primi sei mesi in cui abbiamo vissuto insieme dormiva soltanto nel mio letto e solo se io restavo lì accanto a lei. Non potevo neanche aspettare che si addormentasse per poi alzarmi perché, se si svegliava, cominciava a piangere e non riuscivo a consolarla. Le ci è voluto molto tempo per capire che non avevo intenzione di lasciarla, ma se ha ricominciato ad avere gli incubi significa che non si fida più di me.» Si strofinò il viso per allontanare il sonno e, quando spostò la mano, rivelò due occhi terrorizzati di fronte alla consapevolezza di aver parlato troppo. «Mi dispiace. Non avrei dovuto coinvolgerti.»

«Non fa niente. Non dirò nulla a nessuno, men che meno a lei. Ma non penso che sia tu la causa dei suoi incubi.»

«Certo che sono io. Li ha perché pensa che me ne andrò anch'io.»

«Tu le sei rimasto accanto quando tutti gli altri se ne sono andati. L'hai cresciuta quando tu stesso non eri altro che un bambino. Dovresti essere orgoglioso di te stesso e della meravigliosa giovane donna che Daisy è oggi, grazie a te. L'hai messa davanti a tutti e tutto. Non dubitare mai di essere un buon genitore: le hai donato il tuo amore, e non avrebbe potuto chiedere niente di meglio.»

Henry le sorrise. «Grazie.»

Penny lo fissò senza riuscire a distogliere gli occhi e lui ricambiò lo sguardo; l'atmosfera tra loro ricordava quel momento in cui l'aria frizza prima di una tempesta. Si costrinse a concentrarsi sulla cioccolata calda.

«Comunque, non avrebbe dovuto essere in casa tua e ti chiedo scusa. Domani gliene dirò quattro.»

Lo sentì avvicinarsi e muoversi alle sue spalle; la sua vicinanza le fece venire la pelle d'oca. Santo cielo, perché era così attratta da quell'uomo? Certo, era bello, soltanto uno stupido avrebbe potuto negarlo; ma c'erano molti altri uomini affascinanti in città e nessuno le aveva mai fatto provare quelle sensazioni. Era forse per il modo in cui la fissava, come se stesse leggendo la sua anima? O forse averlo in casa sua, l'unico posto in cui si sentiva veramente sicura e protetta, la innervosiva, perché invadeva i suoi spazi? Sapeva che non le avrebbe mai fatto del male, per lo meno non fisicamente... ma era esattamente il tipo di uomo capace di distruggerla, e questo le faceva molta paura.

«Sei gelata. Indossa questa» disse Henry avvolgendole le spalle con la sua vestaglia morbida. Il suo profumo la inebriò: era così dolce, speziato, intossicante. Infilò le braccia nelle maniche ma i brividi non accennarono a scomparire. «Mi dispiace che ti abbia svegliata.»

Penny si voltò a guardarlo, cercando con tutta se stessa di mantenere lo sguardo incollato ai suoi occhi e distante da quegli addominali perfetti che avrebbe tanto desiderato toccare.

«Non c'è problema.»

Lui continuò a guardarla. Ma perché lo faceva? Quello sguardo grigio e fisso le fece venire voglia di scappare e andare a nascondersi.

«E mi dispiace anche per...» Accennò al piano di sopra e alla camera da letto. «Mi ero appena svegliato e pensavo di essere in un sogno.»

Lei sorrise e lo prese in giro per spezzare la tensione che si era creata. «Ho capito che stavi sognando quando hai cercato di trascinarmi nel letto con te. Chi pensavi che fossi, Angelina Jolie o Keira Knightley? Una volta ho sognato di essere nel letto con Brad Pitt e mi sono svegliata abbracciata al povero Bernard.»

Lui si corrucciò. «Stavo sognando te e quando mi sono svegliato eri lì.»

Penny ammutolì. Henry ne approfittò per avvicinarsi ancora e allacciò la cintura della vestaglia intorno ai suoi fianchi.

«È stato il miglior sogno di sempre.»

Una parte di lei si sentiva lusingata da quelle attenzioni ma un'altra parte provava solo un gran fastidio. Non poteva essere veramente interessato a lei: flirtare per lui era come respirare e per giunta avrebbe potuto avere qualsiasi donna avesse desiderato. Non avrebbe mai scelto lei tra tutte.

Si avvicinò ancora; ormai Penny riusciva ad avvertire il calore emanato dal suo corpo e il suo respiro sul viso. Lui però non la sfiorò nemmeno e si sporse verso il pentolino per toglierlo dal fornello.

«Il latte stava per bruciarsi.» Versò il liquido caldo nella tazza con il cacao e mescolò con vigore, poi le mise la tazza tra le mani. «Tieni. Bevi e poi torna a dormire.»

La salutò con un sorriso disarmante e se ne andò senza voltarsi.

La mattina seguente fu il profumo del bacon che friggeva a svegliarla e Penny sorrise. Un sole invernale abbagliante splendeva già attraverso le tende: era molto più tardi di quanto avrebbe voluto. Aveva a stento chiuso occhio dopo che Henry se ne era andato: era rimasta sveglia a domandarsi se quegli sguardi, quei commenti e quelle carezze leggere significassero qualcosa oppure no. Si era addormentata solo intorno alle sei del mattino, quando l'oscurità della sua stanza aveva ceduto il posto al grigiore dell'alba.

Si liberò dalle coperte e le mani corsero ad afferrare la vestaglia di Henry; poi, dopo soltanto un istante, decise di indossare la sua per una lunga serie di ragioni.

Zampettò al piano di sotto e sorrise vedendo la sua amica Jill impegnata ai fornelli. Sgattaiolò dietro di lei e la abbracciò posando la testa sulle sue spalle. Jill sobbalzò, presa alla sprovvista, poi le strizzò una mano e riprese a friggere la pancetta.

«Mi piacciono questi saluti mattutini» disse.

«E a me piace svegliarmi e sentire profumo di bacon, ma sai benissimo che non sei più tenuta a cucinare per me.»

«E tu sai benissimo che mi piace. Il tè è pronto. Versamene una tazza.»

Penny sorrise affettuosamente. Conosceva Jill Stratton da tutta la vita: aveva fatto da cuoca, governante e bambinaia non ufficiale per lei e suo fratello. Non sapeva bene perché si ostinasse a venire a casa sua una o due volte a settimana per aiutarla nelle pulizie: a Jill non servivano i soldi e a lei non serviva una mano, ma quell'abitudine aveva finito per radicarsi nel corso degli anni e Penny non aveva nessuna intenzione di scrivere la parola fine. Le era più che grata per la compagnia che le faceva e per l'amicizia incrollabile che Jill le dimostrava da tutti quegli anni.

Versò il tè in due tazze e si sedette ad aspettare che l'amica finisse di friggere. Aveva una classe e uno stile invidiabili: anche quel giorno, nonostante la aspettassero ore di pulizie, indossava un completo azzurro che sarebbe stato più appropriato a un matrimonio dell'alta società piuttosto che per una giornata dedicata a spolverare e lucidare. Aveva una sciarpetta di raso blu legata intorno al collo e portava degli orecchini di diamanti e zaffiri, veri, Penny lo sapeva. Indossava un grembiule sopra i vestiti ma la sua grazia e bellezza innate non ne erano minimamente scalfite. Portava i capelli lisci tagliati a caschetto e non era invecchiata di un solo giorno da quando l'aveva conosciuta.

Jill servì a Penny un tramezzino al bacon e si sedette di fronte a lei per mangiare il suo.

«Allora, come sono i nuovi vicini? Henry e Daisy, giusto?»

«Sembrano delle brave persone. Daisy comunque è la figlia di Henry, non la moglie…»

«Oh.» Jill addentò il suo tramezzino e masticò il boccone fissandola pensierosa. Alla fine deglutì. «E com'è questo Henry?»

Penny arrossì. «Henry è… alto, e… ehm…»

Terribilmente musone, affascinante da mozzare il fiato e soprattutto molto provocante. Non poteva dire nessuna di quelle parole ad alta voce ma Jill sembrò intuirle una per una e nascose un sorrisetto dietro la tazza di tè.

«Daisy è dolcissima. Mi piace tanto.»

All'improvviso qualcuno bussò alla porta comunicante e Penny sentì che stava entrando. Gli occhi di Jill si spalancarono e lei capì che non si trattava di Daisy ma di Henry. Si voltò a guardarlo: era in piedi nel corridoio e notò che aveva avuto la decenza di indossare almeno una maglietta che arrivava a coprirgli i boxer. Non indossava i pantaloni, però, e non poté fare a meno di ammirare le sue cosce muscolose.

«Buongiorno, perdonate l'intrusione. Penny, volevo chiederti se puoi restituirmi la vestaglia.»

«Certamente. È in camera mia, vado subito a prenderla.»

Ignorò lo sguardo sbigottito di Jill a quello scambio di battute e balzò in piedi per poi correre al piano di sopra. Quando tornò, un minuto dopo, trovò Henry seduto a tavola che chiacchierava con Jill come se la conoscesse da tutta la vita; lei gli aveva persino versato una tazza di tè. Gli porse la vestaglia e lui la prese, ma non accennò ad alzarsi. Si era accomodato sulla sedia accanto a quella su cui era seduta lei fino a poco prima; quindi, quando ritornò al suo posto per ricominciare a mangiare, le loro cosce si sfiorarono per un brevissimo istante e quel tocco la elettrizzò più di mille scintille. Si affrettò a spostarsi.

«Vedo che avete fatto amicizia» esordì Penny. Era perplessa da quel tenero quadretto familiare ma una parte di sé lo trovava dolcissimo.

«Sì. Jill mi stava giusto chiedendo se fossi single.» Henry fece un sorrisetto furbo e sussurrò con una finta aria cospiratrice: «Penso di piacerle».

Jill rise. «Magari se fossi stata vent'anni più giovane! Ma io e il mio caro Thomas siamo felicemente sposati da quasi venticinque anni ormai, quindi non credo che cederò all'adulterio proprio ora... nonostante tu sia davvero attraente.»

Henry le sorrise e poi si voltò verso Penny. «Per fortuna, perché non mi sembrerebbe molto corretto. Io e Penny abbiamo un appuntamento martedì sera.»

Penny vide le labbra di Jill allargarsi in un sorriso a trentadue denti.

«Non è un appuntamento vero e proprio» spiegò.

«Ah, no?» chiese Henry, gli occhi luccicanti di divertimento.

«No. Me l'hai chiesto soltanto per infastidire Jade.»

«Be', quello è uno dei motivi, ma non l'unico.»

Lei lo fissò e lui ricambiò lo sguardo senza esitazione. Poi avvertirono un movimento alle loro spalle ed Henry si allontanò di proposito non appena riconobbe la sagoma di Daisy.

«È bacon questo profumino?» chiese la ragazza speranzosa.

«Ti preparo subito la colazione» disse Jill alzandosi.

Henry si accigliò. «No, Jill, non preoccuparti. Abbiamo del bacon anche a casa nostra. La pigrona può cucinarselo da sola.»

«Oppure, se tu fossi un padre meno degenere, potresti prepararmelo invece di lasciarmi da sola a morire di fame.» Daisy sorrise divertita a suo padre e lui ricambiò con una smorfia.

Jill stava già armeggiando ai fornelli. «Nessun problema. Henry, ne vuoi un po' anche tu?»

«Se proprio devi metterti a friggere per questa fannullona, allora ne approfitto.»

Penny batté una mano sulla sedia che aveva accanto e Daisy venne a sedersi tra lei e suo padre. Henry le diede una gomitata giocosa e lei ricambiò; avevano un rapporto meraviglioso. Penny si domandò se avrebbe chiesto a sua figlia perché si trovasse sul divano di casa sua la notte precedente, ma Henry non sembrava averne intenzione e anche lei decise di ignorare l'argomento.

«Daisy, ti presento la mia carissima amica Jill» disse.

«Che bel nome che hai» commentò lei stendendo la pancetta nella padella. «Mi piace proprio tanto.»

«A me non piace. È un nome carino per una bambina, ma penso che da grande non riuscirò a farmi prendere sul serio da nessuno.»

«Invece è davvero grazioso» ribatté Penny. «Ho sentito nomi ben peggiori. Proprio l'altro giorno ho letto un articolo sui nomi più strani dati ai bambini: c'erano Frodo, Bilbo, Hashtag e persino un Goldilocks.»

Daisy rise. «Nessuno chiamerebbe un figlio Goldilocks.»

«Vorrei che non fosse vero ma lo è! E sai qual è il mio nome per intero?»

«Immagino Penelope.»

Penny scosse la testa. «No… Tuppence.»

Daisy sgranò gli occhi ed Henry si lasciò scappare una risata.

«Ti chiami Tuppence. Dici sul serio?» La ragazza era chiaramente divertita dalla scoperta.

«Giuro. A mio fratello è andata peggio però: si chiama Rainbow Sky.»

«Veramente?»

«Che posso dirti… i nostri genitori erano hippy. Si fa chiamare solo Sky adesso. Credo che sia stato all'anagrafe qualche anno fa per farsi cambiare nome legalmente. Se mai dovessi conoscerlo non parlargliene: non vuole che si sappia in giro.»

Daisy rise. «Meno male che non mi hai chiamato Rainbow o Sunshine.»

«Hai visto? In fin dei conti Daisy è un nome normale» concordò Henry.

La figlia annuì. Il suo cellulare trillò dall'interno della sua tasca e lei lo tirò fuori.

«Scusate, mi si sta scaricando. Lo spengo subito.» Pigiò un paio di tasti e se lo rimise in tasca. «Ah, ecco che cosa volevo chiedere: non c'è molto segnale in casa... Sai per caso se qui intorno c'è un punto in cui prende il cellulare?»

«Hai ragione, non è granché. Nel capanno degli attrezzi però c'è sempre campo e anche a una ventina di metri giù per la discesa. In cucina il segnale va e viene, ma nel freezer ho campo pieno.»

«Quindi se voglio telefonare alle mie amiche devo ghiacciarmi il cu... il sedere.» Daisy rise e ignorò l'occhiata di rimprovero che Henry le lanciò per la parolaccia.

«Nel capanno in realtà si sta abbastanza caldi; c'è anche una stufa. Sentiti libera di andarci tutte le volte che vuoi. Potresti trovare campo anche sul retro della stanza di Henry. Il wifi invece funziona molto bene, quindi puoi usare Whatsapp e Skype.»

«Ah, ottimo. Whatsapp è praticamente l'unica piattaforma social che posso utilizzare perché papà non mi lascia iscrivere a Facebook o Twitter. Dice che non vuole che parli con gli sconosciuti.» Daisy lo guardò e poi sussurrò a Penny, abbastanza forte perché anche lui sentisse: «È un tipo piuttosto protettivo».

«Non è vero. Semplicemente non mi piace l'idea di te che chatti con dei maledetti pervertiti.»

Penny si accorse che si trattava di un argomento spinoso e decise di cambiare discorso. «Che fai oggi?» domandò a Daisy.

«Niente di che. Probabilmente leggerò o giocherò a qualcosa» rispose lei stringendosi nelle spalle.

«O magari disferai i bagagli, eh?» suggerì Henry.

«Be', se ti va, dopo che hai finito di disfare le valigie, puoi venire a guardarmi mentre intaglio il ghiaccio. Posso mostrarti come si fa. Devo fare ben due statue oggi: dicembre è un mese davvero impegnativo.»

«Mi piacerebbe tantissimo! Posso papà?»

«Solo se prima sistemi la roba che c'è nello scatolone in cima alle scale.»

Daisy si imbronciò.

«Comunque io sarò nella stanza refrigerata per quasi tutto il giorno, quindi vieni pure quando vuoi.» Penny indicò la porta della stanza.

«È una specie di freezer gigante?»

«No, è soltanto una stanza più fredda delle altre perché tengo il riscaldamento molto basso o addirittura spento. Dentro però c'è un freezer gigante, sì. Indossa dei vestiti caldi, ma non troppo pesanti.»

«Ecco qui» disse Jill posando a tavola altri due piatti di bacon e pane.

«Grazie, ha un aspetto squisito. Papà brucia sempre la pancetta, quindi di solito la friggo io.» Daisy assestò un'altra gomitata giocosa tra le costole del padre.

Lui sorrise. «Grazie Jill. È molto gentile da parte tua.»

Penny osservò entrambi ricoprire i loro tramezzini con uno spesso strato di ketchup e sorrise.

«C'è una pista di pattinaggio sul ghiaccio all'aperto giù in città. Possiamo andarci?» domandò Daisy prima di divorare metà del suo tramezzino in un sol boccone.

«Certo, magari stasera» rispose Henry facendo lo stesso con la sua colazione.

Penny si concentrò sulle molliche nel suo piatto e le dispose in modo da formare una specie di disegno. Quei due erano così vicini, così in simbiosi l'uno con l'altra! Non avrebbe mai potuto far parte del loro mondo. Dopotutto avevano passato insieme ben sedici anni. Henry poteva flirtare con lei e costringerla a condividere colazioni e cene imbarazzanti, ma non sarebbe mai stata niente di più che un accessorio per loro due.

«Bene, io ho uno scatolone da disfare. Ci vediamo dopo, Penny. Grazie per la colazione!»

Daisy salutò Jill con la mano e scomparve di corsa oltre la porta comunicante; i suoi passi sulle scale risuonarono per tutta la casa.

Penny si accorse che Henry la stava fissando con la coda dell'occhio, ma quando capì che non avrebbe detto niente, decise di lasciar cadere definitivamente l'argomento. Alla fine lui si alzò e indossò la vestaglia, allacciandosi la cintura intorno alla vita proprio come aveva fatto con lei la sera prima, poi si avvicinò a Jill che stava fingendo di essere incredibilmente interessata al giornale che aveva tra le mani.

«Jill, è stato un vero piacere conoscerti. Grazie mille per la colazione» le disse stampandole un bacio sulla guancia. «Ci vediamo più tardi.»

Girò intorno al tavolo passando accanto a Penny e lei si chiese per un brevissimo istante se avrebbe ricevuto un bacio a sua volta. Henry però si limitò a salutarla con un sorriso appena accennato e scomparve dietro la porta comunicante, chiudendosela alle spalle con delicatezza.

Jill studiò Penny con un sorriso nascondendosi dietro la tazza di tè. «Niente male, non credi?»

Penny non riuscì a negarlo.

«E tu gli piaci.»

Lei scosse la testa. «No, credo che faccia così con tutte. Stava flirtando anche con te. Deve essere proprio fatto così.»

«C'è una differenza enorme tra il modo in cui ha trattato me e il modo in cui tratta te. La tensione sessuale tra di voi si taglia con il coltello!»

Penny non riuscì a negare neanche quello. Aveva notato anche lei quell'atteggiamento nei suoi confronti, ma sembrava che Henry non avesse intenzione di agire nel prossimo futuro.

«Che cosa ti spaventa?»

«Ritrovarmi con il cuore spezzato.»

Jill si addolcì e si avvicinò a Penny per avvolgerla in un tenero abbraccio. «Tesoro mio, tu meriti di essere felice e amata, ma non lo sarai mai se non ti concedi un piccolo rischio. Henry mi sembra un brav'uomo: dagli un'occasione e vedremo cosa succederà.»

Penny annuì. Per la prima volta dopo otto anni si sentiva veramente attratta da una persona, in un modo che forse non aveva mai sperimentato in tutta la sua vita. Sarebbe stata sciocca a non fare nemmeno un tentativo. Sperava soltanto che anche Henry fosse dello stesso avviso.

Henry si appoggiò allo stipite della porta e osservò Daisy muoversi per la sua nuova stanza, sistemando sulle mensole fotografie dalle cornici glitterate che la ritraevano con le sue amiche, adagiando peluche sul letto e riordinando i cd. L'intera dépendance non era abbastanza grande per contenere tutta la sua roba, figurarsi quella singola stanza! La maggior parte delle sue cose sarebbero rimaste negli scatoloni, che avrebbero portato nel capanno degli attrezzi fino al prossimo trasloco.

Daisy si accorse che la stava guardando e gli sorrise.

«Sei contenta di esserti trasferita qui? So che ti mancheranno i tuoi amici, però...»

«Sì, mi piace. Ovviamente mi mancheranno i miei vecchi amici, ma ho sempre voluto vivere vicino al mare e questo posto è bellissimo. Per non parlare dell'opportunità che hai di lavorare per una ditta come la White Cliff Bay Furniture Company. Significa più soldi e orari regolari. In più potremo stare vicino ad Anna quando avrà bisogno di una mano con il piccolo. Penso che trasferirci qui sia stata la scelta giusta.»

Henry sorrise. Nascosta dietro un intramontabile entusiasmo per ogni avvenimento, primo fra tutti il Natale, e un aspetto infantile, c'era una ragazza molto saggia.

«E poi questo cottage mi piace tantissimo. Possiamo restare qui? So che preferiresti abitare giù in città e che vorresti un posto più grande solo per noi due, ma... qui mi sento a casa. Lo so, è una cosa strana da dire dopo così poco tempo, ma negli ultimi anni abbiamo traslocato tante volte e questo è il primo posto in cui sento che mi piacerebbe rimanere. Non so se dipende dal panorama incredibile che si vede dalla finestra della mia camera o dal fatto di avere Penny e Bernard alla porta accanto, ma mi sento felice.»

«Anche a me piace stare qui.»

«Penny è una brava persona. Potrebbe essere la mia unica amica da queste parti, quindi...» Daisy sembrò a disagio e non terminò la frase.

Henry sentì un pugno allo stomaco al pensiero che sua figlia potesse pensare una cosa del genere. «Farai un sacco di nuove amicizie: sei sveglia, divertente, dolce e gentile. Piaceresti a chiunque.»

La ragazza si strinse nelle spalle e distolse lo sguardo; Henry si chiese se la paura di non riuscire ad ambientarsi fosse la causa dell'incubo della sera precedente.

«Che cosa ci facevi ieri a casa di Penny? È venuta a svegliarmi perché stavi avendo un incubo sul suo divano.»

Nonostante fosse terribilmente inappropriato da parte di Daisy sgattaiolare nella casa della loro vicina, era molto più preoccupato per l'incubo che per la maleducazione: in genere faceva brutti sogni soltanto quando qualcosa la turbava.

«Accidenti, mi dispiace. Ero nel nostro salotto e la porta era aperta e ho pensato di andare a giocare un pochino con Bernard. Devo essermi addormentata.»

«E l'incubo?»

Daisy scrollò le spalle. «Non ne ho idea.»

«Temevo che si trattasse di qualcosa che ti preoccupa. È il pensiero di andare in una scuola nuova oppure… Penny?»

Lei sembrò confusa. «Perché Penny dovrebbe preoccuparmi? È un tesoro.»

«Per il fatto che martedì io e lei usciamo insieme. Non è un appuntamento vero e proprio, lo sai, ma se vuoi posso disdire.»

«Papà, ma io voglio che tu esca con delle persone nuove. Sarebbe anche ora che ti trovassi una donna che si prenda cura di te. Io sono stanca di farlo.» Ridacchiò prendendolo in giro. «Cerca soltanto di scegliere una brava persona e non una testa di… rapa come Emily.»

«Brava. Non dire parolacce.»

«Però se le merita.»

«Lo so, ma non voglio che tu dica parolacce.»

«Dimmi una sola parola che possiamo usare per descrivere la tua ex fidanzata che non sia un'offesa.»

Henry non la trovò. «Va bene, non come Emily. Promesso.»

«Ma non penso nemmeno che dovresti uscire con Penny. Non sul serio» disse Daisy ed Henry non poté evitare di sentirsi amareggiato.

«Perché no?»

«Lei è… fragile. Sembra uno di quei cuccioli che si vedono negli annunci dei canili, quelli che sono stati trattati male dai padroni.»

Però. Perspicace la ragazzina.

«So che ci sono state altre donne oltre a quelle che hai frequentato seriamente, quelle che non porti mai a casa, con cui ti vedi ogni tanto per…» Fece un gesto vago con la mano ed Henry arrossì. E lui che pensava di essere stato discreto. «Penny è un tipo da prendere o lasciare: non puoi usarla e poi metterla da parte per un'altra. O le dai tutto te stesso o non vale neanche la pena provarci.»

«Parole molto sagge per una persona così giovane.»

Daisy sorrise e riprese a sistemare la stanza.

Avrebbe potuto offrire a Penny tutto ciò che meritava? Era fantastica e dolce e simpatica e attraente da morire, ma nonostante l'atteggiamento magnanimo di Daisy nei confronti della sua vita sentimentale, sapeva che non sarebbe stato facile allargare il loro quadretto familiare a una terza persona. Daisy aveva trovato un'apparente serenità e non voleva fare niente che potesse turbare il loro equilibrio. Sapeva anche che Penny non poteva essere una delle tante e non aveva nessuna intenzione di ferirla. Dunque, si disse, era fuori discussione.

Capitolo 6

Penny era impegnata con la scultura ghiacciata a forma di angelo che avrebbe presentato alla gara della sera successiva e che aveva dovuto accantonare per qualche giorno, a causa della moltitudine di ordini ricevuti in vista del Natale. Era una scultura molto complicata a causa delle tante pieghe nell'abito dell'angelo, dei suoi capelli svolazzanti e delle piume nelle ali, ma le sfide le erano sempre piaciute. Stava ascoltando un album dei suoi amati Westlife – o probabilmente stava ululando – mentre scolpiva i dettagli del viso dell'angelo, quando un movimento alle sue spalle catturò la sua attenzione e si voltò per ritrovarsi di fronte a Henry e Daisy che la osservavano sulla porta.

Si sfilò rapidamente le cuffie. «Da quanto tempo siete lì?»

«Abbastanza da poter godere della tua voce melodiosa» rispose Henry con un sorrisetto divertito.

«E per ammirare i tuoi passi di danza» aggiunse Daisy cercando di trattenere le risate.

Penny arrossì: i suoi passi di danza non erano stati altro che una lunga serie di movimenti di bacino.

«Sono venuto solo a chiederti se Daisy può restare un po' qui con te» disse Henry passando affettuosamente un braccio intorno alle spalle della figlia.

«Certamente» rispose Penny sorridendo alla ragazza.

«Se finisce per infastidirti diglielo chiaramente, non si offende.»

Daisy rise.

«C'è una mia vecchia felpa nella stanza qui accanto. È leggera ma ti terrà calda. Ci sono anche degli stivaletti di sicurezza e un paio di guanti: vai a prenderli e indossali, poi ti farò vedere qualche cosuccia.»

Daisy corse via lasciando Henry immobile al centro della stanza. Dopo qualche istante si decise finalmente a parlare: «Grazie, davvero. Sei gentilissima. Daisy ha una grande passione per l'arte in generale ma soprattutto per la scultura. Ha fatto un corso di falegnameria durante l'estate e adora questo tipo di cose, ma dicevo sul serio: se ti crea problemi, rimandala a casa».

«Non me ne darà, tranquillo.»

Lui continuò a fissarla e si strofinò la ricrescita della barba, imbarazzato. «Ascolta, riguardo il nostro appuntamento, martedì...»

«Sono pronta!» annunciò Daisy entrando nella stanza freezer con le mani sui fianchi, come se fosse un supereroe.

Penny scoppiò a ridere. «Allora ti puoi avvicinare.»

Daisy la raggiunse e studiò meravigliata l'angelo di ghiaccio. Penny si domandò come fosse guardarlo attraverso i suoi occhi.

«Posso toccarlo?»

«Certo» rispose lei, nello stesso momento in cui Henry diceva: «No».

«Non ti preoccupare, non succederà niente. Manca ancora molto tempo prima che cominci a sciogliersi. Adesso è perfettamente asciutto.»

Daisy allungò le dita, esitante. Penny si voltò verso Henry: si chiese che cosa stava per dirle prima che la figlia rientrasse.

«Vi lascio sole.» Henry la salutò con un sorriso mesto e sparì dietro la porta della stanza freezer, lasciandola con il dubbio che fosse venuto a cancellare il loro appuntamento. Penny tentò di ignorare la stretta che avvertì alla bocca dello stomaco e si concentrò su Daisy.

«Allora, che ne dici se ti mostro le basi e poi provi a fare qualcosa da sola?»

La ragazza la guardò con gli occhi pieni di stupore ed eccitazione. «Dici sul serio?»

«Sì, è molto facile imparare le tecniche di base e poi tuo padre mi ha detto che hai imparato a intagliare il legno, quindi non sarà complicato. Ho già tagliato un blocco di ghiaccio in due cubi più piccoli che puoi usare per giocare un po' e creare quello che vuoi. In genere io disegno i contorni della forma che voglio realizzare e uso lo scalpello per tracciarli nel ghiaccio, ma puoi procedere come preferisci.» Penny scolpì rapidamente la forma di una stella in un blocco di ghiaccio che teneva sul tavolo. «Quando hai finito puoi usare la smerigliatrice per tracciare linee più profonde, così.» Accese lo strumento e con la punta più corta ripercorse attentamente i contorni della stella. Daisy la fissò per tutto il tempo cercando di capire quali fossero l'angolo giusto per puntare lo strumento e la pressione da esercitare per avere un buon risultato, immagazzinando i dettagli della spiegazione. «Poi con la motosega taglierò tutte le parti che non vuoi utilizzare.»

«Posso usarla io la motosega?» chiese Daisy speranzosa.

Penny sorrise davanti al suo entusiasmo. «Non oggi. È un attrezzo molto potente e basta distrarsi un attimo per tranciarsi via le mani… Non penso che tuo padre ne sarebbe particolarmente contento. Ma ti insegnerò a utilizzare altri strumenti in tutta sicurezza. Quando avrò finito con la motosega, potrai usare questo scalpello a forma di V per rifinire i contorni e, una volta terminato, ti mostrerò quali attrezzi utilizzare per ottenere effetti e risultati diversi. Esistono tecniche differenti per scolpire le piume o gli abiti o la pelliccia, quindi scegli cosa vuoi realizzare e io ti farò vedere come fare. Comincerei con qualcosa di semplice come una campana o un albero di Natale, oppure...»

«Un angelo» completò Daisy, continuando a osservare incantata la scultura di Penny.

«Anche, ma ti avverto che è molto complicato, soprattutto su piccola scala. Però puoi provarci se è quello che vuoi.»

Penny le passò un paio di occhiali protettivi. Daisy afferrò lo scalpello e cominciò a intagliare con estrema delicatezza la superficie di uno dei blocchi più piccoli preparati apposta per lei. Penny seguì i suoi movimenti, pronta a darle qualche consiglio qualora ne avesse avuto bisogno, ma Daisy sembrava possedere un talento innato: si prendeva il suo tempo e incideva il ghiaccio solo dopo averci riflettuto, senza applicare troppa pressione. Penny sorrise quando vide lo scheletro di un futuro fiocco di neve spuntare dal blocco ghiacciato. Stava mirando in alto e ne era felice: anche a lei piacevano le sfide.

«Avvertimi quando vuoi usare la smerigliatrice» le disse, tornando al suo angelo.

Daisy restò in silenzio per una buona manciata di minuti. Era bello avere qualcuno con cui lavorare: anche se non stavano parlando, potevano comunque godere della reciproca compagnia.

«Ti piace mio padre?» chiese all'improvviso Daisy, senza staccare gli occhi dal blocco di ghiaccio.

Ecco, quella era una conversazione che Penny non avrebbe voluto avere con nessuno, specialmente con la figlia del diretto interessato.

«Piace a tutte» continuò Daisy. «Eppure a me non dice niente.»

«È normale. È tuo padre.»

«Hai ragione, ma tantissime donne perdono la testa per lui. Dev'essere un bell'uomo.»

«Ha avuto tante fidanzate?» chiese Penny, cercando di distogliere l'attenzione dalla domanda che le aveva fatto.

«Sì. Cioè, non fidanzate vere e proprie. Diciamo che ha frequentato molte donne di cui io in teoria non dovrei sapere niente. Ma non durano tanto tempo: dopo qualche appuntamento, passa subito a quella dopo. Non penso che voglia una relazione seria. Ha avuto soltanto due vere fidanzate in tutti questi anni: Rosie mi piaceva, ma l'altra era tremenda. Di solito cerca di evitare le relazioni a causa mia e questo mi fa sentire in colpa. Crede di non poter essere allo stesso tempo un padre e un fidanzato, ma io so che può. Sarebbe un marito perfetto e sono sicura che gli piacerebbe anche avere altri figli. È così bravo con Bea e Oliver.»

Daisy continuò a lavorare sul suo fiocco di neve picchiettando via il ghiaccio in eccesso. Penny si accovacciò per spianare degli spigoli ghiacciati sull'orlo del vestito dell'angelo.

«E tu come la prenderesti se si sposasse e avesse altri figli?»

«Onestamente ne sarei felicissima. Sono sedici anni che mi sopporta, merita di essere felice.»

«Tuo padre ti adora. Non penso che crescerti sia stato un sacrificio per lui.»

«Certo, questo lo so, lo vedo tutti i giorni. Ma ho sicuramente messo un freno alla vita che avrebbe avuto senza di me. Vorrei che si innamorasse e che fosse amato. Cerco sempre di assecondare il suo desiderio di avere una vita sociale perché non dovrebbe limitarsi a fare solo il padre, ma la sua ultima fidanzata era una vera carogna. Non dirgli che te l'ho detto, però. Voglio che trovi una donna dolce, ma probabilmente la persona che sceglierei io e quella che sceglierebbe lui sarebbero molto diverse tra loro. Anche se penso che tu gli piaccia e questa è una novità, perché non succede mai che ci piacciano le stesse persone.»

Penny sentì la gola improvvisamente secca e si schiarì la voce prima di parlare. «Davvero?»

Daisy annuì. «La sua ultima relazione è finita molto male e la colpa era anche mia, quindi al momento non sta cercando una storia importante. Gli ho detto di non provarci con te se non ha intenzioni serie ma so già che non è il tipo da intenzioni serie.»

Penny osservò l'angelo senza vederlo veramente. Ecco perché era venuto ad annullare l'appuntamento: non voleva avere una storia seria con lei. Be', se quello che cercava era soltanto una scappatella, allora aveva fatto proprio bene a non provarci nemmeno.

«Non sono stata impertinente, vero? Non voglio vederti soffrire» aggiunse Daisy, notando finalmente l'effetto negativo che quelle parole avevano avuto su Penny.

Era davvero così patetica da far pena persino a una ragazzina di sedici anni?

«No, figurati. Sto bene da sola, credimi. Henry mi piace, ma non in quel modo.»

«Perfetto allora. Sarete ottimi amici! Papà ha bisogno di nuovi amici qui a White Cliff Bay e immagino che a volte anche tu ti senta sola quassù. Vi terrete compagnia.»

Esatto. Non aveva messo la dépendance in affitto per trovare un uomo ma per fare nuove amicizie e sembrava esserci riuscita sia con Henry che con Daisy. Doveva esserne contenta.

«Dovresti venire a pattinare con noi stasera.»

Penny non riusciva a pensare a niente di peggio di un invito fatto soltanto per pietà, neanche se l'alternativa consisteva nel rimanere a casa da sola a guardare vecchie repliche di *In viaggio nel tempo* con una vaschetta di gelato Ben & Jerry's tra le mani.

«Non sono un granché a pattinare.»

«Ti darà una mano papà. È molto bravo, da giovane prendeva persino lezioni. È su una pista di pattinaggio che conobbe mia madre: lei rimase così impressionata dalla sua agilità che… be', nove mesi dopo sono nata io.»

Penny si sorprese della sua schiettezza. «Vedi mai tua madre?»

«No, per fortuna no. Pare che sia invischiata in un brutto giro di alcol e droghe. Meglio così.» Colpì il ghiaccio con durezza.

«Te l'ha detto tuo padre?»

«No, mia zia Caitlyn. È la sorella di mia madre. Ogni tanto incontro lei e i miei nonni materni, ma neanche loro vedono mai mia madre. Non fanno altro che criticare papà e il modo in cui mi cresce, ma almeno lui è sempre rimasto con me invece di scappare in Australia dopo la mia nascita.»

Penny avvertì l'amarezza nelle sue parole e provò l'istinto di abbracciarla, ma non trovò il coraggio di farlo davvero.

Daisy fece un passo indietro per ammirare il suo lavoro. «Credo di essere pronta per usare la smerigliatrice.»

Penny prese l'attrezzo e si avvicinò a Daisy per dare un'occhiata alla sua creazione. Lo scheletro del fiocco di neve era delicato e molto intricato. Probabilmente non sarebbe riuscita a intagliarlo con successo ma sarebbe stato un ottimo punto di partenza per fare pratica con le tecniche diverse che le avrebbe mostrato. Accese la smerigliatrice e accostò la punta a una delle linee che Daisy aveva scavato con lo scalpello.

«Non premere troppo forte: lasciati guidare» spiegò prima di mettere lo strumento nelle mani impazienti di Daisy. La guardò accostare la punta al ghiaccio con delicatezza. «Così, brava. Se vai piano dovresti riuscire a seguire le linee.»

«E se sbaglio?»

Penny scrollò le spalle. «Molti errori possono essere facilmente incorporati nel disegno finale. E poi è la tua prima volta, sarebbe normale. Non ti preoccupare.»

Si allontanò per guardare Daisy mentre maneggiava la smerigliatrice con la dedizione di un gran maestro degli scacchi durante una partita. Tornò al suo angelo, soddisfatta del modo in cui la ragazza stava lavorando, e finse di concentrarsi sulla sua scultura senza tuttavia staccare lo sguardo dalla sua nuova allieva, notando che procedeva senza problemi.

Le si strinse il cuore pensando che la madre di Daisy aveva rinunciato a veder crescere quella giovane donna così intelligente e piena di talento. Come aveva potuto voltarle le spalle in quel modo? Henry aveva fatto un ottimo lavoro e aveva tutto il diritto di sentirsi orgoglioso di sua figlia. Allo stesso tempo capiva perché fosse così restio a imbarcarsi in una relazione seria: non voleva rischiare che un'altra donna ferisse Daisy così come aveva fatto sua madre.

Nonostante la delusione, decise che avrebbe cercato di accontentarsi dell'amicizia che stava nascendo tra di loro senza nutrire troppe speranze, ma sapeva bene che era molto più facile a dirsi che a farsi.

Henry si fece vivo dopo qualche ora per controllare se la figlia fosse ancora nella stanza refrigerata. Sapeva che era una ragazza con cui era molto facile andare d'accordo, ma non voleva che fosse un peso per Penny.

Jill era ancora lì: stava affettando un filone di pane e gli sorrise quando lo vide spuntare dalla porta comunicante.

«Bentornato» gli disse rimettendosi a tagliare. «Ti preparo qualcosa per pranzo?»

«No, grazie, sto bene così. Sono solo venuto a vedere se Daisy sta già facendo impazzire Penny.»

Jill lo invitò ad accomodarsi a tavola e lui, realizzando che si trattava di quel tipo di persona con cui è meglio non mettersi a discutere, obbedì.

«Penny è buona come il pane. Credo sia fisicamente impossibilitata ad arrabbiarsi con qualcuno. Daisy potrebbe intrufolarsi in casa sua ogni santo giorno e sono sicura che Penny non avrebbe niente da dire a riguardo. Non è nel suo carattere.»

«È molto dolce.»

«Ti piace.» Non era una domanda e Jill non sembrava una persona a cui fosse possibile mentire.

«Sì.»

«Non è la donna giusta per una scappatella. È fragile e non voglio vederla soffrire ancora.»

«Mi ha raccontato qualcosa di Chris e del bambino. Immagino fosse devastata.»

«Lo era, ma Chris era un deficiente. Non mi sentirai mai insultare nessuno ma non ci sono altre parole da usare per descriverlo. Anzi, ce ne sono molte e ben peggiori. Penso che non avrebbe sofferto così tanto se lui le fosse rimasto accanto anche solo per un paio di mesi dopo l'aborto. Avrebbe sofferto per il bambino, ovviamente, ma vederlo sparire dopo solo due giorni l'ha fatta crollare definitivamente. Più tardi ha scoperto che aveva avuto altre donne, e questo raddoppiò la delusione. Ma la parte peggiore fu come si comportò dopo. La gente in città aveva capito che cosa aveva fatto ed era arrabbiata con lui, perciò per salvarsi la faccia cominciò a sparlare di lei con chiunque lo ascoltasse: disse che era folle e impazzita, mise in giro delle voci bruttissime. Poche persone gli credettero e lui non fece altro che peggiorare la sua reputazione, ma altre, specialmente i suoi amici, rimasero dalla sua parte. I genitori di Penny cercarono di proteggerla al meglio delle loro possibilità, ma fu comunque difficile per lei tornare a relazionarsi con il mondo esterno. Da quel momento non c'è mai stato nessun altro perché ha paura di soffrire ancora come l'ultima volta.»

«Non ho intenzione di ferirla. Non so bene che cosa succederà tra di noi: voglio essere suo amico più di ogni cosa e magari, in futuro, la nostra amicizia si evolverà in qualcos'altro, o forse no. Comunque non vorrei mai farla soffrire.»

Jill annuì solennemente e poi arrossì. «Perdonami. Non avrei dovuto parlarti di queste cose e sono sicura che Penny non ne sarebbe per niente contenta. Basta trascorrere pochissimo tempo in sua compagnia per capire che è una persona meravigliosa. Le voglio bene come se fosse mia figlia e voglio solo il meglio per lei.»

«Lo voglio anch'io.»

«Adesso cambiamo discorso: mi ucciderebbe se scoprisse quello che ci siamo detti. Allora, ci vuoi i pomodori nel panino?»

Henry annuì e guardò Jill affaccendarsi a preparare il pranzo. Aveva già capito che Penny era una persona fantastica e trovava sempre più difficile accampare delle scuse plausibili per mantenersi lontano da lei. Una storia seria sarebbe stata dura da accettare per Daisy, soprattutto dopo il disastro con

Emily, ma sapeva anche che non avrebbe mai potuto avere relazioni non serie con Penny.

«Forza, su.» Penny ignorò il brontolio emesso da Daisy dopo che le aveva detto che era ora di uscire dalla stanza. «Andiamo a mangiare qualcosa, torneremo nel pomeriggio. È importante fare delle pause quando si lavora a temperature così basse, e qui dentro fa davvero molto freddo. In genere mi fermo ogni due ore e mi prendo una pausa lunga. Il tuo fiocco di neve sarà ancora lì quando torneremo.» Penny si avvicinò per ammirare il lavoro della ragazza. «È davvero bello. Se mai volessi cercarti un lavoretto, sarei contenta di assumerti. Sono costretta a rifiutare tantissime commissioni per mancanza di tempo!»

«Sarebbe grandioso!» Daisy quasi strillò e Penny rimpianse di avergliene parlato prima di chiedere il permesso a Henry. Era soltanto un commento fatto su due piedi ma Daisy aveva un gran talento e lei avrebbe potuto insegnarle le varie tecniche che ancora non conosceva in pochissimo tempo.

«Bene, allora ne parlerò con tuo padre e, se lui è d'accordo, potrai aiutarmi nei fine settimana, sempre che non sia un problema per i compiti. Potrei darti una mano con le parti più complicate e ovviamente ti pagherei.»

Daisy continuò a sorridere eccitata mentre Penny posava le due sculture nel freezer e non smise nemmeno quando uscirono dalla stanza.

Anche Penny sorrise quando vide due panini sul tavolo che aspettavano soltanto lei e Daisy, sicuramente opera di Jill. Il suo sorriso però si fece persino più ampio quando notò Henry seduto al tavolo della cucina che sorseggiava una tazza di tè. Cercò di contenersi e di ridimensionare la sensazione di felicità che le dava la sua presenza.

Henry le vide arrivare e sorrise a sua volta. La sua espressione la riscaldò e Penny maledisse l'effetto che aveva su di lei.

«Jill ci ha preparato il pranzo. Se n'è appena andata e non è venuta a salutarvi perché non voleva disturbare. Quella donna è un vero tesoro. Dove l'hai conosciuta?»

«È stata la nostra governante, cuoca e baby-sitter fin da quando ne ho memoria. Non ha mai smesso di venire a trovarmi, anche se ci sono soltanto io adesso. Mi sento in colpa tutte le volte, soprattutto perché sono perfettamente in grado di pulire e cucinare da me, ma una volta ho provato a dirglielo e mi ha rinfacciato tutto quello che aveva fatto per me e la mia famiglia nel corso degli anni. Non mi ha parlato per ben due settimane, anche se continuavo a chiederle scusa. Poi un giorno me la sono ritrovata qui a pulire, come se non fosse mai successo niente. Non ne abbiamo più parlato e io non ho più provato a convincerla a non venire. È come una seconda madre per me, la adoro.»

«Magari ha bisogno di soldi.»

«Suo marito è probabilmente uno degli uomini più ricchi della regione, quindi direi di no. È il proprietario della White Cliff Bay Furniture Company.»

Henry sbiancò e cercò di ricordare tutto quello che aveva detto a Jill durante la giornata, sperando di non aver fatto commenti inopportuni.

«Non ti preoccupare, ormai non ha più niente a che fare con l'azienda. È stato amministratore delegato per anni ma è andato in pensione molto tempo fa. Possiede ancora delle quote e fa parte del consiglio d'amministrazione, ma ha lasciato la completa gestione dell'azienda ai suoi due figli.»

Penny vide Daisy dare un morso famelico al suo panino senza nemmeno sedersi a tavola e poi accomodarsi all'istante dopo un'occhiataccia da parte di suo padre. Penny si lavò le mani e si sedette con loro.

«Avevo avuto l'impressione che Jill non avesse figli.»

«Infatti: Thomas ha avuto Edward e Clara dal precedente matrimonio. Jill ha fatto da governante anche per loro ed è così che lei e Thomas si sono conosciuti. Quando sua moglie morì, lei fu molto d'aiuto. Si sposarono l'anno successivo e sono ancora innamorati.»

«Penso di aver conosciuto Edward al colloquio» disse Henry pensieroso.

«Sicuramente, è un tipo molto partecipativo. Conosce i nomi di ogni impiegato dell'azienda e sa tutto quello che succede al suo interno. Sembra una brava persona.»

«Non penso di aver conosciuto Clara, invece.»

«No, ne dubito. Non credo che si interessi di queste cose. Anche lei è amministratore delegato ma penso che si occupi più di pubblicità e roba del genere. O meglio, il suo team se ne occupa. Non l'ho mai conosciuta, ma a quanto ne so non è una bella persona.» Penny notò il piatto vuoto di fronte a Henry. «Jill ha preparato anche per te, vero?»

Lui annuì. «Sono passato mezz'ora fa a vedere se Daisy aveva finito e ha insistito perché pranzassi con lei. Ti svuoteremo la dispensa se continuiamo di questo passo! Che ne dici di venire a cena da noi stasera prima che andiamo a pattinare? Abbiamo quel cibo italiano gentilmente offerto da Jade.»

Penny morse il suo panino e sentì lo stomaco agitarsi. Che cosa si erano detti lui e Jill in quella mezz'ora? Jill era un'amica carissima e non avrebbe mai parlato male di lei, ma non sapeva fino a che punto avrebbe cercato di proteggerla davanti a Henry.

«Abbiamo chiacchierato della crociera che ha fatto con Thomas quest'anno» disse lui, come se le avesse letto nella mente.

Penny cercò di rilassarsi ma dal modo in cui continuava a guardarla capì che a un certo punto della conversazione il suo nome doveva essere saltato fuori.

«Ho invitato Penny a pattinare con noi stasera» disse Daisy prima di riempirsi la bocca con l'ultimo pezzo del suo panino.

Henry esitò per un istante, ma bastò a Penny per convincersi che lui non fosse entusiasta dell'idea.

«Ma certo. Dovresti proprio venire.»

«Non so, ho ancora molte cose da fare per lavoro e c'è questo film in tv che mi piace tanto e...» Persino alle sue stesse orecchie suonò come la scusa più patetica di sempre.

«Dai, sarà divertente! È Natale, bisogna godersi le feste» insistette Daisy.

«Non voglio essere invadente, è bello che tu e tuo padre andiate insieme. Starò bene qui al calduccio.»

«Ma...» cominciò Daisy.

«Ehi, se non vuole venire non possiamo costringerla» intervenne Henry.

Penny si accigliò e bevve un sorso di tè. L'idea che lui potesse sentirsi costretto a passare del tempo con lei a causa di sua figlia le sembrava terribile, ma non le piaceva la fretta con cui aveva accettato le sue scuse per non presentarsi. Era chiaramente sollevato dal suo rifiuto.

«Ma ha detto di no soltanto perché non sa pattinare. Di certo non si diverte a starsene tutta sola quassù mentre il resto della città si gode le feste.»

«Davvero non sai pattinare?» domandò Henry, guardandola intensamente con i suoi occhi grigi e dolci.

«Lo so, è un po' un controsenso, no? Lavoro con il ghiaccio e non so pattinare.»

«Se il motivo è questo, allora posso insegnarti io.»

«No, davvero. Non voglio essere di troppo.»

Henry si sporse sul tavolo avvicinandosi a lei, gli occhi fissi nei suoi. Quando parlò lo fece a voce bassa: «Se vuoi venire vieni, se non vuoi venire non venire, ma non rifiutare soltanto perché qualche strana voce nella tua testa ti dice che a me non farebbe piacere averti con noi, perché non è così».

Daisy li guardava come se stesse assistendo a una partita di tennis.

«Va bene» disse Penny lentamente. Non era sicura che fosse la risposta giusta: le sarebbe piaciuto molto andare con loro ma non voleva che Henry si sentisse obbligato a invitarla.

«Va bene cioè verrai?»

Penny annuì, sentendosi improvvisamente molto sciocca per aver montato tutto quel caso.

«Bene» disse lui, poi posò la sua tazza, si alzò e uscì da casa sua.

«Perdonalo, non ha un briciolo di pazienza. Se non ti avesse voluto l'avrebbe detto tranquillamente, fidati. Pensa a come ha trattato Jade ieri sera» fece notare la ragazza.

«Daisy! Porta qui il tuo sederone e lascia in pace Penny per un paio d'ore!» abbaiò Henry da oltre la porta comunicante. Lei sorrise affettuosamente.

«Ci vediamo dopo» salutò, poi seguì il padre in casa loro.

Dopo una manciata di secondi, Henry comparve sulla soglia della porta e le sorrise brevemente prima di chiuderla. Penny rimase seduta a fissare l'ingresso, confusa. Che diavolo era appena successo?

Capitolo 7

Penny riusciva a intravedere Henry nel capanno degli attrezzi: stava lavorando e sembrava completamente a suo agio mentre si muoveva per lo stanzino. Sentiva il bisogno di puntellare la loro tentennante amicizia, anche se non sapeva bene perché; quindi decise di tagliare un'abbondante fetta di torta, riempire una tazza di tè e portargliele nel capanno.

Lui non la notò subito. Stava lavorando su un ciocco di legno lungo una trentina di centimetri, fissato al tavolo. Lo stava intagliando con un piccolo scalpello e, a giudicare dallo scheletro, sembrava la bozza di una renna.

Penny lo guardò passare le mani lungo la superficie del legno quasi affettuosamente, spazzando via la segatura con delicatezza. Aveva mani grandi, forti e molto attente. Lavorava sorridendo, chiaramente incantato dalla sua attività. Aveva un grande talento e adesso che lo vedeva creare con le sue mani un oggetto così piccolo e bello non aveva dubbi sul perché la White Cliff Bay Furniture Company avesse deciso di assumerlo. Lui fece una breve pausa e si avvicinò.

Non sapeva se l'avesse vista oppure sentita arrivare, ma si voltò verso di lei e il viso gli si illuminò in un largo sorriso che la fece sciogliere. Quella sensazione però sparì in fretta e si sentì davvero sciocca a essere andata fin lì per scusarsi di qualcosa che evidentemente non lo aveva turbato neanche un po'. Adesso, immobile, con quella fetta di torta in mano e delle scuse inutili sulla punta della lingua, si accorse che l'offerta di pace poteva sembrare molto più civettuola di quanto avesse previsto, quasi come il cibo italiano d'asporto di Jade la sera prima. Non voleva certo che la considerasse come una delle tante donne giù in città che non vedevano l'ora di gettarsi tra le sue braccia.

Penny gemette internamente. Perché la costringeva a ripensare a ogni sua singola azione? Si sentiva così vulnerabile accanto a lui, come una ferita esposta stuzzicata da un bambino senza troppa attenzione.

«Ciao» disse lui senza smettere di sorridere.

«Mi chiedevo se avessi fame» biascicò Penny, rabbrividendo internamente al pensiero di quanto fosse strana quella situazione. Lui non sembrò notarlo.

«Grazie.» Le fu accanto in due falcate e le prese la torta dalle mani con gratitudine. Diede un bel morso, guardandola dritta negli occhi.

Lei si costrinse a distogliere lo sguardo e si concentrò sulla renna; ora che Henry si era spostato, poteva ammirarla chiaramente in tutta la sua gloria, e la trovò meravigliosa. Si allontanò da lui, dalla sua presenza intossicante, e si avvicinò all'animale di legno.

«È stupenda» sussurrò facendo scorrere le dita lungo le piccole corna intricate. «La vuoi vendere?»

Lui scosse la testa e deglutì un boccone di torta. «No. Ogni anno costruisco una nuova decorazione per Daisy, sai, per l'albero di Natale. È una tradizione, insieme a dei terribili tortini natalizi. Anche Daisy ormai sa intagliare il legno e ogni anno, la mattina di Natale, ci scambiamo una piccola creazione.»

«Mi piace molto questa tradizione.»

Henry si avvicinò. «Sì? Allora magari quest'anno ne faccio una anche per te.»

Penny si voltò a guardarlo e poi cercò di concentrarsi di nuovo sulla renna. Tutto quel flirtare la metteva a disagio. Le avrebbe fatto del male: se si fosse lasciata abbindolare da quegli sguardi e da quelle parole dolci, senza dubbio lui le avrebbe spezzato il cuore dopo un paio di settimane al massimo. Non stava cercando niente di serio.

«Sei davvero bravo» disse, con un tono di voce traballante che la fece arrabbiare.

Non voleva rendere palese quanto le piacesse. Si ritrovò ad arrossire appena si rese conto di quanto il suo commento fosse civettuolo. Non aveva la più pallida idea di come comportarsi con gli uomini! In fin dei conti non aveva mai avuto occasione di imparare: Chris era stato il suo unico fidanzato serio ed era stato lui a prendere l'iniziativa. Non aveva mai dovuto cercare di colpirlo o dire la cosa giusta al momento giusto perché, per i primi mesi, lui era stato del tutto affascinato da lei. Peccato che la sua infatuazione fosse svanita così in fretta.

«Mi piace scolpire il legno perché mi sento a mio agio. Queste decorazioni sono soltanto dei passatempi e certamente non sono al livello delle tue creazioni con il ghiaccio» replicò lui avvicinandosi per spazzare via dell'altra segatura. «Scommetto che saresti bravissima anche con il legno. Hai mai provato a intagliare qualcosa?»

Penny deglutì mentre il suo profumo di Natale, dolci e spezie la inebriava come al solito. Scosse la testa.

«Prova.» Henry afferrò un piccolo scalpello e glielo porse.

«No, non potrei mai. Lo rovinerei soltanto.»

Lui si mise alle sue spalle, le cinse le braccia con le sue e le avvolse le dita intorno allo scalpello. Penny sentì brividi in ogni parte del corpo. Spostò lo scalpello lungo la pelliccia del collo della renna. Le mani di Henry non lasciarono le sue neanche per un secondo, sebbene sapessero entrambi che non era necessario. Proprio come aveva detto a Daisy quella mattina, le due discipline si somigliavano molto. Picchiettò via, obbediente, qualche frammento di legno dalla pelliccia, cercando di renderla più definita. Era eccitante lavorare su una tela completamente diversa: era senza dubbio più permanente delle opere che era abituata a creare.

All'improvviso sentirono tossicchiare alle loro spalle ed Henry si scostò in fretta. Daisy era ferma sull'uscio della porta con un vago cipiglio sul viso. Distolse l'attenzione da suo padre e si concentrò su Penny.

«C'è un ragazzo che ti cerca. Un certo Josh?»

Penny annuì. «Puoi dirgli che sarò da lui tra un attimo?»

Daisy esitò per un secondo prima di andare via.

Penny lasciò andare il respiro che non si era accorta di aver trattenuto fino a quel momento e scacciò via i capelli dal viso in un gesto di frustrazione.

«Non so bene che cosa stia succedendo qui. Non so se tutto questo flirtare, gli sguardi, le carezze e i commenti sono soltanto un gioco per te o se sei semplicemente incapace di non provarci con tutte le donne che incontri; ma tra me e te non succederà niente, quindi puoi smettere subito.»

Henry sembrava sorpreso. «Sei tu che ci stai provando con me!»

«Non è vero.»

«Mi hai portato la torta!» esclamò lui esasperato.

«Perdonami, non sapevo che nel linguaggio dei segni internazionale le torte stessero per "voglio portarti a letto". Se è così, devo aver inconsciamente flirtato con la mia amica Maggie tutti i sabati per gli ultimi cinque o sei anni.»

«Non sarò molto bravo a capire le donne ma la tua attrazione nei miei confronti mi sembra palese.»

Penny rimase a bocca aperta. Che cosa aveva fatto per farglielo capire?

Lui si avvicinò. «Quando mi avvicino, respiri più in fretta, ti si dilatano le pupille e ti sale il cuore in gola. Ogni volta che ti tocco, ti viene la pelle d'oca» sussurrò, accarezzandole un braccio lentamente. Il suo corpo la tradì dandogli ragione.

«Va bene. Sono attratta da te.»

«Anch'io sono attratto da te e anche tanto. Dov'è il problema?»

«Tu!» esclamò lei gesticolando freneticamente di fronte a lui e al suo corpo da urlo.

Si fermò soltanto un secondo per assorbire le parole meravigliose che le aveva appena detto. Era attratto da lei. Tutto quel flirtare non era stato solo un gioco: era davvero attratto da lei! E anche tanto, aveva detto.

«Perché dovrei essere io il problema?» domandò Henry.

Penny lo fissò realizzando finalmente che il problema non era lui, ma lei.

«Non sono brava nelle relazioni. Le prendo molto sul serio e sono sicura che al momento non è il tipo di storia che cerchi.»

Lui non la contestò, anzi, le diede ragione. «È vero. Non voglio una storia seria ora.»

«E io non voglio una storiella da quattro soldi. L'ultimo uomo con cui sono stata mi ha spezzato il cuore nel peggiore dei modi possibili. Se devo frequentare un'altra persona, deve essere una di cui posso fidarmi ciecamente. Tu sembri buono e gentile, e Daisy ti adora, ma sembri anche il tipo di uomo che può avere tutte le donne che vuole ai suoi piedi e di certo non ti va di perdere tempo a sorbirti le mie insicurezze e il mio passato. Quindi, per favore, smettiamola con questo teatrino perché mi sta uccidendo.»

Penny si accorse in quel momento che Daisy era tornata indietro e si voltò a guardarla.

«Scusami, Penny, ma Josh dice che va di fretta.»

Lei annuì e lasciò il capanno a passo svelto, senza rivolgere neanche uno sguardo al volto sbigottito di Henry. Se quello che desiderava era allontanarlo per sempre da lei, ci era riuscita di certo con quella scenata isterica. Avevano ragione giù in città: era fuori di testa.

Henry la guardò scappare via, confuso dalla rapida conclusione di quella conversazione. Non sapeva per quale motivo si sentisse così attratto da Penny; soltanto un paio d'ore prima aveva giurato a se stesso che non avrebbe cercato di ottenere niente da lei, che non sarebbe andato oltre l'amicizia, e adesso era tornato alla carica. Si voltò verso Daisy e la trovò ferma al centro del capanno, con le braccia incrociate al petto e un cipiglio furioso.

«Che c'è?»

«Avevi detto che non ti saresti fatto coinvolgere.»

«Veramente non l'ho mai detto.»

«Eravamo d'accordo sul fatto che Penny è una donna da prendere o lasciare e che in questo momento tu non sei pronto per stare con lei. Feriresti lei e anche me. Mi ha detto che è contenta di insegnarmi a intagliare il ghiaccio e che lascerà che l'aiuti con il lavoro quando non sono a scuola e che mi pagherà per farle da assistente. Non sai quanto desidero lavorare al suo fianco. Si tratterebbe del mio primo lavoro, potrei fare qualcosa che amo da impazzire e tu distruggerai tutti i miei sogni.»

«Non distruggerò un bel niente. Non ho intenzione di ferirla, è l'ultima cosa che voglio.»

«Ma lo farai. Pensa a Rosie: le hai spezzato il cuore.»

«Con Rosie non facevo sul serio.»

«Ma lei sì.»

Sapeva di aver ferito Rosie quando l'aveva lasciata e ne aveva sofferto anche lui, ma il peggio era stato vedere quanto Daisy ci fosse rimasta male. Henry scosse la testa. Perché stava cercando di giustificare le sue relazioni con sua figlia sedicenne? Sarebbe stato normale il contrario.

«Non sarebbe mai andata bene per noi.»

«Non deve andare bene a noi, deve andare bene a *te*. L'hai lasciata soltanto perché le cose si stavano facendo troppo serie.»

Era vero: gli sembrava strano immaginare di innamorarsi e fidarsi tanto di una donna da permetterle di far parte per sempre della sua vita e di quella di Daisy. Teneva sempre le donne a una certa distanza. Quando aveva lasciato Rosie, la figlia gli aveva rimproverato di aver paura di impegnarsi; aveva cercato di smentirla portando Emily nelle loro vite, finendo per ottenere l'unico risultato che aveva da sempre tentato di evitare. Daisy aveva il terrore di essere rifiutata e lui lo sapeva, aveva paura che un giorno anche lui la abbandonasse proprio come aveva fatto sua madre. Henry invece aveva il terrore che le donne con cui usciva potessero far sentire Daisy indesiderata e non amata anche soltanto per un secondo… ed Emily aveva fatto proprio quello. Sarebbe passato molto tempo prima che riuscisse a fidarsi un'altra volta.

«Senti, Penny mi piace e intagliare il ghiaccio mi piace ancora di più. Se le spezzi il cuore non mi vorrà mai più vedere, perciò sii carino con lei, diventate pure amici, ma per favore non andarci a letto» impose Daisy.

«Aspetta un attimo, non puoi mica venirmi a dire con chi posso o non posso stare. Io di certo non lo faccio con te.»

«Bene, se è così allora non ti darà nessun fastidio se esco con quel ragazzone tatuato che ci stava provando con me in cucina.»

Henry ringhiò involontariamente. «Non è la stessa cosa e lo sai.»

«Non ti ho mai vietato di uscire con qualcuno, nemmeno quando si trattava di canaglie infami come Emily.»

«Piano con le parole, Daisy.»

«Dovresti capire quanto quel lavoro sia importante per me. Per non parlare del fatto che adoro vivere qui. So che la casa è piccola ma il panorama è incredibile e mi piace avere Penny e Bernard come vicini. Penso che lei sia una persona fantastica.»

«Lo penso anch'io.»

«Quindi vuoi veramente rovinare quella che potrebbe essere una meravigliosa amicizia tra voi due e portarmi via il lavoro dei miei sogni solo per divertirti un po'?»

Henry si sentì improvvisamente come un bambino dispettoso al cospetto del preside.

La ragazza si incamminò verso casa lasciandolo con mille dubbi che gli giravano per la testa. Se quella storia era davvero così importante per sua figlia, allora avrebbe rinunciato a Penny una volta per tutte. Daisy aveva ragione: lui non era pronto per una storia seria e Penny non voleva farsi del male. Sarebbe stato meglio per tutti quanti se si fosse tenuto lontano da lei.

***

Quella sera, Henry bussò delicatamente alla porta comunicante mentre Daisy si ingozzava di cibo italiano con estremo piacere. Quella ragazzina era un pozzo senza fondo: mangiava tutto quello che trovava sul suo cammino e restava comunque magra come un chiodo.

«Lasciaci almeno le briciole, ingorda.»

Daisy gli sorrise divertita e continuò a mangiare come se nulla fosse.

Non arrivò nessuna risposta da casa di Penny ed Henry decise di entrare. Non voleva chiamarla ad alta voce per paura che stesse lavorando: se l'avesse spaventata mentre maneggiava qualche attrezzo appuntito, Penny avrebbe rischiato di tranciarsi via un paio di dita. Aprì la porta della stanza refrigerata ma la trovò vuota. La richiuse e fu in quel momento che intravide la sua ombra distesa al buio sul divano del salotto.

Si avvicinò e notò che doveva essersi addormentata mentre leggeva un romanzo. Prese il libro con delicatezza dalle sue mani, usò un pezzo di carta come segnalibro e lo posò sul tavolino. Stava dormendo tranquilla, con le labbra socchiuse e le ciglia che le accarezzavano le guance. Si appoggiò sul tavolino sentendosi vagamente inquietante a fissarla dormire, ma allo stesso tempo percepì una sensazione di benessere di fronte a quel sonno così profondo.

Le sfiorò il braccio con la mano e la toccò piano; Penny aprì gli occhi all'istante.

«Ehi» sussurrò. «La cena è pronta ma se non ci sbrighiamo il verme solitario nell'altra stanza la spazzolerà tutta.»

Lei lo guardò confusa. «Mi sono addormentata?»

«A quanto pare.»

Penny si mise a sedere e tirò giù le gambe dal divano, ma Henry le posò una mano sulla spalla per impedirle di alzarsi.

«Prenditi un attimo per svegliarti per bene.»

«Non dormo mai di pomeriggio.» Si strofinò il viso e rimase a guardarlo. I capelli le schizzavano in tutte le direzioni ma gli sembrò comunque tremendamente tenera.

Penny si alzò e rabbrividì. Henry prese la coperta dal divano e gliela avvolse intorno alle spalle; poi, spingendola dolcemente con la mano, la guidò oltre la porta comunicante.

Daisy li guardò orripilata quando li vide entrare in cucina: effettivamente, con quella coperta rosso acceso avvolta intorno al viso pallido e alla zazzera disordinata di capelli, sembrava piuttosto una vittima di un uragano o di un disastro aereo. Henry gesticolò freneticamente alle spalle di Penny: voleva comunicare alla figlia di evitare qualunque commento che potesse rendere la vicina consapevole della sua situazione. Per fortuna, dopo sedici anni di vita insieme, aveva imparato a conoscerlo abbastanza bene.

«Vieni, mettiti qui» disse Daisy con tenerezza, come se Penny avesse appena ricevuto una brutta notizia e avesse bisogno di essere consolata. Batté sulla sedia accanto a lei e Penny si sedette, ancora intontita dal sonno.

Cominciò a riempirsi il piatto di cibo e Daisy approfittò della distrazione per chiedere silenziosamente al padre se stesse bene; Henry rispose a gesti che si era appena svegliata e la figlia tirò un sospiro di sollievo.

A Daisy piaceva molto Penny ed era facile capire perché. Era lo stesso per lui. Però era strano che si trovassero d'accordo. A parte Rosie, non le era piaciuta particolarmente nessuna delle donne con cui era stato e, anche trascurando la sua evidente inettitudine nello scegliere le compagne, Henry non poteva fare a meno di pensare che fosse semplicemente una reazione alla paura di doverlo condividere con un'altra persona, dopo averlo avuto tutto per sé per anni. Non voleva turbare Daisy e si chiese se avrebbe continuato ad apprezzare Penny anche se avessero avuto una storia o se avrebbe cominciato a trovare difetti in lei come aveva fatto con tutte le altre. In ogni caso Daisy gli aveva praticamente fatto promettere che non avrebbe cercato una relazione con Penny, quindi erano tutte domande inutili.

Mangiarono e chiacchierarono del ballo che avrebbe avuto luogo in città di lì a poco, poi Daisy si alzò e cominciò a sparecchiare.

«Sarà meglio avviarci» annunciò Henry guardando l'orologio.

Penny annuì. «Vado a mettermi le scarpe e il cappotto. Ci metterò un attimo.»

Fu di ritorno in cucina pochi secondi più tardi: indossava le scarpe e stava finendo di abbottonarsi la giacca, ma aveva ancora i capelli ridotti a un cespuglio selvatico.

Henry si morse il labbro. Per quanto non avesse problemi a uscire con Penny anche se conciata in quel modo, sapeva che a lei non avrebbe decisamente fatto piacere.

«Ehm... forse dovresti, ecco... pettinarti prima di uscire» suggerì.

Penny lo guardò terrorizzata. «Perché, che cos'hanno i miei capelli?» Intravide il suo riflesso nella finestra e i suoi occhi si spalancarono inorriditi. «Santo cielo! Perché non mi hai avvertito che ero in questo stato pietoso?»

«Perché siamo amici e non farei una piega neanche se venissi a cena indossando il pigiama più brutto e sporco che hai.»

Penny si voltò a guardarlo con un enorme sorriso sul viso. «Quindi siamo amici?»

«Certo.» Non era sicuro di aver detto una cosa così sconvolgente ma lei l'aveva apprezzata e questo lo rendeva felice.

Penny non aggiunse altro e scomparve oltre la porta comunicante, probabilmente per rimediare alla situazione drammatica della sua capigliatura, senza però smettere di sorridere.

Henry si voltò verso Daisy, confuso, e lei lo strinse in un abbraccio.

«Lo sai, nonostante il tuo pessimo carattere a volte sai essere davvero dolce.»

«Che cosa ho fatto?»

Daisy lo lasciò andare. «Vado a prendere il cappello e torno.»

Henry la guardò correre su per le scale. Ah, le donne! Non le avrebbe mai capite.

Penny ritornò con i capelli dignitosamente pettinati e legati in una coda morbida e lui la fermò sfiorandole il braccio mentre si dirigevano verso la porta.

«Ascolta, volevo chiederti scusa per...» Accennò con il capo al capanno degli attrezzi. «... quel continuo flirtare e tutto il resto. Non voglio fare nulla che possa metterti a disagio e ovviamente niente che possa ferirti. Mi piacerebbe che fossimo amici. Ti prometto che da adesso in poi mi comporterò bene.»

Lei gli rivolse uno sguardo penetrante prima di sorridere. «Anche a me piacerebbe essere tua amica.»

Gli porse la mano ed Henry la strinse. La sensazione del suo tocco sulla pelle gli fece stringere lo stomaco. Penny sorrideva contenta: si stava fidando ciecamente di lui che, al contrario, non era assolutamente certo di meritare quella fiducia. Sarebbe stato molto meglio rimanere solo amici.

Il cuore di Penny perse un battito quando, passeggiando verso il lungomare, si accorse che la pista di pattinaggio si trovava proprio di fronte al The Pilchard, il pub gestito dai genitori di Chris, che aveva cercato di evitare per gli ultimi otto anni. Loro erano stati affettuosi con lei durante la sua relazione con il figlio e si erano mostrati emozionatissimi quando avevano saputo del primo nipotino, anche se arrivato dopo solo pochi mesi di frequentazione.

In seguito all'aborto spontaneo e alla rottura, però, Chris aveva tentato di convincere tutte le persone – che lo criticavano per averla lasciata a distanza di pochi giorni dal brutto evento – che lei fosse una pazza squilibrata irrecuperabile. Per fortuna erano stati in pochi a credergli, ma non era sicura di cosa pensassero i suoi genitori, e il fatto che non fossero mai andati a trovarla una volta saputo della morte del nipotino mai nato le faceva pensare che si fossero bevuti le parole del figlio. Li aveva incontrati in città un paio di volte, ma si erano sempre affrettati a cambiare strada quando la notavano, rendendo una situazione già difficile ancora più imbarazzante. Grazie al cielo Chris non viveva più a White Cliff Bay, ma ogni tanto tornava in città a visitare i genitori, e il pensiero di incontrarlo, quando provava ancora una grande rabbia nei suoi confronti, non la rallegrava affatto.

Si concentrò sulla pista di pattinaggio e decise che si sarebbe goduta la serata senza lasciare che quei pensieri cupi influenzassero anche Henry e Daisy.

Un mangiafuoco stava tenendo uno spettacolo intrattenendo la folla con grande talento proprio davanti alla pista, respirando fiamme dorate che brillavano ardenti contro il panorama delicato del ghiaccio. La pista aveva un aspetto magico e mozzafiato: era decorata da tante piccole luci a led disposte a forma di stella che illuminavano anche le onde scure che si infrangevano sulla riva poco distante. Mancavano nove giorni al ballo della vigilia di Natale ma sembrava di essere già nel pieno delle feste.

Penny sorrise davanti alle coppie più o meno giovani che pattinavano strette strette e alle famiglie con bambini che si aggrappavano gli uni agli altri creando delle piccole catene umane sul ghiaccio.

Pagarono alla cassa e infilarono i pattini. Penny si alzò e traballò sulle lame sottili. Come facevano gli altri a muoversi con quegli affari e a farlo addirittura con grazia e agilità? Le facevano terribilmente male i piedi ma immaginava fosse a causa dei muscoli che stava sforzando per restare in equilibrio. Zoppicò verso l'ingresso della pista con la consapevolezza che, se anche avesse tentato di fare colpo su Henry nei giorni precedenti, con quella performance si sarebbe mostrata tutto meno che sensuale. Daisy si lanciò in pista per prima e cominciò a pattinare e volteggiare con la grazia tipica di chi non ha mai fatto altro nella vita. Henry si fermò ad aspettarla pazientemente e le tese le mani perché si aggrappasse a lui.

Penny le afferrò e salì sul ghiaccio. Le sue gambe si allargarono come quelle di Bambi in due direzioni opposte mentre lei tentava di fermarle correndo sul posto per evitare di cadere. Squittì e attirò parecchi sguardi non desiderati. Henry la tirò subito contro di sé, stringendola forte e lasciandole poggiare la testa sul suo petto.

Oh Dio, era fantastico stare tra le sue braccia. Era caldo e forte e molto stabile. Appoggiò esitante le mani ai suoi fianchi per rimettersi in piedi, ma la tempesta di emozioni che la stava sconquassando dall'interno remava contro le sue buone intenzioni.

«Non ti agitare, ti tengo io. Ti prometto che non ti farò cadere» le disse Henry, con la pazienza e la tenerezza che avrebbe usato per consolare un bambino spaventato. Afferrò con decisione i suoi avambracci e la spinse leggermente indietro, reggendola in piedi. «Bene, adesso rilassati, piega le ginocchia e sporgiti in avanti. Ti porto a fare un giro. Guarda me, non guardare a terra.»

Lei lo fissò dritto negli occhi e lui cominciò a pattinare all'indietro trascinandola sul ghiaccio. Henry si concesse qualche occhiata fugace alle spalle ogni tanto ma per il resto del tempo mantenne lo sguardo su di lei.

«Stai andando alla grande. Non guardare giù.»

Penny si azzardò a lanciare un'occhiata intorno a loro e notò che la maggior parte delle persone dentro e fuori la pista li stava fissando. Stava andando proprio così male da tenere gli occhi di tutti incollati su di lei e le sue gambe traballanti? Arrossì furiosamente per l'imbarazzo.

«Che c'è?»

«Ci stanno fissando tutti.»

«Ma figurati. Non essere egocentrica.»

Penny si voltò di nuovo. «Ci stanno veramente fissando tutti.»

Henry la imitò e lei lo vide corrucciarsi quando si accorse di avere decine di occhi puntati addosso.

«Stanno sicuramente guardando me. Sono nuovo in città e la gente è curiosa» disse cercando di tranquillizzarla.

Penny osservò le persone intorno a loro. Alcuni le sorridevano incoraggianti e Suzanna, una signora anziana che conosceva piuttosto bene, alzò i pollici nella sua direzione e le fece un occhiolino con aria complice. All'improvvisò realizzò perché stavano attirando tutta quell'attenzione: credevano che lei e Henry fossero una coppia e tutti erano felici perché era la prima volta in otto anni che la vedevano con un uomo. La parte più imbarazzante, però, era sapere che le cose non stavano così.

«Pensano che stiamo insieme» mormorò. «Mi dispiace. Questa gente si emoziona con poco e vedermi stringere mani maschili è una grande novità.»

Henry sorrise. «Non mi crea nessun problema e non dovrebbe dare fastidio neanche a te. Se vogliono pensare che stia uscendo con una donna meravigliosa, va benissimo così.»

Penny arrossì di nuovo per quel complimento.

«Bene, adesso comincia ad alzare leggermente un piede per volta, così impari a distribuire il peso mentre pattini.» Le dimostrò quello che intendeva sollevando ora il piede destro e ora il sinistro.

Penny smise di fissarlo e puntò lo sguardo sui suoi piedi per carpire il movimento. Quando cercò di imitarlo, lo trovò sorprendentemente semplice. Henry le consigliò poi di pattinare spingendo le gambe indietro e in poco tempo si ritrovò a scivolare sul ghiaccio con discreta autonomia: anche se lui le teneva ancora le mani, sentiva di avere il pieno controllo dei suoi movimenti. Era un ottimo insegnante, chiaro e paziente.

A un tratto Henry si fermò e scivolò al suo fianco, continuando però a stringerle una mano. «Proviamo a pattinare così per un po'. Non ti farò cadere, stai tranquilla.»

Sapeva che non lo avrebbe fatto. Penny azzardò qualche timido passo e si sorprese accorgendosi di riuscire nell'impresa, sebbene le gambe continuassero a tremare furiosamente nello sforzo di mantenerla in posizione eretta. I piedi le facevano sempre più male e muscoli nelle cosce che non sapeva nemmeno di avere strillavano dal dolore. Notò con la coda dell'occhio che Daisy li stava fissando. L'ultima cosa che voleva era farla sentire tagliata fuori, quindi si accostò barcollando al bordo della pista e si fermò.

«Credo che sia arrivato il momento di fare una piccola pausa. Raggiungi Daisy e pattina un po' con lei. Io tornerò in pista tra cinque minuti.»

Henry annuì e la accompagnò fino all'uscita, per poi puntare Daisy con lo sguardo e mettersi a rincorrerla sul ghiaccio. Penny si lasciò cadere su una panchina, si sfilò i pattini e si appoggiò contro il parapetto del lungomare. Le onde si infrangevano contro gli scogli venti metri più in basso e in lontananza il faro a strisce bianche e rosse metteva in guardia le imbarcazioni in transito dagli isolotti che circondavano la baia.

All'improvviso sentì il suono di una risata che sormontava quello delle onde. Proveniva dall'altra parte del muro e Penny si inginocchiò sulla panchina per sbirciare. Non vide nessuno nei pressi dello scalo che veniva usato per mettere in acqua le imbarcazioni e fu sul punto di voltarsi di nuovo quando un movimento a ridosso dell'acqua catturò la sua attenzione.

Strizzò gli occhi per ripararsi dalle luci accecanti provenienti dalla pista di pattinaggio e scorse due bambini, Sam e Alex, che giocavano sulla riva a pochi passi dall'acqua. Le onde si infrangevano con vigore contro il muro, a pochi centimetri dal punto in cui erano i due fratellini, divertendoli piuttosto che spaventandoli.

Dov'erano Mike e Pippa, i loro genitori?

Molti bambini giocavano allo scalo durante il giorno, ma soltanto nei periodi di bassa marea. Si erano verificati ben tre naufragi nella baia nel corso degli ultimi anni e tanti piccoli tesori come tazze, piatti, monetine, gioielli e strumenti di bordo si riversavano in continuazione sugli scogli. La maggior parte dei reperti era priva di valore, ma per i bambini quelle ricerche si trasformavano in una golosa caccia al tesoro. Osservò per qualche secondo Sam e Alex che riempivano dei secchielli con frammenti di vetro di mare e altre piccole meraviglie, poi si guardò intorno alla ricerca dei loro genitori. Non potevano di certo averli lasciati soli allo scalo con l'alta marea.

Un'onda altissima si abbatté contro il muro sommergendo completamente i due fratellini e, quando l'acqua si ritirò lungo gli scogli, Penny si accorse con terrore che sullo scalo era rimasto soltanto un bambino.

Capitolo 8

Penny si ritrovò in piedi prima ancora di averlo pensato. Scavalcò il recinto che separava la pista di pattinaggio dagli spettatori e corse a perdifiato fino alla cima dello scalo. Incrociò Daniel, il marito di Maggie, che teneva per mano i suoi due figli e la guardò terrorizzato quando se la vide sfrecciare davanti.

«Chiama i soccorsi!» gli urlò oltrepassandolo mentre raggiungeva lo scalo e si sbottonava in fretta il cappotto.

Alex, il fratello maggiore, era in piedi sul margine dello scalo e tentava disperatamente di afferrare la mano di Sam che si agitava nell'acqua, troppo lontano per essere tratto in salvo.

Penny strattonò Alex per il braccio e lo allontanò. «Vai a chiedere aiuto!»

«Ma...» singhiozzò lui.

«Vai!»

Alex corse su per la salita e Penny si tuffò in acqua senza neanche pensarci, lottando contro le onde ghiacciate che si infrangevano sopra di lei e il peso dei suoi vestiti bagnati che la trascinava giù. Nuotò sott'acqua fino al punto in cui le sembrava di aver intravisto Sam e, quando riemerse, faticò per mantenersi a galla tra le onde imbizzarrite che si schiantavano contro di lei. Avvertì l'acqua gelata pungerle la pelle mentre sbatteva le palpebre alla disperata ricerca del bambino.

Improvvisamente scorse un ciuffo di capelli biondi emergere dalle onde per un solo secondo e scomparire di nuovo con la stessa velocità. Nuotò verso di lui agitando gambe e braccia per vincere la potenza dell'acqua. Lo intravide di nuovo a pochi centimetri da lei, ma quando provò ad afferrarlo le onde lo spinsero lontano dalla sua portata. Nuotò ancora con tutta la forza che aveva in corpo per raggiungerlo finché riuscì finalmente a sfiorare un lembo della sua felpa.

Lo tirò verso di sé e strinse il corpicino di Sam contro il suo, cercando di mantenergli la testa fuori dall'acqua mentre un'altra onda si infrangeva su di loro. Non vedeva niente e non riusciva a respirare, ma continuò a stringere il bambino e a tenerlo fuori dall'acqua con le sue ultime forze. Riemersero in superficie e Penny riuscì a vedere per un attimo che una fila di persone si era avvicinata allo scalo, poi venne spinta di nuovo sott'acqua. Nuotò verso la riva ma le onde li spingevano sempre più verso il largo. Sbatté con forza le gambe ma senza risultati.

All'improvviso le persone allineate lungo la diga cominciarono a indicare freneticamente lei e Sam, e sentì persino qualche grido di incitamento. Si voltò verso il mare aperto e vide il gommone arancione dei soccorsi che fendeva le onde dirigendosi nella loro direzione. L'equipaggio scandagliava la superficie del mare ma non riusciva a trovarli; lei non osava fare cenno con la mano per paura di perdere la presa su Sam.

Si sentì gridare dal gommone e finalmente le venne lanciata una cima di salvataggio con un piccolo galleggiante appeso all'estremità. Penny strinse il bambino contro di sé e afferrò la cima con cui l'equipaggio la trascinò fino alla fiancata del gommone.

Spinse Sam fuori dall'acqua perché lo tirassero a bordo ma il suo peso la fece di nuovo immergere. Venne acciuffata da una mano che la riportò in superficie proprio mentre il bambino veniva soccorso. Penny sbatté gli occhi e riconobbe la sagoma sfocata del suo amico George che la tratteneva per un braccio con feroce determinazione. Un'altra mano si serrò contro il braccio opposto e in due riuscirono a issarla a bordo.

George si inginocchiò davanti a lei e le infilò un giubbotto salvagente.

«Stai bene?»

Lei annuì, non riuscendo a parlare a causa dell'aria fredda che le graffiava la pelle.

Lui si rialzò in fretta e guidò il gommone verso l'imboccatura dello scalo. Penny lanciò un'occhiata apprensiva a Sam, stretto tra le braccia di Dave: stava tremando dal freddo ma era chiaramente sano e salvo. Quando raggiunsero lo scalo, Dave si alzò e si sporse per affidare il bambino al padre. George aiutò Penny a rimettersi in piedi e Dave le offrì una mano per aiutarla a scendere a riva.

All'improvviso Henry comparve in mezzo alla folla di persone radunate e la sollevò di peso per portarla al sicuro. Le sfilò il giubbotto salvagente e la avvolse nel suo cappotto, che però non riuscì a mitigare neanche lontanamente il freddo che sentiva. Henry le rivolse uno sguardo che sembrava furioso.

«Portatela al The Pilchard» disse qualcuno. «Hanno il camino acceso.»

Dio, no.

Henry si voltò e si mise in marcia trascinandola con sé. «Dove si trova?» domandò e qualcuno tra la folla probabilmente gli indicò la strada perché prese la direzione giusta e si incamminò senza allentare la presa su di lei.

La folla si accalcò contro di loro e tutti cercarono di aiutarla a camminare, notando che le sue gambe non sembravano in grado di muoversi da sole, ma ogni volta che si spostava o che qualcuno la sfiorava i suoi vestiti bagnati le sferzavano la pelle e la facevano rabbrividire sempre di più.

A un punto imprecisato del percorso, Penny realizzò vagamente che Henry doveva aver abbandonato i pattini e le scarpe sulla pista perché indossava soltanto i calzini.

Il pub The Pilchard comparve imponente di fronte a loro e Penny tentò di puntare i piedi, ma Henry e il resto della folla continuarono a spingerla verso l'ingresso. Il calore del locale li avvolse immediatamente e Penny pregò con tutta se stessa che Chris non fosse tra i clienti proprio quella sera. Le persone sgomitavano intorno a lei e tra la confusione sentì qualcuno urlare di lasciarla passare mentre Henry la trascinava verso il camino.

Dov'era Sam? Di sicuro avevano portato lì anche lui. Penny si guardò intorno mentre la facevano sedere su una poltrona davanti al camino e incrociò lo sguardo della madre di Chris, Kathleen, che avanzava tra la folla per capire chi fosse a suscitare tutta quell'attenzione.

Quando la riconobbe, esitò soltanto per una frazione di secondo prima di mettersi in azione.

«Andiamo, Penny: hai bisogno di vestiti asciutti.» Kathleen la prese per mano e la condusse oltre la porta che separava il pub dalle loro stanze private.

Nonostante il freddo e la stanchezza, Penny ebbe la forza di notare che non era cambiato nulla dai tempi in cui frequentava quelle stanze e quei corridoi durante il fidanzamento con Chris. I pannelli in legno scuro, le mattonelle sul pavimento, le fotografie alle pareti… era rimasto tutto uguale.

Persino Kathleen era la stessa di sempre. Forse aveva qualche ruga in più intorno agli occhi e qualche nuova ciocca grigia tra i capelli, ma non si poteva dire che fosse cambiata molto. Indossava persino una delle sue magliette preferite che le aveva visto indosso tante volte in passato.

Anche l'odore era rimasto quello di otto anni prima: un vago sentore di detersivi e il persistente olezzo di alcol che regnava sovrano e che si mischiava con il profumo di cibo proveniente dalla cucina.

Non voleva rivivere quelle sensazioni, non dopo aver passato otto anni a cercare di dimenticarle. Era stata lì la sera in cui aveva perso il suo bambino e all'improvviso tutti i ricordi di quella giornata la assalirono prepotentemente. Il panico, la paura e il dolore della perdita la colpirono violentemente e a dare il colpo di grazia fu il ricordo di come Chris l'aveva trattata subito dopo.

Kathleen la portò di sopra nella sua camera da letto. Sembrava trovare quella situazione altrettanto spiacevole.

«Vuoi fare una doccia o un bagno per riscaldarti?»

Penny scosse la testa. Voleva andare via da lì il prima possibile e Kathleen annuì comprensiva, stendendo sul letto dei vestiti puliti e degli asciugamani. Poi sembrò esitare, senza sapere bene cosa fare.

«Grazie» mormorò Penny.

Kathleen sorrise debolmente prima di uscire e lasciarla sola nella stanza.

Riuscì a spogliarsi nonostante le dita gelide e tremanti, si asciugò in fretta e indossò i vestiti della madre del suo ex fidanzato in tempi record. Doveva andarsene subito: aveva la gola secca e il cuore pesante, colmo di emozioni soffocate.

Si guardò intorno alla ricerca di una busta per i suoi vestiti fradici e ne intravide una appoggiata contro la cassettiera. Ne estrasse il contenuto e lo dispiegò sul letto.

Il suo cuore perse un battito quando vide l'abbondanza di abitini da neonato e un peluche a forma di orso con la scritta

«Nipotino» ricamata al centro del petto. Chris era figlio unico e quella roba non poteva che appartenere a lui, o meglio, a suo figlio. Accarezzò la stoffa morbida del peluche sentendosi apatica, una sensazione di raggelamento che non aveva niente a che fare con il tuffo nel mare gelido. Aveva sentito dei pettegolezzi riguardo al presunto matrimonio di Chris, ma le voci di corridoio non avevano parlato di un figlio. Chiuse gli occhi e pregò che il bambino destinatario di quell'orsetto potesse essere amato e adorato da suo padre e non odiato come sarebbe successo al suo tanti anni prima. Sperò ardentemente che Chris si fosse trasformato in una persona meravigliosa come Henry, che amava sua figlia così tanto da non avere posto per nessun'altra nel suo cuore.

Ammucchiò i suoi vestiti bagnati nella busta e uscì dalla stanza. Scese le scale per tornare nel pub e venne accolta da grida festanti quando il suo fan club appena nato la vide rientrare. La folla si strinse di nuovo intorno a lei, assestandole colpetti ammirati sulle spalle e tentando di coinvolgerla in mille brindisi diversi.

A Penny però cominciava a mancare il respiro e il dolore nel petto si era fatto insopportabile. Henry comparve di nuovo dal nulla e la guardò con occhi che esprimevano una miriade di emozioni diverse.

«Devo andare a casa. Non posso stare qui.»

Lui le prese la mano e la condusse fuori dal pub tra le grida di protesta degli astanti. Probabilmente avrebbero voluto festeggiare il suo eroismo fino all'alba, ma aveva la sensazione che l'avrebbero fatto anche senza di lei.

Fuori si gelava e Penny sapeva che il freddo le sarebbe sembrato insopportabile finché non si fosse scongelata per bene. Le facevano male tutti i muscoli del corpo; li sentiva quasi urlare.

«Tu e Daisy rimanete a pattinare. Io prendo un taxi» sussurrò mentre Henry la spingeva delicatamente lungo la via del ritorno.

«Daisy è andata a prendere le nostre scarpe. La macchina è già qui, l'ho parcheggiata il più vicino possibile.»

La fece accomodare sul sedile del passeggero e le allacciò la cintura. Non aveva ancora fatto in tempo a sedersi al posto del guidatore che Daisy era già saltata sui sedili posteriori.

«Mi dispiace avervi rovinato la serata.»

Henry la guardò incredulo. «Salvando la vita di un bambino? Già, davvero egoista da parte tua. Ti ho vista tuffarti in mare. Onestamente non so se applaudirti per il coraggio o se sgridarti per l'imprudenza. Saresti potuta morire!»

«Applaudiamo per il coraggio, eh, papà?» suggerì Daisy sporgendosi dai sedili posteriori per stringerle una spalla. «Sei un'eroina!»

Penny si sentiva tutto tranne che eroica. Anzi, sarebbe stato più corretto dire che non sentiva proprio niente: le sue emozioni erano state risucchiate via.

Henry sembrò intuire che non avesse voglia di parlare e percorsero le stradine ripide che portavano al cottage in silenzio. Più si allontanavano dal The Pilchard, più la pressione che le comprimeva il petto sembrava allentarsi. Penny cercò di mettere ordine tra le sue emozioni: aveva sofferto abbastanza per la perdita del suo bambino otto anni prima e non avrebbe avuto senso ricominciare proprio in quel momento, ma rientrare nel pub le aveva riportato alla mente tutti i ricordi di quella notte drammatica. Chris si era comportato in maniera spregevole con lei dopo la morte del bambino e per qualche strano motivo aveva associato quegli eventi al locale dei suoi genitori. Non si era limitato ad abbandonarla due giorni dopo l'aborto, ma aveva anche diffuso delle menzogne terribili sul suo conto per la città. Scoprire poi che l'aveva tradita con Jade durante tutto il periodo della sua gravidanza le aveva dato il colpo di grazia.

Sapere che Chris aveva avuto un figlio l'aveva lasciata sbigottita, soprattutto dopo che aveva tentato in ogni modo di convincerla a rinunciare alla sua gravidanza. Certo, ai tempi era molto giovane, lo erano entrambi. Per qualche strano motivo immaginarlo in un posto migliore e sperare che lui stesso fosse migliore di otto anni prima fece sparire gran parte dell'odio e dell'amarezza che aveva covato fino a quel momento. Magari la perdita del suo primo figlio gli avrebbe fatto apprezzare la meraviglia di un bambino appena nato; lo avrebbe trattato come un re. Lo sperava tanto.

Henry parcheggiò nel piazzale davanti casa e Penny augurò la buonanotte a entrambi prima di sgusciare nelle sue stanze. Corse al piano di sopra e si cambiò in fretta sfilandosi i vestiti che, sebbene puliti, odoravano di quel pub.

Quando tornò al piano di sotto, in pigiama, trovò Henry ad aspettarla. Aveva acceso il camino e le fiamme dorate riempivano la stanza di luce e calore.

«Stai bene?» le chiese.

Lei si avvicinò, esitante, desiderando soltanto di appoggiare la testa sul suo petto e di farsi stringere dalle sue braccia, ma non sapeva come dirglielo. In qualche modo però lui sembrò indovinare di cosa avesse bisogno e la accontentò: in una sola falcata fu davanti a lei e l'avvolse in un abbraccio stretto e dolce. Penny gli cinse la vita e poggiò il capo sul suo petto, abbracciandolo a sua volta.

Era fantastico, così caldo e solido e sicuro. Lo conosceva da pochissimo tempo eppure si fidava ciecamente. Tutte le emozioni che aveva provato quella sera si sciolsero come neve al sole: l'adrenalina e la paura provate mentre salvava Sam dalle onde, i ricordi evocati dal pub, la rabbia nei confronti di Chris, il terrore di lasciarsi il passato alle spalle… In quel momento, tra le sue braccia, per la prima volta dopo anni, sentì di avere il futuro davanti a sé. Magari non lo avrebbe condiviso con l'uomo che la stava stringendo, ma avrebbe fatto di tutto per uscire dal suo guscio e non rientrarci mai più.

Rimase stretta a lui per un tempo che sembrò un'eternità, finché decise di lasciarlo andare e di allontanarsi leggermente.

«Grazie. Non sai quanto ne avevo bisogno.»

Henry le prese il viso tra le sue mani grandi e ruvide e le posò un bacio sulla fronte. Penny avvertì la necessità di farlo suo, tanto improvvisa quanto dolorosa. Lui si tirò indietro solo un po' per guardarla, e i suoi occhi le divorarono le labbra. La luce delle fiamme nel camino li trasformò in due pozze profonde e, perdendosi nel suo sguardo, Penny lo baciò.

Capitolo 9

La reazione di Henry non si fece attendere. Le accarezzò il viso dolcemente e coccolò le sue labbra con tanti piccoli baci timidi. Le lambì il labbro inferiore con la lingua e lei schiuse la bocca per approfondire il bacio. Nel momento in cui le loro lingue si sfiorarono, Penny sentì il suo sapore esplodere e avvolgerla, e arrossì quando si rese conto di non essere riuscita a trattenere un gemito. L'odore speziato di lui che le pervadeva i sensi, il tocco delle sue mani sul viso, le labbra premute contro le sue… era tutto troppo intenso. Avrebbe voluto separare quelle sensazioni e quegli attimi per avere il tempo di apprezzarle appieno nella loro unicità, ma sapeva che era impossibile.

Dopo un'eternità Henry si allontanò quel tanto che bastava per sussurrarle: «Desideravo farlo da quando mi hai aperto la porta, la prima sera».

Lei sorrise. «Anch'io.»

Lui si mosse verso il divano e Penny lo seguì. Si sedette all'angolo e se la tirò contro il petto, avvolgendola tra le braccia.

«Vuoi parlare di quello che è successo prima?» le chiese dolcemente.

Lei annuì e cominciò a raccontargli di Chris, dei suoi genitori e del bambino appena nato. Lui ascoltò senza interromperla, mantenendo lo sguardo fisso nei suoi occhi. Aprirsi con qualcuno, dopo tutto quel tempo passato a seppellire i ricordi, fu liberatorio. Mentre parlava, lui la coprì con una coperta, riscaldandole il cuore, oltre che il corpo gelato, con quel gesto affettuoso.

Terminò di raccontare e appoggiò la testa sul suo petto, chiudendo gli occhi. Si sentiva come se avesse appena corso una maratona. Non sapeva che cosa avesse in serbo il futuro per lei ed Henry, ma in quel momento, tra le sue braccia, tutto sembrava passato in secondo piano.

Lo sentì muoversi accanto a lei e strinse istintivamente un lembo della sua maglietta nel pugno, per poi lasciarlo andare velocemente. Aprì gli occhi per guardarlo e lui le sorrise.

«Non ti preoccupare. Non vado da nessuna parte.»

Penny sorrise a sua volta e si lasciò cadere in un sonno profondo.

Henry si svegliò il giorno dopo ritrovandosi sdraiato sul divano. Penny era stesa su di lui e dormiva con il viso nascosto nell'incavo del suo collo. Il suo respiro lento sulla pelle era una sensazione deliziosa.

Non riusciva a smettere di pensare a quel bacio, al sapore di Penny sulle sue labbra e al modo in cui si era sentito. Ne voleva tanti altri.

L'emozione lasciò in fretta il posto ai sensi di colpa: per la prima volta in sedici anni, Daisy non era stata la sua priorità. Gli aveva chiesto chiaramente di tenersi lontano da Penny e, sebbene non avesse promesso niente, aveva comunque deciso di rispettare la sua richiesta e mantenere soltanto un rapporto di amicizia. Tuttavia, quelle buone intenzioni non gli avevano nemmeno sfiorato il cervello la sera prima, quando

Penny lo aveva baciato; lui aveva ricambiato senza esitare un secondo. Accidenti. Era l'unica cosa che Daisy gli avesse mai chiesto di non fare e lui aveva completamente ignorato le sue volontà; non aveva nessuna intenzione di turbarla o addirittura ferirla.

Ormai però era troppo tardi: aveva capito di aver perso la testa per Penny. Magari avrebbe potuto aspettare un paio di giorni e vedere come sarebbero andate le cose. Magari non sarebbe successo più niente e non avrebbe avuto bisogno di deludere Daisy. Magari quel bacio sarebbe stato il loro primo e ultimo. Però erano soltanto pochi giorni che conosceva Penny, e non solo si erano baciati, ma avevano anche già trascorso una notte insieme, sebbene in un modo decisamente più galante di quanto avesse mai fatto con le altre donne che aveva frequentato. Non sembrava un buon presupposto per una semplice amicizia.

Lanciò un'occhiata all'orologio sopra il camino e si rese conto che era ora di andare, anche se sarebbe volentieri rimasto lì per tutto il resto della giornata. Doveva recarsi sul posto di lavoro: gli avrebbero mostrato la fabbrica e spiegato il funzionamento dei macchinari più importanti, e poi si sarebbe presentato al suo diretto superiore e ad alcuni dei suoi colleghi.

Si mosse delicatamente cercando di alzarsi senza svegliarla, ma Penny aprì gli occhi di soprassalto.

«Buongiorno» le disse resistendo alla tentazione di spostarle i capelli dal viso.

«Buongiorno.»

«Purtroppo devo andare. Devo passare in azienda e voglio tornare in casa prima che Daisy si svegli e si accorga che non ci sono.»

«Ma certo.»

Si sollevò liberandolo dal peso del suo corpo ed Henry si alzò, lasciandola seduta sul divano a guardarlo con un'aria tanto assonnata quanto adorabile.

«Probabilmente vorrà passare un po' di tempo con te, ma se ti infastidisce dille di levarsi di torno.»

«Mi fa piacere stare con lei, è un tesoro.»

Lui annuì, non sapendo bene come salutarla.

«Grazie per ieri sera, per essere rimasto a dormire e per...» La voce le si affievolì mentre si sfiorava le labbra. Stava ripensando al loro bacio e anche lui si ritrovò pervaso dalle emozioni della sera precedente. Henry sorrise e la salutò con la mano prima di rientrare a casa sua.

Dio, quel bacio era stato incredibile. Avrebbe voluto tanto tornare indietro e ripeterlo altre cento volte. Aveva fatto soltanto pochi passi in cucina quando il suo autocontrollo ebbe la peggio: si voltò e irruppe di nuovo nel salotto di Penny. Le fu davanti in poche falcate, le strinse il viso tra le mani e la baciò con trasporto.

Lei sussultò lievemente prima di rispondere al bacio, avvolgendogli le braccia intorno al collo, e si mise a giocherellare con i capelli sottili alla base della nuca. Sorrise contro le sue labbra prima di interrompere il bacio.

«Devi andare.»

Henry annuì ancora e la baciò di nuovo. «Ci vediamo stasera.»

Lasciò il salotto sentendosi decisamente più contento. Entrò in casa sua dalla porta comunicante e si ritrovò faccia a faccia con Daisy che scendeva dalle scale. I sensi di colpa lo assalirono all'istante. Perché il pensiero di sua figlia era passato in secondo piano quando aveva deciso di trascorrere la notte accoccolato sul divano con la sua padrona di casa?

Daisy spalancò gli occhi accorgendosi che suo padre indossava gli stessi vestiti della sera precedente.

«Avete passato la notte insieme?»

Henry si chiuse la porta alle spalle. «Sì, ma non è come pensi. Era sconvolta e io l'ho solo confortata. Mi sono addormentato sul suo divano ma ti assicuro che avevo tutti i vestiti addosso. Siamo solo stati insieme, niente di più.»

Niente oltre ai due meravigliosi baci che si erano scambiati e di cui non voleva ancora parlare con sua figlia. Voleva capire meglio cosa provava per Penny prima di confessarlo a Daisy. Sapeva già che non ne sarebbe stata felice.

«Vado a farmi una doccia e poi devo andare al lavoro per un paio d'ore. Posso lasciarti qui da sola?»

Daisy annuì. «Chiederò a Penny se posso guardarla mentre lavora. O magari porteremo a spasso Bernard insieme.»

«Va bene, ma non stressarla. Sono sicuro che ha molto lavoro da sbrigare e credo anche che abbia una specie di gara stasera.»

«Non le darò fastidio.»

Henry sorrise. «Lo so.»

Salì su per le scale. Sperava che sua figlia non si sentisse mai più un peso per qualcuno.

Penny fissava i fiori. Mazzi di ogni colore e dimensione, ricchi e variopinti, occupavano l'intera superficie del suo tavolo. Sorseggiò il tè domandandosi se sarebbe stato saggio scendere in città più tardi o se avrebbe rischiato di essere issata sulle spalle dei suoi concittadini e portata in trionfo per tutto il paese. Magari sarebbe stato meglio rimanere lassù, al sicuro.

Sentì il rumore della porta comunicante che si apriva e sbirciò tra i petali. Intravide un paio di calzini rosa e immaginò che appartenessero a Daisy.

«Però! È morto qualcuno?» chiese la ragazza.

«Sono da parte dei genitori di Alex e Sam, dei loro nonni, zii, zie, vicini di casa e più o meno di chiunque abbia sentito della mia piccola avventura di ieri sera. Il fatto che Pippa, la madre dei ragazzi, sia il sindaco di White Cliff Bay non aiuta di certo: a quanto pare, salvare il figlio di un sindaco ti trasforma automaticamente in un grande eroe.»

«In questo caso dovresti ricevere anche una medaglia al valore, non credi?»

Penny rise. «Ho ricevuto di meglio: nel frigo ci sono cinque torte e tre bottiglie di vino. Vuoi una fetta?»

«Se te ne avanza un po', volentieri» rispose Daisy sedendosi di fronte a lei e scostando i fiori in modo da poterla vedere. Penny si alzò per andare a tagliare una fetta di torta. «E i genitori dei bambini sono venuti a ringraziarti di persona?»

«Sì, stamattina. Ero andata a passeggiare con Bernard e quando sono tornata li ho trovati ad aspettarmi fuori dalla porta. Da quel momento in poi c'è stato un via vai incessante.»

«Che cosa ti hanno detto? Io e papà abbiamo visto quello che credo sia il padre dei bambini correre fuori da un bar appena si è sparsa la voce. Che razza di genitore lascia i suoi figli a giocare per strada e va a bersi un caffè? Alex non può avere più di otto o nove anni e Sam ne ha cinque. È da irresponsabili.»

Penny mise in tavola due fette di torta al cioccolato. «Pippa è incinta ed è quasi svenuta mentre guardavano lo spettacolo del mangiafuoco. Mike l'ha portata di corsa in un bar e ha detto ai bambini di rimanere lì dov'erano. Si è allontanato soltanto per due minuti.»

«Non avrebbe dovuto allontanarsi neanche per un secondo.»

Penny sorrise di fronte alla reazione oltraggiata tipica di una persona che non ha mai dovuto badare a un bambino ventiquattr'ore su ventiquattro.

«Non puoi controllarli in ogni singolo momento e, per assurdo, gli incidenti capitano anche se lo fai. A quanto pare Mike ha chiesto a Jade di tenerli d'occhio mentre lui si occupava di Pippa.»

«Stai scherzando? È anche peggio che lasciarli da soli.»

«Sì, be', era la persona più vicina in quel momento.»

«Quindi Jade ha semplicemente abbandonato i bambini e si è allontanata?»

«Mike non lo sa, non c'era traccia di lei quando è tornato fuori. Erano entrambi mortificati e mi sono stati molto riconoscenti. Non credo che dovremmo giudicarli così aspramente.»

Penny servì la torta a Daisy e si sedette per mangiare la sua fetta. La ragazza addentò un grosso boccone e gemette di piacere.

«Se continuano a portare torte del genere, non c'è problema. Papà adora le torte al cioccolato, quindi se decidessi di puntare al suo cuore questo sarebbe il modo migliore.»

Penny giocherellò con la glassa al cioccolato nel suo piatto, evitando di guardarla negli occhi. Aveva l'impressione che a Daisy non piacesse vederla con suo padre ma non sapeva bene perché.

«So che è rimasto qui stanotte.»

«Non è successo niente» ribatté Penny imbarazzata. Niente a parte il bacio più bello della sua vita. «Ero soltanto un po' scossa.»

«Per che cosa in particolare?»

Penny sorrise della sua sfrontatezza. «Il pub di ieri sera appartiene ai genitori del mio ex fidanzato. Mi ha riportato alla mente parecchi ricordi. Vuoi proseguire con il tuo fiocco di neve?»

Daisy non diede peso al cambio di argomento e, anzi, si illuminò alla prospettiva di intagliare di nuovo.

«Stasera devo partecipare a una gara. Se ti va puoi venire con me e conoscere gli altri concorrenti. Mi piacerebbe poterti dire che sono amichevoli ma alcuni di loro sono un po' strani... comunque sarà divertente. Molti utilizzano tecniche piuttosto diverse dalla mia. Se vuoi posso presentartene qualcuno.»

«Mi piacerebbe tantissimo! Sono sicura che a papà non dispiacerà.»

«Perfetto. Ah, ci sarà anche Josh.»

Il volto di Daisy si distese in un sorriso. «È molto simpatico. Abbiamo chiacchierato un po' ieri mentre ti aspettava. Lavora per te?»

«È il mio assistente e soprattutto i miei muscoli. Le sculture di ghiaccio sono davvero pesanti e servono due persone per sollevarle e spostarle. Viene qui due o tre volte a settimana, mi aiuta a estrarre i blocchi dalle macchine e a portarli agli eventi. Avevo messo un annuncio sul giornale per una persona alta e forte, e si è presentato lui. In città mi hanno preso in giro per mesi. È molto silenzioso ma tanto dolce. Ha solo diciassette anni. Sono sicura che andrete d'accordo.»

«Non vedo l'ora di fare nuove amicizie» commentò Daisy con uno strano luccichio malizioso negli occhi che a Penny non piacque per niente.

«Adesso andiamo, cambiamoci e lavoriamo un po' prima della gara di stasera.»

Henry non l'avrebbe certamente ringraziata se avesse spinto sua figlia tra le braccia di un diciassettenne tatuato e muscoloso. Non c'era mai niente di semplice.

Henry era immobile al centro della White Cliff Bay Furniture Company e osservava gli operai all'opera, illuminati dalla luce naturale che inondava la struttura e delineava spicchi dorati sul legno scuro. Gli sarebbe piaciuto lavorare lì: avrebbe potuto intagliare con le sue mani, coccolare e perfezionare tante meravigliose creazioni uniche; e poi imparare nuove tecniche non gli sarebbe dispiaciuto affatto. La fama della White Cliff Bay Furniture Company raggiungeva il mondo intero e lui ne avrebbe fatto parte.

Aveva già conosciuto molti dei colleghi con cui avrebbe lavorato dopo le vacanze di Natale. Sembravano persone allegre e simpatiche, e li aveva addirittura visti canticchiare e ridere tra di loro mentre lavoravano. Sapeva che avrebbe adorato quell'atmosfera.

Stava aspettando che Daniel, il suo diretto superiore, tornasse con dei documenti da fargli firmare quando udì il ticchettio tipico dei tacchi femminili sul pavimento. Poiché tutte le donne che lavoravano per la fabbrica indossavano stivali di sicurezza dalla punta rinforzata, si voltò incuriosito per scoprire a chi appartenessero quelle scarpe.

La prima cosa che vide fu una cascata di capelli ricci e rossi fiammanti che ricadevano su un lato del suo viso. Indossava un tailleur pantalone nero e delle scarpe rosse dal tacco vertiginoso che, nell'insieme, le davano un aspetto fiero e temibile allo stesso tempo. Era bellissima, non si poteva negare, ma i suoi tratti erano induriti da un'aria di arroganza fredda e tagliente. Non si voltò a guardare nessuno lungo il suo tragitto, come se le persone intorno non fossero meritevoli del suo sguardo. Puntò dritta verso di lui.

«Clara Stratton, amministratore delegato.»

Gli porse la mano, forse sperando di impressionarlo con quel titolone e fallendo miseramente. Henry aveva già incontrato quello che considerava essere il vero amministratore delegato, Edward, che si era fermato a parlare con quasi tutti gli operai della fabbrica mentre gli mostrava il posto. Le strinse comunque la mano e notò che aveva gli occhi freddi come il ghiaccio, in forte contrasto con i capelli fiammanti.

«Henry Travis. Comincerò a lavorare qui dopo Natale.»

Quell'affermazione la stupì. Evidentemente non si interessava del personale, al contrario di Edward, che lo aveva riconosciuto dal colloquio e si era impegnato a trovare una mezz'oretta per scambiare quattro chiacchiere con lui.

«Che bella notizia. È sempre un piacere potersi rifare gli occhi mentre si lavora.»

Henry dovette forzarsi per non spalancare la bocca. Se fosse stato Edward a rivolgersi in quel modo a una delle sue dipendenti, si sarebbe ritrovato con una denuncia per molestie prima ancora di riuscire a concludere la frase. Ma doveva essere cortese con lei, non poteva rischiare di perdere il lavoro prima ancora di cominciare. Stiracchiò un sorriso forzato.

«Sono sicura che si troverà benissimo qui da noi. Se desidera posso aiutarla ad ambientarsi. Potremmo cenare insieme una di queste sere, avrei tutto il tempo di raccontarle della White Cliff Bay Furniture Company e chiarire che cosa ci aspettiamo da lei.»

«Credo che Edward e Daniel, il mio diretto responsabile, siano stati molto chiari nelle spiegazioni. Conosco bene la reputazione della società e sono davvero contento di aver ricevuto questa opportunità grazie alle mie abilità.»

Sperava di poter chiudere lì la faccenda, ma si sbagliava.

«Questa è un'azienda a conduzione familiare e mi piace conoscere le persone che lavorano per la mia famiglia. Una cena ci permetterebbe di stringere una solida amicizia.»

«Ero proprio sul punto di unirmi a Daniel per uno spuntino nella mensa del personale, potrebbe venire anche lei. Ho sentito dire che i tramezzini con formaggio e sottaceti sono deliziosi.»

Gli occhi di ghiaccio si assottigliarono di fronte alla sua finta ingenuità. In quel momento tornò Daniel e rivolse a Clara un'occhiata confusa; era evidente che non passava parecchio tempo a chiacchierare con gli operai.

«Buongiorno, signorina Stratton» la salutò. «Si è persa?»

Henry serrò le labbra per impedirsi di scoppiare a ridere. Clara distolse lo sguardo da lui e lo puntò su Daniel.

«Come sarebbe a dire "persa"?»

«Non la vediamo mai quaggiù. Ho pensato che potesse aver sbagliato strada» rispose lui con aria innocente. «Henry, questi sono i documenti di cui ti parlavo. Vieni a pranzo con me?»

«Volentieri, grazie. Clara, si unisce a noi?»

Daniel scoppiò in una risata che si affrettò a trasformare in un colpo di tosse.

La donna rivolse a Daniel un'occhiataccia prima di rispondergli: «Magari un'altra volta».

Voltò loro le spalle e se ne andò nella direzione da cui era venuta, con i fianchi che si agitavano violentemente per seguire il ritmo serrato delle sue gambe.

«Per l'amor del cielo, Henry, Clara Stratton è l'ultima persona con cui vuoi avere a che fare, credimi» sussurrò Daniel quando furono soli. «Se fossi in te cercherei di starle il più lontano possibile.»

Henry sospirò. Il lavoro perfetto presentava un grosso lato negativo dai capelli rossi.

Penny fece un passo indietro per ammirare la sua slitta ormai completata. Quella sera avrebbe dovuto consegnarla a una festa prima di recarsi alla gara. Era particolarmente contenta del sacco gonfio, pieno di regali, che sporgeva dal retro della scultura: i fiocchi intricati e le forme particolari delle confezioni dei regali le avevano richiesto parecchio tempo, ma il risultato la riempiva di orgoglio.

Lanciò un'occhiata a Daisy, che aveva lavorato alla sua scultura in silenzio e con dedizione per un'ora intera. Le aveva mostrato qualche tecnica adatta a realizzare ciò che aveva in mente e, poiché sembrava averci preso la mano piuttosto in fretta, l'aveva lasciata lavorare in completa autonomia per tutto il tempo.

Si avvicinò al fiocco di neve, ormai quasi finito, e si ritrovò ad ammirarlo con la bocca spalancata per lo stupore. Daisy le aveva chiesto di tagliare il blocco di ghiaccio in senso verticale, per assottigliare il fiocco di neve, anche se l'aveva avvertita che quella scelta sarebbe stata rischiosa perché avrebbe reso il ghiaccio molto più sensibile e propenso a rompersi. Daisy, però, aveva fatto un ottimo lavoro: aveva scolpito i cristalli alla perfezione, arrotondando le piccole dita ghiacciate di ogni fiocco in modo tale che sembrassero tubicini luccicanti.

«Daisy, è stupendo!»

Lei la guardò sconvolta. «Dici davvero?»

«Assolutamente sì. Hai un talento innato per questo lavoro. E pensare che è la tua prima volta!»

«In realtà ho frequentato un corso per intagliare il legno durante l'estate. Ho imparato tante cose.»

«Sì, ma a prescindere dal corso si vede che hai un talento naturale. Per le sculture e questo genere di cose c'è bisogno di occhio ed è una cosa che non si può insegnare. Hai decisamente tutte le carte in regola per diventare un'intagliatrice professionista.»

«Ma no. È carino, ma il tuo è di un altro livello.»

«È molto meglio del mio e io ho dieci anni di esperienza alle spalle. Perché non partecipi alla gara stasera?»

«Non ci penso nemmeno. Tutti quei professionisti e il mio fiocco sbilenco!»

«Che cos'hai da perdere?»

«La dignità, quando arriverò ultima.»

«Non si partecipa mai per vincere, ma per la bella esperienza. Andiamo! Ti assicuro che farai un figurone.»

Daisy fissò il fiocco di neve e poi si voltò verso Penny con un timido sorriso sulle labbra.

«Va bene.»

«Fantastico! Forza, andiamo a riscaldarci e poi a cambiarci. Josh sarà qui presto e devo ancora sistemare le sculture sui carrelli.»

Daisy la aiutò a riporre le opere nelle celle freezer e uscì dalla stanza, ritrovandosi faccia a faccia con Henry che entrava dalla porta comunicante.

«Ciao papà. Mi stavi cercando?»

Lui scoccò un'occhiata veloce a Penny: in realtà stava cercando lei.

«Sì, mi stavo chiedendo dove fossi finita.»

Daisy gli circondò la vita con un braccio e lui le stampò un bacio sulla fronte. Penny scoprì di adorare il loro modo così fisico di volersi bene.

«Com'è andata al lavoro?» chiese Daisy.

«Molto bene» rispose lui, lanciando a Penny un'altra occhiata. «I colleghi sembrano bravissime persone, mi troverò benone con loro. E adoro i mobili che producono, sono così eleganti. Non vedo l'ora di far parte del loro mondo. Ah, ho conosciuto anche Clara.»

Penny cercò di mantenere un'espressione neutrale. Aveva incontrato la donna qualche volta e ricordava bene quanto fosse bella. Si domandò che impressione avesse fatto a Henry.

«Una dei capi?»

«Sì. È venuta appositamente dal suo ufficio per parlare con me.»

«Gentile da parte sua. Magari mi sbagliavo su di lei» commentò Penny dandogli le spalle.

Non si era sbagliata per niente: Clara aveva lasciato l'ufficio per conoscere Henry soltanto perché era un gran bell'uomo.

«Mi ha invitato a cena fuori.»

Penny aprì una scatola di fagioli e versò il contenuto in una pentola, poi buttò via il contenitore nel cestino con un gesto stizzito.

Come doveva essere per Henry avere tutte quelle donne bellissime, ricche, intelligenti e realizzate ai suoi piedi? Poteva avere chiunque desiderasse… e aveva baciato lei. L'aveva fatto soltanto perché lei era turbata e lui voleva consolarla? Era un pessimo motivo per baciare una persona. E adesso il suo capo gli aveva proposto un appuntamento. Rifiutarla sarebbe stato un suicidio dal punto di vista professionale, ma Clara era così bella che dirle di no sarebbe stato insensato a prescindere.

«Ti prego, papà, non uscire con il tuo capo. Sarebbe un terribile cliché.»

«Non ne ho nessuna intenzione. Sarebbe orribile e imbarazzante se le cose non funzionassero e in ogni caso non è il mio tipo.»

Penny lo sbirciò con la coda dell'occhio e, sebbene stesse parlando con Daisy, era sicura che stesse dicendo quelle cose soltanto per lei.

«Cioè non ha una chioma bionda e fluente, un seno enorme e un vitino minuscolo?» rise Daisy.

Afferrò una mela dal cesto della frutta e fece per morderla, ma Henry gliela soffiò via dalle mani e la rimise a posto. Lei si imbronciò. Penny si esaminò il seno modesto e la vita non particolarmente sottile. Quella conversazione stava andando sempre meglio.

«Non è vero che mi piacciono le bionde, non ho un tipo preciso. Sono attratto dal carattere, non dall'aspetto fisico» borbottò Henry.

«Sì, certo. È per questo che tutte le tue fidanzate sembravano delle supermodelle.»

«Non mi stai mettendo in buona luce, lo sai?» ringhiò lui e Daisy rise, niente affatto intimorita dal suo tono di voce minaccioso.

«La tua vita sentimentale parla da sola, non dare la colpa a me.»

«Forza, combinaguai. Lasciamo in pace Penny per un po'.»

«Penny mi ha chiesto di accompagnarla a una gara stasera. Ci saranno tanti altri intagliatori e potrò ammirare i loro lavori. Sarà una bella esperienza. Posso andare?»

Penny aspettò che la ragazza accennasse alla scultura che avrebbe presentato alla gara, ma non lo fece.

Henry si rivolse a lei. «Sei sicura che non ci siano problemi?»

«Certo.»

Lui scrollò le spalle. «Va bene. Andiamo a mangiare qualcosa. Quando Penny sarà pronta per andare, ti verrà a chiamare.»

La spinse oltre la porta comunicante e regalò a Penny un timido sorriso mentre se la richiudeva alle spalle.

Se con quella conversazione su Clara intendeva farla sentire meglio, aveva ottenuto esattamente il risultato opposto.

Capitolo 10

Henry stava finendo di asciugare i piatti lavati quando un movimento all'esterno della casa, attraverso la finestra, catturò la sua attenzione. Intravide la sagoma di un omaccione che raggiunse la porta sul retro della casa di Penny ed entrò.

Corse alla porta comunicante e aprì uno spiraglio per sbirciare. L'uomo era alto e muscoloso ma sembrava anche molto giovane, forse sulla ventina; indossava una maglietta a mezze maniche e aveva entrambe le braccia ricoperte di tatuaggi. Si guardò intorno nella cucina di Penny, notò uno zainetto e ci mise dentro il portafoglio e il cellulare di lei, poi vide la macchina fotografica e prese anche quella. Henry lo guardò aprire il frigorifero, acciuffare qualche barretta di cioccolato e infilarla nello zaino insieme al resto della refurtiva. Infine chiuse lo zaino e si incamminò verso la porta.

Fu allora che Henry entrò nella stanza di slancio facendolo trasalire per la paura.

«Vai da qualche parte con tutta quella roba?» lo interrogò.

L'uomo ricambiò il suo sguardo con terrore. Accennò alla porta con mani tremanti, emise un gemito impaurito e poi scappò fuori, insieme alla borsa incriminata. Henry era pronto a scattare. L'intruso correva velocemente ma lui di più: proprio mentre il ladro sgusciava dietro l'angolo del cottage, si tuffò sulle sue gambe e lo placcò facendolo crollare a faccia in giù sul vialetto di ghiaia. L'uomo gemette di dolore ed Henry ne approfittò per bloccarlo al suolo con il peso del suo corpo.

«Henry, che diavolo stai facendo?» esclamò Penny correndo verso di loro dalla porta principale.

«Ho beccato questo ladruncolo da due soldi mentre ti rubava portafoglio, cellulare e macchina fotografica. Chiama la polizia.»

«Henry, questo è Josh, un mio amico. Mi aiuta a trasportare le sculture di ghiaccio. Sono stata io a dirgli di andare a prendere le mie cose… e tu lo hai scaraventato a terra.»

«Davvero lo conosci?»

«Certo. È il mio assistente.»

Henry processò in fretta le sue parole e si alzò di scatto, poi tirò in piedi anche Josh e lo ripulì da terriccio e sassolini.

«Mi dispiace tantissimo. Ti ho visto entrare in casa di Penny e prendere le sue cose e ho pensato… Accidenti, non ti sei fatto male, vero? Ma perché ti sei messo a correre? Avresti potuto dirmi che eri un amico di Penny.»

Josh non rispose. Sembrava ancora terrorizzato e si stava chiaramente domandando se Henry lo avrebbe preso a cazzotti o meno.

«Perché lo hai spaventato a morte! Ma ti sei visto? Fai paura persino a me.»

Henry sbatté le palpebre, confuso. «Tu hai paura di me?»

«Oh, ci sono mille cose di te che mi spaventano. Josh, sali sul furgone, è ora di andare.»

Penny restituì lo zaino al ragazzo e fece il giro della casa diretta verso la sua cucina. Josh non mosse un muscolo finché Henry non scattò sulle gambe per rincorrere Penny, riuscendo a fermarla per un braccio proprio prima che aprisse la porta sul retro della dépendance.

«Hai davvero paura di me? Sai che non farei mai niente per farti del male.»

Penny si addolcì e gli accarezzò l'accenno di barba sulle guance. Il tocco delle sue dita bruciava come il fuoco sulla pelle e d'istinto Henry le posò le mani sui fianchi.

«Non penso che mi faresti fisicamente del male, ma ho paura che il risultato finale di questa storia sarà proprio quello.»

«In che senso?»

«Perché mi hai baciata ieri sera?»

«Lo sai perché.»

«Ma mi hai detto che non stai cercando una storia seria e io lo capisco, davvero. Daisy è la tua priorità in questo momento e io non ho nessuna intenzione di mettermi tra voi due. Avevamo deciso che saremmo stati solo amici. Lo so che sono stata io a baciarti per prima, so che la colpa è mia. Tu mi piaci davvero e ho il sospetto che saranno proprio le differenze in ciò che desideriamo a fare più male.» Sospirò. «Ora devo andare.»

Penny aprì la porta della dépendance ed entrò.

«Daisy, è ora di andare. Sei pronta?»

Henry sentì il tonfo dei piedi di sua figlia che correva giù per le scale e si affrettò ad allontanare le mani dai fianchi di Penny. Lei gli rivolse un'occhiata eloquente e si allontanò di un passo.

Daisy corse fuori e si posizionò tra di loro mentre finiva di infilarsi le Converse ai piedi, trascinandosi dietro un cappotto. Henry notò con stupore che si era arricciata i capelli e si era anche truccata leggermente.

«La rivorrei a casa per le dieci» disse, tentando di non pensare alle parole di Penny.

«Papà!»

«Dieci e mezza.»

Penny annuì. «Non faremo troppo tardi.»

Henry guardò Daisy e Penny prendersi sottobraccio e sparire dall'altra parte del cottage. Tornò in casa, piuttosto seccato dal fatto che sua figlia potesse uscire con Penny e lui no.

Dopo aver sistemato la scultura di Penny sulla piattaforma apposita, Josh tornò al furgone per scaricare quella di Daisy mentre Penny si preoccupava di iscrivere se stessa e la sua nuova allieva alla gara e pagare la loro quota di partecipazione. Erano arrivati così in ritardo che non aveva neanche avuto tempo di osservare le sculture dei suoi avversari.

Tornò nella sala principale e trovò Daisy schiacciata contro la parete scura, troppo nervosa per curiosare o anche solo per dare un'occhiata. La stanza era buia, illuminata soltanto dai faretti sistemati strategicamente sotto le sculture: l'effetto era etereo e magico, e dava a ciascuna creazione ghiacciata l'aspetto di un delicato raggio di luce. Penny osservò Josh trasportare il fiocco di neve di Daisy come se fosse un neonato e sistemarlo sulla sua piattaforma con la stessa cura e delicatezza.

«Tutti quanti rideranno del mio stupido fiocco. Non avrei dovuto partecipare.»

«Hai fatto bene invece. Hai un grande talento, credimi. In tutta onestà penso che nessuna di noi due vincerà stasera: ho appena visto la lista dei partecipanti e ci sono almeno tre intagliatori che ogni anno gareggiano con una scultura incredibile. Fabio, per esempio, è italiano e quest'anno ha vinto non so quale grande campionato internazionale in America, quindi dubito che potremo competere con lui, ma è sempre bello ammirare i lavori e le tecniche degli altri.»

«Spero solo di non arrivare ultima. Sarebbe troppo imbarazzante.»

«Non c'è niente di male nell'arrivare ultimi, Daisy. Ma per tua fortuna in queste gare vengono decretati soltanto i primi tre classificati, quindi se non dovessi essere tra di loro, potrai sempre dire di essere arrivata quarta a pari merito.»

Daisy le sorrise divertita.

«A me è capitato molte volte di arrivare quarta a pari merito.»

«Hai mai vinto?»

«Una volta sola, l'anno scorso. È per questo che la vera gara quest'anno si tiene a White Cliff Bay, durante il ballo: la città del vincitore ospita l'edizione successiva. Una volta sono arrivata seconda e qualche volta terza, ma, come ti ho già detto, alcuni dei partecipanti amano strafare. Un anno Octavia ha presentato una scultura che raffigurava un intero villaggio con persone, auto e luci che si muovevano e scintillavano, tutto fatto di ghiaccio e controllato con dei telecomandi. La Federazione degli intagliatori di ghiaccio ha dovuto in seguito vietare l'utilizzo di qualsiasi materiale che non fosse ghiaccio per partecipare a queste gare perché gli sfidanti stavano impazzendo con luci a intermittenza e oggetti vari congelati nei blocchi. Questo tipo di sculture sono perfette per feste e matrimoni, ma una gara tra intagliatori dovrebbe concentrarsi sulle tecniche utilizzate: sono quelle a dover essere giudicate.»

Penny vide Josh avvicinarsi a loro. Di solito la accompagnava agli eventi, sistemava le sue sculture e poi se ne andava: rimaneva molto raramente. Lui e Daisy avevano chiacchierato un bel po' durante il viaggio, mentre si dirigevano alla festa per consegnare la slitta e poi mentre si recavano alla gara. Era un tipo piuttosto taciturno e Penny si era stupita di sentirlo parlare così tanto. Lo vide massaggiarsi il polso di nuovo e si chiese se si fosse fatto male quando Henry lo aveva scaraventato a terra.

«Vi va di dare un'occhiata alle altre sculture e conoscere i partecipanti? Alcuni possono essere davvero strani, vi avverto. Tenetevi lontani da loro e non parlate a meno che io non vi dia il permesso, va bene? Diventano molto competitivi durante le gare.»

«È per questo che c'è la polizia?» scherzò Daisy.

Penny fece una smorfia. «Già. L'ultima volta Geoffrey e Fabio si sono presi a pugni e non era la prima volta che succedeva. Un anno Geoffrey si ubriacò e urinò sulla scultura di Fabio facendola sciogliere completamente.»

«Che schifo!»

«Lo so. Credo che lui sia il più strano di tutti. Dopo quella volta fu squalificato per due anni, ma quando è ritornato, l'anno scorso, ha litigato con Fabio prima ancora che la gara cominciasse.»

Si spostarono per ammirare la prima scultura: raffigurava una meravigliosa sirena che emergeva dalle onde. Era un pezzo ben fatto anche se in alcuni punti la superficie non era perfettamente liscia e levigata, dettaglio che suggeriva la poca esperienza dell'artista. In ogni caso era molto bella. Penny sbirciò il nome dello scultore e scoprì che si trattava di una ragazza, Melody. Non riconobbe il suo nome e sorrise al pensiero che una persona nuova avesse deciso di unirsi al loro gruppo di matti. Si guardò attorno cercando di riconoscerla nella folla ma non vide nessuno, quindi si appuntò mentalmente di tornare a salutarla più tardi.

Si spostarono fino a raggiungere la scultura successiva,

un glorioso drago dall'aspetto feroce e pronto ad attaccare. L'artista aveva sicuramente sudato sette camicie per scolpire nei dettagli tutte le scaglie sulla pelle. Penny sbirciò il nome dell'artista e scoprì che si trattava di Geoffrey, l'intagliatore squinternato ma talentuoso che veniva dalle coste più sperdute della Scozia e si qualificava forse al primo posto nella classifica delle persone più sgarbate che avesse mai incontrato. Daisy allungò le dita per accarezzare la scultura ma Penny le allontanò la mano in tutta fretta, certa che Geoffrey sarebbe impazzito se l'avesse vista anche solo avvicinarsi alla sua preziosa creazione. Purtroppo arrivò troppo tardi e nel giro di una manciata di secondi l'ombra imponente di Geoffrey già troneggiava su di loro.

«Non osare toccare il mio drago!» ruggì. Daisy si ritrasse spaventata. «Ci sono volute trentasette ore intere per scolpire ogni particolare, trentasette ore a lavorare un blocco di ghiaccio che mi ha scorticato le mani a sangue! Hai una vaga idea di quanto impegno e dedizione siano necessari per raggiungere un risultato di livello così alto?»

«Non l'ha toccato, ha solo...» tentò Penny, ma lasciò correre quando vide Josh fare un passo avanti e proteggere Daisy come un bodyguard silenzioso, allontanando Geoffrey con una singola mano sul petto.

Lo scultore si voltò verso di lui pronto a dare in escandescenze, ma sembrò ripensarci quando si accorse della stazza del suo sfidante. Si limitò a scoccare a Daisy e Penny un'occhiata truce e a tornare nell'ombra, sparendo come un mostro che si ritira nella sua caverna.

«Lasciali perdere. Alcuni di loro sono le persone più strane che io abbia mai conosciuto» sussurrò Penny nell'orecchio di Daisy, prendendola sottobraccio nella vana speranza di proteggerla da ulteriori attacchi.

«Penny!» Una voce profonda e potente risuonò nella sala e Penny vide Fabio avvicinarsi a loro.

In un imprecisato momento della sua vita Fabio doveva aver abbracciato gli stereotipi sugli stalloni italiani e aver deciso di cominciare a vestirsi secondo il manuale, ovvero come una specie di pornostar degli anni Ottanta, con tanto di chioma corvina e fluente che gli scivolava leggiadra sulle spalle mentre camminava, pantaloni di pelle nera e maglie lucide. Aveva un aspetto così eccentrico che era impossibile prenderlo sul serio. Penny non riusciva a credere che ci fossero persone nel mondo che vestissero in quel modo nella vita reale e non soltanto alle feste in maschera. Aveva un viso stupendo e tutti i muscoli al posto giusto, ma rimaneva un tipo inquietante. Sembrava però che lei fosse l'unica a pensarla in quel modo: il resto della popolazione femminile nella sala era completamente rapita da lui.

«Bella donna» le disse, baciandola su entrambe le guance rispettando qualche esuberante usanza europea. «Meeeravigliosa. Le *ztelle* non *zono* niente paragonate a te.»

Daisy, accanto a lei, trattenne a stento una risata. Penny non aveva mai creduto alla storia delle origini italiane: aveva un accento troppo strano e sembrava uno stereotipo vivente. Non aveva però mai osato smascherarlo e di sicuro alle altre donne non dispiaceva.

«Come stai, Fabio?»

«*Zono* tutto meglio ora che ti vedo. Quando accetterai di sposarmi e fare tanti bambini bellissimi?»

Quando l'inferno gelerà. Anzi, probabilmente neanche allora. Erano anni ormai che Fabio le chiedeva di sposarlo: aveva cominciato la prima volta che si erano incontrati a una di quelle gare ma non le era mai sembrato troppo serio, considerando che lasciava ogni evento al braccio di una donna diversa.

«Ah, ho così tanto lavoro da fare. Non ho tempo per i bambini» borbottò.

«Mi sposerai quando vincerò stasera? Queste *zculture* non sono niente *ze* paragonate alle mie.»

Allargò le braccia in un gesto teatrale e per una frazione di secondo a Penny sembrò di vedere dei piccoli cristalli liberarsi dalle sue mani e atterrare, in una piccola nevicata magica, sul drago di Geoffrey, prima di dissolversi e sparire dalla sua vista. Sbatté le palpebre più volte. Se l'era soltanto immaginato? Le luci che illuminavano le sculture e i raggi che attraversavano la stanza mostravano chiaramente tutti i granelli di polvere nella sala, quindi poteva benissimo essere soltanto polvere sui vestiti.

«Devi venire a vederla. Ti piacerà *tantizzimo*.»

Fabio la prese sottobraccio e la trascinò dall'altra parte della sala. La folla si aprì e Penny guardò la scultura con aria confusa per qualche secondo prima di sussultare orripilata. Nel blocco di ghiaccio era stato intagliato il suo profilo a grandezza naturale, nudo e avvolto in un abbraccio appassionato con la sagoma di Fabio stesso. Era stato scolpito con incredibile maestria e cura dei dettagli, e si trattava probabilmente della cosa più inquietante che avesse mai visto nella sua intera vita.

Daisy scoppiò a ridere e Josh distolse subito lo sguardo, ma Penny non riuscì a smettere di fissarla.

«Ti piace, bella donna? *Zei* tu, visto?»

«Io… ma perché?»

«Perché *zono* innamorato di te e voglio sposarti.»

Si inginocchiò con un gesto teatrale e la folla intorno a loro sussultò emozionata. Penny vide con la coda dell'occhio che Daisy stava riprendendo la scena con il cellulare.

Proprio in quel momento sentirono un grido e poi un gemito di dolore dall'altra parte della sala. Tutti gli occhi slittarono dalla bizzarra proposta di matrimonio a Geoffrey, anch'egli in ginocchio ma di fronte al suo drago. L'artista continuò a ululare disperato mentre la sua scultura si scioglieva di fronte ai suoi occhi e cominciava a spruzzare acqua come una fontana. Nel giro di pochi secondi quel drago di sei metri si trasformò in un cubetto di ghiaccio deforme circondato da una pozza d'acqua.

Penny non aveva mai visto niente di simile. Per quanto disprezzasse Geoffrey a causa del suo pessimo carattere, nemmeno lui meritava di assistere alla completa distruzione di tante ore di lavoro. Chi avrebbe mai avuto il coraggio di fare una cosa del genere?

In effetti conosceva una persona che sarebbe stata più che felice di sgominare la concorrenza. Si voltò verso Fabio, ancora in ginocchio davanti a lei, che le fece l'occhiolino. Penny strappò via la mano dalle sue: non voleva avere niente a che fare con la sua meschinità.

«Tu! Sei stato tu!» ruggì Geoffrey avvicinandosi a passo di carica con gli occhi strabuzzati per la rabbia.

Josh si affrettò a scansare Daisy dalla traiettoria di Geoffrey e Penny riuscì a spostarsi di lato proprio mentre lui si lanciava su Fabio. I due rivali crollarono sul pavimento e urtarono la statua di ghiaccio pornografica, che traballò sulla sua piattaforma. Fabio assestò un pugno nello stomaco di Geoffrey e lui gli tirò i capelli, facendolo sbattere di nuovo contro la scultura. Questa volta però l'abbraccio ghiacciato ondeggiò violentemente e cadde al rallentatore sul pavimento, infrangendosi in mille pezzi.

Per lo meno la tragedia riuscì a porre fine alla scazzottata e Fabio urlò disperato. La polizia decise finalmente di intervenire dopo aver assistito a quello spettacolo forse troppo divertente per essere interrotto prima. Mentre Fabio si lanciava contro Geoffrey per riprendere le ostilità, gli agenti li separarono con la forza e li trascinarono fuori dalla sala.

«Toglietevi di dosso!» ululò Fabio in un perfetto accento dell'Essex mentre lottava per liberarsi.

La porta si richiuse dietro di loro e la sala sprofondò nel silenzio. Poi, all'improvviso, gli spettatori cominciarono a esultare e applaudire, probabilmente convinti che facesse tutto parte della gara, o forse perché si trattava dell'evento più emozionante a cui la gente del posto avesse assistito negli ultimi dieci anni.

Penny si voltò a controllare se Daisy stesse bene ma la trovò a battere le mani ridendo. Le si avvicinò e Josh abbassò leggermente la guardia.

«Sono mortificata. Non avrei mai dovuto portarti qui. Non pensavo sarebbe successo questo disastro.»

Daisy si asciugò gli occhi dalle lacrime che aveva sparso per il troppo ridere. «È stata la scena più bella che io abbia mai visto. Da adesso in poi ti accompagnerò a tutte le gare, anche se non parteciperò.»

Una volta finita la baraonda, l'attenzione tornò alle sculture di ghiaccio. Ne erano rimaste soltanto quattro oltre a quelle di Penny e Daisy.

«Adesso abbiamo più possibilità di vincere» commentò la ragazza. «Anche se il castello di Hogwarts laggiù ci darà parecchio filo da torcere.»

Penny ammirò l'edificio scolpito: era meraviglioso, intagliato mattone per mattone, con le guglie delle torri appuntite al punto giusto e persino un drago appollaiato sul tetto.

«Deve essere opera di Octavia. Ha un talento incredibile, è la favorita.»

Quando arrivarono i giudici, gli spettatori si lasciarono andare a mormorii emozionati. Pippa, il sindaco di White Cliff

Bay, comparve per prima tra la folla insieme al suo enorme pancione che metteva in ombra persino la catena simbolo della sua carica che indossava intorno al collo. Salutò Penny con un cenno della mano e una strana sensazione di inquietudine si impadronì di lei quando si ricordò quanto Pippa fosse stata riconoscente nei suoi confronti per aver salvato Sam. Sperava soltanto che non fosse abbastanza grata da nominarla vincitrice al posto di Octavia. Per fortuna c'era un altro giudice con lei, il signor Cartwright, il suo vecchio insegnante di arte a scuola, che avrebbe di certo fatto la scelta giusta.

Daisy squittì. «Quello è Jackson Cartwright! Sarà il mio professore di arte.»

«È stato anche il mio, ai tempi.»

«Forte! Deve aver cominciato a insegnare quand'era molto giovane.»

«Lo era, infatti piaceva a tutte le ragazze. Aveva una motocicletta, indossava sempre una giacca di pelle e fumava: era cento volte più intrigante degli altri professori imbalsamati.»

«Hanno esposto tantissime sue sculture nelle più famose gallerie di Londra. Sono una sua grande ammiratrice.»

«Vuoi che te lo presenti?»

Daisy annuì. «No.»

Penny rise per quei segnali contrastanti. «Magari posso andare a scambiare due parole con lui e tu puoi venire con me.»

«Mi sembra una buona idea.»

«Gli artisti sono pregati di posizionarsi accanto alle proprie sculture per incontrare i giudici» annunciò un vocione che rimbombò per tutta la sala.

Penny notò una ragazza dai capelli rossi in piedi davanti alla scultura della sirena; doveva essere Melody e le sorrise incoraggiante. Vide Octavia accanto al castello di Hogwarts, come sospettava, e Ignatius, un uomo dalla barba bianca, lunga e folta, e i capelli coordinati, avvicinarsi a un faro di ottima fattura. Di fronte a lui c'era Frank, che indossava un completo rosa antico e se ne stava accanto a un bellissimo vaso di fiori dai rami intricati.

Il castello di Hogwarts avrebbe vinto di sicuro, ma Penny non riusciva a immaginare chi avrebbero votato per il secondo e il terzo posto. Persino il fiocco di neve di Daisy, per quanto semplice, denotava un enorme talento.

I giudici vagarono per la sala ammirando le sculture e chiacchierando con gli artisti. Quando raggiunsero Daisy, Penny li osservò mentre studiavano il suo fiocco di neve e allo stesso tempo si accorse della tensione che lei stava mostrando nel trovarsi di fronte al suo idolo. Sperava che Jackson le facesse almeno un piccolo complimento: sapeva che la ragazza ne sarebbe stata entusiasta anche se poi non avesse vinto nulla.

«È una scultura incredibile» commentò il giudice. «I cristalli sono sottilissimi ma curvano in maniera davvero armonica. Sono davvero colpito dalla cura che hai usato per i dettagli.»

Il cuore di Penny si riempì di gioia per Daisy. La vide sciogliersi in un sorriso raggiante.

Jackson diede un'occhiata al cartellino con il suo nome e poi le chiese: «Quanti anni hai?».

«Sedici.»

Il giudice sgranò gli occhi per la sorpresa. «Quindi sei tu la nuova arrivata. Dopo Natale sarai nella mia classe e io sarò il tuo insegnante di arte.» Non sapeva ancora di averla resa felicissima. «La tua tecnica è quasi impeccabile. È molto che intagli il ghiaccio?»

«Ho frequentato un corso per intagliatori di legno l'estate scorsa e Penny mi ha mostrato alcuni trucchi del mestiere.»

Jackson si voltò verso Penny e sorrise. «Tuppence Meadows, che piacere vederti qui e sapere che sei una tale fonte di ispirazione per le nuove generazioni. Mi farai restare disoccupato.»

«Il suo lavoro è al sicuro» ribatté Penny. «Insegnare a Daisy è stato piacevole ma non penso che mi piacerebbe ritrovarmi in una classe con trenta adolescenti.»

Lui rise. «Sì, a volte può essere impegnativo.» Si voltò di nuovo verso la ragazza. «Pensi di passare a scuola in settimana, prima delle vacanze di Natale? Mi piacerebbe presentarti il resto della tua classe.»

«Sì, verrò giovedì o venerdì.»

«Ti aspetto allora, ci conto.» Si diresse verso Penny mentre Pippa chiacchierava con Daisy. «Quest'angelo è stupendo, Tuppence.»

«Penny.»

Jackson sorrise. «Penny, giusto. Perdonami. Adoro i dettagli delle ciocche di capelli. Sono davvero colpito, ma non avevo dubbi che avresti fatto grandi cose con il talento che possiedi. Ho visto molte delle tue sculture in città nel corso degli anni. Mi rendi orgoglioso. Se mai dovessi decidere di organizzare un corso a tema a scuola, sono certo che saresti illuminante per tanti studenti... e io resterei lì con te tutto il tempo, così non ti darebbero troppi problemi.»

Penny sorrise all'idea. Aveva pensato più volte di offrirsi per insegnare a intagliare il ghiaccio nella scuola locale: le piaceva la prospettiva di tramandare le sue doti e ispirare altre persone ad abbracciare l'arte. Aveva insegnato le basi dell'intaglio durante qualche festa di addio al nubilato e celibato, e in alcune giornate di formazione per le aziende, che erano sempre molto divertenti. E poi le era piaciuto tanto lavorare con Daisy. Magari proporre un corso di qualche giorno a scuola sarebbe stato il modo migliore per affacciarsi a quell'ambiente.

«Ci penserò» rispose, e Jackson sorrise.

Pippa si avvicinò a loro. «Adoro la tua scultura, Penny. La trovo magnifica.»

«Grazie.»

Pippa e Jackson si allontanarono per discutere la classifica. Gesticolarono molto indicando le varie sculture in gara, specialmente il castello di Octavia. L'organizzatore dell'evento li raggiunse e annuì quando gli comunicarono il risultato. Jackson, però, non sembrava molto contento.

«Abbiamo i vincitori» annunciò l'organizzatore con il suo vocione profondo. «L'alto livello delle creazioni proposte ha messo in difficoltà i giudici, ma ricordiamo che l'ultima parola spetta al nostro sindaco. Dunque, per il terzo posto i giudici hanno scelto...» Fece una pausa scenografica. «Daisy Travis e il suo fiocco di neve.»

La folla applaudì esultante e Penny festeggiò più di tutti. Si avvicinò alla ragazza per abbracciarla e si accorse che stava tremando.

«Ben fatto! Te lo sei meritato, sono davvero felice per te» le disse.

«Al secondo posto... Octavia Greene.»

La folla trasalì: chiaramente si aspettavano tutti che avrebbe vinto. Ogni persona in quella sala pensava che la vittoria spettasse a lei, inclusa Octavia stessa, che si ritrovò a bocca spalancata per lo sdegno. Penny si gelò sul posto. Sapeva bene che cosa sarebbe successo: se Octavia era stata relegata al secondo posto, significava che Pippa aveva insistito per far vincere lei, per ringraziarla di aver salvato suo figlio il giorno prima.

«E il vincitore è...»

Penny pregò che il faro di Ignatius o il vaso di fiori di Frank avessero catturato l'occhio dei giudici.

«Penny Meadows.»

La folla applaudì educatamente, ma anche da lontano notò gli spettatori mormorare tra loro e scuotere la testa, in dissenso con il verdetto dei giudici. Avrebbe voluto sprofondare sottoterra. Non voleva vincere in quel modo. Era orgogliosa del suo angelo, era molto bello, ma il castello di Octavia era straordinario.

Daisy si gettò su di lei, stringendola ed esultando a gran voce, chiaramente ignara del vero motivo per cui era stata nominata vincitrice. I giudici si avvicinarono per congratularsi e le offrirono una coccarda. Penny riuscì a malapena a stiracchiare un sorriso. Poche altre persone andarono a stringerle la mano e poi, per fortuna, la folla capì che la gara era terminata e cominciò a lasciare la sala.

Octavia marciò verso di lei e Penny sapeva che non stava venendo per complimentarsi.

«Sappiamo bene entrambe per quale motivo hai vinto stasera e non ha niente a che fare con la tua scultura.»

Si allontanò furiosa con Daisy che la fissava confusa. «Questo sì che è accettare la sconfitta.»

«Forza, andiamo a casa» mormorò Penny. Si sentiva come svuotata e il fiocco che scintillava sul suo petto non aiutava per niente.

Josh e Daisy la seguirono fuori. I due ragazzi chiacchierarono per tutta la strada del ritorno, ma lei era troppo delusa per spiccicare anche solo una parola. La gara era stata soltanto una farsa. Voleva ispirare Daisy a coltivare il suo talento e mostrarle che, con il duro lavoro e tanta dedizione, avrebbe potuto creare qualcosa che le persone avrebbero ammirato. Invece l'aveva introdotta al mondo della competizione malsana e le aveva mostrato che non importavano l'impegno e il talento: alla fine vinceva chi aveva le giuste conoscenze e chi sapeva ingraziarsi le persone che contavano. Aveva senso ormai partecipare alla vera gara, quella più importante, che si sarebbe tenuta al ballo la settimana seguente, se il vincitore era stato nominato prima ancora di iscriversi?

Penny accompagnò Josh a casa e sorrise quando lo vide dare a Daisy un bacetto sulla guancia per congratularsi della vittoria. Daisy rimase in silenzio per il resto del tempo, con un enorme sorriso stampato sul volto.

Parcheggiò nel cortile del cottage e Daisy scese dal furgoncino quasi saltellando, ancora carica di eccitazione. Entrarono dalla porta principale e la ragazza si trattenne nel salotto per fare a Bernard così tante coccole che gli sarebbero potute bastare per il resto della vita.

Poi si alzò e spalancò la porta comunicante irrompendo in casa sua.

«È il giorno più bello della mia vita!» esclamò.

Penny si appoggiò contro lo stipite della porta per godersi la scena. Henry era seduto sul divano e stava leggendo un libro che posò immediatamente per concentrarsi su sua figlia. Indossava gli occhiali ed era a piedi nudi, e quei piccoli dettagli le fecero stringere lo stomaco dalla tenerezza.

«Papà, sono arrivata terza! A essere sinceri c'erano soltanto otto concorrenti, anzi sei, ma sono comunque arrivata terza e uno dei giudici era Jackson Cartwright e ha detto che era veramente colpito dalla mia scultura e...»

«Aspetta, hai partecipato anche tu alla gara? Non sapevo che avessi creato una scultura tutta tua! Perché non me l'hai detto? Sarei venuto a fare il tifo.»

«Non pensavo che fosse un granché, era il mio primo tentativo e... non lo so, non volevo che mi vedessi perdere.»

«Ti ho sempre detto che si perde soltanto se non ci si prova. Sono davvero orgoglioso di te, Daisy. Mi sarebbe piaciuto venire e vederti vincere.»

«È che a volte mi prendi in giro quando ti parlo di queste cose.»

Henry era stupito. «Ho sempre sostenuto la tua passione per l'arte! Ho pagato i corsi, ti ho portato alle mostre, ti ho comprato gli strumenti...»

«Ma tutte le volte che ti dico che da grande voglio fare l'artista mi dici sempre di non trascurare le altre materie.»

«Questo non vuol dire che non approvi le tue passioni. Lo faccio soltanto perché non hai mai voglia di fare i compiti.» Scimmiottò la voce acuta di una ragazzina: «Papà, non ho bisogno di fare gli esercizi di matematica perché da grande sarò un'artista. Papà, non mi serve studiare storia perché da grande farò l'artista».

Daisy ridacchiò per quell'orribile imitazione.

«Sei una ragazza intelligente, Daisy. Potrai fare quello che vorrai quando sarai grande, la dottoressa, la scienziata, l'astronauta, tutto. Se vorrai essere un'artista, allora ti sosterrò al cento per cento, ma questo non significa che puoi trascurare le altre materie. Tra qualche anno magari cambierai idea e vorrai fare la veterinaria o la traduttrice o il primo ministro, e non puoi fare niente di tutto questo senza una laurea. Tra sei mesi finirai le scuole superiori e potrai studiare quello che vorrai all'università, ma fino a quel momento voglio che ti impegni al massimo in ogni materia.»

Daisy sorrise. «Va bene.»

«E la prossima volta avvisami se decidi di partecipare a una gara. Sarò quello che esulta più forte di tutti quando vincerai e quello che fischia per protestare se dovessi perdere.»

«Penny ha vinto» disse Daisy ed Henry si voltò a guardarla.

«Sul serio? Congratulazioni! Non avrei fischiato se fossi stato lì» disse, poi sussurrò a Daisy a voce abbastanza alta perché anche Penny sentisse: «O magari avrei fischiato piano.» Entrambe risero. «Immagino non abbiate scattato fotografie alle sculture.»

«Sì, le ho scattate con il cellulare» ribatté Daisy. Prese il suo telefono, schiacciò qualche tasto e lo passò al padre. «Questa è la mia.»

«Ma è bellissima! Hai fatto tutto da sola?»

«Penny ha tagliato il blocco con la motosega. Non ha voluto che la usassi.»

«Allora complimenti a entrambe. Alcuni di quegli attrezzi hanno un'aria letale» commentò scoccando a Penny un'occhiata preoccupata.

«È molto delicata con gli strumenti. Le ho mostrato i modi giusti per usarli.»

Henry non sembrava molto contento della risposta ma decise di lasciar correre. «Sei stata bravissima, Daisy. Hai un vero talento.»

«Questa invece è di Penny.»

Henry fischiò ammirato. «È davvero stupenda. Aspetta, e questa cos'è?»

Daisy si sporse per guardare e scoppiò a ridere. «Questa è la scultura di Fabio… prima che si rompesse in mille pezzi.»

Penny arrossì mentre Henry la studiava. «Questo Fabio sembra conoscere molto bene il suo soggetto.»

«Non direi. Ha dimenticato tutta la mia ciccia.»

Gli occhi di Henry si fissarono nei suoi. «A me sembra che sia stato molto preciso. Quindi tu e lui…»

«No, decisamente no, mai nella vita» negò Penny.

«Non perché non ci abbia provato.» Daisy ridacchiò e spinse qualche altro pulsante per far comparire sul cellulare il video della bizzarra proposta di matrimonio di Fabio. Henry scoppiò a ridere.

«Bene, dopo questo aneddoto imbarazzante vi lascio soli. Daisy, sono davvero contenta che tu sia venuta. Spero che quei pazzi non ti abbiano scioccata.»

La ragazza scosse la testa. «Sono stata benissimo, grazie.»

Penny sorrise e chiuse la porta comunicante. Si avvicinò al suo divano e trovò Bernard sdraiato a pancia all'aria e con la lingua di fuori che russava sonoramente.

Prese il suo iPod e scelse una playlist casuale. Una musica dolce, lenta e rilassante venne fuori dalle cuffie. Accese il camino e anche un paio di candele che odoravano di mele e vino speziato. Una perfetta serata romantica per una persona sola. Sospirò. Non aveva voglia di leggere e nemmeno di guardare la televisione. Non sapeva proprio che cosa fare. Sentiva ancora il suono attutito delle chiacchiere e delle risate di Henry e Daisy dalla porta accanto.

Erano state ventiquattro ore pazzesche: c'era stato il salvataggio in mare, poi aveva rivisto Kathleen, aveva partecipato a quella gara e aveva ricevuto un bacio incredibile da un uomo che sembrava essersene completamente dimenticato. Chiuse gli occhi e si sfiorò la bocca, riportando alla memoria la sensazione delle labbra di Henry sulle sue: la sua dolcezza, il modo in cui l'aveva stretta, il suo sapore, il suo odore speziato… Riusciva quasi a sentirlo ancora, come se il calore e il profumo della sua pelle avessero attecchito nella stanza.

Aprì gli occhi all'improvviso quando si rese conto che quelle sensazioni non erano frutto della sua mente. Si voltò e lo ritrovò in piedi accanto a lei.

«Perdonami, non volevo spaventarti. Sembravi persa nei pensieri.»

Penny arrossì. Aveva capito che stava pensando a lui?

«Volevo solo ringraziarti per stasera. Era tanto tempo che non vedevo Daisy così felice.»

Penny deglutì, emozionata per quella vicinanza inattesa. «Figurati.»

Lui rimase immobile, invadendo il suo spazio personale, e continuò a guardarla. Lei lanciò un'occhiata veloce alla porta comunicante e vide che era chiusa: non era venuto solo a ringraziarla.

Allungò una mano e le accarezzò i capelli, arrotolando delicatamente le punte tra le dita. Penny non osò muovere un muscolo. Le avrebbe fatto del male e non c'era nulla che lei potesse fare per impedirglielo. Le dita di Henry si spostarono sulla sua guancia e si sentì sciogliere a tal punto che si stupì di essere ancora in piedi. Come poteva un gesto così semplice avere un tale effetto su di lei?

Henry sospirò pesantemente e fece un passo indietro, rompendo l'incantesimo che si era creato tra di loro.

«Daisy ha sempre detestato le mie fidanzate. Anche quando era piccola, ogni volta che uscivo con una donna lei piangeva e urlava. Non che siano state tante, in realtà. Crescere una bambina da solo non ti lascia molto tempo per fare altro. Un paio di volte ho invitato delle ragazze a casa, quando aveva sei o sette anni, ma le serate finivano sempre con lei che piangeva disperata. A quel punto ho smesso di portarle a casa e le ho frequentate in segreto per anni. Mi ero promesso di non presentarle più nessuna se non si fosse trattato di una storia seria. Quando è cresciuta, ha incontrato qualcuna delle mie fidanzate, ma nessuna le è mai andata a genio. Credo che Rosie fosse l'unica che le piacesse. Uscivano insieme, andavano a fare shopping... Quando ci siamo lasciati, Daisy ci è rimasta peggio di lei.» Mosse la mano fino a stringere la sua. «E nonostante abbia detestato praticamente tutte le donne che le ho presentato, non mi aveva mai chiesto di tenermi lontano da loro prima d'ora. Poi sei arrivata tu.»

Penny fece un passo indietro, ferita. «Non sono abbastanza per te.»

Henry scosse la testa. «Al contrario. Io non sono abbastanza per te. Si è già affezionata a te e teme che io possa ferirti. Non sono bravo con le relazioni: in genere scelgo una persona con cui penso di poter trascorrere un po' di tempo e non penso mai a lungo termine. Mi tiro sempre indietro prima che le cose possano farsi serie, soprattutto per Daisy. Non è facile immaginare di essere in tre se si è sempre stati in due. Dovrebbe essere una persona con cui Daisy va molto d'accordo, come con Rosie, ma in quel caso ero io a non vedere un futuro con lei. Non ho mai immaginato di svegliarmi ogni mattina accanto alla stessa donna per tutta la vita o fare colazione e cenare con la stessa persona ogni giorno. Mai... prima d'ora.» Sospirò. «Non sto dando una bella immagine di me, vero? Ti capirò perfettamente se deciderai di essere solo mia amica, ma...»

«Prima d'ora?» riuscì a gracchiare Penny nonostante la gola improvvisamente secca.

Henry si fermò a riflettere su quello che aveva appena detto. «Tu mi piaci. Molto. Ed è una sensazione nuova per me. Adoro passare il tempo con te, sentirti parlare, guardarti lavorare. Abbiamo mangiato insieme, noi tre, molte più volte che con le donne che ho frequentato negli ultimi anni e lo trovo fantastico. Mi piace farti ridere e quel bacio, ieri sera... Ho sentito qualcosa che non avevo mai provato prima. So che sembra assurdo, ma c'è qualcosa di te che mi attrae da morire, in un modo così forte che...» Si guardò intorno come alla ricerca delle parole giuste.

«Che fa male» concluse per lui Penny.

Lui la guardò. «Sì. Fa male. Lo sento nel petto quando penso a te, sento il bisogno fisico di stare con te. Lo senti anche tu?»

Lei annuì. «Ed è assurdo. Ti conosco a stento.»

«Esatto. Non so cosa significa, se si tratta soltanto di desiderio e nulla di più, ma so che voglio scoprirlo. Ma... sarebbe sbagliato se per adesso volessi tenere questa cosa soltanto per noi? Aspettare e vedere se nei prossimi giorni si trasforma in un sentimento duraturo, come spero, o se finisce ancora prima di iniziare. È una situazione nuova per entrambi. Non sappiamo che cosa succederà. Potresti capire che in realtà mi trovi terribilmente noioso e che è meglio restare amici, potremmo trascorrere una piacevolissima notte di sesso selvaggio, accorgerci il giorno dopo che la scintilla tra di noi si è già spenta e decidere di non volerci vedere mai più, oppure potremmo perdere la testa l'uno per l'altra, sposarci, avere una dozzina di bambini e invecchiare insieme finché morte non ci separi. Non possiamo sapere cosa ci riserva il destino. Non c'è motivo di turbare Daisy prima di decidere se valga la pena continuare a frequentarci. Abbiamo avuto un anno difficile e...» Lasciò cadere la frase e distolse lo sguardo. L'idea di ferire sua figlia sembrava distruggerlo.

«Vuoi che ci frequentiamo in segreto?» domandò Penny, ancora stupita del fatto che lui immaginasse veramente un «noi».

«Sì, almeno per i primi tempi. Credo che il motivo per cui mi abbia chiesto di non uscire con te sia legato al trasloco qui a White Cliff Bay. Si è appena trasferita in un'altra città e forse è ancora tesa e insicura al pensiero di dover frequentare una nuova scuola e fare nuove amicizie. Non voglio che si senta a disagio anche a casa. Le piace vivere al Lilac Cottage, si è abituata in fretta grazie a te e alla prospettiva di poter lavorare con il ghiaccio e...» Bernard russò forte. «... e grazie a lui. Se cominciamo a uscire insieme e le cose non funzionano, non potrei più restare a vivere qui. Fino a qualche giorno fa sarei stato pronto a trasferirmi non appena l'agenzia immobiliare avesse trovato un altro appartamento, ma se stare qui la rende felice, mi abituerò a sbattere la testa contro il soffitto ogni volta che mi faccio la doccia. Ti chiedo soltanto di aspettare che passi Natale e che Daisy si ambienti in città e poi, se dovessimo ancora provare gli stessi sentimenti, le diremo tutto e affronteremo le conseguenze. In caso contrario, avremo fatto bene a non darle altri pensieri.»

«Non voglio mentirle.»

«Neanch'io, davvero, è l'ultima cosa che voglio. Ma possiamo soltanto assicurarci che ci sia qualcosa per cui valga la pena lottare? Non sono un tipo con cui è facile andare d'accordo: sono scontroso e per niente paziente, e probabilmente tra qualche giorno vorrai scappare da me a gambe levate. La maggior parte delle donne lo fa. Se invece decidi di volermi tra i piedi, ti prometto che glielo diremo.»

Penny annuì. «Va bene. Quindi... ci stiamo frequentando?»

«Sì, se tu lo vuoi.» Henry sembrava spaventato.

Penny non riuscì a trattenere un sorriso mentre annuiva.

«Daisy vuole che usciamo insieme, pensa che tu abbia bisogno di compagnia o qualcosa del genere, quindi possiamo farci tranquillamente vedere in giro e limitarci a mantenere nascoste soltanto le serate piccanti.»

Lei rise. «Accidenti, e io che pensavo che lo avremmo fatto nel centro della piazza.»

Gli occhi di Henry si riempirono di malizia. «Magari prima o poi. Domani è martedì e abbiamo un appuntamento per cena. Possiamo celebrare la nostra relazione segreta tra meno di ventiquattro ore.»

«Va bene.»

Penny si rese conto di non essere molto lucida al momento; sentiva il cuore pulsare violentemente, stava tremando e le sembrava che tutti i pensieri fossero volati via dalla sua testa.

Henry sorrise della sua aria meravigliata. Fece scorrere la mano lungo il suo braccio fino ad accarezzarle la nuca. Si avvicinò lentamente e la baciò con la stessa delicatezza che aveva usato la sera precedente, come se lei fosse uno spettacolo da ammirare e venerare. Penny gli circondò il collo con le braccia e giocò con i capelli sottili che crescevano alla base, mentre lui la prese per i fianchi e la tirò delicatamente a sé. La sensazione di averlo così vicino era intensa e i sentimenti che provava per lui le rimbombavano in tutto il corpo.

Henry si allontanò di qualche centimetro, respirando affannosamente. «Va bene?»

Penny annuì e lui fece un passo indietro.

«A domani.»

Gli sorrise mentre lui si allontanava e si fermava a guardarla, prima di chiudersi la porta comunicante alle spalle. Penny aveva un appuntamento domani e sapeva che quella sera, per la prima volta dopo molto tempo, sarebbe andata a dormire con il sorriso sulle labbra.

Capitolo 11

Il mattino seguente Penny venne svegliata da una mano che la scuoteva delicatamente. Quando aprì gli occhi, trovò Henry in piedi accanto al letto.

Dio, era sicura di avere i capelli sparsi ovunque, il segno del cuscino sulle guance e con ogni probabilità anche l'alito cattivo… e lui le stava offrendo una tazza di tè con un sorriso sornione stampato sul viso e gli occhi di chi sta guardando la donna più bella del mondo. Indossava la vestaglia e sembrava non avere nient'altro sotto.

«Io, ehm…» E ben tornata alla sua capacità di formulare frasi brillanti!

«Ho pensato di portarti una tazza di tè e la colazione a letto» esordì Henry indicando la tazza di cereali che giaceva sul comodino.

Penny rise. «Devi esserti impegnato davvero molto.»

«Guarda che le confezioni di cereali sono pesantissime.» Henry posò la tazza accanto ai cereali.

«Com'è il tempo fuori?» domandò Penny.

Quando lui si voltò a guardare fuori dalla finestra, si affrettò a prendere delle mentine dal cassetto e a passarsi le dita tra i capelli.

«Ieri sera ha nevicato di nuovo. Non troppo, ma abbastanza perché Daisy speri ancora di avere un bianco Natale.»

«Tutto questo è molto dolce da parte tua, ma non ce n'era bisogno.»

Henry si allontanò dalla finestra e tornò da lei. «Sto cercando di accumulare punti nella tua classifica personale perché sono abbastanza certo che presto li perderò tutti.»

«Perché?»

«Perché non ci so fare con le donne, nonostante io abbia passato gli ultimi sedici anni della mia vita a crescerne una. Non so nulla di romanticismo. Dovrai indicarmi la direzione giusta. Fatti più in là.» Dovette aver notato la smorfia terrorizzata sul viso di lei perché si mise a ridere. «Non ti preoccupare, non ti salterò addosso. Possiamo almeno coccolarci, però, vero?»

Penny esitò ma poi si spostò sotto le coperte. Henry si infilò nel letto accanto a lei e se la tirò contro il petto, abbracciandola stretta. Era un gesto così familiare, come se si fossero conosciuti anni prima e non solo qualche giorno addietro. Penny non riuscì a trattenere un sorriso.

«Che c'è?» chiese lui, sorridendo a sua volta.

«Questo. È dolce. Per il momento stai andando bene con il romanticismo.»

Le baciò la fronte con la sua solita tenerezza disarmante. «Be', Daisy è andata in quel grosso centro commerciale fuori città con Anna per gli ultimi regali di Natale, quindi se vuoi possiamo restare qui per tutto il giorno.»

«Mi piacerebbe tanto, ma ho impegni con Maggie per pranzo.»

«Peccato. Comunque Daisy resta a dormire da Anna stanotte, quindi se vuoi tu puoi… restare a dormire da me.»

Le vennero in mente un milione di scuse per dire di no: non si sentiva pronta, non sarebbe stata brava, lo avrebbe deluso, non era poi così in forma come sperava. Henry si accorse dei pensieri che le stavano passando per la testa.

«Te lo prometto, non faremo niente. Possiamo rimanere semplicemente così. Mi piace tutto questo. E mi piace l'idea di addormentarmi tenendoti stretta tra le braccia. Ho come l'impressione che tu non abbia avuto nessun altro dopo Chris, è così?»

Penny arrossì imbarazzata. «Già. Per un motivo o per l'altro non ho frequentato più nessuno per ben otto anni… e Chris è stato il mio primo fidanzato.»

Pensava che lui ne avrebbe riso. Aveva quasi trent'anni ed era stata con un uomo solo, mentre lui doveva aver avuto decine di donne diverse. Invece rimase impassibile.

«Allora vuol dire che andremo molto piano. Non faremo niente finché non ti sentirai pronta. Possiamo uscire e imparare a conoscerci e ti prometto che non cercherò di portare le cose al livello successivo. Questo non significa però che non esigerò un mare di baci.»

Lei gli sorrise felice. Non poteva essere vero: gli uomini non avevano mai pazienza di aspettare quando si trattava di sesso, o per lo meno Chris non ne aveva avuta molta. Uno come Henry avrebbe potuto avere tutte le donne che desiderava e le reazioni di Jade, Beth e Clara lo dimostravano chiaramente. Per quale motivo si ostinava a volere lei quando avrebbe potuto avere una qualsiasi delle donne di White Cliff Bay, soprattutto dal momento in cui aveva ammesso di non volere una storia seria?

«Voglio che funzioni tra di noi» sussurrò lui. Era bravissimo a leggerle nei pensieri.

Penny si avvicinò e lo baciò sperando che la mentina avesse fatto effetto. Lui la strinse più forte e restituì il bacio. Dopo una manciata di secondi si tirò indietro e la guardò con occhi pieni di malizia.

«Oppure, se proprio non riesci a resistermi, possiamo cedere alla passione in questo preciso momento.»

Le fu sopra in un lampo e la mantenne ferma con il peso del suo corpo mentre cominciava a farle il solletico.

«No!» strillò lei dimenandosi per fuggire dalle sue mani impietose.

«Avanti, concediti a me.»

Penny rise. «No! Non mi avrai mai.»

Riuscì a divincolarsi dalla sua presa, si alzò dal letto e corse via dalla stanza, ma Henry non perse un secondo e le fu subito alle calcagna. La acciuffò per la vita e la spinse contro la parete, baciandola con passione mentre cercava di trattenere le risate. Mentre lui la baciava e lei percepiva la sua lingua sulle labbra, le mani che le accarezzavano le curve e il suo corpo sciogliersi al suo tocco, si domandò per quale motivo stesse esitando. Sarebbe stato così sbagliato tornare a letto e scoprire subito l'intensità che poteva raggiungere l'intesa nata tra di loro? Lo conosceva a malapena eppure tutto di lui, i suoi baci, il tocco delle sue mani, tutto gridava che era l'uomo perfetto per lei. Si stava innamorando perdutamente e lo sapeva. Sperava soltanto che lui provasse lo stesso per lei.

Henry si tirò indietro, accigliato. «A che ora hai l'appuntamento con Maggie?»

«Con chi?»

Lui sorrise. «La tua amica.»

«Oh, ehm, a mezzogiorno.»

«Peccato, sono già le undici e mezza.»

Penny impiegò qualche secondo a realizzare. «Che cosa? Come può essere così tardi?»

«Be', non so te, ma io ho passato tutta la notte a pensare al nostro primo appuntamento.»

Lei sorrise. «Anch'io.»

Henry si allontanò, seppur riluttante. «Vai a prepararti. Ci vediamo stasera. Resterai con me, vero?»

Penny annuì e lui sparì giù per le scale. Le faceva male la mascella per il troppo sorridere. Affittare la dépendance era stata la decisione migliore della sua vita.

Penny irruppe nella pasticceria e si guardò attorno. Era in ritardo di dieci minuti ma sembrava che fosse comunque riuscita ad arrivare prima di Maggie. Si avvicinò al bancone e si mise in fila. Il locale era piuttosto affollato per essere un giovedì e Linda sembrava più stressata del solito per il flusso inusuale di clienti.

Tilly corse verso di lei con un sorriso a trentadue denti e macchie di cioccolato sparse su tutto il viso.

Penny si inginocchiò e le parlò con i segni: «Ciao! Che ci fai qui? La tua scuola è già chiusa per le vacanze di Natale?».

Tilly annuì eccitata e rispose: «Il riscaldamento si è rotto e hanno dovuto chiudere la scuola. Non lo ripareranno prima di venerdì».

Ecco la spiegazione per quel flusso di clienti e forse anche per il ritardo di Maggie, che doveva essere rimasta bloccata a casa con i due figli.

«Forte! Hai più giorni di vacanza. Stai aiutando la mamma e la nonna?»

«Ho preparato dei tortini. Ne vuoi uno?»

«Volentieri, grazie.»

Tilly corse via e Penny ordinò un tramezzino al formaggio per lei e uno al bacon per Maggie. Quando Linda le allungò i piatti, notò con stupore che aveva aggiunto anche due ciambelle.

«Ti servirà molta energia oggi» le disse strizzandole l'occhio e sua figlia, accanto a lei, ridacchiò.

Non rispose, confusa, e si limitò a prendere posto al tavolo che una giovane coppia stava lasciando proprio in quel momento. Maggie entrò trafelata un minuto dopo.

«Mi dispiace!» Maggie morse il suo tramezzino e mugolò con gratitudine. «I bambini sono a casa da scuola e ho dovuto cercare di tenerli impegnati per tutta la mattina mentre finivo di organizzare gli ultimi dettagli del ballo. Mancano sette giorni e sono già terrorizzata al pensiero di essermi dimenticata qualcosa di fondamentale. Questa gravidanza si sta prendendo gioco del mio cervello.»

«Sono sicura che hai tutto sotto controllo. Posso aiutarti in qualche modo?»

«No, penso di aver quasi finito. Il padiglione sarà consegnato domani, lo useranno per la gara di case di marzapane di sabato e per il tuo corso che si terrà la domenica. Il resto arriverà direttamente giovedì, il giorno stesso del ballo.» Maggie scorse mentalmente la lista dei preparativi. «Comunque mia madre mi tiene i bambini per un'ora. Le ho detto che dovevo pranzare con te perché c'era un'emergenza.»

Penny sbatté le palpebre. «Quale emergenza?»

«Il tuo grande appuntamento di stasera.»

Penny sentì gli occhi che si spalancavano. «Come fai a saperlo?»

«Be', diciamo che Jade è stata molto loquace al riguardo giù al pub, sabato sera, dopo che Henry l'aveva rifiutata in maniera plateale. Ovviamente non ha usato proprio queste parole, ma l'argomento è finito sulla bocca di tutti in città.»

«Sulla bocca di tutti?» Penny gelò al pensiero che l'intera città stesse parlottando di lei.

Sapeva che la gente in paese viveva di pettegolezzi e amava ficcanasare negli affari degli altri, ma fino a quel momento non era mai stata al centro delle chiacchiere: la sua vita era troppo piatta per attirare gli sguardi. Ripensò all'epoca in cui aveva sofferto per l'aborto e realizzò che tutta la città doveva averne parlato per settimane, nonostante lei fosse troppo presa dal dolore per rendersene conto e avesse trascorso mesi chiusa in casa.

«Sono tutti molto contenti per te. Sono emozionati» disse Maggie, ma Penny non trovò alcuna consolazione nelle sue parole. Era troppo imbarazzante. Lei ed Henry stavano ancora cercando di conoscersi e di certo non avevano bisogno che l'intera città di White Cliff Bay si impicciasse nella loro relazione prima ancora che cominciasse. Senza contare che Daisy non doveva saperlo.

«Ci siamo incontrate e...»

«Incontrate? Tu e chi?» squittì Penny. Avvertì improvvisamente il bisogno di tornare a casa e chiudersi dentro a doppia mandata.

«Le ragazze del club del libro» rispose Maggie, riferendosi al gruppetto di madri che una volta a settimana fuggiva dalle proprie famiglie e si incontrava a casa di una dei membri per ubriacarsi e sciogliersi i capelli. Se ci si basava sulle foto pubblicate su Facebook, probabilmente non avevano mai avuto una vera discussione su qualche libro durante quelle riunioni.

«Sono stata l'oggetto di un incontro del club del libro?»

«Sì. Ascolta, le ragazze vogliono contribuire in qualche modo. Natalie penserà ai tuoi capelli e Christine ti ha prenotato una ceretta completa. Monica vuole che passi da Silk & Lace più tardi e ti aiuterà a scegliere dell'intimo sensuale. Sappiamo entrambe che non hai niente del genere a casa. Tutte le tue mutandine e i tuoi reggiseni sono grigi e pieni di buchi, non è questo il look che vuoi avere stasera e...»

«Aspetta, non ci vado mica a letto!» gracchiò Penny e sulla pasticceria calò il silenzio. Tutti gli occhi si voltarono verso il loro tavolo.

«Sst! Non urlare o lo saprà tutta la città» la rimproverò Maggie quando gli altri clienti ebbero finalmente ripreso le loro conversazioni.

«Credo che lo sappiano già tutti. Avete inviato un messaggio d'allarme a ogni singolo cittadino o cosa?»

«Tesoro, vogliamo soltanto che vada tutto liscio. È il tuo primo appuntamento dopo otto anni.»

«E non posso essere libera di rovinarlo con le mie mani? Di certo l'esito della serata non dipenderà dai miei capelli o da un paio di gambe lisce e un completino sexy.»

«Sono particolari importanti.»

«Maggie, sai che ti voglio bene, ma ti prego di stare fuori da questa faccenda.»

«Non dire sciocchezze. Se mi volessi bene ti lasceresti aiutare. Adesso sbrigati a mangiare, hai appuntamento dal parrucchiere tra quindici minuti.»

«Non ci voglio andare.»

Perché si stava impuntando in quel modo? Era una vita che voleva tagliarsi i capelli.

«Andiamo, soltanto una spuntatina e una piega veloce. È gratis» implorò Maggie.

«D'accordo. Ma niente ceretta o intimo sexy.»

«Quello lo decideremo dopo aver pensato ai capelli.»

Penny sospirò e si affrettò a finire il suo tramezzino, poi Maggie la spinse fuori dalla porta e la trascinò in giro per la città a passo di marcia.

«Devo fare prima un salto in farmacia, mi serve uno spazzolino nuovo. Ci metto un attimo» disse Penny abbandonando l'amica fuori dal negozio.

«Non pensare di scappare dalla porta sul retro, Penny Meadows» minacciò Maggie sedendosi sulla panchina di fronte all'entrata della farmacia. «Ho spie ovunque.»

Penny non ne dubitava. Perlustrò le corsie in fretta finché non trovò lo scaffale con gli spazzolini e rimase a fissarli per qualche secondo, cercando di decidere quale acquistare, quando una donna si avvicinò quasi di corsa e si mise a esaminare lo scaffale adiacente.

«È difficilissimo scegliere, non è vero?» le disse.

«Già» rispose Penny sorridendo educatamente. Uno spazzolino duro sembrava forse troppo aggressivo ma non sempre uno morbido faceva bene il suo lavoro.

«A me piacciono quelli con le nervature» aggiunse la donna facendole l'occhiolino. Prese una confezione e scappò verso la cassa.

Penny si voltò confusa verso lo scaffale accanto e realizzò di essere di fronte a una vasta scelta di profilattici. Le parole «eccitanti», «solleticanti», «piacere», «più resistenti», «piacere di coppia», «ultra sottili», «senza latex», «extra large» e «lubrificanti» lampeggiavano dalle decine di scatole colorate che popolavano le mensole. C'erano anche diversi lubrificanti aromatizzati, riscaldanti, stimolanti e persino alcuni che promettevano di prolungare l'orgasmo. Il sesso si era evoluto in maniera drastica dai tempi dei rapporti che aveva avuto con Chris. Era sempre stato lui, poi, a preoccuparsi della contraccezione, tranne ovviamente quell'unica volta in cui era stato troppo ubriaco per pensarci.

Suzanna, la signora anziana che gestiva la farmacia, si avvicinò a lei e Penny si affrettò a distogliere lo sguardo dai profilattici prima di farsi beccare, ma era troppo tardi.

«È una scelta difficile, vero cara? Se fossi in te prenderei quelli extra large: il tuo Henry ha tutta l'aria di avere il batacchio di un cavallo.»

Penny sentì le guance andare a fuoco. «Veramente mi serve solo uno spazzolino.»

«Certo cara.» Suzanna prese una confezione di profilattici extra large e gliela mise tra le mani, poi la accompagnò alla cassa. «Ho tantissimi preservativi che il consultorio vuole che distribuisca gratuitamente ai ragazzini che vengono a chiedere consigli o informazioni. Ti do anche qualcuno di quelli, che ne dici?» Suzanna aprì un cassetto accanto alla cassa e estrasse una manciata abbondante di profilattici diversi che infilò in una busta di carta. «Ci sono quelli resistenti, gli ultra sottili e anche qualcuno aromatizzato. Quello alla fragola non ha un sapore piacevole ma quello al cioccolato è fantastico, sembra quasi che non sia fatto di plastica. Sono tutti nuovi, quindi non devi preoccuparti della scadenza.» Ne prese un'altra manciata e la aggiunse alla busta.

Penny si guardò intorno e notò che gli altri clienti stavano osservando la scena con grande interesse. Non aveva idea di cosa potesse dire per tirarsi fuori da quella situazione o anche solo per sdrammatizzare.

«Ecco qui, ti metto nella busta anche quelli extra large. Offre la casa» proseguì Suzanna strappandole via dalle mani la confezione e infilandola nel sacchetto ormai stracolmo.

«Io... è solo il nostro primo appuntamento, non pensavo di...»

«Certo che no, cara, ma magari al secondo o al terzo. Non farlo aspettare troppo oppure il poverino si ritroverà con due testicoli grossi come cocomeri.»

Penny prese la busta e corse fuori. Maggie si alzò dalla panchina e si avvicinò.

«Ci hai messo un bel po'. Che hai comprato?» le chiese sbirciando nel sacchetto.

«Suzanna mi ha obbligato a prendere dei profilattici e se dici anche solo una parola a riguardo, giuro che ti lego da qualche parte e ti rado le sopracciglia, non mi importa un fico secco se sei incinta, Maggie Stone.»

Maggie mimò il gesto di cucirsi le labbra ma si vedeva chiaramente che stava faticando per non scoppiare a ridere.

«Andiamo, Natalie ci starà aspettando» disse infine.

Penny, vergognandosi come una ladra, si chiese se potesse andare peggio di così.

Capitolo 12

Henry passeggiava fischiettando sul retro del cottage. Non aveva mai atteso un appuntamento con la stessa trepidazione con la quale aspettava quello con Penny, specialmente perché, diversamente dalle serate a cui era abituato, sapeva già che non si sarebbe concluso con una nottata di sesso. Si stupì accorgendosi che non gliene importava niente. Desiderava fare l'amore con lei, certo, ma non lo considerava lo scopo ultimo della loro relazione. Voleva conoscerla meglio, trascorrere del tempo insieme, farla ridere come aveva riso quella mattina. Voleva aprirsi completamente a lei e mostrarle i suoi pregi e i suoi difetti, dai dettagli alle cose importanti. Aveva incontrato un signore interessante in città con cui aveva scambiato quattro chiacchiere e si era accorto che non vedeva l'ora di raccontarlo a Penny.

Sbirciò attraverso la finestra della porta sul retro chiedendosi se fosse lì e la vide camminare nervosamente avanti e indietro per la cucina. Che fosse agitata per il loro appuntamento? Henry notò che aveva anche dei capelli molto strani e voluminosi, come se fosse appena uscita da un tornado, e si rese conto soltanto dopo qualche secondo che erano stati acconciati appositamente in quel modo.

Aprì la porta ed entrò in cucina. Penny lo guardò con occhi terrorizzati. Stava forse avendo dei ripensamenti sulla serata che li aspettava? Decise di ignorare la sua capigliatura improbabile, non volendo mortificarla, e tentò di intavolare una conversazione casuale per distenderle i nervi.

«Ho avuto una chiacchierata interessante con una persona giù in città...»

Penny gemette. «Mi dispiace così tanto. Non so cosa abbia dato inizio a tutto ma la situazione si è trasformata in una valanga incontrollabile. Lo sanno tutti quanti in città, tutti! A quanto pare si tratta della cosa più interessante che sia successa qui intorno nell'ultimo decennio. Il club del libro si è incontrato apposta per parlare di me! Hanno elaborato un piano. Io non ne avevo la minima idea. E poi sono andata a comprare uno spazzolino e si trovava proprio sullo scaffale accanto a quello dei profilattici. Sì, li ho guardati, ma non per noi due, ero soltanto curiosa di vedere quanti tipi diversi c'erano. Poi Suzanna si è avvicinata e ha cominciato a parlarmi di preservativi e del fatto che secondo lei hai bisogno della taglia più grande e me ne ha dati tantissimi per arrivare preparata al nostro appuntamento. Ero mortificata ma non mi avrebbe lasciato andare se non li avessi presi. Poi Maggie mi ha portato dalla parrucchiera e guarda qui! Sembro una pornostar degli anni Ottanta, sono troppo voluminosi e io volevo soltanto una spuntatina. Prima che potessi scappare è arrivata Christine dal salone di bellezza e mi ha rapita, le ho detto che non avevo bisogno di niente ma lei non mi ascoltava e se devo essere sincera mi fa anche una certa paura. L'attimo dopo mi sta strappando peli da ogni centimetro del mio corpo, dalle sopracciglia, dalle gambe, dall'inguine... Credimi, sembro un pulcino spennacchiato adesso, e sento freddo lì sotto. Quando me ne sono andata, Monica di Silk & Lace mi stava già aspettando e mi ha trascinato nel suo negozio per comprare della biancheria sexy. Non ho mai comprato un completino sexy nella mia vita e adesso invece ho due paia di mutandine di pizzo con reggiseno abbinato decorati con dei boccioli di rosa e un paio di culotte di raso nero che mi coprono a malapena il sedere con dei fiocchi di neve ricamati e una specie di canottierina abbinata. Guarda.»

Estrasse il completino da una busta e lo posò sul tavolo.

«È il più piccolo e leggero che io abbia mai visto e non avrei mai il coraggio di indossare una cosa del genere. Ma non è finita qui! Mi hanno obbligata a comprare anche un vestitino con uno spacco vertiginoso, dei tacchi alti che sembrano dei trampoli e un profumo che dovrebbe far cadere tutti gli uomini ai miei piedi. Non volevo niente di tutto questo, te lo giuro, ero scesa in città soltanto per pranzare e acquistare uno spazzolino da denti. Adesso tutta la città pensa che avremo questa incredibile notte di passione quando in realtà ci siamo solo baciati un paio di volte, e probabilmente anche Daisy lo verrà a sapere e mi dispiace tantissimo che ti abbiano tediato tutto il giorno con questa storia» concluse, quasi senza fiato dopo quel monologo.

Henry la guardò sconvolto. Voleva ridere, arrabbiarsi e abbracciarla allo stesso tempo. Non sapeva se si sarebbe mai abituato a un tale livello di invadenza, ma Penny viveva lì da sempre e ne era comunque turbata. I suoi occhi si posarono sul completino gettato sul tavolo e allungò le dita per accarezzarlo, saggiando il materiale di cui era fatto. Dio, vederla indossare quella roba sarebbe stato un sogno. Anche se aveva promesso che non avrebbe cercato di andare oltre, era pronto a cancellare il loro appuntamento e rimanere nel letto a baciarla e accarezzarla in quella biancheria per tutta la notte.

Si voltò a guardarla. Stava aspettando che esplodesse anche lui nel racconto di come era stato assalito dalla gente in città ma in realtà nessuno gli aveva detto niente. Anche se, adesso che ci pensava, aveva notato degli sguardi strani, dei sorrisetti e addirittura delle occhiatine complici, ma aveva attribuito tutto alla stranezza dei suoi concittadini. Doveva rassicurarla, dirle che non era stato stressato come lei, ma sapeva che non sarebbe riuscito a farla sentire meglio.

Infine si schiarì la gola. «Volevo dirti che ho incontrato una persona, giù in città, che anni fa ha acquistato uno dei miei mobili fatti a mano e mi ha detto che è ancora il pezzo di arredamento che gli piace di più.»

Penny impallidì. «Non sapevi dei profilattici e dei completini sexy?»

Henry scosse la testa.

Lei arrossì furiosamente. «Oddio» mormorò.

Si lasciò cadere su una sedia e affondò la testa tra le mani pur di non doverlo guardare negli occhi. Henry sorrise. La cosa migliore da fare per consolarla era riderci su.

«Dove sono i profilattici?» chiese. Lei gli indicò il sacchetto. «Sarà meglio che li faccia sparire. Non vorrei che Daisy li trovasse.» Penny lo guardò attraverso le fessure tra le dita mentre guardava nella busta. «Accidenti, ne hai comprati un bel po'.»

«Non li ho comprati. La farmacista ha riempito il sacchetto e me li ha regalati. Era così contenta di sapere che avrei fatto sesso dopo tutti questi anni che non ho avuto il coraggio di smentirla.»

Henry annuì e cercò di reprimere un risolino, ma non riuscì a trattenersi quando si accorse che anche lei sorrideva. Scoppiò in una fragorosa risata che riuscì a rincuorarla.

«Vado a prepararmi per il nostro grande appuntamento allora. Passo a prenderti alle sette.» Si incamminò verso la porta comunicante. «Ah, tesoro, stasera indossa quel completino con i fiocchi di neve per me. Sarà più eccitante quando ci ritroveremo nel letto insieme.»

«Ti piacerebbe. Indosserò la mia biancheria più vecchia, ingrigita e piena di buchi, così imparerai a ridere di me.»

Henry si strinse nelle spalle. «Va bene anche quella.»

Penny sorrise e lui chiuse la porta. Sarebbe stata una serata divertente, a prescindere da come sarebbe finita.

Penny se ne stava in cucina, nervosa, ad aspettare che Henry venisse a prenderla. Era riuscita a domare i capelli e li aveva acconciati in una morbida treccia laterale. Alla fine aveva indossato il vestitino con lo spacco vertiginoso, ma soltanto perché gli altri capi di abbigliamento che possedeva consistevano in jeans e felpe e un tailleur pantalone adatto soltanto a un colloquio di lavoro. Una parte di lei voleva annullare l'appuntamento solo per non doversi esporre all'occhio vigile dei suoi compaesani per tutta la durata della serata, ma sapeva che se avessero davvero deciso di approfondire la loro relazione, prima o poi avrebbero comunque dovuto affrontare lo scoglio del primo appuntamento. Sperava solo che quella sera bastasse a soddisfare i ficcanaso.

Erano ancora le sette meno un quarto e stava provando a leggere un libro, ma le parole sembravano prive di significato. In quel momento sentì bussare piano alla porta comunicante ed Henry entrò in salotto.

«Perdonami. Non riuscivo più ad aspettare.»

Il suo stomaco fece una capriola. Indossava un vestito grigio argentato sopra una camicia bianca dal colletto sbottonato ed era una vera delizia per gli occhi.

«Se sei pronta possiamo avviarci» continuò Henry quando lei non trovò parole per riempire il silenzio.

Penny balzò in piedi, instabile sui tacchi troppo alti, e lo spacco laterale del vestito finì per scoprirle completamente la coscia. Era troppo elegante e avvertì la necessità di correre di sopra a cambiarsi e indossare i soliti jeans. Si affrettò a sistemarsi l'abito e si maledisse mentalmente, rimpiangendo persino i pantaloni del tailleur: l'ultima cosa che desiderava era trascorrere tutta la serata a farsi guardare le gambe dalla gente giù in città.

Quando alzò lo sguardo su Henry, però, le mani tremanti si tranquillizzarono all'istante. I suoi occhi erano colmi di profondo desiderio per lei. Chris non l'aveva mai guardata così: al massimo le rivolgeva delle occhiate affettuose, di quelle che si riservano alle persone con cui si passa il tempo ogni tanto. Nessuno l'aveva mai guardata come una preda succulenta da addentare. Un'inattesa autostima prese il posto dei suoi mille dubbi.

Henry si avvicinò, prese il suo cappotto dallo schienale della sedia e glielo avvolse intorno alle spalle, aiutandola a indossarlo. Poi si sistemò di fronte a lei e lo abbottonò con dolcezza.

«So mettermi il cappotto da sola» scherzò Penny.

«A essere sincero, l'ho fatto soltanto perché se non ti fossi coperta non saremmo mai riusciti a uscire stasera.»

Penny sorrise e si sporse a baciarlo, attirandolo a sé per il bavero della giacca. Henry la abbracciò così stretta da farle mancare il fiato. Dio, desiderava molto più che un semplice bacio: voleva sentire il calore della sua pelle nuda, assaggiare ogni centimetro del suo corpo. Non aveva mai sentito un desiderio tanto forte in vita sua, mai avvertito il bisogno di un'altra persona come per un istinto primordiale.

Henry si tirò indietro. «Questo non è d'aiuto. Andiamo, continueremo una volta rientrati. Magari possiamo saltare l'antipasto e il dolce, mangiare una cosetta al volo da McDonald's e tornare a casa di corsa.»

«Buona idea.»

La accompagnò fuori e le aprì la portiera della macchina come un vero gentiluomo.

«In effetti devo chiederti un favore» disse Penny.

«Ma certo. Qualsiasi cosa.»

«In realtà la colpa è tua, quindi non potresti comunque dire di no. Ha chiamato Josh prima; a quanto pare si è slogato il polso quando lo hai scaraventato a terra.»

Henry impallidì. «Oh no. Sono mortificato. Devo andare assolutamente a scusarmi di persona.»

«Non pensarci più, lo hai fatto con buone intenzioni. Presentarsi a casa sua, poi, non sarebbe una buona mossa. Sua madre è la donna più spaventosa che io abbia mai conosciuto. Josh le ha detto che è scivolato sul ghiaccio e io penso sia meglio che non venga mai a sapere la verità. È un avvocato e non mi stupirei se ti ritrovassi una denuncia a carico per aver aggredito suo figlio. Se ti senti davvero in colpa, compragli un nuovo videogioco per l'Xbox e ti amerà per sempre. Il problema è che sarà fuori gioco per qualche tempo e io non so come fare senza di lui. Lo pago per sollevare e trasportare le sculture ghiacciate che non riesco a muovere da sola, quindi sembra proprio che tu ti sia trovato un nuovo lavoretto per le prossime settimane.»

«Vuoi sfruttarmi per il mio corpo?»

«Una cosa del genere.»

«E pagarmi per farlo? Mi sento così sporco.»

«Non ho intenzione di pagarti. Pagherò a Josh anche i giorni di malattia, quindi tu non avrai diritto a uno stipendio. Puoi farlo perché ti senti in colpa o in virtù del tuo buon cuore, ma in cambio qualche volta cucinerò per te e Daisy, quindi sii riconoscente.»

«Ti aiuto volentieri, ma sono comunque mortificato per Josh.»

«Sta bene. Sua mamma lo sta viziando da morire e lui si sta godendo tutte le attenzioni. Tra qualche settimana sarà come nuovo.»

Henry guidò lungo la discesa accidentata e, arrivato al bivio, invece di girare a destra per scendere in città, svoltò a sinistra allontanandosi da White Cliff Bay. Catturò con la coda dell'occhio il suo sguardo interrogativo.

«Pensavo di passare almeno il nostro primo appuntamento alla larga dalla gente in città che ci guarda come se stesse allo zoo.»

«Grazie al cielo. Sarebbe stato troppo imbarazzante farci vedere... anche se saranno tutti molto delusi.»

«Probabilmente penseranno che abbiamo deciso di rimanere a casa per una serata di sesso selvaggio.»

Penny rise. «Che cosa facciamo se i pettegolezzi arrivano a Daisy?»

«Non lo so, ci ridiamo su, neghiamo tutto. Sa che usciamo insieme stasera, quindi possiamo semplicemente dirle che in città sono saltati alle conclusioni sbagliate. Per quanto la gente da queste parti ami ficcare il naso, non penso che avrebbero la faccia tosta di chiedere a una ragazzina di sedici anni: "Ehi, tuo padre ha fatto sesso ieri sera? Hai sentito il letto scricchiolare? Sai se ha usato i preservativi extra large?". Spero che abbiano un briciolo di discrezione.»

«Lo spero anch'io. Non voglio fare nulla per turbarla. Tengo molto a lei e lei adora te.»

«Diciamo che mi sopporta.»

«Sei tutta la sua vita.»

«Sono troppo protettivo e questo la fa impazzire. Ovviamente la lascio uscire da sola, ma non sono tranquillo finché non torna a casa.»

«È comprensibile, non penso che smetterai mai. Quindi è stata con te fin da quando aveva tre mesi? Mi ricordo che avevi detto che i genitori di sua madre volevano darla in adozione.»

«Sì, ma li pregai di non farlo. Non sapevano bene cosa fare di lei quando è nata perché non volevano occuparsene. Probabilmente speravano che Tina se ne innamorasse a prima vista e decidesse di comportarsi da mamma, ma a lei non è mai importato. Credo si sentissero in colpa per aver deciso di darla in adozione, anche i miei genitori si erano opposti. La portavano spesso a stare da me e un fine settimana hanno pensato bene di dimenticarsi di tornare a prenderla. Io sono stato pazzo di lei fin dal primo momento e non ho mai pensato di abbandonarla. I miei genitori e Anna mi hanno aiutato tanto, ma sono stato io a occuparmi degli spuntini notturni e dei pannolini sporchi.»

«Ti ammiro molto per quello che hai fatto. Non molti sedicenni si sarebbero comportati in questo modo.»

«È stato difficile, certo, ma non mi sarei mai tirato indietro. Si tratta di mia figlia.»

Penny lo osservò mentre studiava le strade e sentì il cuore riempirsi d'amore per lui.

«Deve averti cambiato la vita però. Magari volevi fare delle cose, non so, viaggiare o andare all'università, e hai dovuto rinunciare.»

«A sedici anni non avevo idea di cosa volevo fare nella vita, quindi non ha interferito con nessuno dei miei piani. Volevo soltanto prendermi cura di lei e donarle la migliore vita possibile. Ho vissuto con i miei genitori fino ai ventiquattro anni, quindi ho avuto anche una certa libertà. Sono sempre stato bravo a lavorare con le mani e mi è sempre piaciuto creare oggetti… Avrei comunque scelto un lavoro del genere. Non mi sono mai pentito di averla tenuta, nemmeno per un attimo. È la cosa più bella che mi sia capitata nella vita.»

«Quindi hai sempre fatto il falegname?»

«Sì, costruivo mobili, tavoli, sedie, cassettiere. Per qualche tempo ho lavorato in un mobilificio. Adoro il processo. Comincia tutto con uno schizzo a matita su un foglio e con tanta pazienza e duro lavoro diventa un armadio o una sedia. I dettagli, poi, sono fondamentali. Un mobile può essere fatto di legname sbiadito o quercia lucida, e ci sono anche le maniglie, i cardini, le curve. Mi piaceva così tanto che ho cominciato a realizzare le mie creazioni. Avevo un sito web e le vendevo online. Andava anche piuttosto bene. Poi sono stato contattato dalla White Cliff Bay Furniture Company.»

«Però. Devono essere stati molto colpiti da quello che hanno visto.»

Henry annuì. «Edward ha una delle mie scrivanie nel suo ufficio. L'ho vista l'altro giorno e mi sono chiesto se è stato proprio quel pezzo a portarli da me. Continuerò a realizzare qualcosa in proprio, così se il lavoro non dovesse ingranare avrei comunque un'entrata sicura. Ciò che mi preoccupa di più di lavorare in quella fabbrica è che potrei non avere la libertà di realizzare ciò che mi piace… ma metterei la passione da parte in cambio della stabilità economica.»

Henry svoltò in una stradina secondaria che portava a una piccola grotta riparata. Penny si accigliò confusa. Non c'era nulla da quelle parti oltre alla grotta: nessun negozio, nessun bagno e soprattutto nessun locale in cui cenare.

«Credo che tu abbia sbagliato strada» disse.

«Scherzi? Il forestiero che conosce un luogo sconosciuto al veterano del posto?» replicò lui.

Parcheggiò lungo la strada che conduceva fino alla spiaggia e Penny notò sorpresa che c'erano molte altre automobili intorno a loro. Henry uscì dalla macchina e la prese per mano, guidandola giù lungo gli scalini che portavano sulla sabbia. Tante piccole lanterne illuminavano di luce soffusa i gradini e la passerella di legno che tagliava la spiaggia, verso le grotte. Penny dovette fare molta attenzione agli scalini e alle assi di legno con quegli stupidi tacchi alti che aveva indossato. La marea era alta ma non lambiva tutta la spiaggia e lasciava una ventina di metri di sabbia asciutta.

«Venivo a giocare da queste parti quando ero piccola, ma sono anni che non ci torno» commentò Penny, chiedendosi ancora dove stessero andando.

Henry la aiutò a superare un paio di scalini di pietra e lei lo seguì all'interno di un tunnel ben illuminato. Quando però svoltarono verso quella che aveva sempre considerato una grotta abbandonata, Penny rimase a bocca aperta: al centro della caverna c'era un laghetto circondato da una ventina di tavoli illuminati con lanterne e candele, che si riflettevano sullo specchio d'acqua come migliaia di lucciole.

«Henry, è bellissimo! Da quanto tempo esiste questo posto?»

«Da circa due settimane, a quanto dice Anna. Lei e Steve sono venuti la settimana scorsa.»

Uno dei camerieri si avvicinò e quando Henry gli disse il suo nome, li guidò fino al loro tavolo.

Penny si guardò attorno. Nella penombra della grotta le luci sembravano tante pagliuzze dorate che luccicavano a filo d'acqua. Tra un tavolo e l'altro erano state sistemate delle piante alte e delle stufe da esterno, così da assicurare ai clienti sia una certa intimità che un clima quasi mediterraneo.

«Il menu è limitato, cuociono quasi tutto alla brace e hanno un forno per le pizze. Però sembra che il cibo sia delizioso.»

Penny si sporse sul tavolo per prendere la mano di Henry. «Grazie per avermi portata qui. È meraviglioso.»

«Volevo qualcosa di speciale per il nostro primo appuntamento e mi sono ricordato che Anna aveva parlato di questo posto.»

Penny sorrise per l'impegno che aveva messo nell'organizzare quella serata. «Sembra così segreto, come se nessuno, oltre a queste poche persone, sapesse che esiste.»

«Un posto segreto per incontri segreti. Scommetto che sono tutti qui con l'amante.»

Lei rise e si guardò intorno. Al tavolo accanto al loro c'erano un uomo infagottato in un vestito elegante e una bionda che indossava una minigonna davvero corta.

«Magari lui è l'amministratore delegato di un'azienda importante e lei è la segretaria con cui va a letto di nascosto dalla moglie» sussurrò.

Henry diede un'occhiata e annuì. «E guarda quella coppia: lei potrebbe essere sua madre. Scommetto che va a letto con il marito della figlia.»

Penny guardò nella direzione indicata e rise. «Quelli sono Mary Buttercoombe e suo figlio Simon. Dubito che abbiano una relazione di quel tipo. White Cliff Bay può sembrare una cittadina bizzarra ma non penso che l'incesto rientri nella lista dei nostri passatempi preferiti.»

«Sono d'accordo. E che mi dici di quei due?»

Penny studiò la coppia formata da un omone vestito di pelle, con la testa pelata e una lunga barba rossa, e da una donna minuta che indossava un vestitino a fiori.

«Si sono conosciuti online e questo è il loro primo appuntamento.»

Una cameriera si avvicinò al loro tavolo. Era altissima, aveva una lunga chioma di capelli biondi che le scendeva su una spalla sola e un seno incredibilmente prosperoso. Henry la guardò per un secondo, trattenne un sorriso e tornò a concentrarsi sul menu.

Ordinarono da bere e Penny aspettò che si allontanasse prima di chiedere: «Che avevi da ridere?».

«Stavo pensando che se vogliamo immaginare la vita segreta di tutti, allora lei potrebbe essere una pornostar in incognito.»

Penny ridacchiò. «Devo ammettere che sei molto diverso da come mi eri sembrato quando ci siamo conosciuti.»

«Come ti ero sembrato?»

«Burbero, nervoso, inopportuno, perché ci provavi con me quando credevo che invece fossi sposato, e attraente da impazzire.»

La risata di Henry rimbombò in tutta la caverna. «E non pensi più che io sia attraente da impazzire?»

«Diciamo che non sei così male.»

Rise di nuovo e Penny scoprì di adorare il suo viso sorridente.

«Sono molto burbero, per fortuna non sempre, ma quando sono di cattivo umore se ne accorgono tutti. Ho un pessimo carattere che ha raggiunto il suo picco solo un paio di volte nella vita, ma non è assolutamente piacevole da sopportare. E sono anche inopportuno perché i pensieri che ho per la testa in questo momento non sono per niente adatti a un primo appuntamento, visto che avevo promesso di andarci piano.»

«Oh» mormorò Penny arrossendo.

«Vedi? Sono stato inopportuno. Non avrei dovuto dire niente. Non volevo farti sentire a disagio.»

«No, non è quello» disse lei accarezzandogli la mano con il pollice. «È solo che non ci sono abituata, tutto qui. Chris non mi ha mai detto niente del genere.»

«Non ti ha mai detto quanto eri bella o quanto ti desiderava?»

«No. Non avevamo quel tipo di relazione, lui… non era particolarmente affettuoso o incline al contatto. Ma è normale, persone diverse si comportano in modi diversi.»

«Ti meriti molto di meglio. Te lo dico ora: sei bellissima stasera.»

Penny abbassò lo sguardo sul menu.

«Non ti piacciono i complimenti» constatò Henry. «Dovrai imparare ad apprezzarli se resteremo insieme.»

«Ci proverò.»

Lui le sorrise. «E dovrai anche imparare a difenderti. Non ho intenzione di permettere a gente come Jade o Beth di considerarti inutile o senza valore. Nessuno ha il diritto di trattarti in quel modo e devi dirlo chiaramente. Ti meriti il meglio.»

Penny sorrise, non sapendo bene come rispondere all'istinto di protezione che lui sembrava nutrire nei suoi confronti.

«Vuoi dividere un antipasto?» le chiese.

Penny annuì. Aveva molte cose da imparare se voleva restare accanto a Henry.

Henry parcheggiò sul vialetto e spense la macchina; rimasero seduti in silenzio per qualche istante. Era stata una serata meravigliosa. Penny aveva scoperto che era facilissimo parlare con lui e che la faceva ridere spesso. In quel momento, però, sentiva che la serata stava per cambiare radicalmente. Anche se Henry le aveva promesso di non affrettare le cose, pensare a ciò che sarebbe potuto succedere di lì al mattino dopo la rendeva nervosa. Erano passati ben otto anni dall'ultima volta che aveva condiviso il letto con un uomo, ma una parte di lei voleva fare il grande passo poiché si fidava ciecamente di lui e, nonostante lo conoscesse soltanto da pochi giorni, non poteva negare i sentimenti che provava nei suoi confronti.

Henry scese dalla macchina e le aprì la portiera, poi le porse la mano perché si appoggiasse a lui. Penny gli circondò il collo con le braccia.

«Sei sempre così galante?»

Lui stiracchiò un sorriso imbarazzato e la strinse a sé. «Mi hanno educato a comportarmi bene con le donne, ma penso che nessuna delle mie ex fidanzate mi avrebbe mai descritto come galante. In genere i miei appuntamenti hanno sempre avuto un unico scopo.»

«Le porti a letto al primo appuntamento?»

«La maggior parte delle volte.»

Penny sospirò piano. Nonostante le sue parole di quella mattina, sarebbe stato molto deluso dall'esito della serata.

«Con te è diverso» aggiunse lui. «Non voglio fare lo stesso con te.»

«Non vuoi fare l'amore con me?»

«Dio, certo che voglio, ma non è l'unica cosa che mi interessa. Voglio che sia speciale e non avevo mai neanche pensato una cosa del genere prima d'ora. Di solito vado a casa della povera malcapitata, lo facciamo velocemente e poi lei mi odia perché, appena finiamo, mi alzo e torno da mia figlia.»

«Non le porti mai a casa tua?»

«No, mai. Non è il genere di cose che voglio che Daisy veda, senta o anche solo sappia. Non ho mai chiesto a nessuna di restare a dormire, neanche alle ragazze con cui il rapporto era diventato più o meno serio. Le facevo venire a cena da me perché passassero un po' di tempo con Daisy, ma poi le riportavo sempre a casa... e lì facevamo sesso. Con te invece è tutto diverso. Voglio fare la cosa giusta. Quando sarai pronta, faremo l'amore nel mio letto.»

Penny lo guardò sentendo il cuore scoppiare d'amore per lui.

«Guarda, una stella cadente! Esprimi un desiderio» esclamò Henry indicando il mare.

Penny vide un lampo dorato squarciare l'inchiostro del cielo. Chiuse gli occhi e si concentrò intensamente sul desiderio da esprimere.

«Che cosa hai desiderato?»

«Se te lo dico non si avvera.»

Henry la prese per mano e la guidò fino alla porta sul retro della dépendance. Entrarono insieme e poi lui le sbottonò il cappotto senza smettere di guardarla neanche per un secondo. La fissò come se stesse cercando di leggerle l'anima e qualsiasi cosa vide lo fece sorridere. La baciò con dolcezza e delicatezza e la familiare ondata di desiderio si diffuse in ogni fibra dei loro corpi.

«Voglio passare il resto della serata a baciarti nel mio letto» le sussurrò. «Andiamo di sopra.»

Henry la trascinò delicatamente verso le scale.

«Aspetta.» Penny rise della sua impazienza. «Non ho il pigiama.»

«Puoi dormire con una mia maglietta.»

La portò in camera da letto e lei lo guardò mentre si spogliava. Penny si sfilò le scarpe e disfò la treccia pettinandosi i capelli con le mani mentre lui si toglieva camicia e pantaloni, e restava soltanto con un paio di boxer neri aderenti. Anche Henry la stava guardando e si sentì improvvisamente in imbarazzo a spogliarsi di fronte a lui.

Lui afferrò una maglietta e la lanciò sul letto davanti a lei. «Ti lascio il tempo di cambiarti» le sussurrò con tenerezza.

«Aspetta, puoi prima tirare giù la cerniera del vestito?»

Henry si sistemò alle sue spalle e il tocco delle dita sul collo nudo bruciò come il fuoco. Le aprì la cerniera sulla schiena accarezzando con delicatezza ogni centimetro che sfiorava.

«Oh» mormorò quando la cerniera raggiunse il fondo. «Hai indossato il completino con i fiocchi di neve.»

«Sembrava ti fosse piaciuto, quindi…»

Penny lasciò la frase in sospeso quando le mani di Henry si spostarono sulle sue spalle e le fecero scorrere le spalline lungo le braccia. Il vestito scivolò fino ai suoi piedi formando una pozzanghera scura sul pavimento. Almeno la canottiera di raso e le culotte coprivano qualche centimetro in più del completino con un perizoma striminzito che l'avevano costretta a comprare nel pomeriggio.

Henry le strinse la vita e le premette le labbra sul collo. I suoi gesti inviarono delle ondate di piacere in tutto il corpo di Penny mentre lui lasciava vagare le mani sul suo addome, coperto solo da quel sottile strato di raso.

«Fammi un favore» disse con voce roca. «Lascia stare la maglietta. Dormi così stanotte.»

Penny lanciò la maglia sulla sedia e salì sul letto. Lui le fu subito vicino, la strinse a sé e ricominciò a baciarla con passione.

Se prima i baci erano stati colmi di affetto e tenerezza, adesso traboccavano di desiderio e impazienza. Henry si mosse lentamente fino a posizionarsi sopra di lei. Penny poteva avvertire chiaramente quanto fosse eccitato.

«Non farci caso» borbottò tra un bacio e l'altro, e lei rise.

La consapevolezza che dei semplici baci avessero quell'effetto devastante su di lui le fece toccare il cielo con un dito e tutte le sue convinzioni sul non voler bruciare le tappe scomparvero nel nulla.

«Ma io voglio farci caso» gli sussurrò.

Henry continuò a baciarla per qualche altro istante prima di realizzare. «Cosa?»

Penny arrossì e gli accarezzò il viso. «Voglio fare l'amore con te.»

Lui la guardò stupito. «Adesso?»

Lei annuì.

«Sei sicura?»

«Ti devo pregare?»

«Dio, no.»

Le sfilò in fretta la canottiera e le lasciò una scia di baci dalle spalle fino al seno. Le sue mani la accarezzarono con dolcezza e, quando raggiunsero i fianchi, le fecero scivolare le culotte giù per le gambe. Penny fece scorrere le dita lungo la sua schiena, incontrando finalmente la stoffa morbida che ricopriva il suo corpo di muscoli tesi. Henry ricoprì di baci ogni centimetro della sua pelle, prendendosi il tempo per sfiorarla, accarezzarla e adorarla, fino al punto in cui il corpo di Penny fu saturo di desiderio e iniziò a rispondere con veemenza anche agli stimoli più delicati.

Alla fine si inginocchiò e si sporse per prendere un profilattico dal sacchetto gonfio sul comodino. Penny ridacchiò mentre lui cercava di sceglierne uno che gli piacesse, ma Henry non impiegò che una manciata di secondi e, qualche istante più tardi, tornò a posizionarsi tra le sue gambe, cercando di non schiacciarla con il suo peso. La baciò profondamente mentre scivolava in lei e inghiottì i suoi gemiti tra le labbra, lasciandosi sfuggire a sua volta un verso gutturale.

Si tirò leggermente indietro per guardarla negli occhi. Penny continuava ad accarezzargli la schiena e si stupì dell'occhiata di amore puro che le rivolse. Si stava innamorando di quest'uomo e ormai non poteva più tirarsi indietro. Ogni speranza di proteggere il suo cuore infranto dal dolore che aveva provato otto anni prima era stata distrutta. Non aveva senso innamorarsi così in fretta eppure così profondamente, e quando lo vide accigliarsi capì che lui stava pensando lo stesso.

«Sai che desiderio ho espresso io?»

Penny scosse la testa.

«Ho desiderato di poter esaudire tutti i tuoi desideri.»

Cominciò a muoversi in lei lentamente, dolcemente e senza mai distogliere lo sguardo dal suo. A ogni respiro, a ogni spinta, Penny capì che si stava mettendo sempre più nei guai.

Capitolo 13

Henry si svegliò il giorno dopo con i raggi del sole che filtravano dalla finestra socchiusa e il corpo di Penny, nuda e addormentata, accoccolato tra le sue braccia. Le coprì le spalle con il piumone e tornò ad abbracciarla.

Per fortuna che volevano andarci piano. Aveva sperato di riuscire a conoscerla meglio, di corteggiarla nel modo giusto, di trascorrere del tempo con lei e costruire una relazione fondata su basi solide e non soltanto sul sesso. Invece gli era bastato baciarla per due minuti e vederla indossare quel completino tremendamente sexy per mandare all'aria i suoi buoni propositi. Eppure voleva che le cose tra lui e Penny funzionassero: sentiva che si trattava dell'inizio di un nuovo capitolo della sua vita e voleva che la loro storia durasse per sempre. Chissà cosa ne pensava lei. Lo vedeva come il compagno ideale con cui passare il resto della vita o come un semplice diversivo per rimettersi in sella dopo tutto quel tempo? Di una cosa però era sicuro: non l'avrebbe mai lasciata andare senza lottare.

Penny si stiracchiò e lo guardò. Aveva i capelli sparsi ovunque sul cuscino e un sorriso malizioso lasciava intuire quanto bene impressi fossero i ricordi della sera prima.

Henry le spostò delle ciocche di capelli dal viso. «Buongiorno.»

«Buongiorno.»

«So che la serata non è finita secondo i piani, però...»

«Ieri sera è stato...»

Dal piano di sotto si sentì sbattere una porta.

«Papà?» chiamò Daisy. «Alzati, pigrone!»

Gli occhi di Penny si riempirono di terrore.

«Maledizione. Non pensavo che tornasse così presto» sussurrò Henry.

«Papà!»

«Un secondo, tesoro, mi sto vestendo. Scendo subito!»

Per la miseria, era completamente nel pallone. Non voleva che Daisy scoprisse di lui e Penny, non ancora, e soprattutto non voleva che sua figlia sapesse che era stato a letto con una donna che aveva conosciuto soltanto cinque giorni prima. Non era un buon esempio da dare a una ragazzina di sedici anni.

Henry scattò in piedi e cominciò a vestirsi. «Copriti!»

Penny lo imitò e il suo meraviglioso corpo nudo scomparve ricoperto dalla biancheria e dall'abito che aveva indossato per andare a cena fuori. Dio, non c'era modo di giustificare la sua presenza nella camera da letto di Henry, specialmente con quei vestiti addosso. C'era solo una conclusione a cui Daisy sarebbe giunta e avrebbe avuto ragione.

«Che facciamo?» bisbigliò.

«La porterò da qualche altra parte così potrai uscire.»

Il rumore dei piedi di Daisy che salivano le scale di corsa rimbombò nella stanza ed Henry ringraziò il cielo che la porta fosse chiusa. Sapeva che sua figlia non sarebbe mai entrata per non rischiare di vedere suo padre nudo.

«Papà, il computer è lì dentro? Voglio chiamare Melissa su Skype.»

Henry si guardò attorno e individuò il portatile in cima alla cassettiera. «Sì, dammi un momento e te lo porto di sotto.»

«Non c'è bisogno, la chiamo dalla mia stanza. Dai, su.» Daisy tamburellò impaziente sul pomello della porta.

«Nell'armadio, corri!» sussurrò Henry.

Provò un terribile senso di colpa all'occhiata ferita che Penny gli lanciò prima di entrare nel guardaroba e chiudersi dentro. Afferrò il sacchetto di profilattici e lo nascose in un cassetto, rassettò velocemente il piumone e i cuscini, calciò le scarpe di Penny sotto il letto, esaminò la stanza un'ultima volta, per assicurarsi di non aver lasciato prove, e infine aprì la porta.

«Ci hai messo un bel po'» commentò Daisy.

«Ero appena uscito dalla doccia quando sei arrivata. Non pensavo che mi stessi cronometrando.»

Daisy entrò nella stanza e prese il computer, si sedette sul letto e lo accese.

«Com'è andata la serata con Penny?»

«È stata...» Divertente, fantastica, perfetta e si è conclusa con l'amplesso più soddisfacente della mia vita. «Carina.»

«Carina? Non sembra incoraggiante. È stata noiosa o bacia malissimo?»

Com'era possibile che il mattino dopo la serata migliore del mondo andasse così male?

«Non era un vero appuntamento, lo sai, quindi non ci siamo baciati. E Penny è tutt'altro che noiosa, anzi, è molto simpatica.»

«Ma?»

«Non c'è nessun ma.»

«Certo che c'è un ma.»

«No, non c'è. Abbiamo mangiato, abbiamo chiacchierato, siamo stati molto bene insieme e poi siamo tornati a casa e siamo andati a letto.»

«Insieme?» suggerì Daisy con malizia.

«Assolutamente no.»

«Ma ci ha provato con te? Ha cercato di baciarti o che altro? Mi sembri strano.»

«Non ha fatto niente.»

«L'hai baciata tu e lei ti ha respinto?»

«No. Perché mi fai tutte queste domande?»

«Perché non sei mai uscito con una donna da amici, mai, neanche una volta.»

«È stata una tua idea!»

«Lo so, ma non pensavo che l'avresti fatto davvero. Lei ti piace?»

«No.» Era dolorosamente consapevole del fatto che Penny stava ascoltando quella conversazione e che aveva mentito a sua figlia una buona decina di volte nel giro di pochi minuti, quindi cercò di salvare la situazione. «Cioè, mi piace come amica.»

«E basta?»

«Non lo so, magari la nostra amicizia potrebbe evolversi in qualcos'altro, ma non ora: devo prima conoscerla meglio.»

«Quindi uscirete ancora?»

Daisy abbassò lo sguardo sullo schermo del computer per inserire la password, ma Henry notò un barlume di paura nei suoi occhi.

«Penso di sì, ma da amici.»

Daisy annuì. «Vado a chiamare Melissa.»

«Va bene, ma non metterci troppo. Potremmo uscire a mangiare qualcosa, magari guardare un film.»

«Perché no!» Si alzò e uscì dalla stanza. «Se ti va possiamo invitare anche Penny.»

«Penso sia uscita.»

«La macchina è qui.»

«Magari è andata a fare due passi.»

«Anche Bernard è qui.»

«Magari è uscita senza di lui, non lo so, ma non ho sentito neanche un rumore da casa sua stamattina. Dai, sbrigati a chiamare Melissa. Usciamo tra dieci minuti.»

«Facciamo quindici» ridacchiò Daisy e poi si rintanò in camera sua.

Henry aspettò un minuto prima di chiudere la porta e correre verso l'armadio. Aprì un'anta e trovò Penny seduta sul pavimento con uno sguardo a dir poco furioso. Non sarebbe potuta andare peggio di così.

Si inginocchiò per guardarla negli occhi. «Mi dispiace tanto. Non volevo...»

«Non ho intenzione di parlarne adesso, non mentre sono rinchiusa dentro un armadio come uno scheletro di cui ti vergogni da morire. Ne parliamo dopo.»

«Perdonami, io...»

«Papà, Melissa non risponde. Possiamo uscire anche adesso» disse Daisy dalla sua stanza ed Henry si affrettò a richiudere l'armadio. Sapeva che stava gestendo quella situazione nel modo sbagliato ma al momento non aveva alternative.

«Va bene, prendo le scarpe e il cappotto e siamo pronti» rispose. Si voltò di nuovo verso l'armadio ma non lo riaprì. Non poteva sopportare di rivedere l'espressione di Penny. «Aspetta cinque minuti prima di uscire.»

Non ricevette risposta. Prese il cappotto e le scarpe e lasciò la stanza, consapevole di avere molto da farsi perdonare.

Penny sbatteva le uova nella ciotola con una tale violenza che gli schizzi stavano macchiando persino i muri. Si era sentita sporca per il modo in cui erano andate le cose quella mattina. Si era fatta una doccia, aveva portato a spasso Bernard, aveva provato a disegnare delle bozze per qualche scultura di ghiaccio da intagliare nei giorni successivi, ma aveva fallito miseramente anche con le figure più semplici. Era troppo arrabbiata per lavorare, quindi aveva deciso di concentrare la sua irritazione nella preparazione di una torta: non avrebbe potuto commettere errori gravi e nemmeno farsi male con gli utensili da cucina, molto meno pericolosi di quelli da lavoro.

Sentì il rumore di un'auto che parcheggiava nello spiazzo e di portiere che sbattevano, seguito dalle chiacchiere di Henry e Daisy. Li vide oltrepassare la porta sul retro, ma all'ultimo momento Daisy tornò indietro ed entrò in casa.

«Eccoti qui! Non ti abbiamo vista stamattina. Volevamo chiederti di venire al cinema con noi. Dove sei stata?»

«Fuori.»

Daisy rimase interdetta. Si era accorta che c'era qualcosa che non andava ma non sapeva cosa. Penny respirò profondamente. Non voleva prendersela con lei: non aveva nessuna colpa. Si voltò a guardarla e notò che Henry stava aspettando all'esterno.

«Perdonami, ho avuto una brutta mattinata. Com'era il film?»

«Il solito film di Natale, sai, famiglie che si fanno la guerra e roba del genere, però ci siamo divertiti. Più tardi possiamo lavorare qualche altro blocco di ghiaccio?»

«Non oggi, tesoro, sono molto impegnata. Domani però sono tutta tua.»

Daisy sembrò soddisfatta della risposta. «Papà dice che il vostro appuntamento è stato molto piacevole.»

«Non era un appuntamento» precisò Penny aggiungendo le uova sbattute all'impasto.

«Però...»

«Daisy, andiamo, lasciala in pace» intervenne Henry. «Ti ha detto che è molto occupata.»

«Va bene. Vieni a cena da noi stasera?»

«Mi dispiace, tesoro, non posso.»

«Domani allora?»

«Vedremo.»

La ragazza se ne andò con l'aria di chi ha capito che c'è qualcosa che non va, e lei ed Henry si rintanarono in casa loro. Penny aggiunse il latte all'impasto e riprese a mescolare mentre ascoltava le voci ovattate che continuavano a chiacchierare nella stanza accanto, seguite poi dal tonfo sordo dei passi di Daisy su per le scale. Pochi secondi più tardi la porta comunicante si aprì e Penny lanciò un'occhiata torva a Henry guardandolo entrare.

«Sono mortificato per quello che ho detto e per averti chiesto di nasconderti nel mio armadio. Sono stato pessimo e ti chiedo scusa.»

Penny sbatté il cucchiaio sul piano di lavoro. «E che cosa avresti potuto fare altrimenti, sentiamo?»

Lui impiegò più tempo del previsto a trovare le parole. «Avevamo deciso che non le avremmo detto niente.»

«Avevamo deciso che non le avremmo detto niente finché le cose tra di noi non si fossero fatte serie e ieri sera mi sembrava che lo fossero diventate! È stata una delle serate più belle della mia vita e stamattina mi hai spinto in un armadio come se fossi una qualsiasi con cui sei andato a letto, una di cui vergognarsi.»

«Che cosa potevo fare? Portarti giù con me con addosso soltanto una mia maglia? Non penso fosse il modo giusto per farglielo sapere.» Adesso era arrabbiato e Penny pensava che non avesse nessun diritto di esserlo.

«Avresti potuto avere una conversazione ragionevole con lei.»

«Come? Era fuori dalla porta di camera mia e tu eri dentro con un vestito da sera e i capelli di una che ha appena finito di fare sesso. Che cosa avrei potuto dirle? "Ehi Daisy, lo so che io e Penny ci conosciamo soltanto da cinque giorni ma ieri siamo andati a letto insieme ed è stato il miglior sesso della mia vita?"»

Penny lo guardò sconvolta mentre lui aggirava il tavolo e si avvicinava.

Quando parlò di nuovo, lo fece con un tono di voce molto più dolce. «O forse avrei dovuto dirle che mentre facevo l'amore con te sentivo di volerlo fare per il resto della mia vita?»

Penny si rese conto di muovere le labbra senza proferire parola, come un pesce.

«Andiamo in salotto.»

Henry aspettò che lei lo precedesse e si sedesse sul divano, poi si accomodò accanto a lei.

«Daisy è felice qui. È passato tanto tempo dall'ultima volta in cui è stata così felice. Ci siamo trasferiti parecchie volte per lavoro ed altri motivi. Nelle ultime due scuole dei bulli la prendevano di mira. Forse perché era l'ultima arrivata o magari perché a volte è molto timida. Gli adolescenti sono crudeli, appena annusano una zaffata di vulnerabilità, attaccano come un branco di lupi. Avere una madre che ti ha abbandonata subito dopo averti dato la vita, ecco, questo è il genere di cose che ai bulli sembra una pepita d'oro. Ci sono tanti bambini che crescono con un solo genitore ma è strano quando a tirarti su è tuo padre e non tua madre. Tua mamma è la persona che dovrebbe restare al tuo fianco in qualsiasi circostanza. Facevano sempre commenti sul fatto che fosse una bambina brutta e dicevano che probabilmente non era nemmeno mia perché lei è bionda e io sono così scuro.»

Penny trasalì. «Potrebbe davvero non essere tua?»

Henry scrollò le spalle. «Non lo so e non mi importa. Non ci avevo neanche mai pensato fino a quando ha cominciato la scuola e alcune mamme hanno iniziato a spettegolare. Anche sua madre ha i capelli scuri. Ma io l'ho cresciuta fin da quando aveva tre mesi. Daisy è mia figlia e non importa se non sono il suo padre biologico.»

Penny lo guardò sentendo che il cuore le si stringeva e quasi scoppiava d'amore per lui.

«Lei soffre molto quando gli altri ragazzini la prendono in giro per questo motivo. Non fanno altro che aggiungere dubbi e paure alla sua ansia da abbandono. Se si scoprisse che non sono il suo vero padre, secondo lei la abbandonerei anch'io. Mi spezza il cuore. Credo che l'unica cosa buona in questi anni di bullismo sia stata la mia relazione con Rosie. Daisy la considerava la sua unica vera amica e ci è rimasta malissimo quando ci siamo lasciati, perciò ho provato a rimediare con Emily. Davanti a me si comportava come un angelo con Daisy, ma quando erano sole la faceva dubitare di se stessa, minava la sua autostima, le diceva delle cose orribili. Si è inventata che io le avevo detto che Daisy mi aveva rovinato la vita, che rimpiangevo di averla presa con me, che avrei voluto che Tina abortisse e che pensavo non fosse davvero mia figlia.»

«No!» Penny sentì gli occhi riempirsi di lacrime. «Come si possono dire cose del genere a una bambina?»

«Non lo so. Non ho mai pensato nessuna di queste cose, figuriamoci dirle. Dio, Emily ha giocato con ogni singola insicurezza di Daisy. Non so se lei ci abbia creduto, ai tempi, e abbia evitato di dirmelo perché pensava che io fossi felice con lei. Non sapevo niente di quello che stava succedendo… finché un giorno non è scappata di casa. È uscita per andare a scuola ma non ci è mai arrivata. Si è diretta da queste parti, ha preso qualche treno ma ha camminato per la maggior parte del tragitto. Ci ha messo tre giorni senza quasi chiudere occhio. Mi ha spezzato il cuore. Non so quanti poliziotti l'hanno cercata, è stato orribile... i giorni peggiori della mia vita. Ho il terrore che succeda di nuovo. L'ultima volta è stata fortunata, nessuno l'ha presa o le ha fatto del male, ma se dovesse farlo di nuovo potrebbe rischiare grosso. Le ho promesso che non avrei mai consentito a nessun'altra di mettersi tra di noi. Adesso è più difficile perché viviamo tutti e tre insieme, e io non voglio che lei si senta di troppo a casa sua.»

«Lo capisco.»

«No, non è vero. Ieri sera le cose tra di noi si sono fatte serie. Non è stato solo sesso e lo sai bene. Ho sentito un legame, una connessione che non avevo mai provato prima. Ma tutto questo sta succedendo molto più rapidamente di quanto avessimo immaginato. Daisy mi ha chiesto di non frequentarti e io invece l'ho fatto lo stesso, e non voglio turbarla proprio adesso che sta sorridendo per la prima volta in un anno. Dobbiamo solo darle un po' di tempo perché si abitui all'idea. Se cominci a venire a cena da noi e a uscire con noi, lei inizierà a percepirti come una di famiglia, vedrà come stiamo bene insieme e capirà che io non voglio ferirti. A quel punto potrò spiegarle che abbiamo intenzioni serie. Dopo quello che è successo con Emily e Rosie, ci andrò molto cauto con Daisy.»

Penny gli prese la mano e Henry tirò un sospiro di sollievo. «Capisco perché non vuoi dirglielo, ma se dovesse scoprire che ci vediamo di nascosto e che non facciamo altro che mentirle, si sentirà ancora più ferita.»

«Lo so. Vorrei soltanto arrivare a Natale senza sconvolgerla più di quanto abbia già fatto. Mi piace vederla sorridere ancora.»

«Va bene.»

«Per i prossimi giorni staremo molto attenti.»

Penny annuì.

«Adesso che ne dici di una sveltina mentre è al telefono con la sua amica?» Henry si avvicinò e lei rise, allontanandolo. Anche lui ridacchiò. «Vieni a cena da noi stasera. Ti cucino un piatto speciale.»

Penny annuì di nuovo. «Porterò la torta.»

«Se cucinerai una torta ogni volta che ti farò arrabbiare, diventerò una balena.»

«Allora non farmi arrabbiare.»

Henry sorrise, si voltò a controllare che la porta comunicante fosse ancora chiusa e, prima di andare via, si avvicinò per salutarla con un bacio tanto rapido quanto dolce.

Capitolo 14

Henry fermò l'auto nel parcheggio quasi deserto del mobilificio e scese.

Mezz'ora prima aveva ricevuto una telefonata inaspettata da Audrey, l'assistente di Clara, che l'aveva invitato a recarsi in ufficio su richiesta di Edward e Clara, per discutere di alcuni dei suoi progetti personali. Durante il colloquio, infatti, aveva menzionato che gli sarebbe piaciuto poter continuare a disegnare e produrre le sue creazioni; Edward gli era sembrato interessato ma lo aveva avvisato che non sapeva se il loro reparto creativo avrebbe accettato proposte da lui, dato che, almeno in quel momento, le ultime linee di mobili sul mercato stavano andando a gonfie vele. Henry non pensava che ne avrebbero davvero riparlato e soprattutto non si aspettava di ricevere una telefonata da Clara di mercoledì sera, soltanto una settimana prima di Natale; stando a quanto gli aveva confidato Daniel, lei dirigeva il reparto creativo soltanto in teoria e, in pratica, non si occupava proprio di un bel niente. Non era in ogni caso un'opportunità che voleva lasciarsi sfuggire, progettare e costruire partendo da zero era sempre stata la sua passione. Amava l'idea di poter realizzare pezzi unici che non potevano essere acquistati nei negozi.

Prese il suo portfolio dal sedile della macchina e si avviò

verso l'entrata proprio mentre Daniel usciva dalla porta principale.

«Ehi, amico, che ci fai qui a quest'ora?» gli domandò lui aggiustandosi il cappotto e infilandosi il cappello sulla capigliatura spettinata.

«Mi hanno chiesto di venire per discutere di alcuni miei disegni con Edward e Clara.»

«Buon per te. Spero che li apprezzino. Ah, prima che mi dimentichi: Maggie vuole che ti inviti a cena domani sera. Puoi portare anche Daisy se vuoi.»

«Ti ringrazio, volentieri. Chiederò a Daisy ma dubito che verrà. A che ora?»

«Diciamo sette e mezza. A domani allora.»

Daniel se ne andò ed Henry lanciò un'occhiata all'orologio. La cena e la serata con Penny si stavano allontanando sempre di più. Quando aveva ricevuto la telefonata, lei era fuori con Bernard, quindi aveva dovuto chiedere a Daisy di cominciare a cucinare e di dire a Penny che lo avevano chiamato dall'ufficio ma che sarebbe tornato il prima possibile. Sperava soltanto che quell'appuntamento non andasse troppo per le lunghe.

Salì le scale che portavano all'ufficio di Audrey, che era collegato a quello di Clara. La sua assistente era lì e stava infilando cappotto e sciarpa prima di andare via. Lo guardò con aria spiacente.

«Mi dispiace averti chiamato a quest'ora, ma ha insistito» gli sussurrò mentre lo oltrepassava e usciva a passo svelto dalla stanza.

Henry si avvicinò alla porta dell'ufficio di Clara. Era seduta alla sua scrivania, un colosso di legno scuro che occupava quasi tutto lo spazio; l'ufficio era ricoperto di pannelli di legno scuro intervallati da quadri di arte moderna appesi alle pareti, che consistevano soltanto in larghe pennellate beige e marroni sulle tele. Non c'erano altri colori nella stanza: era diverso dall'ufficio di Edward, arredato con mobili di legno chiaro, foto di tramonti e spiagge, e persino un piccolo albero di Natale in un angolo. Nell'ufficio di Clara non c'era nulla che indicasse i pochi giorni che mancavano alle festività.

La scrivania, invece, era sgombra da qualsiasi strumento o accessorio collegato al lavoro, diversamente da quella di Edward, che era sommersa di fogli e carte. Henry si domandò cosa facesse Clara tutto il giorno per occupare il tempo. Magari faceva molte telefonate, pensò, ma non c'erano i bigliettini che si sarebbe aspettato di trovare nell'ufficio di una persona che prende molti appunti. Il computer era acceso e Clara lo stava studiando con interesse, ma lo schermo mostrava soltanto fotografie di vestiti che sembravano piuttosto costosi.

Bussò piano e Clara gli elargì un sorriso sornione quando lo riconobbe.

«Henry. Entra pure e chiudi la porta. Direi che possiamo darci del tu adesso.»

Lui fece quello che le aveva detto guardandosi intorno confuso: nella stanza non c'era nessun altro oltre a loro due, sebbene Audrey avesse lasciato intendere al telefono che avrebbe incontrato i responsabili del reparto creativo. Si sfilò il cappotto e lo appoggiò sul divano nell'angolo, ma se ne pentì subito quando notò l'occhiata di apprezzamento che Clara rivolse al suo corpo.

«Stiamo aspettando Edward e i progettisti?» chiese esitante.

«Edward è già andato via» rispose Clara. Si alzò e aggirò la scrivania per avvicinarsi a lui. «Mi ha chiesto di farti incontrare il responsabile del reparto creativo, ma, in quanto direttrice del reparto stesso, preferisco esaminare i tuoi disegni in prima persona. Siamo molto concreti qui alla White Cliff Bay Furniture Company. Sono sicura che apprezzerai molto questa nostra caratteristica.»

Henry si schiarì la voce. Lo sguardo famelico con cui Clara lo stava esaminando lo metteva terribilmente a disagio.

«Vediamo che cosa hai da offrirmi» proseguì senza togliergli gli occhi di dosso.

Henry aprì la cartellina con i suoi disegni, ne scelse alcuni e li spiegò sulla scrivania per mostrarli a Clara, che rimase immobile dietro di lui.

«So che avete appena lanciato una collezione di sedie e poltrone, ma pensavo che potremmo espanderla. Quelle sul mercato sono molto belle e funzionali, ma potremmo fare qualcosa di più.»

La donna si avvicinò spingendosi contro di lui, senza distogliere lo sguardo da Henry ed esaminare i disegni. Lui si allontanò di qualche centimetro.

«Ho disegnato una poltrona dalle caratteristiche classiche ma con inserti moderni. Le donne adorano questo tipo di poltrona: è romantica e rappresenta un'aggiunta perfetta all'arredamento del salotto o persino della camera da letto.»

«Che cosa faresti in camera da letto con questa poltrona?» domandò Clara. Le sue dita accarezzarono in maniera seducente le curve della sedia ma i suoi occhi si allontanarono da lui soltanto per un breve istante.

«Be', mi siederei a leggere oppure...» La voce gli si spense quando le dita di Clara si arrampicarono sulle nocche della sua mano mentre le mostrava i dettagli della poltrona. Si affrettò a spostarla e tentò di ricominciare: «Pensavo che potremmo produrla in pelle bianca, beige e nera, per adattarla alla maggior parte degli arredamenti. Magari potremmo aggiungere dei dettagli in oro o argento per renderla più...».

«È abbastanza grande per due persone?» lo interruppe Clara sbattendo le ciglia lunghe e giocherellando con le unghie su e giù per il suo braccio.

Henry lanciò un'occhiata di sottecchi alla porta chiusa e si sentì invadere da un'ondata di panico. Quella situazione non gli piaceva. Clara era interessata a una cosa sola e non si trattava dei fogli che aveva sparso sulla sua scrivania, bensì del corpo che stava mangiando con gli occhi e che si trovava a pochi centimetri da lei e dalle sue mani invadenti.

Henry tentò un ultimo, disperato tentativo di indirizzare la conversazione sul binario giusto e scorse alla svelta nella cartellina alla ricerca di un altro disegno da mostrarle per scappare ai suoi artigli dorati.

«Ho anche altri progetti.» Pescò un foglio a caso e lo posò sulla scrivania.

Gli pianse il cuore quando si accorse di che disegno era: due poltrone che si fronteggiavano, tenute insieme dalla curva a S dello schienale e dei braccioli. Si trattava di una specie di divano molto diffuso nel tardo periodo vittoriano, su cui Henry aveva inserito caratteristiche moderne per adattarlo ai loro tempi e che aveva rinominato nel modo più inappropriato possibile per la situazione in cui si era imbattuto.

Clara esaminò il foglio per un secondo. «La sedia dell'amore?»

«Esatto. Conosciuta anche come tête-à-tête.»

«Faccia a faccia» sussurrò Clara.

Henry rabbrividì: la traduzione non presagiva niente di buono.

«Stanno diventando sempre più diffuse nell'arredamento da giardino e pensavo che…»

«Non metterei mai una sedia dell'amore nel mio giardino. Inoltre i braccioli che dividono le sedute non mi suggeriscono uno scenario propriamente romantico. Preferisco una sedia dell'amore senza confini» disse. Si avvicinò a lui e gli premette le labbra sul collo.

Henry fece subito un passo indietro. «Clara, sono lusingato ma sono già impegnato.» Con una donna che lo stava aspettando a casa. Aveva promesso che avrebbero cenato insieme proprio a quell'ora. Venire in ufficio si era rivelato una completa perdita di tempo.

«Ma adesso sei qui con me.»

Clara chinò la testa di lato in una mossa che probabilmente riteneva sensuale e si leccò le labbra senza mai smettere di guardarlo. Henry si avvicinò per riprendere i suoi disegni ma lei si mise tra lui e la scrivania.

«Sono venuto qui per motivi esclusivamente professionali. Questo lavoro è molto importante per me.»

Clara gli accarezzò il petto con la mano. «Quanto importante?»

Henry avrebbe voluto spingerla via. Il suo profumo dolciastro non lo faceva respirare. Sapeva, però, che non l'avrebbe mai toccata: erano soli dentro quella stanza, lei avrebbe potuto inventarsi qualsiasi cosa e sarebbe stata la sua parola contro quella di Clara. Fece un altro passo indietro, ma le sue dita si erano già chiuse intorno a uno dei bottoni della camicia: avvertì chiaramente il rumore della stoffa che si lacerava quando il bottone rimase tra le unghie dorate della donna.

La guardò sconvolto prima di allontanarsi e prendere il cappotto. «Se Edward ha davvero intenzione di dare un'occhiata ai miei disegni, allora prenderò appuntamento con lui.»

Aprì la porta e uscì dall'ufficio come una furia. Avrebbe dovuto capire le sue intenzioni quando si era accorto che nella stanza c'erano soltanto loro due. Avrebbe dovuto dirle cosa poteva farsene delle sue stupide avance e soprattutto sarebbe dovuto restare a casa con la sua fidanzata.

Saltò in macchina e guidò velocemente verso il Lilac Cottage. La pioggia battente si infrangeva contro il parabrezza e grossi nuvoloni grigi si rincorrevano nel cielo, attraversati da tuoni e fulmini. Persino il tempo rifletteva il suo malumore. Mentre si avvicinava a una piccola capanna che veniva usata per osservare gli uccelli, quasi investì una figura incappucciata in bicicletta, vestita completamente di nero contro il buio della serata, che pedalava nella direzione opposta. Era un ragazzino e lo vide solo all'ultimo secondo. Imprecò quando la macchina finì sull'erba bagnata per evitare l'incidente e sterzò con violenza sul lungo viale in salita che lo avrebbe portato a casa. Non vedeva l'ora di avere la sua Penny tra le braccia e sapere che nel mondo c'erano ancora delle brave persone.

Parcheggiò nello spiazzo ed entrò direttamente nella cucina di Penny. Lei stava leggendo un libro e lo accolse con un mezzo sorriso, forse delusa dal fatto che non si fosse presentato alla cena che lui stesso aveva organizzato.

«Ho cucinato degli spaghetti alla bolognese per te e Daisy, ma immagino che ormai siano scotti» disse Penny avvicinandosi ai fornelli.

«Avrei dovuto preparare la cena per te. Sono mortificato, ho avuto un imprevisto» replicò lui prendendole il braccio.

Lei non allontanò la mano ma nemmeno si avvicinò per farsi abbracciare. All'improvviso le borbottò lo stomaco ed Henry si sentì ancora più in colpa.

«Non hai ancora mangiato?»

«No, volevo aspettarti. Patetico vero?»

«Daisy dov'è?»

«È uscita due minuti dopo di te.»

«Come?» Henry si voltò a guardare la pioggia che cadeva scrosciante e si abbatteva sulla collina. «L'hai lasciata andare con questo tempo?»

Penny lo guardò incredula. «Io ero fuori con il mio cane quando vi ho visti uscire e di sicuro non posso permettermi di dire a tua figlia cosa fare o non fare.»

Proprio in quel momento la porta si aprì con un tonfo e Daisy entrò in casa con un sorriso a trentadue denti sul viso. Era bagnata fradicia, aveva dei fili d'erba appiccicati sui jeans all'altezza delle ginocchia e le scarpe ricoperte di fango.

«Ciao papino» miagolò, sedendosi al tavolo di Penny come se fosse la cosa più naturale del mondo.

«Dove sei stata?» Henry cercò di simulare un tono di voce né preoccupato né arrabbiato ma fallì miseramente.

«Da nessuna parte. Ero nel capanno a chiacchierare con Melissa.»

«Ti sei sporcata in quel modo facendo pochi metri?»

«Sono scivolata sull'erba bagnata.»

Stava mentendo ed Henry non capiva perché. «Penny ti ha vista uscire.»

Daisy la guardò per un breve istante. «Stavo... cercando un posto in cui prendesse il cellulare lungo il viale, ma poi ha cominciato a piovere forte e mi sono ricordata che Penny aveva detto che nel capanno degli attrezzi c'è sempre campo, perciò sono tornata indietro. Non mi avrà visto rientrare. La cena è già pronta?»

«La cena che ti avevo chiesto di cucinare al posto mio» puntualizzò Henry.

Daisy si strinse nelle spalle senza riuscire a nascondere il sorriso che le occupava tutto il volto. «La telefonata è durata più del previsto.»

«Non c'è problema, la cena è pronta» si intromise Penny portando a tavola una grossa ciotola piena di pasta.

Henry si sedette e la guardò preparare tre piatti di spaghetti e poi sedersi all'altro capo del tavolo, lontana da lui. Non era quello il modo in cui aveva pensato che sarebbe andata quella serata. Fuori il temporale non accennava a calmarsi, i tuoni rimbombavano per tutta la cucina e i lampi illuminavano la notte a distanza di pochi minuti gli uni dagli altri. Lì dentro però si avvertiva una tensione concreta quasi quanto la tempesta.

Henry era seduto di fronte al piatto di pasta e lo fissava con tutta la concentrazione che era capace di riservare a un agglomerato di spaghetti e carne macinata. Lanciò un'occhiata a Penny che sembrava impegnata a perfezionare l'arte di inforchettare una manciata di spaghetti come se fosse il compito più arduo del mondo. Daisy si limitava a osservarli di sottecchi, consapevole che c'era qualcosa che non andava, ma senza sapere bene cosa.

«Avete litigato?» domandò infine.

«No, tesoro. È stata solo una giornata complicata» rispose Penny.

Henry si guardò attorno alla ricerca di un argomento per iniziare una conversazione. Era ridicolo starsene in silenzio quando fino a poche ore prima avevano chiacchierato amabilmente.

«Ehi papà, hai raccontato del pene enorme che abbiamo visto giù in città?»

Penny quasi si strozzò con l'acqua che stava bevendo. Quello era tutto tranne che un argomento appropriato per una conversazione, soprattutto dopo quello che era successo tra lei e Henry la sera precedente, ma Daisy non sembrava intenzionata a desistere.

«È stato esilarante. C'era questa donna che indossava un costume da pene alto due metri e rincorreva gli uomini in giro per le strade per abbracciarli. White Cliff Bay è un posto curioso, non è vero? Scommetto che è una di quelle cittadine perverse in cui si va a letto con i vicini in segreto e si fanno orge nei fine settimana.»

«Ehi» la rimproverò Henry.

Daisy rise. «Che c'è? "Orgia" non è una parolaccia.»

«Ma non è neanche una parola appropriata da usare durante la cena, non credi?»

Penny soffocò una risatina e Henry sentì che la tensione tra di loro si stava sciogliendo.

«Non è la prima volta che succede. Credo lo facciano per sensibilizzare i cittadini sui tumori. Questa città è meglio di quanto sembri, credimi.»

Henry avvertiva comunque il bisogno di cambiare discorso per non parlare di vicini di casa che fanno sesso, quindi decise di collegarsi a una cosa che gli aveva accennato Edward lunedì. «Ah, a proposito, mi hanno detto che questo sabato c'è una specie di gara di case di pan di zenzero. Non so bene di cosa si tratta ma penso sia per beneficenza. Ti va di andarci, Daisy?»

«Che si fa? Si costruisce una casa di pan di zenzero e poi si mangia?»

Penny rise. «Si tratta della gara di case di pan di zenzero giganti. La White Cliff Bay Furniture Company ne organizza una ogni anno e tutti i cittadini vanno a vederla. Non è vero pan di zenzero però: usano plastica, schiuma e decorazioni finte. Le pareti delle casette sono alte quasi due metri e sono abbastanza sicura che la glassa non sia commestibile. In genere si sfidano circa otto squadre che hanno a disposizione un'ora per creare la casa più bella. È molto divertente.»

«Allora tu farai parte della nostra squadra» decise Henry risoluto.

«Non posso. Soltanto i familiari dei dipendenti possono partecipare.»

«Vorrà dire che ti presenteremo come membro della nostra famiglia» ribatté Daisy ed Henry sorrise.

«A Edward non importerà molto sapere chi sono i membri della mia squadra. Non penso che mi chiederà un certificato di matrimonio prima della gara» aggiunse.

«Io ci vado solo se tu vieni» rincarò Daisy. «Ed è per beneficenza, quindi non puoi proprio rifiutare.»

Henry rise ricordando che quelle erano state le esatte parole che Penny aveva usato pochi giorni prima per convincerlo a partecipare al ballo.

«Faccio pena ad assemblare le cose. Credetemi, non mi volete nella vostra squadra, sarei più d'intralcio che d'aiuto. L'estate scorsa ho cercato di montare un barbecue e mi sono ritrovata con metà dei pezzi nel verso opposto e metà che non sapevo dove mettere.»

«No, ci servi assolutamente. Tu sai come funziona questa gara e conosci i partecipanti e le loro tecniche. Noi due siamo appena arrivati e senza di te non avremmo neanche una possibilità. E poi io e Daisy da soli non faremmo mai in tempo, nelle altre squadre ci saranno almeno cinque o sei membri. Non puoi deluderci, Penny. Allora, vuoi far parte della nostra famiglia?»

Henry la guardò con gli occhioni dolci e lei rise.

«Va bene. Ma non dite che non vi avevo avvisato.»

«Adesso che fai parte della nostra famiglia, credo che dovresti venire a cena tutte le sere» disse Daisy. «È davvero noioso mangiare davanti a questo brutto muso.»

«Ehi!» borbottò Henry.

«Ti ringrazio, tesoro. In effetti chiacchierare con Bernard non è il massimo della vita, considerando che non risponde mai alle mie domande. Ovviamente lo faccio solo per te, Daisy, per salvarti dalla noia mortale che deve essere tuo padre.»

«Sono qui accanto a voi, ve ne siete accorte?» protestò Henry e la ragazza rise.

«Da dopodomani però. Domani sera ho un impegno.»

«Un impegno? Intendi un appuntamento sexy?»

Daisy sembrava emozionatissima di fronte alla prospettiva di qualche sano pettegolezzo. Henry alzò gli occhi al cielo. Sua figlia si sarebbe trovata benissimo in quella città.

«No, io...»

«Ho visto Fabio gironzolare qui intorno. Ti vedi con lui?»

Henry era sorpreso. «Fabio è stato qui?»

«È stato da Penny per una mezz'ora buona e quando se n'è andato sembrava piuttosto soddisfatto» svelò Daisy. «Ho visto tutto dalla finestra di camera mia.»

Henry guardò sua figlia incredulo. «Ho cresciuto una spia.»

«Abbiamo appena appurato che vivere con te è terribilmente noioso, quindi è normale che io vada alla ricerca di altri tipi di divertimento.»

«Che cosa voleva Fabio?»

«Niente di che. Si è scusato per il comportamento dell'altra sera e mi ha chiesto di uscire con lui» rispose Penny.

Henry si schiarì la voce. «E tu che gli hai risposto?»

«Papà, fa bene a frequentare qualcuno. Devi guardare in faccia la realtà, uscire con te non è poi così emozionante.»

«Non penso di essere stato così noioso ieri sera.»

«Non troppo» concordò Penny sforzandosi di reprimere un sorriso divertito. Henry non riuscì a trattenere il suo e lei arrossì, abbassando lo sguardo sul piatto di spaghetti.

«Quindi avete un appuntamento?» insistette Daisy.

«Sì, perché no? Adoro gli uomini che indossano pantaloni di pelle.»

«Hai sentito, papà? Per conquistare la donna giusta devi soltanto comprare un paio di pantaloni di pelle e magari anche una collanina enorme. I buoni vecchi metodi non falliscono mai.»

«Me ne ricorderò» ribatté lui «anche perché a quanto pare la mia abilità di fare conversazione non viene apprezzata come credevo. Comunque anche io ho da fare domani, un collega mi ha invitato a cena da lui. Ha invitato anche te, Daisy. Ti va?»

«No, grazie, io resto qui. Peccato però, c'è un corso di cucina alla pasticceria di Linda domani sera e pensavo di iscriverti. I tuoi tortini natalizi sono disgustosi.»

«Ehi, non sono così male» si difese Henry indignato. «Comunque possiamo andare a prendere un gelato domani prima di cena, che ne dici? Non ci vedremo tutto il giorno perché devo andare al lavoro, ci sono troppi operai in malattia e altrettanti pezzi da finire prima che l'azienda chiuda per le vacanze.»

«Me la caverò» disse Daisy ridacchiando «ma accetto volentieri il gelato. Domani possiamo intagliare un po', vero Penny?»

«Certo. Devo finire di intagliare un pupazzo di neve per una festa aziendale, quindi se ti va puoi aiutarmi con gli ultimi dettagli o altrimenti continuare con le tue creazioni» rispose lei.

«Mi faresti veramente intagliare le sculture da vendere?»

«Ovviamente. Ormai sei una campionessa, le tue credenziali parlano da sole.» Daisy rise. «Comunque dicevo sul serio riguardo a quell'offerta di lavoro. Se tuo padre è d'accordo, sarei felice di pagarti per averti come assistente.»

Daisy lo guardò con occhi supplicanti e lui annuì. «Ma soltanto se mi prometti che starai molto attenta con quegli strumenti. E non voglio che usi la sega.»

Sia Penny che Daisy annuirono.

«Domattina ho una commissione da fare, quindi vieni pure verso l'ora di pranzo» disse Penny.

«È una commissione che ha a che fare con Fabio?» indagò Daisy ridacchiando, ancora in cerca di pettegolezzi succosi.

Penny sorrise maliziosa guardando Henry. «Forse.» Era stato perdonato.

La ragazza guardò ora l'uno ora l'altra. C'era qualcosa sotto ma non capiva cosa.

«Com'è andata la tua riunione con Clara, papà?»

«Bene» rispose lui, poi si accorse che il sorriso di Penny era svanito.

«Avevi una riunione con Clara? È per questo che sei uscito di corsa?»

«Sì, ma soltanto per esaminare alcuni dei miei disegni. Niente di che.» Lo sguardo di Henry era fisso sul piatto ormai vuoto.

«Ma che cosa è successo alla tua camicia? È tutta stropicciata. Hai perso un bottone, papà?»

«Sono rimasto impigliato.»

Daisy ridacchiò. «E quello che hai sul collo è rossetto? Quando hai detto che la riunione era andata bene non avevo capito che intendevi così bene.»

Henry lanciò un'occhiata a Penny giusto in tempo per vedere lo sguardo di orrore e delusione che aveva sul viso quando si alzò per sparecchiare. Voleva dirle che non era successo niente e che non aveva nessun motivo di preoccuparsi, ma non poteva farlo davanti a sua figlia.

Un tuono rimbombò sulle loro teste e all'improvviso quella tensione che avevano faticato a sciogliere tornò a incombere su di loro.

Penny indossò il pigiama. Henry e Daisy erano tornati a casa loro poco dopo cena, lasciandola sola. Se avessero avuto una relazione normale, invece, avrebbero probabilmente trascorso la serata a coccolarsi sul divano.

Non che avesse molta voglia di coccolare Henry in quel momento. Non riusciva a togliersi dalla testa l'immagine di lui e Clara insieme, e poi quello sguardo di colpevolezza che gli aveva visto sul volto quando Daisy aveva indicato la macchia di rossetto sulla pelle. Non aveva nemmeno cercato di negarlo.

Sapeva che, se veramente teneva a lei, sarebbe venuto a parlarle una volta che Daisy si fosse addormentata. Fino ad allora avrebbe cercato di non saltare alle conclusioni più ovvie. Era già stata tradita in passato e non avrebbe lasciato che accadesse di nuovo, però non avrebbe accusato Henry prima di sentire la sua versione dei fatti.

Si mise a letto e cominciò a leggere un libro quando sentì il rumore di passi leggeri sulle scale. Posò il libro e lo guardò entrare nella stanza. Aveva uno sguardo preoccupato e si avvicinò al letto lentamente.

«Mi dispiace di essere arrivato tardi a cena e mi dispiace che abbia dovuto cucinare tu anche se ti avevo promesso che l'avrei fatto io.»

Penny sollevò le sopracciglia. Si doveva impegnare molto di più. Come ciliegina sulla torta, notò che la macchia di rossetto sulla sua gola non si era ancora cancellata del tutto.

«Non è successo niente tra me e Clara, te lo giuro. Ha cercato di baciarmi ma io le ho detto che sono impegnato e me ne sono andato. Sono stato uno stupido a pensare che volesse davvero parlarmi dei miei disegni, ma ero così ansioso di avere un'opportunità con lei ed Edward che mi sono lasciato abbindolare e non ho capito subito quale fosse il vero motivo per cui mi aveva fatto chiamare. Sono mortificato. Devi credermi, non è successo niente. Lei non mi interessa e non mi interessa nessun'altra. Voglio solo te.»

Henry rabbrividì per il freddo e Penny abbassò d'istinto il piumone, spostandosi di lato per invitarlo a entrare nel letto. Lui esitò per un momento e poi si infilò con lei sotto le coperte.

«Mi credi?»

Penny annuì. «Sì. Non ho ragioni per non farlo.»

«Ma non hai neanche ragioni per farlo.»

Lei gli si avvicinò fino a sfiorare il suo viso. Le mani di Henry si appoggiarono alla sua vita e cercarono di stringerla, ma lei lo fermò.

«Puoi capire tante cose dagli occhi di una persona. Paura, rabbia, angoscia, inganno e amore sono solo alcune delle sensazioni che si esprimono con lo sguardo.» Lo fissò dritta nei suoi profondi occhi argentei e li trovò colmi d'amore per lei. «I tuoi occhi mi dicono che non stai mentendo.»

Henry sorrise sollevato e provò di nuovo a stringerla; questa volta lei lo lasciò fare. «E ora che cosa ti stanno dicendo i miei occhi?»

Penny rise. «Che vorresti farmi tante cose eccitanti e perverse.»

Lui la baciò dolcemente e la accarezzò. Il corpo di Penny si riempì di desiderio, ma prima che potesse lasciarsi trasportare troppo in là, Henry si allontanò con uno sguardo pieno di rimorso.

«Non posso restare.»

Lei gli sorrise e gli accarezzò le guance. «Lo so. Non ti preoccupare.»

«Daisy è appena andata a dormire, potrebbe uscire dalla sua stanza da un momento all'altro e non trovarmi. Non sarei dovuto venire ma dovevo parlarti.»

«Stai tranquillo. Vai, ci vediamo domani.»

Henry premette per qualche secondo la fronte contro la sua e la baciò dolcemente, poi scese dal letto e le sorrise prima di uscire dalla stanza.

Dovevano sbrigarsi a confessare tutto a Daisy. Quei segreti la stavano uccidendo.

Capitolo 15

Penny prese il cappotto e si chinò per allacciarsi le scarpe. Aveva rimandato quel momento il più a lungo possibile nei giorni precedenti ma sapeva di non avere più scelta.

I raggi del sole brillavano attraverso la nebbia, asciugando tutta la pioggia caduta la sera prima e facendo scintillare il mare al di sotto della collina come se fosse fatto di pagliuzze d'oro.

Era da martedì che non scendeva in città, da quando mezza White Cliff Bay si era messa in testa di aiutarla a prepararsi per il suo grande appuntamento. Chi poteva immaginare che quel lembo di raso che era stata costretta ad acquistare avrebbe avuto un effetto così devastante su lei ed Henry? Nonostante avesse chiarito che non si trattava di un vero e proprio appuntamento e che erano soltanto buoni amici, sapeva bene che in città le avrebbero riservato soltanto occhiatine maliziose e che qualcuno l'avrebbe anche stuzzicata con delle battute sulle doti nascoste di Henry. Non era il tipo che racconta i particolari della sua vita privata in giro per la città, ma avrebbe dovuto stare ancora più attenta a non lasciarsi sfuggire nulla, per non rischiare che anche solo un flebile pettegolezzo raggiungesse le orecchie di Daisy.

Mancavano soltanto cinque giorni al ballo della vigilia di Natale e il paese sarebbe stato pieno zeppo di persone in fermento per le ultime compere prima delle feste. Penny sospirò.

All'improvviso la porta comunicante si aprì ed Henry entrò trafelato in casa sua.

«Daisy è sotto la doccia e io devo scappare al lavoro, ma volevo darti una cosa prima di uscire.»

«Che cosa?»

Lui la strinse tra le braccia e la baciò appassionatamente. Dio, era bastato solo un bacio per farle dimenticare tutti i piani che aveva per la giornata; desiderava soltanto trascinare Henry sotto le coperte con lei. Non sapeva quando avrebbero avuto l'occasione per rifare l'amore ma qualsiasi lasso di tempo sarebbe comunque stato troppo lungo. Lo strinse a sua volta e ricambiò il bacio con ardore, ma lui si tirò indietro.

«Devo proprio andare, non voglio arrivare in ritardo al mio primo giorno di lavoro. Volevo soltanto che avessi qualcosa a cui pensare stasera quando andrai al tuo appuntamento romantico con quel Fabio.»

Penny rise. «Non...»

«Lo capisco, so che gli uomini che indossano pantaloni di pelle sono irresistibili. Ricordati soltanto qual era il nome che gridavi l'altra sera.»

Lei sorrise. «Non penso di poterlo dimenticare. Quando ripeteremo quella performance?»

«Quando la smetterai di uscire con uomini che indossano pantaloni di pelle.» La baciò sulla fronte e si allontanò verso la porta, ma prima di uscire da casa sua si voltò a farle l'occhiolino. «Presto, te lo prometto.»

Penny lo guardò andare via sorridendo. Quel bacio le aveva rallegrato la giornata.

Salì in macchina e guidò verso la città. Le stradine pullulavano di gente in fermento per le festività natalizie. In quella mattina nebbiosa, le lucine di Natale appese agli alberi, sui lampioni e alle porte delle case avevano un aspetto magico anche alla luce del sole e sembravano avvolgere i visitatori nell'atmosfera festiva della città. La pioggia caduta la sera prima si era ghiacciata alle prime ore dell'alba e luccicava dai tetti delle case e delle auto che fiancheggiavano le strade.

Penny parcheggiò fuori dal pub The Pilchard, spense il motore e fece un respiro profondo prima di scendere. Guardò l'insegna del locale, altalenante nella fredda brezza marina, che raffigurava un pesce che sorrideva senza motivo mentre saltava fuori dall'acqua. Dalle finestre arrivavano lampi di luce provenienti dall'interno del pub e, nonostante il locale fosse chiuso, aveva comunque un aspetto caldo e invitante. Quello era stato uno dei suoi posti preferiti da ragazzina, prima ancora che lei e Chris si conoscessero e cominciassero a uscire insieme. Era accogliente, confortevole e caratteristico, con quei tavolini appartati per sedersi e chiacchierare. Aveva immaginato di continuare a frequentare quel pub per il resto dei suoi giorni, anche quando sarebbe stata vecchia, con le rughe e i capelli grigi. Non aveva mai pensato che, a causa di eventi fuori dal suo controllo, sarebbe arrivata a non mettere piede in quel locale per ben otto anni di fila. Forse era giunto il momento di cambiare le cose.

Entrò. Il pub era vuoto perché apriva ai clienti poco prima dell'ora di pranzo, ma i ciocchi di legno già scoppiettavano nel camino e preparavano l'atmosfera per la folla che sarebbe arrivata più tardi. Kathleen era al bancone e sembrava impegnata a controllare una lista; Penny immaginò che stesse facendo l'inventario, come l'aveva vista fare tante volte in passato.

«Siamo chiusi fino alle undici» disse voltandosi, e impallidì quando la riconobbe.

Rimasero entrambe a fissarsi per un tempo interminabile prima che Penny si decidesse a mostrare la busta di vestiti che aveva tra le mani.

«Sono venuta a riportare questi.»

Kathleen rimase immobile per una manciata di secondi, poi si riscosse e si avvicinò. Quando allungò le mani, Penny ebbe l'impressione che stesse per abbracciarla, ma poi sembrò cambiare idea.

«Grazie.»

Penny le porse la busta, impacciata, ed esitò per qualche istante prima di rendersi conto che non aveva nient'altro da aggiungere. Si voltò per andarsene.

«Ti va di bere qualcosa?» chiese Kathleen all'improvviso. «Mi farebbe molto piacere se accettassi.»

Penny si girò a guardarla e annuì. «Volentieri, grazie.»

Kathleen tornò dietro al bancone. «Che cosa posso offrirti?»

«Magari un tè, sono venuta in macchina e...»

«Che ne dici di una cioccolata calda?»

Penny sorrise e si sedette al bancone. «Ho sempre adorato la tua cioccolata calda. Venivamo qui prima ancora di avere l'età per entrare soltanto per quella e tu ci lasciavi sedere ai tavolini lì dietro. Una sola tazza ci durava un'ora intera eppure non ci cacciavi mai.»

«Mi piaceva avere voi ragazzi qui dentro, non facevate niente di male. Questo locale è sempre stato un posto familiare e lo sarà per sempre.»

Penny guardò Kathleen versare una manciata di marshmallows, un cucchiaio abbondante di cacao e un goccio di latte in due bicchieri che mise poi nel microonde a riscaldare mentre faceva bollire dell'altro latte con la macchina del caffè. Il microonde trillò e lei estrasse i due bicchieri, versò il latte caldo nella miscela cioccolatosa e mescolò con vigore, poi completò il tutto con una quantità generosa di panna montata e scaglie di cioccolato.

Porse un bicchiere a Penny e le fece cenno di andarsi a sedere davanti al camino. Kathleen si sedette di fronte a lei in una poltrona di pelle morbida e marrone.

Penny bevve un sorso di cioccolata e sorrise quando fu raggiunta dai ricordi piacevoli che aveva di quel posto e di quella bevanda. Scrutò le fiamme nel camino domandandosi se fosse il caso di accennare a quello che era successo in passato oppure no. Forse era arrivato il momento di gettarsi tutto alle spalle, dimenticare e guardare al futuro.

«Mi dispiace» esordì Kathleen e Penny si voltò verso di lei. «Mi dispiace così tanto per quello che è successo. Volevo venire a trovarti quando hai perso il bambino, ma... non lo so... ho pensato che fosse meglio lasciarti in pace per un paio di giorni. Avevi la tua famiglia accanto e credevo che avessi bisogno di spazio. Avevo pensato di salire da te un fine settimana, ma poi Chris ti ha lasciata e io ho scoperto che...» La voce le morì in gola.

«Che mi aveva tradito con Jade durante tutta la gravidanza.»

«Sì. Non lo sapevo. Ti giuro che non ho saputo niente fino alla morte del bambino ed ero così arrabbiata con lui. Tutti lo erano. Ma poi ha cominciato a raccontare tutte quelle bugie su di te e... la rabbia ha lasciato il posto alla vergogna.»

Penny ingoiò il dolore che provava al ricordare quelle cose e tornò a concentrarsi sulla cioccolata calda.

«Le persone credono a quello a cui vogliono credere e la maggior parte della gente in città ha capito che si trattava soltanto di bugie, ma come sai qualcuno è restato dalla sua parte» continuò Kathleen. «Io non sono riuscita a guardarlo in faccia per mesi, nemmeno gli parlavo. Mi vergognavo di lui. Dio, tanta gente lo ha odiato per quello che aveva fatto e quell'odio si è esteso anche a me. Le occhiate che mi lanciavano, i commenti... persino alcuni miei amici mi hanno voltato le spalle, come se fosse colpa mia se lui ti aveva tradita e abbandonata e aveva raccontato tutte quelle bugie. Lui ha lasciato la città poco dopo, come saprai, ma l'odio della gente mi ha perseguitata per mesi interi. Ti ho vista qualche volta in giro qui in paese ma non ho mai avuto il coraggio di avvicinarmi e dirti qualcosa. Mi vergognavo troppo per fare la prima mossa e tu non sei mai più tornata qui al pub per otto anni.»

«Be', puoi biasimarmi?»

«No, certo che no. Speravo soltanto che tu non odiassi anche me per quello che era successo, ma il tempo passava e ho cominciato a credere che non volessi mai più vedermi.»

«Io non ti odio. Ho odiato Chris per molto tempo, ma non ho mai odiato te. Non ti ho mai più rivista e ho pensato che avessi creduto alle sue bugie e che non volessi una pazza isterica nel tuo locale.»

«Oh, tesoro, quanto vorrei aver avuto il coraggio di venire a parlarti. Ci saremmo potute gettare tutto questo alle spalle anni fa.»

Penny annuì mestamente e bevve un altro sorso di cioccolata. Erano state entrambe vittime delle azioni di Chris.

«Lo sai, ora si è sposato e ha un figlio. Si chiama Eric, ha cinque mesi e Chris lo adora. Immagino che sia terribile per te sapere una cosa del genere, specialmente perché ha avuto una reazione così diversa da quella che ha avuto al tempo della tua gravidanza.»

«In realtà no. Vedere i vestitini e i giocattoli che hai comprato per il bambino mi ha fatto effetto, certo, ma spero soltanto che Chris sia diventato una persona migliore. È passato molto tempo, era giovane... lo eravamo entrambi. Se ama suo figlio come dici, allora sono contenta per lui.»

«Crescendo si è trasformato in una persona meravigliosa ed è un ottimo padre. Ormai sono orgogliosa di lui. Spero che un giorno potrai perdonarlo.»

«Non lo odio più e gli auguro il meglio, ma credo di aver bisogno di altro tempo per riuscire a perdonarlo.»

Kathleen annuì comprensiva. «E tu che mi racconti? Ho sentito che stai frequentando Henry Travis.» Penny sospirò. Non c'era privacy in quella città. «Mi sembra un brav'uomo.»

«Lo è.»

«So che è molto presto, ma pensi che potrai creare una famiglia tua con lui un giorno?»

«Henry ha già una figlia e io la adoro. Le famiglie non sono tutte uguali. Magari mi basterà soltanto diventare parte della loro.»

Kathleen annuì di nuovo. «A volte la famiglia che ti scegli è mille volte meglio di quella che ti viene data.»

Penny sorrise guardando le fiamme. Sperava soltanto che anche Henry e Daisy volessero scegliere lei.

Penny parcheggiò la macchina nello spiazzo del cottage. Era rimasta a chiacchierare con Kathleen per un paio d'ore e, anche se non sarebbe tornata a essere una cliente abituale del suo pub, sapeva che da quel momento in poi sarebbe stata di nuovo la benvenuta.

Entrò in cucina e sorrise quando vide Jill e Daisy che pranzavano insieme chiacchierando.

«Ehi» salutò posando un bacio sulla fronte della sua amica.

«Ciao cara» disse Jill. «Ti stavo preparando il pranzo quando ho trovato questa piccola orfanella alla porta accanto. Stava praticamente morendo di fame e ho cucinato anche per lei. Spero non ti dispiaccia.»

«Certo che no. Non possiamo mica lasciarla morire.»

Daisy le sorrise mentre spazzolava l'ultimo boccone del suo tramezzino. Penny si sedette accanto a lei e le diede una spintarella amichevole che Daisy restituì.

«Ti ho vista andare verso il pub The Pilchard prima. Va tutto bene?» le domandò Jill con finta noncuranza, cercando di non lasciarsi sfuggire più del dovuto.

«Adesso sì» rispose Penny.

Sollevò il coperchio che copriva il suo piatto e cominciò a mangiare il suo tramezzino. Jill le sorrise complice e la studiò sorseggiando una tazza di tè.

«Hai un aspetto diverso» commentò infine. «Ma non capisco cosa è cambiato.»

«Mi sono tagliata i capelli qualche giorno fa» suggerì Penny, nonostante sapesse che la solita coda di cavallo che portava non lasciava notare la differenza.

«No, non è questo. Sembri... soddisfatta e davvero felice.»

«Sono felice» confermò Penny.

Inclinò la testa di lato sperando che Jill capisse che il vero motivo della sua spensieratezza non poteva essere discusso di fronte a Daisy. Jill fortunatamente colse l'imbeccata e si alzò, avvicinandosi al bollitore.

«Vuoi una tazza di tè?»

«Sì, grazie.»

«Certo che è felice. Stasera ha un appuntamento» svelò Daisy. «E con un italiano sexy, per giunta.»

Jill si voltò. «E chi sarebbe questo italiano?»

«Fabio» rispose Daisy, contenta di poter condividere quel pettegolezzo. «È un intagliatore di ghiaccio proprio come Penny e ha un grande talento.»

Premette qualche tasto sul cellulare e lo allungò verso Jill perché guardasse il video della bizzarra proposta di matrimonio di Fabio. Lei rise rivedendolo. Daisy si stava chiaramente divertendo a raccontare quel pettegolezzo e Penny fu tentata di dirle tutta la verità, ovvero che il giorno prima aveva rifiutato con educazione e fermezza l'offerta di Fabio di uscire con lui, sposarlo e dargli dei bambini in un futuro prossimo. Tuttavia, finché Daisy avesse creduto a quella storia, magari per lei ed Henry sarebbe stato più facile passare del tempo insieme senza destare sospetti.

«Ascolta, tu, invece di mostrare a Jill altri video o fotografie imbarazzanti, perché non vai a metterti dei vestiti più pesanti di questo pigiama e mi raggiungi nel primo pomeriggio per intagliare qualche blocco di ghiaccio?»

Quello era l'unico incentivo di cui Daisy avesse bisogno. Balzò in piedi in un secondo e, dopo aver biascicato un rapido grazie rivolto a Jill, scappò in casa sua per andare a cambiarsi.

Penny si alzò, chiuse la porta comunicante e tornò al suo tramezzino.

«Ho ragione a pensare che il motivo per cui sei praticamente raggiante non ha niente a che fare con uno stallone italiano qualunque ma riguarda suo padre?» indagò Jill passandole una tazza di tè.

«Hai ragione. Ci stiamo frequentando da un paio di giorni. Non abbiamo detto niente a Daisy perché non vogliamo turbarla in nessun modo, ma se dovesse funzionare glielo diremo nel giro di qualche settimana.»

Jill esplose in un sorriso a trentadue denti. «E come sta andando?»

Penny arrossì e cercò di nascondersi dietro la tazza di tè. Il volto di Jill si addolcì.

«Ti sei innamorata di lui.»

«Credo di sì.»

Jill squittì proprio nel momento in cui Daisy rientrava in cucina.

«Che mi sono persa?»

«Penny mi stava giusto raccontando di questo Fabio.»

Penny rabbrividì. Sapeva che quella bugia avrebbe finito per ritorcersi contro di lei.

«Andiamo, abbiamo del lavoro da svolgere» disse alzandosi in piedi. «Jill, ti trovo qui più tardi?»

«No, tesoro, sto andando via. Ci vediamo lunedì.»

Penny la salutò con un bacio e trascinò Daisy nella stanza refrigerata, sperando che rinunciasse a riprendere l'argomento Fabio.

Henry si ripulì le mani su un panno e ammirò il tavolo, ora brillante dopo la mano di vernice marrone che aveva appena steso. Aveva trascorso una giornata molto piacevole insieme ai suoi nuovi colleghi, era riuscito a creare un tavolo intero a partire da zero e, soprattutto, non aveva incontrato Clara. Sperava che avesse recepito il messaggio della sera precedente e che si fosse rassegnata a lasciarlo in pace. L'azienda sarebbe stata chiusa per due settimane a partire da venerdì e quello era il suo ultimo giorno di lavoro: se fosse riuscito a evitarla per i dieci minuti che mancavano alla fine del turno, si sarebbe potuto considerare salvo; dopo Natale avrebbe ricominciato da capo e magari non avrebbe più avuto a che fare con lei. Sperava ancora di poter mostrare i suoi disegni a qualcuno, ma questa volta sarebbe andato dritto da Edward o da uno dei progettisti.

Quando percepì il familiare ticchettio di tacchi sul pavimento ebbe un tuffo al cuore. Desiderò ardentemente che lei lo ignorasse, ma la sua speranza si rivelò vana quando il rumore di scarpe si avvicinò fino a fermarsi proprio alle sue spalle.

Clara si schiarì la voce con impazienza e lui, sospirando, fu costretto a voltarsi.

«Ho bisogno di riceverti nel mio ufficio. Dobbiamo rivedere gli ultimi documenti.» Gli diede le spalle e cominciò a camminare, convinta che l'avrebbe seguita senza esitare.

«Pensavo di aver sbrigato tutte le pratiche» disse invece Henry senza spostarsi.

«Dobbiamo discutere alcuni dettagli» tagliò corto Clara. Non sembrava dell'umore adatto perché Henry potesse contraddirla oppure cercare scuse.

La guardò allontanarsi a passo svelto. Appallottolò il panno sporco, lo lanciò via e si costrinse a seguirla. Mentre camminava, intercettò lo sguardo confuso di Daniel.

Salì le scale e si diresse all'ufficio di Audrey. Lei era lì e lo studiò come se non avesse idea di cosa fosse venuto a fare nell'ufficio di Clara, ma lo lasciò passare senza fare domande.

Henry entrò nella stanza e lasciò appositamente la porta aperta. Notò un dettaglio che la sera prima doveva essergli sfuggito a causa della scarsa illuminazione: una parete del suo ufficio era vetrata e si affacciava proprio sul piano dove lavoravano i falegnami e dove lui aveva trascorso la giornata. Non gli fece piacere sapere che lei aveva potuto osservarlo durante tutto quel tempo.

«Chiudi la porta» ordinò lei.

«Preferirei lasciarla aperta, se non è un problema.»

Clara sorrise compiaciuta e si alzò dalla scrivania per chiuderla lei stessa. «Hai paura di me, Henry?» gli domandò sedendosi di nuovo.

«Non direi. Ma stavo per tornare a casa, quindi puoi mostrarmi i dettagli di cui dobbiamo discutere, così li risolviamo in fretta» replicò lui indicando la sua scrivania vuota.

«Dobbiamo stabilire il giorno in cui mi porterai fuori a cena.»

Non aveva intenzione di girarci intorno, dunque. Ma nemmeno Henry voleva perdere tempo.

«Non ti porterò fuori a cena, Clara. Come ti ho detto ieri sera, sono impegnato e non penso proprio che la mia compagna gradirebbe vedermi uscire con un'altra donna.»

Lei tamburellò le lunghe unghie dorate sulla scrivania. Il sorriso compiaciuto divenne una smorfia crudele. «Non mi importa se sei felicemente sposato e se hai dodici figli. Io sono l'amministratore delegato della White Cliff Bay Furniture Company e credimi se ti dico che, se voglio, posso renderti le cose molto difficili.»

Lo stomaco di Henry si chiuse per la rabbia. «Che significa?»

«Abbiamo esaminato tanti altri candidati validi per la tua posizione. Sarebbe molto facile sostituirti.»

Dio, no. Aveva bisogno di quel lavoro. Aveva trascinato Daisy dall'altra parte del Paese per quell'incarico, l'aveva portata via ai suoi nonni, ai suoi amici. D'altro canto non aveva nessuna intenzione di tradire Penny e non si sarebbe mai fatto ricattare dal suo capo in quel modo. Il solo pensiero lo disgustava. Clara era bellissima, ma non si sarebbe mai fatto usare da lei.

Sentì la rabbia montargli dentro e capì che era arrivato il momento di lasciare quell'ufficio prima di dire qualcosa di cui si sarebbe potuto pentire. Si voltò e uscì dalla stanza come una furia, passando davanti agli occhi sgranati di Audrey.

«Henry, non abbiamo ancora finito!» sentì gridare. Clara era chiaramente il tipo di donna che ottiene sempre ciò che vuole... ma lui le avrebbe dato tutt'altro.

Tornò indietro e, quando parlò, lo fece con voce abbastanza alta da farsi sentire da Audrey. «Lascia che ti spieghi una cosa: non ti porterò fuori a cena e non verrò a letto con te né ora né mai. Se provi di nuovo a ricattarmi minacciando di licenziarmi, ti denuncerò per molestie così velocemente che non riuscirai nemmeno a capire che cosa è successo. Denuncerò te e tutta la tua azienda e vi porterò via ogni singolo centesimo. Adesso ti suggerisco di ritornare alle tue importantissime faccende da sbrigare mentre io vado a finire il lavoro che sono stato assunto per fare.»

Clara impallidì e si alzò. «Come osi...»

Henry si voltò e uscì dal suo ufficio quasi di corsa. Non voleva sentire un'altra parola uscire da quella sua boccaccia velenosa. Le cinque erano già passate e i suoi colleghi si stavano preparando per tornare a casa, salutandosi l'un l'altro, mettendo in moto le auto nel parcheggio e finendo di ripulire le aree di lavoro. Afferrò il suo cappotto con stizza e se ne andò.

L'aveva appena umiliata di fronte alla sua segretaria e lei non gliel'avrebbe mai fatta passare liscia. Maledizione. Saltò in macchina e sferrò un pugno contro il volante. Crudele strega manipolatrice. Mise in moto e sgommò via dal parcheggio.

Sarebbe dovuto tornare nella sua vecchia città. Non poteva permettersi di pagare l'affitto della dépendance di Penny con il denaro che guadagnava vendendo i suoi mobili.

No, non poteva lasciare White Cliff Bay. Tutto qui era migliore, dalle persone al paese e alla scuola. Daisy era felice e non poteva portarla via di nuovo. Per non parlare della sua relazione con Penny. Non voleva lasciarla per nulla al mondo. Gli si seccò la gola soltanto a pensarci.

Parcheggiò sul piazzale di casa sua e poggiò la fronte contro il volante. Che cosa avrebbe fatto adesso? Uscì dall'auto e si diresse sul retro dell'abitazione. Penny era seduta al tavolo della sua cucina e stava lavorando alla bozza di un disegno da intagliare nel ghiaccio. Entrò senza nemmeno pensarci.

Penny sollevò lo sguardo e gli rivolse un sorriso, che sparì velocemente quando si accorse che era arrabbiato. Si alzò e gli andò incontro, e lui la strinse forte tra le braccia. Lei lo abbracciò a sua volta, con una mano posata sulla nuca per cullarlo contro il suo corpo.

Non gli chiese che cosa fosse successo e lui ne fu grato. Non aveva voglia di parlarne. Alla fine sciolse l'abbraccio e le diede un bacio fugace, per poi poggiare la fronte contro la sua. Avrebbe combattuto per restare lì con tutte le armi di cui disponeva, perché lasciare Penny era una prospettiva che non voleva nemmeno provare a considerare.

Capitolo 16

Henry stava ciondolando intorno al cottage quando Penny uscì in tutta fretta dalla porta sul retro di casa sua. Si era sensibilmente calmato rispetto a qualche ora prima. Vedere Penny lo aveva aiutato molto e lo aveva convinto a lottare contro i soprusi di Clara. Anche mangiare il gelato con Daisy aveva contribuito a sollevargli il morale. Sua figlia riusciva sempre a metterlo di buon umore.

«Ehi. Stai andando all'appuntamento con Fabio?» domandò lui.

«Molto divertente, ma no. Vado a cena a casa della mia amica Maggie.»

Henry la seguì fino alla macchina, perplesso. «Maggie la moglie di Daniel?»

Penny annuì e lui la fermò con una mano sul braccio. «Hanno invitato anche me a cena da loro.»

Lei rise. «Stanno complottando per farci stare insieme.»

«Dopotutto sanno del nostro appuntamento dell'altra sera. È stata Maggie a convincerti a fare quella ceretta così audace, giusto?»

«Non pensava che fosse un appuntamento vero e proprio, sapeva soltanto che saremmo usciti insieme perché Jade l'ha sbandierato ai quattro venti. Le ho detto che eravamo solo amici e credo che abbia semplicemente sperato che le cose prendessero una piega diversa. Non le ho ancora detto che in effetti è andata così. Starà cercando di darci una spintarella. Non penso proprio che si sia dimenticata di avvisarmi che saresti venuto anche tu e vale lo stesso per Daniel.»

Henry sorrise di quel piacevole imprevisto. «Che ne dici di divertirci un po' alle loro spalle? Possiamo vendicarci per tutti questi segreti.»

«Che cos'hai in mente?»

«Potremmo fingere che non ci sopportiamo.»

Penny rise. «Buona idea. Possiamo comunque andare con una sola macchina. La porta di casa loro dà le spalle al parcheggio, quindi non se ne accorgerebbero.»

«Perfetto. Prendiamo la mia allora. Mi darai una mano a trovare la strada.»

Henry salì in macchina e Penny lo seguì. Guidarono giù per la collina, attraversarono la città e finalmente accostarono all'ingresso di una grande casa pitturata di bianco, con le finestre tonde e vistose decorazioni in ogni dove. Sull'erba del giardino erano posati tanti pupazzi di neve, renne e Babbi Natale luminosi, e un cartello con scritto *Buon Natale* faceva capolino da una finestra al pianterreno.

Henry disse a Penny di avviarsi alla porta e, mentre lei suonava il campanello, lui scese dalla macchina e risalì lentamente il vialetto. Vide Maggie, o meglio l'enorme pancione di Maggie, aprire la porta. La padrona di casa salutò Penny con entusiasmo e poi rivolse a lui un largo sorriso.

«Buonasera, io sono Maggie. Finalmente ci conosciamo.» Si sporse per baciarlo sulle guance. «Che buffa coincidenza avervi qui entrambi! Non avevo idea che Daniel ti avesse invitato a cena proprio stasera e ho dimenticato di dirgli che io avevo invitato Penny. L'abbiamo scoperto giusto mezz'ora fa. Che combinazione!»

Henry dovette trattenersi per non scoppiare a ridere di fronte a quella bugia e si sforzò di abbozzare un sorrisino educato prima di lanciare a Penny una breve occhiata fulminante. Lei si affrettò a distogliere lo sguardo per nascondere a Maggie il sorriso spontaneo che le era comparso sul viso. Non era decisamente una brava attrice, in più l'amica aveva intercettato l'occhiataccia di Henry e ne era rimasta spiazzata.

Daniel fece la sua comparsa all'ingresso proprio mentre Henry e Penny entravano in casa e si chiudevano la porta alle spalle.

«Henry, sono contento che tu sia venuto» salutò, mentre le donne sgattaiolavano in cucina.

Henry sentì Penny dire all'amica che lui non le piaceva affatto e che pensava fosse un vero cafone. Era arrivato il momento di fare la sua parte.

«Non riesco a credere che tu abbia invitato anche quella. È la persona più noiosa del mondo, non fa altro che piagnucolare» recitò, a voce abbastanza alta perché anche le due donne lo sentissero.

Daniel trasecolò. Prima che potesse dire anche solo una parola, Maggie uscì dalla cucina a passo di marcia diretta verso Henry e lui sentì di non aver mai avuto così tanta paura nella sua vita come in quel momento.

«Come osi parlare in questo modo?» lo apostrofò puntandogli un dito contro il petto. «Penny è la persona più dolce, adorabile, gentile e amichevole del mondo e non lascerò che tu le manchi di rispetto in casa mia.» Aprì la porta d'ingresso con un gesto secco. «E adesso fuori di qui.»

Henry si appuntò mentalmente di non affrontare mai più una donna incinta, soprattutto se si trattava di Maggie. In quel momento era così terrorizzato che non riuscì nemmeno a confessarle la verità, spaventato che lei potesse decidere di ucciderlo per averle mentito.

Penny gli venne in soccorso. «Maggie, sta' tranquilla, era uno scherzo. Volevamo fingere di odiarci per vendicarci del vostro tentativo di farci uscire insieme.»

Maggie spostò lo sguardo da lei a lui, le narici quasi fumanti. «È uno scherzo?»

Henry annuì e Penny gli passò un braccio intorno alla vita. «In realtà ci stiamo proprio frequentando, ma abbiamo deciso di mantenere il segreto per qualche settimana e lasciare che Daisy si ambienti senza troppe novità.»

Henry avrebbe preferito tenere quel dettaglio per sé, ma se Penny si fidava di Maggie, allora sperava di poterlo fare a sua volta. Senza trascurare il fatto che mentire a quella donna sarebbe stato in ogni caso una pessima idea.

Maggie continuò a studiarli per capire se stessero dicendo la verità. Henry annuì di nuovo e lei finalmente si rasserenò.

«State insieme?»

Anche Penny annuì. Maggie squittì e gettò le braccia intorno al collo dei due invitati.

«Sono così felice per voi!»

Daniel rise. «Piano, Mags, sono usciti insieme solo una volta, non si stanno sposando.»

«Penny, vieni in cucina con me, voglio sapere tutto» disse lei. «Voi uomini potete fare due chiacchiere in salotto mentre finisco di preparare la cena.»

Henry si lasciò guidare da Daniel verso il soggiorno mentre in cucina cominciavano a sentirsi risatine e mormorii. Si domandò quanto Penny avesse intenzione di raccontare alla sua amica ma, a giudicare dai gridolini eccitati di Maggie, immaginò che le stesse parlando del momento in cui erano stati a letto insieme piuttosto che del ristorante in cui avevano cenato.

«Sono davvero sollevato che fosse uno scherzo. Temevo di doverti tirare un pugno in faccia per aver detto quelle cose su Penny e non sarebbe finita bene per me» disse Daniel.

Maggie li raggiunse con due bottiglie di birra e ne consegnò una a Henry insieme a un sorrisetto d'intesa, poi li lasciò soli.

Daniel alzò la sua per un brindisi. «Alle nuove amicizie.»

Fecero tintinnare le bottiglie e Henry bevve un lungo sorso.

«A proposito, di che cosa voleva parlarti Clara prima? Non si occupa mai degli impiegati o degli affari dell'azienda. In realtà non è che faccia molto per la società.»

Henry si sedette e cominciò a grattare via l'etichetta dal vetro. «In realtà sono davvero preoccupato. Non so se mi lascerà continuare a lavorare con voi. Ci ha provato con me.»

Daniel si sedette di fronte a lui. «Accidenti. Devi stare molto attento, è la sorella del capo.»

«Io sto frequentando Penny, quindi non sono interessato. A dire il vero penso che la rifiuterei anche se non stessi vedendo nessuna al momento. Ci ha provato con me ieri sera ma le ho spiegato che sono impegnato, e pensavo che la cosa finisse lì, ma sembra che si senta in diritto di pretendere; soltanto perché l'azienda è sua, dovrei obbedirle e andare a letto con lei. Le ho detto che non ne ho intenzione e praticamente mi ha risposto che, se voglio continuare a lavorare qui, devo fare quello che mi ordina.»

Daniel sgranò gli occhi. «Sul serio?»

Henry annuì.

«Devi riferirlo a Edward. Andrà su tutte le furie.»

«E pensi che mi crederà? È la parola di sua sorella contro

la mia e io sono l'ultimo arrivato, non mi conosce nemmeno. Spero di non dover arrivare a tanto.»

«Tu che cosa le hai detto?»

«Che se prova ancora a ricattarmi la denuncerò per molestie e le porterò via tutti i soldi che ha.»

Daniel impallidì. «Che cosa? Hai minacciato Clara?»

Henry si passò una mano tra i capelli. «Non è stata la mia mossa migliore. Ero furioso. Non so davvero se dopo Natale avrò ancora un lavoro. Io e Daisy siamo appena arrivati, ma se mi licenziano dovremo lasciare la città.»

«Che altro avresti potuto fare? Non puoi lasciare che ti ricatti. Senza contare che finiresti certamente nei guai se andassi a letto con lei ed Edward lo venisse a sapere. Mi dispiace, amico, non so proprio cosa consigliarti.»

Henry sospirò. Per un paio di giorni era filato tutto liscio e adesso le cose stavano andando a rotoli. Ma quando Penny entrò in salotto insieme a Maggie e si mise a sedere al suo fianco, seppe che non aveva nessuna intenzione di lasciare White Cliff Bay proprio ora.

Penny sorrise quando Henry le prese la mano e si incamminò verso la sua macchina. Era stato molto affettuoso per tutta la serata. Si era seduto accanto a lei, le aveva stretto le mani durante la cena, l'aveva abbracciata mentre chiacchieravano con Daniel e Maggie. I sentimenti che provava per lei si palesavano nei suoi gesti e lei ne era felicissima.

Nonostante quello, era preoccupata. Doveva essere successo qualcosa al lavoro poche ore prima. Lo aveva lasciato profondamente turbato e il fatto che non gliene avesse parlato la agitava ancora di più. Era stato sorridente e affabile quella sera, ma sapeva che qualcosa dentro di lui lo stava divorando e aveva la netta sensazione che avesse a che fare con Clara.

Henry le aprì la porta dell'auto e lei salì in macchina mentre lui faceva il giro per raggiungere il lato del guidatore. Appena si sedette e chiuse la portiera, si sporse verso di lei prendendole la nuca con le sue mani grandi e la baciò delicatamente sulle labbra.

«Era tutta la sera che volevo farlo» le sussurrò.

Fece per allontanarsi ma lei strinse la presa sulla sua camicia e se lo ritirò contro, baciandolo di nuovo.

Dio, i suoi baci erano come droga e in pochi secondi si trasformarono nel preludio di qualcosa di molto più intenso. Le mani di Penny salirono a tirargli i capelli mentre quelle di Henry vagavano bramose sul corpo di lei. Penny si tirò indietro di malavoglia prima che la situazione le sfuggisse di mano nel vialetto di casa della sua migliore amica. Henry mugugnò deluso. Sapevano entrambi che probabilmente non avrebbero potuto riprendere il bacio una volta tornati a casa.

Henry si risistemò sul sedile e strinse il volante tra le mani, frustrato, poi mise in moto la macchina e partì.

«Noi, ehm… non dobbiamo per forza andare dritti a casa» esordì.

Penny si voltò a guardarlo e rise. «Che intenzioni hai? Vuoi andare a cercare un posticino romantico e riparato per fare sesso sui sedili posteriori?»

«Era esattamente quello a cui stavo pensando.»

Penny lo fissò sconvolta, senza parole. Non sarebbe stata certo un'esperienza dolce e incredibilmente romantica come quella della loro prima volta, ma la prospettiva la eccitava molto.

«Non ho mai fatto sesso in una macchina» confessò.

«Nemmeno io.»

«Sul serio? Non è una specie di rito di passaggio per i maschi adolescenti?»

«Ti ricordo che ho passato metà della mia adolescenza a crescere una bambina da solo. Non ho avuto molto tempo per i riti di passaggio. Ho perso la verginità con Tina durante una festa, ubriaco, e poi non c'è più stata nessuna per molto tempo» rispose lui guidando senza meta per la città.

«Deve essere stata dura per te.»

Henry si strinse nelle spalle. «Daisy è sempre stata la mia priorità. Per molto tempo le donne sono state come invisibili ai miei occhi. Ero troppo stanco anche solo per pensare a cose del genere. Dovermi svegliare per darle da mangiare di notte mi uccideva.»

«Quindi niente sesso in posti tanto strani quanto fantastici?»

Henry si prese il tempo per rifletterci su, ma non sembrò ricordare avventure particolari, vissute in luoghi inconsueti. Penny si sentì sollevata e meno imbarazzata per la sua inesperienza.

«Niente di eccessivamente strano. L'ho fatto nei soliti posti: nella doccia, su un tavolo, sul divano, sul biliardo, in giardino, su un lettino da spiaggia...»

«E questi sarebbero i soliti posti?» esclamò Penny arrossendo.

«Be', sì, o per lo meno non sono strani. Un mio amico l'ha fatto in un cimitero. Ecco, quello forse è un po' troppo inquietante per i miei gusti. Nel mio caso forse il più stravagante è stato contro un albero. E tu?»

Penny si mise a giocherellare con uno strappo nei jeans all'altezza del ginocchio. «Ehm... a letto e... seduta sul letto, una volta.» Dio, non c'era da biasimare Chris se era andato a cercare soddisfazione altrove. Doveva averlo annoiato a morte con la sua frigidità. «Non ho mai saputo bene cosa fare e lui non ha mai provato a proporre qualcosa fuori dal letto.»

Henry diresse la macchina su per la collina. «Allora potremmo... recuperare, se ti va.»

«Assolutamente sì. Sono rimasta vergognosamente indietro sulla tabella di marcia delle esperienze sessuali.»

Henry le sorrise. Ignorò la curva che li avrebbe portati sulla strada di casa e proseguì dritto. Penny si morse le labbra. Stavano per farlo davvero, avrebbero fatto l'amore in auto. Sentiva l'improvviso desiderio di sperimentare con Henry tutti i modi e i luoghi possibili per farlo.

Lui guidò oltre la collina e le prese la mano, cominciando a disegnare con il pollice sul suo palmo tanti piccoli cerchi che le inviarono ondate di piacere e desiderio in tutto il corpo. Raggiunsero il limitare di un boschetto ed Henry svoltò in una strada di servizio che conduceva a un vecchio faro. Durante il giorno quella strada era sempre affollata di automobili parcheggiate in doppia fila su entrambi i lati della carreggiata perché quei boschi erano la meta abituale dei cani e dei loro padroni, ma in quel momento, sul finire della serata, era completamente deserta.

Henry proseguì lungo la strada finché fu sicuro di essersi allontanato abbastanza dalla via principale in modo che nessuno potesse vederli, accostò al margine della carreggiata e parcheggiò sotto un albero. Spense il motore e i fari della macchina e si ritrovarono immersi nel buio della notte. Rimasero in silenzio finché i loro occhi non si furono abituati alla luce, o meglio, alla mancanza di luce intorno a loro.

Penny era al tempo stesso nervosa ed eccitata. Quella situazione le sembrava stupida e sbagliata e perfetta come mai prima d'ora.

«Come vogliamo fare?» domandò, rendendosi subito conto che la sua innocenza e ingenuità avrebbero facilmente rovinato l'atmosfera sensuale. Forse doveva essere più assertiva.

Si sporse oltre il freno a mano per baciarlo, mentre Henry le accarezzava i capelli, e si avventurò sul sedile del guidatore, cercando di mettersi a cavalcioni su di lui e premendo accidentalmente il clacson con il fondoschiena. Il rumore rimbombò forte e inatteso nel bel mezzo dei boschi notturni e la prese abbastanza alla sprovvista da farle interrompere il bacio.

Henry rise e le strinse le mani sui fianchi per attirarla ancora più verso di sé, allontanandola dal volante, per poi riprendere a baciarla. Le sbottonò il cappotto e lo fece scivolare lungo le sue braccia, sentendola rabbrividire quando il freddo della serata penetrò attraverso la sua camicetta leggera.

«Accendo subito il riscaldamento» le sussurrò sporgendosi in avanti per avviare l'aria condizionata.

La spinse inavvertitamente contro il clacson, che suonò di nuovo, e mentre cercava di attivare il riscaldamento a tentoni senza smettere di baciarla, pigiò per sbaglio il pulsante delle quattro frecce e la leva dei tergicristalli, che si agitarono sul parabrezza con un rumore scricchiolante davvero fastidioso mentre scorrevano avanti e indietro sul vetro asciutto. Il clacson suonò ancora.

Penny ridacchiò. «Lascia stare, tengo il cappotto addosso e levo soltanto il necessario.»

Henry annuì e portò le mani ai suoi jeans. Glieli sbottonò lentamente e tirò giù la cerniera, ma quando tentò di farli scivolare via lungo le cosce, si rese conto che quella posizione non era ideale per spogliarsi.

Penny si spostò con le spalle contro la portiera della macchina, le gambe sulle cosce di Henry e i piedi sul sedile del passeggero mentre si agitava freneticamente per sfilarsi i pantaloni. Lui cercò di agevolarla e le strattonò i jeans, togliendo insieme anche le mutandine.

Lo spazio per muoversi era pressoché inesistente.

«Mettiamoci sui sedili posteriori» propose Henry infastidito.

Penny si affrettò a scendere dalle sue gambe e si tuffò verso il retro dell'auto, ma inciampò nello spazio vuoto tra i sedili e sprofondò lunga distesa, con i jeans ancora incastrati all'altezza delle ginocchia. Quella situazione non era per niente sensuale o romantica. Henry stava ancora cercando di sfilarle i pantaloni, che vennero via soltanto dopo un potente strattone che gli fece urtare ancora una volta il clacson.

Penny cercò una posizione comoda sui sedili mentre Henry armeggiava con i pulsanti del riscaldamento, ma quando lui la raggiunse realizzarono che non c'era abbastanza spazio per stare entrambi stesi. Henry si inginocchiò tra le sue gambe, con la testa, il collo e le spalle accartocciati per non sbattere contro il tettuccio dell'auto. Quella posizione sembrava tutto meno che comoda. Penny si tirò indietro con la testa appoggiata al finestrino per regalargli un po' di spazio, ma ne ricavò soltanto un terribile dolore al collo e anche Henry non sembrava particolarmente entusiasta della nuova posizione. Si allungò su di lei e impiegò un minuto buono per estrarre un profilattico dalla tasca dei jeans.

«Perché hai portato un preservativo a cena da Maggie e Daniel?» gli chiese Penny. «Pensavi che fosse un altro tipo di cena?»

«Pensavo di provare a sgattaiolare a casa tua una volta rientrato, se Daisy fosse stata già a letto.»

«Previdente. Mi piace.»

Henry riuscì ad afferrare il profilattico, lo scartò con i denti e lo indossò.

«Non è proprio come ce lo immaginavamo, eh?» commentò Penny.

Si addossò ancora di più al finestrino per fargli spazio mentre lui infilò le mani sotto le sue natiche e le inclinò in una posizione ancora più scomoda; lei gettò una gamba oltre le sue spalle e l'altra intorno al poggiatesta del sedile.

Henry scivolò in lei proprio mentre la luce dei fari di un'altra macchina inondava il loro campo visivo e procedeva dritta nella loro direzione. Raggelata, Penny si sporse oltre le spalle di Henry per guardare fuori dal finestrino e intravide delle luci blu sul tettuccio della macchina che si avvicinava.

«È la polizia!»

«Maledizione.»

Henry si allontanò e si tirò su i pantaloni con estrema difficoltà, celando la sua evidente erezione. Afferrò i jeans di Penny dal sedile anteriore e glieli infilò in tutta fretta, riuscendo a spingerli fino alle ginocchia prima che l'auto della polizia parcheggiasse proprio dietro di loro e un agente scendesse. Penny scoppiò a ridere mentre tentava faticosamente di far salire i jeans fino ai fianchi, domandandosi nel frattempo che fine avessero fatto le sue mutandine e sperando che il poliziotto non le vedesse. Riuscì ad abbottonarsi i pantaloni proprio nel momento in cui l'agente bussava con le nocche contro il finestrino.

Nonostante fossero di nuovo vestiti, erano consapevoli della loro posizione inequivocabile. Si risistemarono a sedere per non dare troppo nell'occhio ed Henry aprì la portiera posteriore. L'agente si sporse verso di loro e Penny si sentì morire quando vide che si trattava di Bob, un amico di vecchia data di suo padre.

Anche Bob la riconobbe e arrossì. Cercò di concentrare la sua attenzione su di lui e fingere che lei non fosse lì.

«Salve. Ho visto i fari accesi mentre guidavo e sono venuto a controllare se avevate bisogno di aiuto.»

«È tutto a posto, agente» rispose Henry. «Volevamo soltanto fare due passi. Ci sarebbe piaciuto incontrare qualche cerbiatto.»

«Certo.» Bob si voltò a osservare Penny. «Tu stai bene?»

«Sì, Bob, grazie. Perdonaci se ti abbiamo fatto preoccupare. Ci siamo fermati a guardare il panorama.»

Aveva i capelli ridotti a un cespuglio aggrovigliato e la maglia arrotolata sullo stomaco, era scalza e sicuramente anche rossa per l'imbarazzo. Sapeva che Bob avrebbe notato tutti quei dettagli anche con la scarsa illuminazione delle luci all'interno della macchina. Penny aveva l'aspetto di chi si è appena goduto l'amplesso migliore della sua vita, il che, sfortunatamente, non era vero. Non si era mai vergognata tanto in vita sua.

«Come sta tuo padre? Volevo fargli una telefonata questo fine settimana.»

Dio, non ebbe il coraggio di pensare alla conversazione che avrebbero avuto.

«Sta bene. Lo stile di vita italiano è perfetto per loro.»

Bob annuì e per qualche secondo rimasero in un silenzio imbarazzante.

«Be', fa un po' troppo freddo per una passeggiata stasera. Dovrebbe addirittura nevicare, quindi è meglio che torniate a casa. Guidare su queste stradine ghiacciate può essere davvero pericoloso.»

Henry annuì a sua volta e, dopo un'altra manciata di secondi di silenzio, Bob si decise ad allontanarsi e a tornare alla volante.

Henry sospirò e si arrampicò sul sedile del guidatore. Penny ridacchiò quando le passò le scarpe e le mutandine che erano rimaste impigliate nel volante. Calzò le scarpe, si infilò gli slip nella tasca dei jeans e tornò a sedersi al posto del passeggero.

Lui mise in moto e percorse la stradina buia nel senso opposto. Come se non bastasse, Bob li seguì per tutto il tragitto, probabilmente per assicurarsi che non si fermassero di nuovo lungo la via per replicare quell'esperienza traumatica.

Raggiunsero la strada principale ed Henry prese la mano di Penny.

«Mi dispiace tanto che sia stato così terribile, anche se non capisco cosa abbiamo sbagliato. Ogni volta che sento parlare di sesso in auto sembra molto più eccitante.»

Penny emise un risolino che si trasformò ben presto in una risata aperta. «È stata una delle serate più divertenti della mia vita.»

Henry si accigliò. «Be', questo è un complimento che non avevo mai ricevuto: il sesso più divertente della mia vita...»

«Non possiamo essere tutti dei Casanova, caro» lo prese in giro Penny accarezzandolo.

«Andrà meglio la prossima volta.»

«Lo spero. È stato fin troppo veloce per i miei gusti.»

Henry mantenne l'espressione corrucciata per tutto il viaggio di ritorno.

Parcheggiarono nello spiazzo e si concessero un rapido bacio della buonanotte dietro l'angolo del cottage, in un punto in cui Daisy non avrebbe potuto vederli se fosse stata sveglia. Poi si separarono e rientrarono ognuno in casa propria.

Penny entrò dalla porta sul retro e Bernard la salutò scodinzolando per una manciata di secondi prima di trotterellare fuori in giardino per una passeggiatina. Aspettò che Henry spegnesse la luce nel salotto della dépendance e guardò la sua ombra sparire su per le scale.

Era stata una serata stupenda. Henry l'aveva coccolata per tutta la cena e le aveva inconsapevolmente donato un assaggio di quella che avrebbe potuto essere la loro vita insieme in futuro. Il lato della loro relazione che la stupiva di più, però, era senza ombra di dubbio il divertimento.

Bernard rientrò e si tuffò sul divano. Penny chiuse la porta a chiave e, quando si voltò, notò che sul tavolo della cucina c'erano due bicchieri usati e due piatti pieni di briciole. Aveva detto a Daisy che poteva passare la serata da lei con Bernard davanti alla tv e di non fare complimenti se avesse voluto una fetta di torta, ma quello non spiegava la presenza di due piatti. Forse aveva invitato un'amica? Penny scrollò le spalle e salì in camera da letto.

Si stese e rimase a osservare il soffitto finché gli occhi non si abituarono all'oscurità e, proprio in quel momento, intravide una sagoma al suo fianco. Le balzò il cuore in gola prima di riconoscere l'ombra massiccia di Henry che si spogliava.

«Che ci fai qui?»

«Sono venuto a finire quello che abbiamo cominciato. Daisy dorme profondamente, non c'è pericolo che si svegli» rispose lui, spostando il piumino e scivolando nel letto accanto a lei. Era già deliziosamente nudo e Penny ne approfittò per far scorrere le mani lungo tutto il suo corpo mentre lui la spogliava. «E poi ho ancora quel profilattico che volevamo usare prima. Immagino sia ancora buono.»

Penny scoppiò a ridere così fragorosamente che temette di aver svegliato Daisy nella dépendance. Henry si sistemò su di lei e Penny sentì tutto il suo corpo tremare scosso da altrettante risate; risate che pochi attimi dopo si trasformarono in gemiti di piacere.

Capitolo 17

Henry stava facendo colazione quando Daisy lo raggiunse. Si era svegliata molto prima del solito ma lui sapeva che dipendeva dall'ansia di visitare la nuova scuola per la prima volta quel pomeriggio. Secondo lei, però, sarebbero stati tutti più rilassati in vista delle vacanze di Natale e di conseguenza più predisposti ad accogliere una nuova compagna di classe.

«Com'è andata ieri sera?» gli chiese.

Henry sorrise ripensando al disastroso tentativo di fare sesso in macchina. «Bene.»

Daisy si sedette. Era accigliata ed Henry si domandò cosa la turbasse.

«Ti piace Penny?»

Maledizione. Non voleva mentirle ma non voleva neanche lasciarsi sfuggire niente di compromettente.

«Sì.»

«Non so se faccio bene a dirtelo ma penso che lo dovresti sapere. Credo che il suo appuntamento con Fabio sia andato molto bene.»

Henry la studiò confuso per un attimo e poi si ricordò che Daisy era convinta che la sera precedente Penny fosse uscita con quel tipo. Decise di dirle che si era trattato di un semplice malinteso e che invece avevano cenato insieme a casa di Maggie e Daniel, ma lei lo precedette.

«L'ho sentita rientrare a casa.»

«Che intendi?»

«Ho sentito te salire in camera e lei deve essere tornata poco dopo… con Fabio.»

Henry non mosse un muscolo. «E che cosa hai sentito?»

«Papà, ho sentito che facevano sesso. È stato terribilmente imbarazzante ma era evidente che lei fosse molto soddisfatta. Ho sentito anche Fabio, gemeva e grugniva.»

Henry la guardò sconvolto. Non si era mai vergognato tanto in vita sua come in quel momento. Non riuscì a trovare le parole giuste per riempire il silenzio e rimase muto come un pesce.

«È durato tantissimo e quando è finito hanno ricominciato dopo mezz'ora. Quell'uomo ha delle doti notevoli. Si vede che è un vero stallone italiano.»

Non poteva andare peggio di così. Sua figlia l'aveva sentito fare sesso, l'aveva sentito gemere e mugugnare e ansimare e rantolare durante l'orgasmo. Due volte.

Henry si alzò e si avvicinò al tostapane per riscaldare le focaccine preferite di Daisy, poi si mise ad armeggiare con il bollitore per nascondere il suo viso sicuramente paonazzo.

«Mi dispiace, papà.»

Lui scrollò le spalle, ancora senza parole. «Ci vuoi la marmellata sulle focaccine?» chiese infine, sperando di concludere quel discorso una volta per tutte.

Penny bussò alla porta comunicante con una delicatezza che stonava molto con la confidenza che si era presa la sera prima con il suo vicino di casa. Nessuno rispose, dunque aprì uno spiraglio e fece capolino nella dépendance. Sentì un rumore provenire dalla cucina e indagò. Si ritrovò a sorridere mentre osservava Daisy che puliva, ballando e cantando con le cuffie dell'iPod nelle orecchie, al ritmo di quella che sembrava una canzone di Ed Sheeran.

Le si avvicinò e le diede un colpetto sulla spalla. La ragazza si voltò, le sorrise e si sfilò le cuffiette.

«Ehi. Volevo augurarti buona fortuna con la scuola. Sono sicura che ti adoreranno.»

«Grazie mille» disse Daisy. La abbracciò affettuosamente e Penny ricambiò la stretta con tenerezza. «Sono un po' nervosa, ma resterò soltanto per un paio d'ore. Penso che il giorno peggiore sarà il primo dopo le vacanze di Natale, quando tutti in classe mi fisseranno come se fossi un animale allo zoo.»

«Allora dovresti imparare a tenere un pallone in equilibrio sul naso, così almeno avranno qualcosa di cui parlare.»

Daisy rise. «Sono così emozionata che il signor Cartwright sarà il mio professore di arte. È davvero forte.»

«Ti piacerà tantissimo. E anche i tuoi compagni di classe saranno fantastici.»

Daisy riprese a pulire il tavolo; passò uno straccio sulla superficie per rimuovere le briciole e le raccolse nel palmo della mano.

«Allora… com'è stato il tuo appuntamento?»

Penny la guardò con un'espressione confusa prima di realizzare di cosa stava parlando. Si sentì in colpa per averle fatto credere che sarebbe uscita con Fabio, quando in realtà la vittima del suo scherzo avrebbe dovuto essere soltanto suo padre.

«Oh, tesoro, stavo solo scherzando ieri quando ho detto che avevo un appuntamento con Fabio. Sono stata a cena a casa della mia amica Maggie. Pensa che coincidenza: suo ma-

rito Daniel aveva invitato tuo padre e nessuno sapeva che...»
Lasciò cadere la frase quando vide Henry comparire sull'uscio della porta. Gesticolava furiosamente.

«Hai cenato con papà?» domandò Daisy perplessa.

Henry stava ancora agitando le braccia per aria ma Penny non aveva idea di cosa stesse cercando di farle capire. «Ehm... sì.»

«Non mi ha detto niente stamattina quando abbiamo parlato.»

«Magari perché aveva paura che pensassi che fosse un doppio appuntamento quando in realtà si è trattato soltanto di una buffa coincidenza. Ci pensi? Lei ha invitato me, Daniel ha invitato tuo padre e noi due non ne sapevamo niente.»

«Ma... ti ho sentito ieri sera.»

«Mi hai sentito?»

Daisy arrossì. «Mentre tu e Fabio...»

Oddio. Oh no. No, no, no, no, no.

«Ho detto a papà che ho sentito te e Fabio che... lo facevate... e mi è sembrato deluso.»

Henry aveva smesso di gesticolare.

Che cosa poteva dire per salvare la situazione? Che Fabio si era presentato a casa sua nel bel mezzo della notte solo per portarsela a letto? O magari che quegli amplessi favolosi, quei gemiti e mormorii che aveva sentito, erano stati opera di suo padre? Non c'era niente che potesse dire per non peggiorare ulteriormente la situazione.

All'improvviso ebbe l'illuminazione. Non era una grande idea, anzi, probabilmente era l'idea peggiore nella storia delle pessime idee, ma era l'unica possibilità che aveva.

«Non c'era nessuno con me, Daisy.»

«Ma ti ho sentita.»

Penny si passò la lingua sui denti per cercare di lenire la secchezza che avvertiva nella gola. «Stavo guardando un porno.»

Daisy la guardò orripilata. Henry scappò via dalla stanza tappandosi la bocca con le mani così che la figlia non lo sentisse ridere a crepapelle. L'orologio appeso al muro della cucina ticchettò per un tempo che sembrò lunghissimo senza che nessuno avesse il coraggio di parlare. Penny non voleva che Daisy pensasse che si stava divertendo con un uomo qualsiasi, specialmente se, come avevano previsto, tra qualche settimana lei ed Henry le avrebbero raccontato la verità. La ragazza doveva credere che faceva sul serio con suo padre e che non si trattava soltanto di una scappatella… ma forse quella scusa era peggio di ammettere che aveva passato la notte con Fabio. Tutto il rispetto che Daisy poteva aver provato nei suoi confronti era senza dubbio appena scomparso.

«Stavi guardando un porno?»

«Ecco, non proprio, no. Ho acceso la tv in camera da letto e mi sono addormentata. Mi sono svegliata un'ora più tardi e sullo schermo c'era questa coppia che lo stava facendo con una foga imbarazzante, entrambi urlavano e gemevano e lui le stringeva il seno. Erano tutti sudati e unti e…» Santo cielo, stava raccontando un porno a una sedicenne. «Era disgustoso.» No, non disgustoso; non voleva che Daisy pensasse che c'era qualcosa di sbagliato o sporco nel sesso. «Non volevo dire disgustoso, no, non c'è niente di disgustoso quando due persone che si amano fanno sesso, è fantastico.» Penny sentì una risatina dalla stanza accanto. «Sono le coppie unte a essere disgustose, cioè era la coppia unta, c'era una sola coppia, non era un'orgia. Nei porno gli attori vengono sempre cosparsi di olio per farli sembrare più luminosi, ma non capisco proprio come si possa fare sesso in quel modo, voglio dire, deve essere terribilmente scivoloso, con l'uomo che non riesce a tenere ferma la donna e le lenzuola che dopo si possono soltanto buttare, tutte ricoperte di quella roba. Di olio, intendo, di olio, non di... altro.» Doveva smettere di parlare ma il nervosismo le aveva scollegato la bocca dal cervello e ora agiva di vita propria. «Non capisco perché i registi di film porno pensino che sia attraente la gente tirata a lucido ma lo fanno sempre, li ungono sempre. Non che io abbia poi visto tutti questi porno, ovviamente. Volevo dire che in realtà non ne ho mai guardati. Non li guardo mai. Ma li ho visti. Per sbaglio. Li mandano sempre in tv la sera tardi. Roba tranquilla, non porno spinti, certo che no. Solo, hai presente, tutti quei gemiti e quei tecnici che vanno a riparare la lavatrice e poi finiscono per farlo con la padrona di casa sul pavimento della cucina. Quella roba lì. Che io non guardo mai. Mai. Ma che era sullo schermo ieri notte quando mi sono svegliata e che ho spento subito perché era disgustoso, era disgustosa la quantità di olio che avevano addosso.»

Sprofondarono di nuovo in un terribile silenzio, interrotto a tratti da guaiti soffocati che provenivano dalla stanza accanto.

«Bene. Vado a portare Bernard a fare una passeggiata.»

Daisy annuì, sconvolta.

«Buona fortuna per, ehm... dopo.»

La ragazza rimase in silenzio e nemmeno Henry sembrava intenzionato a darle una mano a uscire da quella situazione.

«Stavo pensando che magari più tardi potremmo andare a comprare un albero di Natale. A casa vostra ne manca uno e tu e tuo padre potreste decorarlo insieme.»

Daisy annuì di nuovo e Penny lasciò la cucina. Passando per il corridoio lanciò un'occhiataccia a Henry, raggomitolato su un cuscino che stava mordendo nel disperato tentativo di non scoppiare a ridere.

Penny vide l'auto di Henry accostare nello spiazzo e immaginò che avesse appena lasciato Daisy a scuola. Non si era fatto vedere per tutta la mattina e gliene era infinitamente grata. Non si era mai vergognata tanto in vita sua.

Henry fece il giro del cottage fino a raggiungere il retro della casa ed entrò nella cucina di Penny sorridendo.

«Ciao» salutò.

«Ti odio.»

Lui scoppiò a ridere. «Che cosa avrei dovuto fare?»

«Avresti potuto aiutarmi!»

«Te la sei cavata benissimo da sola.»

Penny rise imbarazzata. «Ho parlato di porno con tua figlia.»

«Sì, be', probabilmente non è stato il tuo momento migliore, ma erano anni che non ridevo così.»

«Credo di averla traumatizzata per sempre.»

«Non penso, è una tipa tosta. E poi sa già tutto di sesso, non vive sotto una campana di vetro. Le ho spiegato tutto quello che c'è da sapere perché non si ritrovi incinta a sedici anni come sua madre.»

«Ora penserà che guardo i porno.»

«No, credo che tu abbia chiarito abbastanza bene che li trovi disgustosi.»

Penny non riusciva a smettere di ridere. «Ti ha detto qualcosa in macchina?»

«No, forse era davvero troppo traumatizzata.»

Penny fece per colpirlo ma lui si scansò senza smettere di ridere. «Non è divertente.»

«Invece sì.» Henry la attirò a sé per i fianchi e cercò di baciarla sulla fronte tra le risate.

«Smettila!» esclamò Penny, ma lei stessa non riusciva a ricomporsi e dovette asciugarsi le lacrime che scendevano sulle guance. «Lo sai che non potremo mai più fare sesso con Daisy in casa, vero?»

«No, non credo proprio. Dovrai solo cercare di godere in silenzio.»

«Io?» Penny rise ancora, incredula. «E tu invece? Gemi a voce altissima.»

«E tu strilli. Probabilmente è stata la parte che l'ha traumatizzata di più.»

«Dio! Dobbiamo imparare a farlo in silenzio.»

«Sono d'accordo. Però ci saranno anche volte in cui non sarà a casa e potremo approfittarne per urlare quanto ci pare. Adesso, per esempio.»

Penny rise. Henry la spinse contro il tavolo riprendendo a baciarla con ardore. Quando la sollevò a sedere sul tavolo e cominciò ad aggredire i suoi vestiti con impazienza, Penny capì che non stava scherzando. All'improvviso però un movimento fuori dalla finestra catturò la sua attenzione e Penny si ritrovò occhi negli occhi con un'altra donna.

«Henry, fermati.»

«Non ci penso proprio.»

«C'è qualcuno fuori.»

Henry si voltò di scatto per proteggere il corpo seminudo di Penny da sguardi indiscreti. Per fortuna le aveva sfilato soltanto la maglietta e non aveva ancora sganciato il reggiseno, ma la persona che li stava fissando aveva ovviamente seguito tutta la scena. Henry ridacchiò nervosamente.

«È mia sorella Anna.»

«Accidenti.»

La donna era rimasta immobile a guardarli con occhi vitrei. Henry si voltò di nuovo e sorrise dolcemente a Penny.

«Che ne dici di rivestirti e raggiungerci a casa mia per un caffè? Anna sarà felicissima di conoscerti. Daisy le ha raccontato tutto di te.»

Lui si girò verso la finestra, sempre schermando il corpo di Penny dagli occhi di sua sorella, e le fece cenno con la mano di entrare in casa sua. Anna sembrava tutt'altro che entusiasta di ciò che aveva visto.

«Non sembra proprio così felice di conoscermi» osservò Penny.

«È una brava persona. La adoro e mi ha aiutato moltissimo con Daisy negli anni passati, ma ammetto che a volte può essere un tantino troppo critica.»

«Be', per il momento non penso di averle fatto un'ottima prima impressione» borbottò Penny infilandosi la maglietta dalla testa. «Se aggiungi quello che Daisy penserà di me dopo la scenata sui film porno di stamattina, puoi stare certo che farò un figurone alle cene di famiglia.»

Henry le posò un rapido bacio sulle labbra. «Ti adorerà proprio come faccio io.»

Sgattaiolò via attraverso la porta comunicante prima che Penny potesse ribattere e lei rimase immobile a guardare il punto in cui era sparito.

Aveva appena detto che l'adorava?

Capitolo 18

«Quando ho deciso di venire quassù a vedere come ti eri sistemato, non pensavo certo di interrompere qualcosa» ringhiò Anna sbattendo la borsa sul tavolo e fronteggiando il fratello con le mani sui fianchi.

Henry sospirò. Oggi sua sorella si sentiva in vena di critiche. Sentì il rumore della porta comunicante che veniva aperta e seppe che anche Penny stava per ricevere una bella strigliata.

La donna entrò lentamente nella sua cucina e le tese la mano. La attirò a sé, la abbracciò e la baciò sulla fronte.

«Penny, questa è mia sorella Anna. Anna, questa è Penny, la mia fidanzata.»

Penny le sorrise. «Piacere.»

«Fidanzata?» sbottò Anna ignorando del tutto Penny. «Ma se la conosci da meno di una settimana. Che razza di esempio vuoi dare a Daisy?»

«Daisy non lo sa» rispose Henry.

Vide il volto di Anna deformarsi e passare dall'indignazione alla pura rabbia. «Non lo sa? Stai facendo tutto alle sue spalle? Le stai mentendo?»

Henry si morse le labbra. Odiava mentire a Daisy e dubitava della decisione che aveva preso ogni singolo giorno, ma non poteva assolutamente dirle che era stato a letto con la vicina di casa solo due giorni dopo che lei gli aveva chiesto di non frequentarla. Era felice adesso e voleva che lo fosse almeno fino a Natale. Era davvero una scelta così sbagliata? Non si era trasferito a White Cliff Bay con l'intento di intavolare una relazione seria, anzi, aveva escluso a priori ogni tipo di relazione. Ma poi aveva conosciuto Penny ed era cambiato tutto. Niente di quella storia sembrava avere senso. Si era innamorato così in fretta e così perdutamente, e non si era mai sentito in quel modo.

«Sarà soltanto per un paio di giorni, almeno fino a quando non si sarà ambientata e si sarà abituata a vederci insieme, per lo meno come amici. A quel punto glielo diremo.»

Penny si appoggiò a lui ed Henry la strinse più forte, prima di notare che gli stava accarezzando la schiena. Gli stava offrendo il suo supporto nonostante fosse lui a dover sostenere lei.

«Tu invece non hai impiegato molto tempo ad ambientarti, non è vero? Sei qui soltanto da qualche giorno e già andate a letto insieme.» Anna si rivolse a Penny. «Cos'è, ti sei gettata tra le sue braccia già la prima sera?»

«Anna!» esclamò Henry irritato. Non aveva intenzione di assecondare quel comportamento. «Non parlarle in questo modo.»

«Non importa» lo calmò Penny. «So come sembra. Nessuno dei due si aspettava che succedesse, ma... c'è qualcosa di speciale tra di noi.»

«Ma per favore! Pensi che sia una cosa seria per Henry? La verità è che non sa tenerselo nei pantaloni. Non è mai stato innamorato e non ha mai avuto storie più lunghe di qualche mese. Perché credi che non lo abbia ancora detto a Daisy? Perché sa che non durerà!»

«Questa è una cosa seria» abbaiò Henry. Stava per perdere la calma e Penny gli strinse la mano nel tentativo di tranquillizzarlo. Non voleva che sua sorella desse a Penny dei buoni motivi per dubitare della loro relazione. «Faccio molto sul serio. Tengo davvero a lei e anche Daisy. Non le sto nascondendo la nostra storia perché penso che non durerà, ma perché non voglio turbarla.»

«Allora perché ti sei andato a cacciare in questa storia? Avevi promesso a me e a lei che non avresti più frequentato nessun'altra.»

«L'ho detto in un momento di rabbia e lo sai bene. Non puoi pensare davvero che rinunci ad avere qualsiasi altra relazione solo perché ho commesso uno sbaglio con Emily.»

«Ma non posso neanche pensare che tu vada a metterti con una persona che ti si concede sul tavolo dove fate colazione in piena mattinata!»

Penny scoppiò in una risata sarcastica ed Henry si voltò a guardarla confuso.

«Scusami, stai forse dicendo che non valgo abbastanza per lui perché stavamo per fare sesso sul mio tavolo, nella mia casa? Questa è la cosa più ridicola che io abbia mai sentito. Non hai idea del tipo di relazione che abbiamo io ed Henry e...»

«Non mi importa di che tipo di relazione avete tu e mio fratello. A me importa di Daisy e di come prenderà tutto questo.»

«Anche a me importa di Daisy» ribatté lei indignata.

Se Henry aveva pensato che Penny sarebbe stata in difficoltà nell'affrontare Anna, si era sbagliato di grosso. Cercò di reprimere un sorrisetto. Le piaceva questo suo lato fiero. Non lo mostrava molto ma di certo sapeva difendersi da sola.

«Sciocchezze. La stai usando soltanto per arrivare a Henry. Lei ti adora, non fa che parlare di te da giorni! E quando tutta questa storia finirà, perché è sicuro che finirà, tu la abbandonerai come un cane rognoso. Hai una vaga idea di quanto ne soffrirà?»

«Non ho nessuna intenzione di ferire Daisy. Mi sono affezionata a lei e se tra me ed Henry le cose dovessero finire male, di certo questo non si rifletterà nel rapporto che ho con lei. Se anche Henry dovesse decidere di traslocare e non rivolgermi mai più la parola, io sarei comunque felicissima di avere Daisy qui con me ogni giorno per permetterle di fare pratica nell'intagliare il ghiaccio. Mi piace lavorare con lei: è intelligente e simpatica e lo pensavo anche prima di cominciare a frequentare Henry. Le ho persino offerto un lavoro! Io ho troppe cose da fare e lei ha un grande talento.»

«Che razza di persona fa amicizia con una sedicenne?»

Penny si raggelò sul posto. «Che cosa stai insinuando? Che io sia una pervertita?»

Anna cercò di correggersi in fretta. «No, non volevo dire questo. È solo strano.»

«Perché dovrebbe essere strano?» grugnì Henry arrabbiato.

«Ecco...»

«Tu mi hai giudicata male dal primo momento soltanto perché hai visto me e tuo fratello in intimità, sei entrata in casa mia e mi hai accusata di cose disgustose. Come osi? Tu non mi conosci affatto. Adesso ti consiglio di andare via perché non sei più la benvenuta qui dentro.»

«Legalmente, cara, non hai nessun diritto su questa proprietà. Non puoi impedire a Henry di ricevere degli ospiti in casa sua.»

«Penny ha ragione» replicò lui. «Non avrei mai la presunzione di dirti in che modo devi vivere la tua vita e non ho intenzione di stare a guardare mentre tu lo fai con me. Esci da questa casa e non tornare se non sarai pronta a scusarti con Penny.»

Anna lo guardò sconvolta per una manciata di secondi, poi si voltò, afferrò la borsa e uscì come una furia.

«Mi dispiace tanto» disse Penny.

«Cosa? No, tu non hai niente di cui dispiacerti. Anna è molto protettiva con Daisy, come me, e l'ha vista soffrire più volte. Ma non devi scusarti per il suo comportamento ingiustificabile.»

Penny sospirò. «Faccio schifo con le prime impressioni.»

«Io non credo, sono stato pazzo di te fin dal primo momento in cui mi hai aperto la porta con quel tuo bellissimo sorriso.»

Penny arrossì.

«Avanti, che ne dici di preparare una torta? Ti farà stare meglio. Ti do una mano io.»

«Pensavo che volessi fare sesso sul mio tavolo.»

«Possiamo fare anche quello.»

Lei rise e si diresse verso la sua cucina. Henry sospirò sollevato mentre la guardava uscire dalla stanza. Non era sembrata scossa quando Anna aveva insinuato che tra loro due non sarebbe durata. Sperava dal profondo del suo cuore che sapesse quanto lei era importante per lui.

«È tardi» disse Henry guardando l'orologio per la diciassettesima volta negli ultimi dieci minuti.

Penny sorrise intenerita dal suo istinto di protezione nei confronti di Daisy e rimase a osservarlo mentre, marciando avanti e indietro, scavava un solco nel pavimento della cucina.

«Non è tardi.»

«Doveva uscire da scuola alle tre e mezza e casa è al massimo a mezz'ora di cammino.»

«Prima di tutto, probabilmente sta ancora chiacchierando con tutti i compagni di classe che ha appena conosciuto e mettendosi d'accordo per uscire con loro durante le vacanze. Secondo, magari tu impieghi mezz'ora a tornare a casa dal centro della città, ma a noi comuni mortali servono almeno quarantacinque minuti. Non abbiamo tutti le gambe lunghe come te. Sono solo le quattro e venti, penso sia presto per chiamare la polizia.»

«Si sta facendo buio.»

Penny si corrucciò confusa. «Di che cosa ti preoccupi? Non è la prima volta che esce da sola, l'avrà già fatto milioni di volte.»

Henry sospirò e si sedette al tavolo. «Voglio solo sapere se è andato tutto liscio. E se la scuola non le piace? Se i suoi compagni sono stati antipatici? Voglio che si trovi bene qui. Non voglio che rimpianga di aver traslocato.»

«Daisy è una delle ragazze più socievoli e allegre che conosca. I ragazzi la adoreranno. Non potrebbero fare altrimenti. Tra l'altro il signor Cartwright, il suo eroe, sarà il suo insegnante per tutto l'anno e questo basterà a farle fare i salti di gioia per almeno i prossimi sei mesi.»

«Hai ragione, lo so. È solo che il primo giorno di scuola non è mai facile. Voglio solo che sia felice.»

«Lo è e lo sarà. Smettila di agitarti.»

Il timer del forno trillò ed Henry sobbalzò. Penny scosse la testa divertita, aprì il forno ed estrasse il preparato di pollo e pepe con cui avrebbe preparato le fajitas per cena. Mescolò energicamente, ricoprì la teglia con della carta stagnola e la ripose nel forno, abbassando la temperatura al minimo per mantenere il cibo al caldo. Non avevano specificato che avrebbero cenato insieme ma ormai sembrava quasi scontato. Si erano abituati a stare insieme molto velocemente e Penny ne era entusiasta. Ma quel dubbio che aveva nella testa, quel dubbio che le si era insinuato tra i pensieri quando aveva discusso con Anna poche ore prima, la frenava dal lasciarsi andare come avrebbe voluto: se tutto questo fosse finito all'improvviso, non sarebbe stata la sola a soffrirne.

E se Daisy non si fosse trovata bene a scuola? Penny aveva intuito che era successo qualcosa di serio al lavoro il giorno prima, quando Henry era tornato a casa molto scosso, e l'aveva sentito confessare a Daniel che non sapeva se sarebbe riuscito a mantenere il suo posto dopo le feste di Natale. E se avessero lasciato White Cliff Bay? Di sicuro lui non sarebbe rimasto soltanto per lei, non la conosceva abbastanza per fare una scelta del genere. Che cosa sarebbe stato di loro a quel punto?

Si voltò e osservò Henry che tentava di leggere il giornale e alternava occhiate ansiose all'orologio e alla porta della cucina. Anche lui voleva che funzionasse.

Gli passò un pezzo di formaggio e una grattugia. «Gratta questo, ti terrà occupato per un paio di minuti. E quando Daisy rientrerà, non saltarle subito alla gola, chiedile com'è andata senza farla sembrare una questione di vita o di morte.»

Henry annuì solennemente.

Come se avesse ricevuto un segnale, Daisy scelse proprio quel momento per aprire la porta sul retro. Entrò con tutta la naturalezza del mondo, come se andare a salutare la vicina dopo una giornata di scuola fosse la norma, riempiendo Penny di gioia. Aveva un sorriso a trentadue denti stampato sulla faccia che era impossibile non notare.

Suo padre tornò a concentrarsi sul formaggio, lasciandosi sfuggire soltanto un lieve sospiro di sollievo.

«Ciao, tesoro. Com'è andata a scuola?» le domandò, cercando di non suonare troppo agitato o ansioso.

«Benissimo, sono stati tutti gentili con me. Ho fatto amicizia con due ragazze, Rebecca e Maisie, e abbiamo deciso di uscire insieme durante le feste tra Natale e Capodanno. Il professor Cartwright è la persona più forte del mondo e ho scoperto che la scuola superiore e l'università si trovano nello stesso complesso.»

Penny portò la teglia con gli ingredienti per le fajitas e le tortillas a tavola, e guardò Daisy che chiacchierava emozionata, contenta ma anche sorpresa di tutta quella eccitazione. Si sedette accanto a lei.

«Sono felice che ti sia trovata bene.»

«Anch'io» replicò lei. Sembrava che stesse per scoppiare dalla contentezza e anche Henry la studiò confuso. Daisy si servì una porzione abbondante di pollo e nel mentre si sporse per sussurrare all'orecchio di Penny: «Ho rivisto Josh».

Lei cercò di reprimere un sorrisetto ma fallì.

«Che c'è?» chiese Henry.

«Niente» risposero insieme Penny e Daisy.

Lui rivolse a entrambe un'occhiata corrucciata.

La ragazza si sporse di nuovo per bisbigliare: «Mi ha invitata al ballo».

Ah, ecco spiegato il motivo di tanta eccitazione.

«Fantastico!» le sussurrò Penny.

«Lo so» mormorò Daisy. «Penso di essermi innamorata.»

Oh no. E questo come lo avrebbe spiegato a Henry?

«Ma che state facendo?» chiese ancora lui, cercando di non ridere mentre spiava lo scambio di segreti.

«Niente!» ripeté Daisy ridacchiando.

«Dobbiamo comprare un vestito allora» sussurrò Penny. «Domenica?»

La ragazza annuì emozionata.

Penny addentò la sua fajita e guardò Henry, seduto di fronte a lei, che continuava a fingere un cipiglio irritato. Sapeva che non avrebbe avuto bisogno di fingere quando avrebbe scoperto che sua figlia stava uscendo con il ragazzone tatuato dalla testa rasata che aveva scambiato per un ladro pochi giorni prima.

Josh era dolce e sensibile ma Penny dubitava che Henry sarebbe stato dello stesso parere. Avrebbe dovuto dargli la notizia in un momento di estrema tranquillità.

«Esco un attimo, non starò via a lungo. Passo a casa di Rebecca» annunciò Daisy alzandosi da tavola e afferrando il cappotto.

Penny notò il sorriso che aveva cercato di nascondere per tutta la durata della cena.

Henry scrutò dubbioso fuori dalla finestra. «Si sta facendo buio. E poi pensavo che saremmo andati a comprare l'albero di Natale.»

«Infatti tra poco andiamo. La casa di Rebecca è in cima alla collina, sarò di ritorno tra mezz'ora.»

Daisy fece un gesto vago e Penny si accigliò. Non c'era nessuna casa in cima alla collina: Lilac Cottage era l'abitazione più lontana dal centro di White Cliff Bay. La sola altra casa a cui riusciva a pensare si trovava a una buona mezz'ora di macchina da lì, in cima alla collina di Apple Hill. Daisy stava mentendo, glielo leggeva negli occhi. A quanto pare anche lei aveva dei segreti.

Henry le lanciò un'occhiata sospettosa, ma prima che potesse protestare, Daisy si infilò il cappotto, salutò con la mano e corse fuori.

«Era una bugia» borbottò lui quando la porta si richiuse sbattendo dietro la figlia.

«Magari è solo scappata a comprare il tuo regalo di Natale» suggerì Penny, ma sapeva bene che non si trattava di quello.

Henry la guardò storto. Aggirò il tavolo e le si avvicinò.

«A proposito, devo finire la decorazione per l'albero che voglio regalarle. Posso lasciarti da sola per mezz'ora?»

Penny annuì e lui la baciò prima di ritirarsi nella dépendance.

Non riusciva a togliersi un dubbio dalla testa, quindi aprì la porta di casa e fece qualche passo lungo il vialetto. Ai piedi della discesa c'era una capanna che veniva usata soprattutto in primavera e in estate dagli appassionati di ornitologia per osservare gli uccelli che facevano il nido tra gli scogli. Era anche il posto che i ragazzi di White Cliff Bay, e specialmente le coppie, usavano per stare un po' insieme. Lo aveva sfruttato anche lei, anni prima, per incontrare uno o due fidanzatini: si sedevano, chiacchieravano e ascoltavano la musica. Lei non si era mai spinta oltre un bacio in quella capanna, ma sapeva che molti dei suoi amici avevano perso la verginità davanti alla stufa a gas, le lampade e la comoda panca su cui ci si poteva stendere. La capanna si stagliava contro il cielo pallido del tramonto e, mentre la osservava, si accorse che all'interno qualcuno aveva acceso le luci.

Ecco dov'era andata Daisy. Era possibile che fosse con Maisie e Rebecca, certo, ma questo non spiegava i due piatti e bicchieri usati che aveva trovato sul tavolo la sera prima. Sospettava che fosse lì con Josh. Che cosa avrebbe dovuto fare? Raggiungerli e irrompere nella capanna trovandoli a fare Dio solo sapeva cosa? Spifferare a Henry che sua figlia si trovava nel posto che anni addietro avevano soprannominato «nido d'amore» con quello che considerava un teppista diciassettenne tatuato? Oppure farsi gli affari suoi e fingere di non aver visto niente?

Daisy era una ragazza giudiziosa e il legame che si era creato tra loro si sarebbe certamente rovinato se avesse fatto irruzione nella capanna comportandosi come una mamma molto apprensiva. Anche la relazione tra Henry e Daisy si sarebbe rovinata se lui avesse scoperto la bugia e avesse reagito come Penny si immaginava. Inoltre, conoscendo Josh e il suo carattere dolce e timido, probabilmente non stavano facendo cose più intime del tenersi la mano. Sarebbe stato meglio non intervenire sul momento e cercare di rimanere sola con Daisy più tardi per scambiare due paroline.

«Forza, sbrighiamoci, prima che ci portino via tutti gli alberi migliori!» esclamò Daisy mentre Penny cercava un posto abbastanza largo per il suo furgoncino nel parcheggio del vivaio.

Henry l'aveva aiutata a consegnare due statue di ghiaccio dopo cena e non avrebbe avuto senso tornare a casa per lasciare il furgone e prendere la sua auto, senza contare che in questo modo non avrebbero avuto problemi a caricare a bordo l'albero di Natale che avrebbero acquistato.

«Non posso parcheggiare proprio ovunque, sai. E poi hanno centinaia di alberi qui, dubito che saranno tutti finiti.»

«Saranno rimasti soltanto quelli più piccoli.»

«Che sono gli unici che puoi scegliere, viste le dimensioni della dépendance.»

«Noi prendiamo sempre l'albero più alto e grosso.» Daisy saltellò sul sedile posteriore con l'entusiasmo di un bambino. Penny adorava la sua vitalità. «Ne prenderai uno anche tu?»

«Probabilmente ne sceglierò anch'io uno piccolino.»

«Ma come! Hai tutto quello spazio davanti alla finestra. O anche dietro il divano. Ne potresti prendere uno enorme. Perché non ne compriamo uno soltanto e lo decoriamo insieme?»

Penny parcheggiò il furgoncino e cercò di inghiottire l'emozione che aveva provato a sentire quella frase così semplice e allo stesso tempo così profonda. Daisy l'aveva accolta in famiglia a braccia aperte nel giro di pochissimo tempo.

Annuì. «Va bene.»

«Evviva!» Daisy saltò giù dal furgone e corse verso la moltitudine di alberi esposti.

Non appena furono fuori dal suo campo visivo, Henry si sporse verso di lei e la baciò dolcemente.

«Ti adora» sussurrò. «E anche io.»

Scese dal furgoncino e si addentrò nel vivaio dietro sua figlia. Penny sorrise. Sarebbe stato il Natale più bello di sempre.

Scese pure lei e si incamminò sul pavimento erboso del vivaio. Aveva ricominciato a nevicare e alzò lo sguardo per ammirare le poche stelle che brillavano tra le dense nuvole che affollavano il cielo, mentre i fiocchi di neve le bagnavano le guance. Raggiunse Henry e si affrettò a infilare le mani nelle tasche del cappotto per non farsi cogliere dalla tentazione di prendergli la mano.

Gli alberi erano disposti in ordine di grandezza e Daisy oltrepassò senza esitazione i più piccoli, dirigendosi verso quelli più alti all'estremità del vivaio. Si avvicinarono insieme alla sezione in cui si vendevano i più grandi di tutti e, sebbene fossero tutti troppo grossi per il cottage, Penny non ebbe il coraggio di contraddirla, non dopo che l'aveva invitata formalmente a essere parte integrante del loro Natale.

Daisy studiò gli alberi uno per uno, saggiando la qualità degli aghi, annusandoli, esaminando le targhette. Penny non ci aveva mai messo così tanto tempo: di solito pescava il primo che trovava della dimensione giusta e andava alla cassa.

«Saranno tutti uguali, no?» commentò Penny.

«Assolutamente no» replicò Daisy. «Ci sono tre tipi principali: i pini, gli abeti rossi e gli abeti bianchi. Gli abeti rossi non valgono niente. Ci sono poi diverse varietà di pini e abeti bianchi. Noi ne vogliamo uno che abbia degli aghi resistenti, anche senza acqua. Però allo stesso tempo devono essere morbidi e devono avere un buon odore. Dovremmo prendere un abete del Caucaso o un abete nobile, ma mi accontenterei anche di un pino bianco.»

Penny si voltò stupita verso Henry mentre la ragazza spariva dietro la fila di alberi. «Conosce le caratteristiche di ognuno?»

Lui annuì. «Prende molto sul serio questo compito e il fatto che ti abbia invitata ad assistere è un chiaro segnale di quanto tenga a te.»

Penny sorrise.

«Bene, ecco il vincitore» annunciò fiera Daisy, accarezzando con tenerezza l'albero che aveva scelto.

Penny guardò in su. Doveva essere alto almeno tre metri e mezzo.

«Daisy, quest'albero non entrerà mai in casa mia, figuriamoci nella tua!»

«Ci entrerà se lo sistemiamo sotto le scale, hai presente, in quello spazio che porta al secondo piano. E poi, anche se dovesse appoggiarsi contro il corrimano o il soffitto, che problema c'è? Sarà stupendo.»

Henry si era già allontanato per comunicare a un commesso che avevano scelto, chiaramente consapevole che non sarebbe riuscito a far cambiare idea a sua figlia.

Prima che Penny potesse protestare ancora, l'albero venne avvolto in una grossa rete e tutti e tre insieme, anche se Henry fece gran parte del lavoro, lo caricarono sul furgoncino. Un quarto dell'albero rimase sporgente ed Henry si assicurò di fissare le porte perché non si aprissero lungo la strada.

Penny mise in moto e tornarono a casa. Faticarono a trascinare l'albero nel cottage perché Bernard, mostrando una vitalità che non aveva mai posseduto prima di quel momento, continuò a correre tra le loro gambe abbaiando all'intruso che cercavano di portare all'interno. Alla fine riuscirono a incastrarlo nel vano sotto le scale, con la punta che sbucava al secondo piano.

Non esistevano abbastanza decorazioni in tutto il mondo per agghindare quell'affare. Penny dedusse che avrebbero optato per un look minimalista.

«Vado a prendere le decorazioni!» esclamò Daisy, correndo verso il capanno degli attrezzi in cui avevano sistemato la maggior parte dei loro scatoloni.

«Probabilmente sarà meglio mantenerci su una tinta unica. Ho parecchie palle argentate di sopra, potremmo decorarlo a tema argento...» cominciò Penny, ma si fermò quando notò lo sguardo incredulo che le stava rivolgendo Henry.

«Argento? Scherzi? Le nostre decorazioni sono un misto eclettico di colori, di certo non a tema.»

«Ma avrà un aspetto caotico.»

Henry sorrise. «A noi piacciono le cose caotiche. Perché non metti su qualche canzone di Natale e riscaldi un paio dei tuoi tortini deliziosi mentre io vado ad aiutare Daisy con gli scatoloni?»

Penny lo guardò con una certa perplessità. Non poteva lamentarsi delle loro tradizioni, non ora che era stata accettata con tanta benevolenza nel circolo ristretto dei decoratori di alberi di Natale. Un albero multicolore avrebbe fatto a pugni con le ben più sofisticate decorazioni verdi e bianche che aveva appeso in giro per casa, ma si sarebbe dovuta accontentare.

Accese il fuoco nel camino, mise su della musica natalizia e stava giusto mettendo a tavola dei dolci quando Daisy rientrò, reggendo a stento tre grossi scatoloni. Penny lanciò un'occhiata al capanno degli attrezzi e vide che Henry era ancora lì fuori alla ricerca delle scatole giuste.

«Daisy.»

La ragazza appoggiò tutto sul tavolo, con un sorriso che le occupava la faccia. «Sì?»

«Ti stai vedendo con Josh?»

«Sì, ma non dirlo a papà.»

Penny sentì gli occhi schizzare fuori dalle orbite e desiderò di non aver mai fatto quella domanda.

«Vi vedete al nido d'amore?»

Daisy rise. «Dove?»

«Quella capanna per gli ornitologi ai piedi della collina. La chiamavamo così quando eravamo ragazzi. Ci vedevamo lì, ci baciavamo e...» Non aveva intenzione di parlarle di nuovo di sesso.

«Allora sì, però chiacchieriamo soltanto, niente di che. Solo non dirlo a papà perché impazzirebbe. A proposito, come vanno le cose tra voi due?»

Penny notò quanto velocemente fossero cambiate le carte in tavola. Non voleva mentire a Daisy, ma non poteva nemmeno essere del tutto onesta.

«Bene. Mi piace.»

La ragazza la studiò per un momento prima di sorridere. «Anche tu piaci a lui.»

Penny si morse il labbro. Si era accorta che era nato qualcosa tra loro? Era una ragazza intelligente e probabilmente aveva già capito tutto, ma le andava bene?

Non ebbero il tempo di approfondire nessuna delle due conversazioni perché Henry rientrò dalla porta sul retro, trasportando ben cinque grossi scatoloni. Daisy si affrettò ad afferrare quelli che aveva lasciato sul tavolo e lo precedette nel salotto.

Quando Penny li raggiunse con tre piatti di dolce, molte delle decorazioni erano già state appese all'albero ed Henry e Daisy stavano ballando al ritmo di *Rockin' Around The Christmas Tree*. Li osservò senza nascondere un sorriso. Erano così legati. Sperava di riuscire, un giorno, a trovare posto nella loro famiglia.

Penny lasciò i piatti ed Henry la trascinò al centro della stanza per un ballo rock and roll, facendola volteggiare, mentre Daisy rideva accanto a loro e riprendeva a decorare l'albero. Anche Penny rise e si lasciò guidare da Henry in una serie di giravolte che la lasciarono frastornata. Quando la canzone finì, ne cominciò un'altra molto più lenta ed Henry, non volendo ballarla davanti a Daisy, la lasciò andare non senza un certo imbarazzo.

Penny guardò negli scatoloni pieni di decorazioni che cominciavano ad affollare il loro gigantesco albero di Natale. Erano molto diverse tra loro: c'erano dei lavoretti che Daisy doveva aver fatto quando era piccola, degli alberelli dipinti a mano e ricoperti di brillantini, omini di neve di cotone e figurine di Babbo Natale ricavate da rotoli di carta igienica; c'erano delle decorazioni piuttosto eccentriche comprate in negozio che spaziavano dai bastoncini di zucchero fluorescenti agli orsacchiotti di ceramica mascherati da Babbo Natale e agli angioletti vestiti con completi di pelle nera da motociclista; ce n'erano anche alcune di legno meravigliose, chiaramente intagliate da Henry e Daisy. Quell'albero era un'enorme cacofonia di ricordi che celebrava la loro vita insieme e Penny sentì di amare ogni singolo pezzo, persino quel Babbo Natale che mostrava il fondoschiena e che Daisy appese al centro dell'albero. Sapere che nessuno di quegli oggetti mostrava la sua presenza nella famiglia, però, la intristiva un po'.

«Perché non porti qualcuna delle tue decorazioni?» propose Henry dolcemente, leggendole la mente come aveva imparato a fare negli ultimi giorni.

Penny scosse la testa. Le sue decorazioni consistevano soltanto in noiosissime palle a tinta unita che non avevano nessun significato speciale per lei e avrebbero rovinato l'atmosfera gioiosa del loro albero di Natale. Avrebbe fatto la sua parte aiutandoli a sistemare le loro.

Prese una pigna dipinta d'oro, ricoperta di brillantini e agghindata con un grosso fiocco scarlatto, e la sistemò su un ramo, sentendosi sempre più felice a ogni tocco di luce e colore che arricchiva il loro albero di Natale. Daisy si spostò al piano di sopra e si sporse dal corrimano delle scale per adornare la cima dell'albero, mentre Henry si diede da fare con metri interi di lucine a led.

La cerimonia di decorazione finì troppo presto e Daisy si precipitò di nuovo al piano di sotto per accendere le luci.

«Cinque, quattro, tre, due… uno!» strillò e subito premette l'interruttore.

L'albero si illuminò all'improvviso con migliaia di luci di colori diversi. Alcune brillavano con discrezione, altre luccicavano spavalde accendendosi e spegnendosi al ritmo di una melodia muta.

Penny fece un passo indietro per ammirare il frutto di tanto duro lavoro. Era eccentrico e confuso e infantile ed era l'albero di Natale più bello che avesse mai visto.

Daisy era andata a letto da un bel pezzo, anche se Penny sospettava che l'avesse fatto per lasciarli un po' da soli. Dopo essersi opposta a una loro eventuale relazione, adesso sembrava invece spingere per farli stare insieme. La musica degli Slade e dei The Pogues aveva lasciato il posto alle canzoni natalizie più dolci e rilassanti, e Penny stava ballando lentamente, stretta tra le braccia dell'uomo migliore che avesse mai incontrato.

Posò la testa sul suo petto e ascoltò il battito sereno del suo cuore. Aveva provato a trattenersi, a stare in guardia per proteggere il suo cuore, ma ogni tentativo era fallito. Alzò lo sguardo per ammirare il suo bellissimo viso, illuminato dalle luci sgargianti di un migliaio di lampadine a led, e lui chinò la testa per baciarla con dolcezza.

Era innamorata di lui, non poteva più negarlo. Era perdutamente e completamente innamorata di lui.

Henry si tirò indietro soltanto di qualche millimetro, così che quando parlò le labbra si mossero sulle sue.

«Voglio fare l'amore con te, adesso. Pensi di riuscire a fare silenzio?»

Penny sorrise. «E tu?»

«Vedremo.»

Henry le prese la mano e la portò di sopra.

Non aveva più paura. Quello era il posto in cui doveva essere. Era tutto perfetto e Anna, Daisy o Clara non avrebbero potuto fare niente per cambiare la situazione. Lei lo amava ed era abbastanza sicura che lui provasse gli stessi sentimenti.

Capitolo 19

«Ripetimi ancora perché ho accettato di partecipare a questa cosa» sbuffò Henry mentre lasciava l'auto in un posto libero dietro l'ingresso del padiglione.

Il parcheggio era già mezzo pieno. Era evidente che le festività stavano attirando molta attenzione. Era un buon segno perché, come la maggior parte degli eventi che precedevano il ballo, anche questo aiutava a raccogliere una bella somma di denaro da devolvere in beneficenza. Penny, però, capiva il perché di tanta reticenza: in passato aveva assistito molte volte alla gara di case di pan di zenzero giganti, ma non aveva mai preso parte alla competizione.

«Perché te lo ha chiesto Edward e tu non volevi che il tuo nuovo capo scoprisse che in realtà sei un musone asociale» rispose Penny.

Daisy scoppiò a ridere dai sedili posteriori. «Ti conosce bene, eh, papà?»

«Ma parlando di cose serie, perché io partecipo a questa cosa?» ribatté Penny. «È una gara aperta soltanto ai familiari degli impiegati della White Cliff Bay Furniture Company e io non sono parente di nessuno.»

Daisy scese dalla macchina e chiuse la portiera.

«Lo sarai presto, quindi smetti di lamentarti. Consideralo un allenamento» le sussurrò Henry sorridendo.

Quel commento le illuminò la giornata e le fece balzare il cuore in gola, e lui non se ne accorse nemmeno.

Henry esitò per un secondo, fissando Edward all'entrata del padiglione. Era nervoso e Penny non sapeva perché, ma di sicuro non aveva soltanto paura di fare una figuraccia in pubblico. Perché era così spaventato all'idea di perdere il lavoro prima ancora di iniziarlo? Che cos'era successo pochi giorni prima per renderlo così teso e perché non gliene aveva parlato? Stava cercando di farsi forza per lei e per Daisy, ma Penny avrebbe preferito che le raccontasse i suoi problemi. Non riusciva a togliersi dalla testa l'idea che tutto quel malumore avesse qualcosa a che fare con Clara.

Henry scese dalla macchina dopo un minuto e Penny lo seguì.

Proprio davanti a loro c'erano Maggie, che avanzava con il suo pancione enorme tenendo per mano entrambi i suoi figli, e Daniel, che camminava al fianco della moglie con un braccio che le circondava la vita. Penny sorrise deliziata alla vista di quella famigliola felice.

Si voltò poi a guardare Henry e Daisy, e lui le sorrise. Non sarebbero stati la famigliola ortodossa di piccioncini che si erano innamorati tra i banchi di scuola, si erano sposati e avevano avuto dei bambini insieme, ma Penny non riusciva a pensare a niente di meglio che far parte di quella famiglia e avere Daisy come figlia adottiva. Magari stava correndo troppo con l'immaginazione. Li conosceva soltanto da una settimana... ma non poteva farne a meno.

Quando uno dei bambini di Maggie si attardò un secondo, distratto, la mamma si voltò a controllare cosa avesse attirato la sua attenzione e, riconoscendo Penny tra la folla, si sbracciò per salutarla. Lasciò i figli con Daniel e si avvicinò ciondolando.

«Subirai una pesante sconfitta, Meadows» annunciò, baciando Penny sulla guancia con affetto. «La nostra squadra ha vinto per tre anni di fila e non abbiamo intenzione di mollare il titolo. Vi faremo mangiare la polvere.»

«Quest'anno però hai un piccolo ostacolo, non credi? Il tuo pancino appena accennato potrebbe crearti dei problemi durante le operazioni.»

«Io mi limiterò a dirigere i ragazzi, quindi in realtà avremo un grande vantaggio. Chi sarà il vostro direttore generale?»

«Probabilmente Henry. Sai bene che sono una frana a montare le cose. Non so neanche perché mi abbiano voluto in squadra con loro.»

Maggie prese Penny sotto braccio e le sussurrò all'orecchio: «Invece lo sai».

«Ehi, non fraternizzare con il nemico!» esclamò Henry avvicinandosi per baciare Maggie sulle guance.

«Giù le mani da mia moglie, Travis» scherzò Daniel da lontano. Henry alzò le mani in segno di resa.

«Maggie, questa è mia figlia Daisy. Daisy, questi sono i nostri acerrimi nemici, almeno per stasera.»

Daisy sorrise timidamente a Maggie.

«Dopo Natale dobbiamo organizzare una bella giornata per sole donne, prima che arrivi quest'altro piccoletto. Possiamo farci fare le unghie e i capelli e il trucco. Che ne dici, Daisy?» propose Maggie, e Penny sorrise, riconoscente all'amica per aver incluso la figlia di Henry.

«Sì, sarebbe divertente» annuì la ragazza.

Edward era all'ingresso del padiglione e stava accogliendo gli impiegati della sua azienda e le loro famiglie. Penny notò che conosceva i nomi di tutti i dipendenti e della maggior parte delle mogli e dei figli. Mentre si avvicinavano, vide che gli spettatori entravano da un ingresso differente.

Maggie raggiunse Daniel e i due chiacchierarono con Edward per qualche minuto prima di entrare. Riconoscendoli, Edward sorrise calorosamente.

«Henry, sono davvero contento che tu abbia accettato di partecipare a quest'evento. Lo organizziamo da anni ormai e riusciamo sempre a raccogliere una discreta somma di denaro per beneficenza. È anche un'occasione per divertirci, quindi non ti preoccupare, nessuno si metterà a giudicare le vostre abilità. Lavorare con questa glassa è molto diverso dal lavorare con la nostra solita colla per il legno.»

«Parteciperà anche lei, signore?»

«Chiamami Edward e dammi del tu, per favore. Sì, io e la mia famiglia partecipiamo ogni anno ma non vinciamo mai.»

«Magari questo è l'anno buono.»

«Ah, magari. Questa deve essere la tua meravigliosa famiglia» disse Edward sorridendo a Penny e Daisy.

Penny si raggelò. Non sapeva come rispondere, se confermare o negare. Le regole che prevedevano la partecipazione esclusiva dei familiari degli impiegati erano davvero così rigide? Henry si sarebbe trovato nei pasticci per aver portato una persona che non faceva veramente parte della sua famiglia? Avrebbe dovuto stringergli la mano e fingere di essere una moglie adorante?

«Sì. Ti presento Penny e Daisy» rispose Henry, pronto.

Edward strinse le mani di entrambe. «Spero che vi divertiate. Che vinca la squadra migliore!» Consultò la tabella che aveva tra le mani. «Siete al settore numero sei.»

Henry le condusse all'interno del padiglione. Non appena furono fuori dalla portata di orecchie indiscrete, Daisy circondò le spalle di Penny con un braccio.

«Hai sentito? Ormai sei parte della nostra famiglia, sei costretta a restare con noi.»

Il cuore di Penny fece i salti di gioia. «Non avrei potuto scegliere una famiglia più bella.»

Henry sorrise. Quando raggiunsero il settore a cui erano stati assegnati, lui cominciò a esaminare gli attrezzi che avevano a disposizione; saggiò la consistenza dei pannelli di plastica che avrebbero usato come mura per la casa e li soppesò, poi spostò lo sguardo sulle enormi decorazioni di plastica a forma di dolcetti accatastati ordinatamente agli angoli del loro settore o ammucchiati in un grosso scatolone. Diede una mescolata alla glassa e la lasciò ricadere a filo nella ciotola, esaminandone la viscosità.

«Quindi come funziona? Come possiamo vincere?» chiese Daisy, che evidentemente prendeva le sfide sul serio tanto quanto suo padre.

«Allora, la squadra che finisce per prima prende dieci punti. I secondi prendono nove punti e così a scalare fino all'ultima squadra, quindi anche i più lenti guadagnano dei punti. La struttura della casa deve essere resistente: se finisci per primo ma la tua casa crolla prima della fine della gara e non hai tempo per rimediare, vieni squalificato. Poi si ricevono punti per stile, originalità e creatività. Di quei punti si occupano Linda della pasticceria e Summer del negozio di dolci. Assegnano a ogni squadra un punteggio da zero a dieci. La squadra più veloce e la più creativa ricevono dei piccoli premi, e poi viene scelto il vincitore generale» spiegò Penny.

«Il vincitore generale quindi vince anche uno dei piccoli premi» commentò Daisy. Prese in mano un'enorme caramella di plastica e si mise a giocherellarci.

«Non necessariamente. Puoi ricevere molti punti se finisci in fretta ma pochi punti per l'originalità, il che significa totalizzare un punteggio medio. Se invece prendi un punteggio buono, diciamo sette o otto, in entrambi i campi, allora totalizzi un punteggio finale molto più alto. In pratica dobbiamo essere veloci ma non tralasciare l'aspetto generale della casa. Non deve sembrare trascurata.»

Gli spettatori avevano già riempito tutte le sedie, ma molta altra gente continuava a entrare e a posizionarsi sugli spalti, felice di pagare il biglietto per assistere allo spettacolo. L'interno del padiglione era decorato con centinaia di lucine disposte a formare dei grossi rami intorno alle finestre. Una volta terminati i preparativi per il ballo – mancavano solo tre giorni – avrebbe avuto un aspetto veramente magico.

«Ci sono delle regole?» domandò Henry.

«No. Ovviamente non puoi aiutare o ostacolare le altre squadre e, come ho già detto, la casa deve rimanere in piedi fino alla fine della gara, ma per il resto possiamo fare quello che vogliamo.»

«Ci serve una strategia» disse Daisy. «Dobbiamo costruire una casa diversa da tutte le altre.»

Henry si avvicinò per elaborare un piano. «Che hai in mente?»

Daisy si guardò intorno pensierosa. «Possiamo usare tutto quello che è all'interno del nostro settore, giusto?»

Penny annuì.

«Che ne pensate della scatola di cartone?»

Penny si voltò a guardare lo scatolone pieno di decorazioni di plastica e schiuma. «Sì, potremmo usarlo. A che stavi pensando?»

«Un portico o un abbaino.»

«Un abbaino sarebbe difficile da realizzare, ma mi piace l'idea del portico. Lo potremmo anche decorare così non sembrerebbe soltanto una scatola.»

«Possiamo usare la corda per creare una specie di ghirlanda innevata da appendere al tetto» propose Penny, intrigata dall'idea di infrangere gli schemi.

«Facciamolo» annuì Henry con quella sua aria maliziosa.

«Signore e signori» annunciò Edward al microfono. «Vi preghiamo di prendere posto. La gara di case di pan di zenzero giganti sta per cominciare.» La folla applaudì e fischiò finché Edward non la richiamò al silenzio. «Grazie a tutti per essere venuti. Come sapete, ogni anno organizziamo questo evento per raccogliere fondi per l'organizzazione benefica supportata dal nostro ballo. Quest'anno abbiamo deciso di aiutare la Kaleidoscope, che è impegnata nella ricerca sugli aborti spontanei, i parti prematuri e le nascite di feti senza vita, e che offre supporto e consigli a tutte le famiglie che ne hanno bisogno.»

La folla applaudì fragorosamente e Penny sentì un groppo in gola: quella causa era davvero molto importante per lei. Incrociò lo sguardo di Maggie e le sorrise per ringraziarla di aver scelto proprio quell'organizzazione.

Edward passò alla presentazione delle squadre e dei concorrenti, contando Penny come membro della famiglia Travis, annuncio che generò dei mormorii interessati tra gli spettatori. Proseguì spiegando le regole, ripetendo tutto quello che aveva già detto Penny poco prima, e poi cominciò il conto alla rovescia.

«Lasciamo la corda e il portico per ultimi, così nessuno ci potrà copiare l'idea» bisbigliò Henry durante la conta. «Iniziamo dalla casa.»

Penny annuì, improvvisamente eccitata per la competizione e per il modo in cui avrebbero aggirato le regole.

«Tre, due, uno, via!» ruggì Edward.

Henry e Daisy scattarono a prendere due pannelli di plastica, uno per il retro e uno per il lato della casa, posizionandoli in modo che formassero un angolo retto. Erano una squadra vincente, prevedevano le mosse dell'altro prima ancora di pensarle. Penny realizzò che, se tutto fosse andato secondo i piani tra lei ed Henry, presto sarebbe entrata a far parte della loro piccola squadra perfetta.

Riempì una tasca da pasticciere di glassa mentre Henry finiva di allineare i due pannelli e poi si affrettò a incollare la giuntura, sperando di fissarli nella posizione corretta. Henry li tenne fermi per far seccare la glassa e lei corse dall'altro lato a spremere la colla sulle giunture rimanenti.

«Si sta asciugando davvero in fretta. Che roba è?» chiese Henry, smuovendo leggermente i pannelli per controllare che si fossero incollati.

«Non lo so, non somiglia per niente alla glassa che conosco. Se fossi in te non proverei ad assaggiarla» rispose Penny mentre sollevava il pannello per la facciata della casa, che si distingueva dagli altri per il buco della porta. Daisy corse subito ad aiutarla.

All'improvviso Penny vide Henry raggelarsi sul posto come se avesse visto qualcosa di strano all'interno dell'edificio. Si voltò a controllare cosa stessero facendo le altre squadre, preoccupata che qualcun altro avesse rubato l'idea del portico di cartone, ma invece notò Clara che passeggiava tra i settori. Il volto di Henry si deformò in una smorfia ansiosa che si fece più marcata quando lui si accorse che anche Penny l'aveva vista, ma poi si sforzò di riportare la sua attenzione sulla casa.

Henry aveva detto a Clara che era fidanzato, quindi doveva aver risolto con lei. Perché sembrava ancora così preoccupato di vederla?

***

Henry si concentrò a fissare il pannello frontale al resto della casa, ignorando l'occhiata interrogativa che Penny gli rivolse mentre spremeva altra glassa lungo le giunture.

Non sarebbe finita bene per lui. Da quello che aveva potuto constatare, Clara era una persona estremamente orgogliosa e arrogante. Averla rifiutata e messa in imbarazzo di fronte alla sua assistente era stata la goccia che avrebbe presto fatto traboccare il vaso.

Sperava soltanto che non facesse una scenata proprio lì, davanti a Penny e Daisy e a tutta quella gente. Lanciò un'altra occhiata nella sua direzione. Clara si stava fermando a chiacchierare con i componenti di ogni squadra. Gli spettatori, ignari, avrebbero apprezzato il fatto che uno dei capi dell'azienda fosse così socievole e cordiale con i propri dipendenti, ma gli sguardi sorpresi degli impiegati e persino di Edward lasciavano intendere che non si era mai comportata in quel modo prima d'ora. Henry sapeva bene perché lo stava facendo. Se avesse rivolto la parola a tutti i partecipanti, nessuno avrebbe sospettato nulla quando si fosse avvicinata a lui, cosa che avrebbe fatto senza ombra di dubbio.

Si voltò a guardare Penny che continuava a studiarlo confusa. Dannazione, avrebbe dovuto raccontarle tutto. Non voleva darle motivo di dubitare di lui, specialmente perché non era successo niente.

«Vai a prendere l'altro pannello, Daisy» ordinò, e la figlia si allontanò di corsa. Henry si spostò sul retro della casa fingendo di voler controllare le giunture e Penny si avvicinò. «Mi sta ricattando perché vuole che vada a letto con lei» sussurrò. «Se non lo faccio, perderò il lavoro. Se lo faccio, perderò comunque il lavoro. In entrambi i casi lei ne uscirà vincitrice.»

Penny lo guardò sconvolta.

«Daisy, puoi reggere quel pannello laterale?» continuò Henry, facendo spostare la figlia nel punto opposto a quello in cui si trovavano loro due.

«L'hai detto a Edward?» bisbigliò Penny. Lui scosse la testa.

«Se non lo fai tu, glielo dico io. Non puoi lasciare che vinca.»

«Maledizione Penny, non è questo il modo in cui voglio risolvere questa situazione. Si tratta della mia parola contro quella di sua sorella. Se vado da lui a lamentarmi di Clara, non ci penserà due volte a licenziarmi.»

«E allora come pensi di risolverla?»

«Le ho detto che la denuncerò per molestie se prova a ricattarmi.»

«E lo farai davvero?»

«Non ho intenzione di andare a letto con lei, se è questo che vuoi sapere» sbottò Henry. «Non può decidere da sola di licenziarmi. Edward vorrebbe sapere perché. Sono sicuro che se continuo a rifiutarla, prima o poi si stancherà e mi lascerà in pace.»

«È per questo che stai tremando come un gattino al pensiero che si avvicini, giusto? Perché sei sicuro che ti lascerà in pace, certo.»

Henry si allontanò, arrabbiato. Tutto quello che aveva costruito stava cadendo a pezzi e non c'era modo di fermarlo.

Penny lo tirò per un braccio. «Devi lottare. Se vuoi davvero questo lavoro, se c'è qualcosa che vuoi con tutto te stesso, allora devi lottare. Non puoi ignorare il problema.»

Henry annuì, anche se non aveva idea di cosa potesse fare per vincere contro Clara. Le lanciò un'altra occhiata e incontrò il suo sguardo. La vide sorridere tra sé e sé mentre si avvicinava per scambiare due parole con un'altra squadra. Rifiutandola l'aveva provocata e lei non si sarebbe mai tirata indietro di fronte a quella sfida.

Clara si avvicinò al loro settore. L'unica cosa che la separava da loro era la corda che circondava la loro postazione.

«Complimenti» disse sorridendo, guardando Henry invece che la casa di plastica.

Lui tornò a concentrarsi sulla struttura. Penny lo aiutò a incollare gli ultimi due pannelli insieme mentre Daisy li manteneva fermi in posizione.

«Henry, posso parlarti un secondo?» chiese Clara.

«Sono occupato» rispose lui, incontrando poi gli occhi sgranati di Daisy, incredula davanti a tanta maleducazione nei confronti del capo.

Henry guardò Penny. Il suo volto era un insieme di ansia, preoccupazione e rabbia. Era arrivato il momento di risolvere quella situazione una volta per tutte.

Lasciò lei e Daisy al lavoro e scavalcò la corda che delimitava il settore, allontanandosi di qualche passo perché nessuno li sentisse parlare.

«Ti ho detto di lasciarmi in pace.»

«Non sono abituata a sentirmi dire di no» replicò Clara spostandosi i capelli su una spalla.

«E sei abituata alle denunce per molestie? Perché, come ti ho detto, non mi lascerai altra scelta se continuerai a infastidirmi.»

«Per favore, Henry. Se avessi veramente voluto denunciarmi, l'avresti già fatto. Saresti uscito dal mio ufficio e saresti andato di corsa a piangere da Edward o all'ufficio del personale. Se non l'hai fatto è perché in realtà lo vuoi anche tu.»

«Preferirei cavarmi gli occhi con una forchetta piuttosto che venire a letto con te o avere a che fare con te.»

«Eppure mi basta una parolina per farti correre qui da me invece che restare a lavorare con la tua bella fidanzatina.»

Henry guardò Penny con la coda dell'occhio e si accorse che li stava studiando.

«Ascolta, perché mi stai facendo questo? Sei una donna attraente e puoi avere tutti gli uomini che vuoi. Perché devi fossilizzarti su uno che è già impegnato?»

«Hai ragione, posso avere tutti gli uomini che voglio, e voglio te. Adesso basta con le chiacchiere. Sappiamo entrambi che mi darai quello che desidero, quindi smettiamola con questo tira e molla. Ti aspetto stasera alle sei in punto nel mio ufficio. Non ci sarà nessuno in fabbrica, lascerò la porta sul retro aperta.»

«Io non...»

«Tu ci sarai, oppure renderò la tua vita un vero inferno. Sono sicura che la tua fidanzatina sarà felicissima di conoscere i dettagli dell'amplesso che abbiamo avuto sulla mia scrivania l'altro giorno. Glieli racconterò in prima persona se non ti fai vedere più tardi. O magari le dirò direttamente che è questo il modo in cui ti sei assicurato il lavoro.»

Henry avrebbe voluto dirle di provarci, se ne aveva il coraggio, ma la sua relazione con Penny era davvero così stabile da resistere a quelle insinuazioni? Penny si fidava tanto di lui da credere alle sue parole e non a quelle di Clara?

All'improvviso seppe quello che doveva fare e si sentì uno schifo anche solo a pensarlo.

Annuì. «Va bene. Alle sei in punto. Indossa qualcosa di sexy e poco altro.»

Gli occhi di Clara si illuminarono. Era stato facilissimo convincerlo. Si leccò le labbra e sorrise prima di allontanarsi.

Capitolo 20

Henry tornò alla casa di pan di zenzero e Penny lo guardò speranzosa mentre Daisy correva via a recuperare altri dolcetti di plastica.

«Non preoccuparti, ho risolto tutto. Da adesso in poi ci lascerà in pace.»

«Dici sul serio? Si è allontanata con aria trionfante.»

«Ho risolto tutto, fidati» ripeté Henry.

Si concentrò sulla casa: aiutò Daisy a mantenere in piedi la costruzione mentre lei sistemava i pannelli del tetto e li incollava alle pareti con una generosa dose di glassa, la assistette con le decorazioni e si assicurò che la posizione dei dolci di schiuma conferisse alla casa un aspetto invitante. Infine, quando molte delle squadre avevano ormai finito, aggiunsero la scatola di cartone e crearono il portico, decorandolo e incollandolo in fretta al resto della casa.

Henry sentì a malapena le grida di incitamento della folla e quelle di finta indignazione degli avversari. I suoi pensieri erano concentrati su quello che avrebbe fatto dopo la gara. Era un gesto meschino, lo sapeva, e probabilmente sarebbe stato licenziato entro la fine della giornata, ma era l'unico modo per porre fine a quelle follie prima che si spingessero troppo oltre.

Anche le altre squadre terminarono il lavoro e i giudici cominciarono a gironzolare tra i settori per eleggere i vincitori, ma lui se ne accorse a malapena. Il cuore gli batteva nel petto come un martello pneumatico. La loro originalità nell'utilizzare la scatola di cartone per creare un portico valse alla sua squadra il primo posto nella categoria della creatività, riconoscimento di cui Penny e Daisy furono entusiaste. Henry però non riusciva a concentrarsi sulla gara e riuscì a stento a stiracchiare un sorriso quando ricevettero il loro premio di dolci e cioccolata. Non vinsero la competizione generale perché erano stati una delle ultime squadre a finire. I vincitori furono di nuovo Maggie e Daniel con i loro figli, ma Henry era così distratto che si dimenticò persino di applaudire. Non riusciva nemmeno a respirare. Stava andando nel panico.

Edward consegnò il premio alla squadra vincente, pronunciò qualche altra frase e poi la folla cominciò ad abbandonare l'edificio.

Henry guardò l'orologio. Erano già le cinque e mezza. Era arrivato il momento di agire.

Mentre gli ultimi spettatori si allontanavano e si salutavano tra loro, Henry lasciò Penny e Daisy, e si mise in marcia verso Edward. Mentre si avvicinava, notò che Audrey, l'assistente di Clara, l'aveva preceduto e stava parlando con lui. Accidenti. A questo non aveva pensato. Che cosa gli stava raccontando? Se lei e Clara erano amiche, sicuramente non lo avrebbe messo in buona luce con il capo, non dopo le minacce che aveva rivolto a Clara qualche giorno prima. Qualsiasi cosa gli stesse spifferando, però, non gli avrebbe fatto cambiare idea.

Si avvicinò e si accorse che Edward era furioso. Quando poi lo riconobbe, il suo viso si fece livido di rabbia.

«Henry, è la verità?»

Lui deglutì. «Dipende da quello che ti ha riferito Audrey. Se hai voglia di sentirla, ti racconto la mia versione dei fatti.»

Edward annuì e il suo cipiglio si fece più profondo a mano a mano che Henry raccontava. Non lo aveva mai visto così furioso e tentò di immaginare come avrebbe reagito se qualcuno fosse venuto a dirgli delle cose del genere sul conto di Anna. Probabilmente lo avrebbe preso a pugni e sembrava proprio quello che Edward aveva intenzione di fare con lui. Terminò la sua spiegazione, o almeno la maggior parte.

«È proprio quello che mi ha confessato Audrey. Mi ha riferito che aveva messo in guardia Clara dicendole che, se non ti avesse lasciato in pace, sarebbe venuta a raccontarmi tutto, ma quando l'ha vista parlare con te oggi, ha capito che Clara si era spinta oltre.»

«Mi ha minacciata dicendo che mi avrebbe licenziata, ma preferisco perdere il lavoro piuttosto che lasciarla vincere» aggiunse Audrey, chiaramente terrorizzata tanto quanto Henry per la situazione.

«So che non hai motivo di credermi» riprese Henry. «Ho lavorato per te soltanto per un giorno, ma non ho nessuna ragione per mentirti. Io voglio questo lavoro, ho attraversato il Paese per averlo e non farei mai niente per farmi licenziare, ma non ho intenzione di farmi ricattare in questo modo per tenermelo. Purtroppo posso anche dimostrare che non sto mentendo. In questo momento Clara mi sta aspettando nel suo ufficio, convinta che io abbia ceduto alle sue richieste. Mi ha ricattato dicendomi che, se non mi fossi presentato, avrebbe riferito alla mia fidanzata che abbiamo una relazione. Io ho accettato sapendo che non lo avrei mai fatto, e sperando che potessi presentarti tu al mio posto. La sua presenza nello studio sarà la prova di cui hai bisogno.»

«Henry, non ho bisogno di nessuna prova. Io ti credo. Sfortunatamente questa non è la prima volta che succede una cosa del genere, anche se finora si è trattato soltanto di voci, perché nessuno degli uomini coinvolti ha avuto il coraggio di venire a riferirmelo. Non so se sono stati a letto con lei per tenersi il lavoro. Preferisco pensare che l'abbiano fatto perché volevano e non perché sono stati costretti. Senza lamentele non c'era molto che io potessi fare a riguardo. Ne ho parlato con Clara, ma lei ha sempre negato. Andrò subito nel suo studio adesso e metterò fine a questa storia. Sono mortificato che tu abbia dovuto subire queste pressioni, ma ti assicuro che non succederà mai più, né a te né a nessun altro. Voglio che entrambi sappiate che il vostro posto alla White Cliff Bay Forniture Company è al sicuro, ma devo chiedervi di mantenere il riserbo su ciò che è accaduto. La nostra reputazione è impeccabile e mi dispiacerebbe molto se una storia del genere la rovinasse o ci facesse finire sulla stampa locale o nazionale.»

Henry e Audrey annuirono.

Edward si congedò e Henry ringraziò Audrey per la sua onestà. Avrebbe raccontato la verità a Edward in ogni caso, ma il suo supporto era stato di grande aiuto.

Si voltò e tornò da Penny, sentendosi molto più leggero di prima. Avrebbe dovuto confessare tutto a Edward giorni prima piuttosto che trascinarsi quel peso. Sua figlia non c'era; Penny, invece, lo stava studiando con attenzione.

«Daisy è andata a vedere una mostra in città con una delle sue nuove amiche. A quanto pare Jackson Cartwright ha esposto alcuni dei suoi quadri nel municipio. Dopo la mostra si fermeranno a mangiare una pizza. Le ho detto che andava bene, spero che non ti dispiaccia. Le ho dato dei soldi e la mamma di Rebecca ha promesso che la riporterà a casa più tardi e...»

La voce di Penny si spezzò quando Henry la abbracciò, stringendola forte a sé senza curarsi di chi avrebbe potuto vederli. Era finita e adesso avrebbe potuto ricominciare a vivere con quella donna bella, paziente e incredibile.

Penny cercò di osservare fuori dalla finestra Edward ed Henry che parlottavano senza far percepire a Daisy il suo nervosismo. Lei ed Henry erano usciti per consegnare alcune sculture di ghiaccio e, quando erano tornati, avevano trovato Edward ad aspettarli, mentre scambiava due chiacchiere con Daisy, che era rientrata in loro assenza.

La ragazza era seduta accanto a lei. Stava coccolando Bernard e non dava segno di essere turbata dal fatto che suo padre fosse fuori casa a quell'ora a parlare con il capo. Edward non doveva averle spiegato il motivo di quella visita.

Qualsiasi cosa si stessero dicendo, avevano entrambi un'aria molto seria.

Penny guardò Edward allontanarsi. Henry si attardò a salutarlo prima di rientrare in casa passando per la porta d'ingresso. Non le disse niente ma le regalò uno sguardo di puro sollievo. Era davvero finita e, a quanto sembrava, il suo lavoro era al sicuro. Henry non le aveva raccontato i dettagli di quello che era successo durante la gara o di cosa gli aveva detto Clara; si era limitato a riferirle che aveva spiegato la situazione a Edward e che a quel punto potevano soltanto aspettare.

«Andiamo a cena fuori stasera» esordì Henry con un sorriso a trentadue denti.

«Io ho mangiato così tanta pizza che mi basterà per il resto della mia vita» ribatté Daisy. «Ma voi andate pure» aggiunse sollevando maliziosamente le sopracciglia.

Penny arrossì. Daisy sembrava sempre più favorevole a una possibile relazione tra loro due, ed era un balzo in avanti rispetto alla conversazione che avevano avuto giorni addietro.

«Potresti venire lo stesso» replicò Penny. «Magari prendi solo il dolce. Non voglio lasciarti sola a casa di sabato sera.»

«Nessun problema. Tra poco comincia *X Factor* e avevo promesso a Melissa che l'avrei chiamata via Skype per guardarlo insieme. Andate pure e divertitevi.»

«Siamo solo noi due allora» concluse Henry, cercando di nascondere l'euforia alla prospettiva di quella serata di coppia.

«Va bene. Dammi una mano a caricare in macchina i blocchi di ghiaccio che devo usare al seminario domani e poi vado a cambiarmi.»

Henry annuì e la seguì nella stanza refrigerata. La aiutò a caricare su un carrellino dei blocchi di ghiaccio che aveva sezionato apposta per il seminario del giorno dopo e li spinsero fino al furgone.

«Mi vuoi raccontare che cosa è successo?» sussurrò Penny, per evitare che Daisy li sentisse.

«Te lo dico in macchina. Non voglio che ci ascolti» rispose, accennando alla figlia.

Caricarono i blocchi sul furgoncino, avvolgendoli in fogli di plastica a bolle d'aria perché non si incollassero tra loro o alle pareti del furgone, e poi Penny andò a cambiarsi.

Voleva indossare qualcosa di carino ma non troppo elegante per una serata che si sarebbe probabilmente conclusa con una semplice cena al pub, quindi indossò un maglioncino, si truccò un po' e legò i capelli in una treccia. Henry l'aveva vista di prima mattina con i capelli scarmigliati, con indosso i suoi pigiami poco sensuali e infagottata in felpe e jeans, ma sembrava comunque cotto di lei.

Scese al piano di sotto, salutarono Daisy e salirono in macchina.

«Allora? Racconta, forza» spronò Penny mentre Henry guidava lungo la discesa.

«Va bene, ma non voglio che tu mi giudichi male. Una parte di me pensa ancora che sia stata un'azione meschina. Clara non voleva arrendersi, più la rifiutavo, più mi vedeva come una sfida. Mi ha ordinato di raggiungerla nel suo ufficio stasera oppure mi avrebbe reso la vita un inferno... quindi ho accettato.»

Penny deglutì il groppo che le si era formato in gola. Aveva forse accettato di andare a letto con lei per sfuggire alle sue grinfie? No, non lo avrebbe mai fatto.

Henry si voltò verso di lei. «Non ho mai avuto nessuna intenzione di andarci. Volevo delle prove da fornire a Edward per corroborare la mia versione. Gli ho raccontato tutto e Audrey, l'assistente di Clara, ha confermato la mia storia. Gli ho detto dove poteva trovarla perché sapevo che mi stava aspettando, ma lui mi ha creduto sulla parola. Mi sento in colpa per averla incastrata in quel modo, dato che non ce n'era bisogno. In ogni caso Edward è andato da lei per parlarle e l'ha trovata in una posizione piuttosto compromettente, sdraiata seminuda sulla scrivania del suo ufficio, stando a quanto ho capito. Deve essere stato mortificante per lei.»

«Non osare sentirti in colpa nei suoi confronti» sbottò Penny arrabbiata. «È stata lei a cacciarsi in quella situazione. Ti ha ricattato per venire a letto con te e ti ha minacciato di licenziamento. Che razza di sudicio farabutto farebbe una cosa del genere? Se fosse successo a ruoli inversi, adesso la gente ti considererebbe un mostro perché saresti l'uomo grosso e potente che costringe una povera donna indifesa a venire a letto con te. Che differenza c'è se è la donna a ricattare l'uomo? Si merita tutto quello che le succederà.»

«Be', comunque non riesco a non provare pena per lei. Edward l'ha licenziata in tronco.»

«Ha licenziato sua sorella? E come? L'azienda appartiene a entrambi. Non pensavo che Edward avesse più potere di lei.»

«A quanto pare ce l'ha. Da quello che ho capito, suo padre voleva cedere l'azienda soltanto a lui perché Clara non se ne era mai interessata, ma lei alzò un polverone tale che il padre fu costretto a nominare anche lei direttore generale. Si assicurò però che le spettasse solo il quaranta per cento delle quote e che il sessanta andasse a Edward, così che lui potesse sempre avere l'ultima parola sulle decisioni importanti. Clara non ha mai fatto niente per l'azienda. Edward ha ammesso di non avere la più pallida idea di cosa facesse tutto il giorno nel suo ufficio e che era un peso morto per lui, ma era pur sempre sua sorella, quindi lasciava correre. Adesso però se ne è liberato definitivamente. È rimasto con lei mentre Clara raccoglieva le sue cose in ufficio e si è fatto consegnare le chiavi. Non tornerà più. Questa storia ha causato un'enorme frattura tra loro due e mi sento in colpa anche per questo. Non so se abbia esagerato o meno a licenziarla in tronco. Pensavo che le avrebbe dato qualche giorno di preavviso, almeno, ma a quanto pare non era la prima volta che Clara si comportava così; a Edward erano arrivate delle voci, ma non ha mai avuto le prove. Comunque Audrey verrà trasferita a un altro dipartimento e io manterrò il mio lavoro, quindi avevi ragione tu. Dovevo lottare.»

Penny sorrise. «Sono felice che si sia risolto tutto per il meglio e mi dispiace che tu abbia dovuto affrontare questa situazione. Non devi sentirti in colpa per quello che le è successo, però. È stata lei a cacciarsi in questo guaio e se non ci avesse provato con te avrebbe preso di mira qualche altro poveraccio. Sarebbe comunque finita così, prima o poi. In ogni caso la famiglia di Jill non ha problemi di soldi. Clara non andrà a finire in mezzo alla strada senza il suo lavoro. Se la caverà.»

«Santo cielo, Jill... Mi ero dimenticato che Clara è la sua figliastra. Pensi che mi odierà per questa storia?»

«Ne dubito, lei e Clara non sono mai state molto legate. E poi non è colpa tua, quindi smettila di affliggerti.»

Henry annuì e continuò a guidare attraverso la città raggiungendo infine il The Bubble and Froth, un localino delizioso al limitare della città, incastonato nell'area di Silver Cove, a due passi dalla spiaggia, circondato da un gruppo di casette isolate. Il pub apparteneva a un amico del fratello di Penny, Seb, e il menu era da leccarsi i baffi.

Entrarono e Penny si fermò ad ammirare l'enorme albero di Natale che decorava orgogliosamente un angolo del locale. Era stato agghindato con gusto ma aveva comunque un'aria sciatta e noiosa se paragonato alla meravigliosa mostruosità che al momento occupava metà del suo salotto.

Henry spostò la sedia per farla accomodare prima di sistemarsi a sua volta e lei sorrise dei suoi modi impeccabili.

«Sei bellissima stasera» le disse sporgendosi sul tavolo per prenderle la mano.

«Grazie.»

Penny si guardò attorno per controllare se qualcuno li stesse osservando. Quella era la prima volta che si facevano vedere come coppia a White Cliff Bay, anche se erano già stati insieme al vivaio e quel pomeriggio si erano presentati alla gara come membri della stessa famiglia. Nessuno stava guardando nella loro direzione, la notizia di loro due insieme sembrava essere già stata archiviata. Scrutò la sedia vuota al loro tavolo e si sentì in colpa.

«Mi spiace che Daisy sia rimasta a casa da sola.»

«Le hai chiesto di venire con noi e invece di accettare ci ha suggerito di uscire da soli. Comincio a pensare che le piaccia l'idea di noi due insieme. Un gran bel cambiamento rispetto a una settimana fa. Di sicuro non è rimasta a casa a guardare *X Factor*. Lo detesta, non ha mai visto neanche una puntata.»

«Spero che sia solo perché vuole che passiamo del tempo insieme da soli e non perché si sente un terzo incomodo tra me e te.»

Henry si accigliò. «Lo spero anch'io. Non mi è sembrata a disagio quando mi ha spinto fuori dalla porta augurandomi una buona serata, ma le parlerò.»

Amy, una delle cameriere del pub, venne a prendere le ordinazioni per le bevande.

«Stavo pensando al giorno di Natale. Hai programmi?» chiese Henry quando Amy si allontanò.

«Non lo so ancora, potrei andare da mio fratello ma non gli piace avere Bernard in casa, quindi nel caso si tratterebbe soltanto del pomeriggio. Non posso lasciarlo a casa da solo tutto il giorno. Jill prova sempre a invitarmi ma mi sentirei un pesce fuor d'acqua alle sue affollatissime cene di famiglia. Mi piace starmene per conto mio. C'è sempre qualche fantastico film spazzatura in tv e posso mangiare quello che voglio. Tu andrai da Anna?»

«Ci ha invitato, ma pensavo che sarebbe stato bello stare da soli, quest'anno. Andiamo sempre da lei o dai miei genitori. Per una volta potremmo rimanere soltanto io e Daisy. Abbiamo questa tradizione natalizia in cui io preparo dei tortini e li mangiamo appena usciti dal forno. Hanno sempre un saporaccio perché non mi riescono mai come si deve, però lo facciamo tutti gli anni. Una volta ho provato a proporre di lasciar perdere, dato che le mie doti di pasticciere lasciano a desiderare, ma Daisy ha insistito.»

Penny sorrise all'idea che trascorressero quella giornata di festa da soli con le loro tradizioni.

«Quando l'ho proposto a Daisy mi è sembrata entusiasta. Mi ha chiesto se possiamo invitare un paio di amici a pranzo e poi magari andare da Anna nel pomeriggio. Immagino che voglia qualcuno con cui condividere il fardello dei miei tortini disgustosi. Comunque, indovina chi mi ha proposto di invitare a pranzo?»

Penny sentì il sorriso allargarsi.

«Bernard è stato la sua prima scelta, ma tu sei arrivata seconda con poco distacco.»

Lei sorrise. «Mi piacerebbe molto venire a pranzo da voi a Natale e sono sicura che anche Bernard ne sarebbe felicissimo.»

«Allora è deciso.»

Si presero qualche minuto per scegliere cosa ordinare. Penny studiò il menu senza riuscire a smettere di sorridere. La serata non sarebbe potuta andare meglio di così.

All'improvviso il telefono di Henry, posato sul tavolo tra loro due, cominciò a vibrare. Lui controllò lo schermo e si accigliò quando lesse il nome sul display. Si affrettò a rispondere.

«Daisy, va tutto bene?»

Penny non riuscì a sentire la risposta, ma dopo pochi secondi Henry balzò in piedi afferrando il cappotto e lei lo seguì immediatamente.

«Va bene, tesoro, stai tranquilla. Stiamo tornando a casa. Saremo da te tra dieci o quindici minuti.»

Penny lanciò un paio di banconote sul tavolo per pagare le bevande e salutò con la mano Seb e Amy per avvisarli che stavano andando via. Henry le afferrò la mano e la trascinò fuori, sempre al telefono con Daisy.

«Aspetta un secondo, Daisy.» Henry allontanò il cellulare e coprì il microfono per non farsi sentire dalla figlia. «Ci sono delle candele in casa?»

«Sì, nel cassetto alla sinistra dei fornelli. Perché, che cosa è successo?»

«È saltata la corrente ed è terrorizzata. Mi spiace aver rovinato la serata.»

«Ma figurati, non c'è problema. Se fossi a casa mia da sola al buio sarei spaventata anch'io. Dammi il telefono, le parlo io mentre tu guidi» disse Penny salendo in macchina.

Henry le passò il cellulare mentre metteva in moto e sgommava via dal parcheggio.

«Daisy, sono io. Stai bene?»

«No.»

Penny si schiarì la voce. «Sei da sola?»

Henry le rivolse un'occhiata perplessa, ma era perfettamente possibile che Josh fosse andato a farle compagnia mentre loro non c'erano, il che avrebbe spiegato perché li aveva spinti con tanta veemenza a uscire da soli.

«Sì. Josh non poteva venire. È buio pesto, è andata via la luce e me la sto facendo addosso. Non dire a papà che l'ho detto.»

«Non lo farò. Allora, di cosa hai paura? Alieni, fantasmi, assassini armati di ascia?»

«Non spaventarla!» esclamò Henry.

«Tutti quanti» piagnucolò Daisy.

«Bene. Ti assicuro che la casa non è infestata. Abito lì da tutta la vita e non ho mai visto ombre sospette o oggetti che si muovono da soli o che spariscono. Se i fantasmi esistono, di sicuro non vivono a casa mia. Se gli alieni decidessero di attaccare la Terra e annientare la razza umana proprio stasera, penso comincerebbero con la Casa Bianca o il Parlamento, o con gli attori di *The Only Way Is Essex* piuttosto che con una casa sperduta in mezzo al nulla in cui ci sono solo una ragazzina e un cane grasso e pigro.»

Daisy ridacchiò. «Non hai tutti i torti.»

«E le statistiche dicono che è più probabile essere assassinati da un conoscente piuttosto che da uno sconosciuto. Siccome le uniche persone che conosci a White Cliff Bay siamo io e tuo padre, che stiamo correndo a casa a salvarti, e tua zia Anna, che è a casa con i suoi figli, direi che non devi preoccuparti neanche di questo.»

«E se ci fosse uno sconosciuto nascosto in casa con me?»

«Conosci il tasso di criminalità di White Cliff Bay? Io sì, perché due settimane fa mi sono dovuta sorbire il consiglio comunale che si tiene ogni anno e hanno elencato i dati.»

Henry prese una curva in velocità e Penny sbatté la testa contro il finestrino. Appoggiò una mano sulla sua coscia nel tentativo di calmarlo. L'ultima cosa di cui Daisy aveva bisogno in quel momento era che loro due finissero fuori strada a causa della guida spericolata di suo padre. La macchina rallentò leggermente.

«Dicevamo, il tasso di criminalità. Ora ti elenco i crimini commessi a White Cliff Bay durante quest'anno. Due volte si è trattato di ragazzi che ascoltavano la musica a volume troppo alto sulla spiaggia di Silver Cove durante l'estate. Una volta il criminale era una mucca che si è allontanata dal pascolo e si è intrufolata nel giardino di un cittadino. La signora Jacobs ha denunciato alla polizia un suo vicino che è tornato a casa ubriaco una sera ed è inciampato su uno dei suoi gnomi da giardino. Una volta qualcuno ha rubato un ombrello in un pub: a quanto pare il signor Sampson l'aveva lasciato ad asciugare nel portaombrelli all'ingresso e, quando è andato a riprenderlo, non l'ha più trovato. Però qualche giorno dopo l'ombrello è ricomparso nello stesso pub ed è tornato al signor Sampson, che non ha quindi sporto denuncia. Questo è il tipo di crimine che si verifica a White Cliff Bay. Non ci sono assassini armati di ascia tra di noi.»

«E se l'assassino venisse da fuori città?» chiese Daisy, con voce leggermente più calma.

«Sì, è possibile, ma casa nostra non è di strada. Ci vogliono almeno due minuti per andare in macchina da casa alla strada che porta in città. Pensa quanto potrebbe impiegare un assassino che deve anche trasportare un'ascia pesante.»

Henry accelerò di scatto e Penny fu sbalzata contro lo schienale del sedile. Raggiunsero la parte della città che era rimasta senza corrente e intravidero parecchie persone fuori dalle loro abitazioni che brandivano candele e torce, e stavano chiaramente approfittando della situazione per fare due chiacchiere.

«Casa nostra, poi, non si vede nemmeno dalla strada principale» proseguì Penny, cercando di rassicurare anche Henry. «Non penso che qualcuno si farebbe tutta quella strada solo per uccidere uno sconosciuto.»

«Immagino di no.»

In lontananza Penny sentì Bernard cominciare ad abbaiare furiosamente, rovinando tutto il lavoro che aveva fatto fino a quel momento per calmare Daisy, che gemette spaventata.

«Sono solo dei conigli, te lo assicuro, Bernard li odia. Credimi, non c'è nessuno a casa con te. Dove sei?»

«In camera mia.»

«Ottimo. Accanto alla porta c'è quella cassettiera bianca, giusto? Riesci a spingerla davanti alla porta?»

«Aspetta.»

Penny avvertì degli sbuffi e il rumore di mobili trascinati sul pavimento, poi Daisy tornò al cellulare.

«Fatto.»

«Perfetto, adesso sei al sicuro. Nessuno può entrare in camera tua e noi saremo da te in cinque minuti al massimo. Anzi, due, considerando la velocità a cui tuo padre sta guidando.»

«È spaventato?»

«Sa che tu lo sei e non vede l'ora di raggiungerti per tranquillizzarti.»

«Ha la mascella contratta?»

Penny si voltò a guardare Henry. Era spaventato, non c'era dubbio. Stava stringendo il volante così forte che le nocche delle mani erano diventate bianche. Aveva la mascella contratta e gli occhi fissi sulla strada. Magari quell'accenno agli assassini non era stato una grande mossa, ora sembrava persino più agitato di Daisy.

«No, sta bene.»

Daisy rise. «Che bugiarda.» Le risate svanirono e aggiunse: «Papà non ha mai paura».

«Ce l'ha quando si tratta di te, tesoro.»

Sapeva in qualche modo che Daisy stava sorridendo.

«Bernard ha smesso di abbaiare» disse poi, nervosa.

«Sicuramente quello scimunito si sarà stufato di abbaiare ai conigli e si sarà addormentato di nuovo. La prossima volta che resti da sola a casa puoi portartelo in camera. Ti proteggerà da qualsiasi attacco omicida.»

«È bravo come cane da guardia?»

«Non direi, no, ma le sue puzze sono letali e scoraggerebbero persino l'uomo più coraggioso del mondo. Inoltre è molto bravo a montare tutto ciò che si muove. Potrebbe montare l'assassino mentre tu scappi, ma credo che con una sola puzza potrebbe stecchire qualunque assalitore prima ancora che si avvicini alla tua stanza.»

Daisy rise.

«Siamo sul viale, saremo da te tra due minuti. Resta in camera tua finché non arriviamo.»

Henry guidò la macchina su per la salita, rimbalzando e sobbalzando tra le buche e i dossi in un modo che non poteva assolutamente far bene a quella povera auto. Penny si sarebbe aspettata quella reazione da Daisy ma non da lui. Era chiaro che la figlia era la cosa più importante che aveva al mondo.

Il cottage si stagliò finalmente davanti ai loro occhi e, immerso in quel modo nell'oscurità, dovettero ammettere che aveva un'aria piuttosto sinistra e inquietante. Henry fermò la macchina a pochi metri dalla casa, mancando per poco il furgoncino di Penny.

Scesero dall'auto e prima che potesse fermarlo, Henry corse sul retro. Lei sapeva che era troppo buio lì dietro per trovare la serratura, mentre la porta principale era fiocamente illuminata dalla luce della luna. Penny entrò in tutta fretta e oltrepassò Bernard che russava sul divano, aprì la porta comunicante e corse su per le scale fino alla camera di Daisy. Non aveva paura per lei, ma voleva raggiungerla il prima possibile per rassicurarla.

«Daisy, sono io. Apri.»

Ci fu un secondo di esitazione seguito dal rumore della cassettiera che veniva trascinata indietro sul pavimento. La porta si spalancò e la luce della luna le lasciò intravedere una ciocca di capelli biondi prima che il corpo di Daisy si fiondasse tra le sue braccia.

Penny la strinse forte. «Va tutto bene. Siamo qui.»

«Mi dispiace tanto, sono così stupida. Sono grande ormai per avere ancora paura del buio.»

Penny sentì il tonfo dei piedi di Henry su per le scale.

«Ehi, non c'è niente di male ad avere paura del buio. Se fossi sola in casa e andasse via la luce, anch'io me la farei addosso. Non dirlo a tuo padre però.»

Daisy ridacchiò contro il suo petto.

«Troppo tardi, ti ho sentito» disse Henry, stringendole entrambe in un abbraccio da orso con Daisy al centro.

Dio. Sarebbe stato terribilmente ingenuo da parte sua crogiolarsi in quell'abbraccio, ma non poté evitare di sorridere. Ecco cosa si provava a far parte della loro famiglia… era fantastico. Non aveva mai sentito la mancanza di figli suoi, quanto piuttosto di quel senso di appartenenza che non aveva mai sentito prima. Strinse Henry con un braccio e lui tenne lei e Daisy ancora più vicine al suo petto.

«Non respiro» protestò Daisy da un punto imprecisato tra Penny ed Henry e dopo qualche secondo, suo padre, seppur riluttante, sciolse l'abbraccio.

La tenne però a distanza ravvicinata come se volesse controllare se fosse ferita e Penny sorrise ancora del suo istinto di protezione.

«Perché non scendiamo tutti nel mio salotto e accendiamo il fuoco nel camino e qualche candela? Ho anche dei marshmallow che possiamo tostare.»

Henry annuì e si avviò giù per le scale stringendo una mano di Daisy; lei allungò l'altra e prese quella di Penny. Scesero al piano di sotto come una catena umana e raggiunsero il salotto senza staccarsi.

«Henry, ci pensi tu ad accendere il fuoco? Io prendo le candele» disse Penny, spingendo Bernard giù dal divano e facendo sedere Daisy.

Lui si inginocchiò davanti al camino ammassando ciocchi di legno e rami secchi. Penny entrò in cucina e prese le candele e i fiammiferi; le accese tutte quante e le incollò a dei piattini. Ne sistemò qualcuna in giro per la cucina e portò le altre in salotto.

Il fuoco stava già scoppiettando nel camino e, insieme alle candele, illuminò la stanza di un caldo, piacevole bagliore dorato. Henry si sedette sul divano e strinse Daisy tra le braccia, proprio come aveva fatto con Penny la prima volta che si erano baciati. Penny si sedette accanto alla ragazza e si accucciò contro di lei, accarezzandola piano.

«Quei discorsi sugli assassini con le asce mi hanno terrorizzato» confessò Henry, baciando Daisy sui capelli e prendendo la mano di Penny. La guardò con gli occhi pieni di emozioni che lei non riuscì a decifrare.

«A me invece hanno fatto ridere» replicò Daisy.

Aveva la testa premuta contro il petto del padre e non si accorse della gara di sguardi che si stava tenendo alle sue spalle.

«Era quello il risultato che volevo ottenere» spiegò Penny insicura.

Non sapeva se Henry fosse arrabbiato con lei, ma il modo in cui le accarezzava la mano sembrava dire tutt'altro. Lui le sorrise e poi tornò a concentrarsi su Daisy, mantenendo però la mano intrecciata a quella di Penny.

Henry si svegliò qualche ora più tardi con una fitta al collo e le sue due donne preferite tra le braccia. Prima Penny si era alzata per cucinare uno spuntino che avevano mangiato davanti al fuoco e poi si erano rimessi sul divano, abbracciati stretti. Sapeva che Penny e Daisy stavano cercando di rassicurarlo fingendo che fosse sua figlia ad aver bisogno di essere tranquillizzata. Mentre Daisy aveva riso e scherzato con Penny durante la cena, lui invece aveva ancora il cuore in gola e non riusciva a calmarsi.

Era ridicolo reagire in quel modo per una semplice interruzione di corrente, ma sapere che Daisy aveva avuto paura lo aveva terrorizzato. Aveva sempre reagito in maniera irrazionale quando Daisy si era fatta male da piccola. Ricordava benissimo la volta in cui, da bambina, era caduta dalla bicicletta, si era sbucciata un ginocchio e lui l'aveva portata di corsa in ospedale. Una volta aveva quasi picchiato un dentista quando aveva scambiato un grido di paura di Daisy per un urlo di dolore, prima ancora che il dottore la sfiorasse. Quando si trattava di sua figlia diventava sempre troppo protettivo e non ragionava chiaramente, ma non c'era nulla che potesse fare a riguardo.

Si voltò a guardare Penny, che dormiva con la testa sotto l'ascella di Daisy e un braccio stretto intorno alla sua vita. La serata era stata completamente diversa da quello che aveva programmato, ma in qualche modo era finita mille volte meglio. Penny aveva accettato la presenza di Daisy nella loro relazione come se accogliere all'improvviso un'adolescente nella sua vita fosse la cosa più facile del mondo. Di solito aspettava settimane o addirittura mesi prima di presentare sua figlia alle sue ragazze, e tutte le volte che lo faceva si creava comunque una certa tensione. Persino quelle che avevano finto di apprezzare la presenza di Daisy per farlo contento non avevano mai dimostrato la spontaneità e l'affetto di Penny. E Daisy la ricambiava.

Passò le dita tra i capelli di Penny, saggiandone la morbidezza, e lei aprì gli occhi gonfi di sonno. Henry desiderò sporgersi e baciarla e l'avrebbe fatto se solo non avesse avuto il corpo di sua figlia spalmato sul petto a inchiodarlo sul divano.

«Porto Daisy a letto» le sussurrò.

Penny annuì e si divincolò dal corpo della ragazza. Henry fece lo stesso, non senza difficoltà, e quando si fu rimesso in piedi la prese in braccio. Penny gli sorrise, mezza addormentata, e lui ricambiò prima di allontanarsi verso le scale. Un minuto più tardi era di nuovo in salotto. Penny era immersa in un sonno profondo sul divano. Prese in braccio anche lei.

«Che stai facendo?» biascicò.

«Ti porto a letto.»

«Oh» mormorò Penny nascondendo la testa nell'incavo del suo collo. «Non penso di essere abbastanza sveglia per quello.»

Henry sentì il suo respiro farsi più profondo.

«Non posso restare, non stasera. Non voglio rischiare che Daisy si svegli e non mi trovi.»

«Okay» sussurrò Penny.

La posò sul letto e lei si accoccolò al cuscino, richiudendo gli occhi e addormentandosi di nuovo.

«Penso di essermi innamorato un pochino di te stasera. Anzi, magari dovrei dire che sono più innamorato di prima. Il modo in cui hai gestito la situazione con Daisy è stato incredibile, non avrei saputo fare di meglio. E non l'ho fatto, infatti, perché come hai visto ero nel panico più completo per una sciocchezza come un'interruzione di corrente. Ma tu… hai continuato a parlarle, l'hai fatta ridere, ragionare. Sei stata bravissima. Adoro il modo in cui ti comporti con lei, ma non soltanto quello. Adoro tutto di te. Sto parlando a vanvera, non è vero?»

Non ricevette alcuna risposta da Penny e anzi, a giudicare dal suo respiro pesante, in quel momento lei si trovava in un posto completamente diverso, di certo non nella sua stanza insieme a lui.

Henry si sporse per baciarla sulla fronte e poi la lasciò dormire.

Capitolo 21

Penny ammirò meravigliata il vestito argentato. Illuminato dalle luci del camerino del negozio, l'abito brillava come se fosse stato cucito con migliaia di minuscole lucine a led scintillanti. Si stringeva sotto il seno in un grappolo di grosse gemme nere e poi scendeva leggiadro fino al pavimento, nascondendo tutti i difetti. Era semplice ma elegante, meraviglioso oltre ogni dire e costava più di quanto spendeva in un mese per la spesa.

«Dovresti comprarlo» disse Daisy, volteggiando avanti e indietro avvolta in un abito di velluto rosso fuoco lungo fino ai piedi.

«Costa più di cinquecento sterline. Non posso spendere tutti questi soldi per un vestito che indosserò una sola volta.»

«Le spose lo fanno. E poi ti immagini la faccia che farebbe papà se ti vedesse con questo abito addosso? Sei così bella che potrebbe benissimo inginocchiarsi e chiederti di sposarlo sul momento.»

Penny rise.

«Dico sul serio.»

«E tu che diresti se lo facesse?» domandò Penny con circospezione, cercando di non suonare troppo interessata alla risposta.

«Penso che sareste perfetti l'uno per l'altra, sempre che si liberi della sua paura di legarsi a qualcuno. Non voglio che ti ferisca e gliel'ho detto, ma tu gli piaci davvero e non l'ho mai visto comportarsi in questo modo con una donna prima d'ora. Magari tu riuscirai a cambiarlo. Ma se doveste veramente sposarvi, allora dovrai lasciarmi fare la damigella.»

Penny voleva dire a Daisy che lei ed Henry stavano già uscendo insieme, ma era una confessione che doveva farle suo padre in prima persona. Ora che sapeva che avevano l'approvazione di Daisy, avrebbero potuto dirglielo prima del previsto.

Penny rientrò nel camerino, tirò giù la cerniera del vestito e lo riappese con attenzione alla stampella. Quando uscì, trovò Daisy già vestita ad aspettarla.

«Hai deciso di prendere l'abito rosso?»

Daisy fece una smorfia. «Ho già speso tutta la paghetta per quello verde.»

«Allora te lo regalo io. Costa molto di meno di quello argentato e potrai metterlo alla vigilia di Natale.»

«No, non posso lasciartelo pagare.»

«Consideralo il tuo regalo di Natale. Andiamo, dobbiamo tornare a casa a riprendere il furgoncino prima di andare al seminario di intaglio.»

«Tu comprerai quello argentato?»

«No… Ho già un vestitino nero molto bello che indosso tutti gli anni al ballo. Ho delle nuove scarpe da abbinarci, va bene così.»

Penny pagò il vestito e uscirono dal negozio. Daisy la prese sottobraccio e lei sorrise. Avevano trascorso una mattinata davvero piacevole insieme, girovagando tra i negozi, chiacchierando e fermandosi alla pasticceria di Linda per una fetta di torta di Natale. Andavano perfettamente d'accordo e Penny adorava trascorrere del tempo con lei.

«Guarda, c'è Anna.» Daisy indicò la zia e corse ad abbracciarla.

Penny esitò prima di avvicinarsi. Bea era con lei e probabilmente il piccolo Oliver stava dormendo nel passeggino. La bambina si sbracciò per salutarla quando la riconobbe. Penny si inginocchiò per parlare con lei e per non dover interagire con Anna.

«Ciao Bea.»

«Ciao Penny» la salutò. Daisy e Anna avevano smesso di parlare.

«Sei pronta per il Natale?»

Bea annuì. «Mi insegni a dire "buon Natale" con le mani?»

«Con il linguaggio dei segni? Ma certo.» Penny mimò lentamente le due parole e Bea la imitò. «Ecco fatto. Adesso puoi andare in pasticceria da Tilly a presentarti e augurarle buon Natale.»

«Grazie. Un giorno mi insegni altre parole?»

«Sai che ti dico? Ogni volta che ci incontreremo ti insegnerò una parola nuova. Ne vuoi un'altra prima di andare?»

Bea annuì contenta. Penny segnò un'altra parola e Bea la ripeté, imparandola molto velocemente.

«Che cosa significa?»

«Cioccolato.»

La bambina ridacchiò.

«Ascolta, Bea» disse Anna. «Daisy può accompagnarti in pasticceria e se Tilly è lì puoi chiederle una fetta di torta al cioccolato» concluse dicendo con i segni la parola «torta».

Bea annuì contenta. Anna diede delle monete a Daisy, lei prese la cuginetta in braccio e la portò nel locale, lasciando Penny e sua zia da sole.

Penny si alzò in piedi così che Anna non troneggiasse su di lei. Era alta quasi quanto suo fratello. Evidentemente aveva ereditato gli stessi geni.

«È un'ora che guardo te e Daisy» esordì Anna.

«Ci stavi seguendo?» indagò Penny incredula.

«Spiando sarebbe il termine più adatto» rispose con un mezzo sorriso. «Vedo che ti adora e che anche a te piace stare con lei. So che è bravissima a giudicare le persone. Non le è mai piaciuta nessuna delle fidanzate di Henry, nemmeno quando noi pensavamo che fossero brave persone, e si sono rivelate tutte terribili. Se tu le piaci, allora dovrei fidarmi anch'io.»

«Queste sarebbero delle scuse?»

Anna sospirò, chiaramente imbarazzata. «Le voglio molto bene. Voglio bene a entrambi e non voglio che soffrano, specialmente Daisy, e soprattutto dopo quello che è successo l'ultima volta con Emily. Quindi mi dispiace se ho reagito in quel modo. Avevo delle buone intenzioni, anche se so che non è una buona scusa.»

Penny sorrise. «Scuse accettate. Mi dispiace averti cacciata di casa.»

Anna si strinse nelle spalle e cominciò a camminare accanto a Penny. «Me lo sono meritato. Quando lo direte a Daisy?»

«Presto, spero. Anche lei vuole vederci insieme, quindi spero che Henry glielo dica presto, magari dopo Natale. È una vera seccatura doverci nascondere.»

Anna rise. «Immagino. Henry è un disastro a mantenere i segreti, lo è stato fin da bambino. Questa storia gli starà portando dei terribili mal di testa.»

«Andavate d'accordo da piccoli?»

«Sì. Be', non sempre. Ci divertivamo da matti a giocare insieme ma poi litigavamo come cane e gatto. Lo facciamo ancora, in realtà, anche se la pensiamo allo stesso modo sulla maggior parte delle cose.»

«È vero che fate ancora la lotta con il cibo?»

«Sì, è vero, ma soltanto quando mi fa arrabbiare. Non è un grande esempio per i bambini, non è così?»

«Non saprei. Di sicuro è un modo per risolvere i conflitti senza ricorrere alla violenza, alle grida o alle parolacce.»

Si voltarono verso il negozio e aspettarono che Daisy e Bea le raggiungessero.

«Penso che anche Bea sia brava a giudicare le persone» disse Anna.

«Perché le piaccio?»

«Perché ti parla. Non parla con nessuno fuori casa. Neanche con me.»

Penny si prese un momento per assimilare quelle parole e si rese conto di quanto quel problema dovesse turbare Anna.

«Magari potresti insegnarle il linguaggio dei segni. Se non ha il coraggio di parlare con nessuno, almeno potrà comunque comunicare in un modo che in città capirebbero tutti, anche se si rivolge solo a te.»

Anna sorrise e prese in braccio Bea, tutta sporca di cioccolato.

«Mi sembra un'ottima idea. Sarà meglio andare.» Esitò un momento prima di voltarsi. «Mi farebbe molto piacere se venissi a casa nostra insieme a Henry e Daisy, la sera di Natale.»

«Dovresti proprio» aggiunse la ragazza addentando la sua fetta di torta. «Facciamo sempre un sacco di giochi quella sera.»

«Grazie, sei molto gentile. Potrei andare da mio fratello nel pomeriggio e poi passare da voi in serata.»

«Sei la benvenuta a qualunque ora.»

Penny la guardò allontanarsi con un sorriso e solo allora si rese conto di che ora fosse.

«Andiamo Daisy, o faremo tardi al seminario. Credimi, Maggie non è una di quelle persone con cui vuoi litigare.»

«Sono emozionata» disse Daisy, saltellando sul posto per riscaldarsi.

Penny si soffiò sulle dita e cercò di dimostrare lo stesso entusiasmo di Daisy per quel lavoro a bassissime temperature. La sua stanza refrigerata era piuttosto fredda, certo, ma quel padiglione enorme così sottile, privo di riscaldamenti, raggiungeva temperature a dir poco polari. Il tempo si era fatto più freddo e aspro negli ultimi giorni. Maggie, con tutta la sua saggezza di organizzatrice capo, aveva deciso di non ordinare delle stufe per il seminario, per evitare che le sculture di ghiaccio si sciogliessero mentre ci lavoravano su, dettaglio che Penny aveva appena scoperto. Con tutto lo stress che Maggie aveva accumulato per l'organizzazione del ballo e del resto degli eventi di cui si stava occupando, senza menzionare lo stadio piuttosto avanzato della gravidanza, Penny non aveva nessuna voglia di spiegarle che i blocchi di ghiaccio avrebbero impiegato almeno cinque ore prima di cominciare soltanto a sciogliersi, anche in un luogo pieno di persone come quello. Per un seminario di un'ora, un paio di stufe sarebbero andate benissimo. La mancanza di fonti di calore, invece, avrebbe potuto essere un problema per i partecipanti.

«Quante persone pensi che verranno?» chiese Daisy.

«Non lo so. Non ho mai fatto niente del genere prima d'ora. Ho tenuto dei piccoli corsi alle feste di addio al nubilato e al celibato, e per degli eventi aziendali, ma non ho mai preparato un invito generico e aspettato che qualcuno si presentasse. È stata un'idea di Maggie, ha detto che avrebbe aiutato a raccogliere fondi per beneficenza. Lei non è il tipo a cui si può dire di no.»

Daisy sorrise e lanciò un'occhiata a Maggie che stava parlando al telefono.

«No, lo penso anch'io. Quindi, come funziona? Fai vedere come si fa e lasci che la gente scolpisca quello che vuole?»

«Esatto. Io mostro soltanto le tecniche di base. Ho portato degli schizzi che i partecipanti possono utilizzare e poi passerò tra le sculture per dare qualche suggerimento. Onestamente non mi aspetto grandi cose da nessuno. In genere la gente vuole soltanto provare e divertirsi. Per esempio, alle feste di addio al nubilato o al celibato vogliono tutti scolpire dei peni.»

Daisy scoppiò a ridere. «Sul serio?»

«Già.»

«Ma proprio tutti?»

«Sì, quasi tutti. Le nonne, le mamme delle spose, gli uomini, vogliono tutti intagliare dei pistolini. Non so perché. La prima volta in cui ho partecipato a un evento del genere, pensavo di aver trovato un gruppo di ragazze con un senso dell'umorismo piuttosto volgare, ma nel corso degli anni ne ho organizzati una ventina e hanno sempre intagliato peni.»

«Ma è fantastico.»

Penny sorrise. «Spero che i cittadini di White Cliff Bay siano più discreti e che magari scolpiscano qualche petardo natalizio, campane o magari alberi, ma immagino che ci saranno comunque parecchi pistolini. Maggie ha invitato anche un fotografo del giornale locale che immortalerà le sculture, quindi ho bisogno che tu crei qualcosa di carino che spicchi tra tutti i peni che ci saranno.»

«Ma che cos'è tutto questo parlare di genitali?» chiese Henry trasportando tre piccoli blocchi di ghiaccio che posò su un tavolo. «Stai forse cercando di corrompere mia figlia?»

Daisy ridacchiò. «Pigiamini, papà, non pistolini. Devi farti controllare le orecchie, vecchietto.»

Henry le passò un braccio intorno al collo e la strinse forte contro il petto. «Vecchietto a chi, eh? E tu smettila di parlare di peni con la mia figlioletta innocente.»

Penny rise. «Tu sei l'unico che ne ha parlato. Daisy stava dicendo la verità, ho bisogno di qualche pigiama nuovo e mi stavo chiedendo di che colore comprarli.»

Cercò senza successo di rivolgergli uno sguardo innocente ed Henry finse di rifilarle un'occhiataccia.

«E su che colore saresti orientata?»

«Rosa» rispose Daisy.

«Viola» rispose Penny nello stesso momento, per poi nascondere il sorriso dietro la sua bottiglia d'acqua.

«Rosa violetto» aggiunse Daisy, continuando a mentire senza riuscire a controllare le risate.

Henry soppresse un sorriso e si allontanò per andare a prendere altri blocchi di ghiaccio.

«Dovremmo trovare un altro argomento perverso per quando tornerà» propose Daisy. «Che ne dici, droghe, prostituzione o rapporti sessuali con gli animali?»

Penny sputò l'acqua. «Finirà che sarai tu a corrompere me e non il contrario, per la miseria.»

«Non imprecare davanti a mia figlia» disse Henry.

Penny scoppiò a ridere pensando a quello che si era appena perso.

«Mio papà ha ragione, le mie orecchie innocenti non vogliono sentire quelle parole.»

Penny era sul punto di difendersi quando una famiglia con bambini entrò nel padiglione. Gli inviti erano molto chiari riguardo ai limiti d'età. A causa degli attrezzi taglienti che avrebbero usato, nessuno al di sotto dei diciotto anni poteva partecipare per motivi legali. Daisy era l'unica eccezione alla regola e soltanto perché Penny si era assunta la responsabilità e aveva riferito a Maggie che era piena di talento. Penny sperava che quella famigliola non fosse venuta con la speranza di far usare gli strumenti ai bambini. Maggie, efficiente come al solito, si avvicinò per accoglierli mentre un'altra manciata di persone entrava nel padiglione.

Per lo meno i partecipanti avrebbero contribuito a riscaldare la stanza, ma sarebbero servite più di cento persone per far alzare la temperatura nel padiglione. Faceva freddissimo e Penny temeva che le persone, invece di divertirsi, non sarebbero state neanche in grado di tenere gli attrezzi in mano nel modo giusto.

Arrivarono altre persone che Penny conosceva: Libby, Hazel, sorella di Maggie, persino la vecchia Suzanna della farmacia e molti altri che non aveva mai visto. Maggie stava raccogliendo le quote di adesione e dava indicazioni ai partecipanti perché scegliessero un tavolo e indossassero dei guanti. Il padiglione era ancora quasi vuoto. Mancavano solo tre giorni a Natale e probabilmente la maggior parte delle persone stava facendo gli acquisti dell'ultimo minuto o era in visita dai genitori.

L'ora in cui avrebbero dovuto cominciare venne e passò, quindi Penny immaginò che fosse arrivato il momento di iniziare. C'erano dieci persone pronte a imparare. Era un numero perfetto, anche se non era la folla che Maggie si era augurata. I partecipanti erano tutti stretti tra loro e avevano un aspetto infelice e infreddolito.

Henry si guardò attorno ansioso. «Perché non prendere delle bibite calde per tutti? C'è un caffè proprio in fondo alla strada, posso essere di ritorno entro un quarto d'ora.»

«Sarebbe grandioso, grazie» rispose Penny.

Si sporse per baciarlo sulla guancia ma si fermò prima che qualcuno la notasse. Henry sorrise per quel gesto mancato.

«Presto, te lo prometto» le sussurrò.

Sfiorò la sua mano per una frazione di secondo, ma fu abbastanza per farle capire che anche lui avrebbe voluto baciarla. Si allontanò e andò a chiedere ai partecipanti di cosa avessero voglia. Gli furono tutti estremamente riconoscenti e si illuminarono alla prospettiva di una bevanda calda.

Quando uscì, Penny si presentò e diede una breve dimostrazione di come disegnare sul ghiaccio il modello che volevano scolpire, e spiegò quali attrezzi utilizzare per trasformare il modello in due dimensioni in una scultura tridimensionale. Aveva soltanto degli attrezzi di base da distribuire e ovviamente non aveva portato la sega elettrica, quindi si sentiva abbastanza sicura a lasciare i partecipanti soli con le loro sculture mentre si aggirava per la stanza a controllare il lavoro di ognuno di loro.

C'erano tre ragazze sui vent'anni che erano venute insieme e ridacchiavano tra loro pensando a quello che avrebbero intagliato. Penny sorrise e dedusse di aver trovato le autrici dei peni.

Camminando passò accanto a Daisy e sbirciò il disegno che stava imprimendo sul ghiaccio.

«Non preoccuparti, nessun pistolino» disse lei.

«Niente di troppo equivoco, mi raccomando. Tuo padre non mi perdonerebbe mai.»

Daisy sorrise e ricominciò a intagliare. Penny proseguì nel giro e, dopo una rapida ricognizione, scoprì che sette persone su dieci stavano effettivamente disegnando peni, sentendosi tutti molto divertenti e originali per aver avuto quell'idea. Libby sfruttava uno dei modelli per scolpire un petardo rettangolare e un uomo stava tentando, senza troppo successo, di intagliare un albero.

Si fermò al centro del padiglione per ammirare i suoi nuovi studenti nel pieno del loro lavoro e sorrise guardandoli mentre mettevano in pratica i suoi insegnamenti e si divertivano grazie a ciò che aveva loro mostrato. Magari avrebbe davvero accettato l'offerta di Jackson Cartwright di insegnare ai suoi studenti.

Tuttavia faceva davvero troppo freddo e, nonostante i partecipanti si stessero divertendo, molti di loro dovevano fermarsi a più riprese per cercare di riscaldarsi le mani. Lavorare a basse temperature non era mai piacevole. Qualche volta, per un motivo o per l'altro, era stata costretta a scolpire nell'armadio freezer, ma non resisteva molto prima che mani e piedi si facessero troppo freddi per continuare, nonostante i guanti e gli stivali di pelliccia dalle punte rinforzate. Persino Daisy, che ormai era abituata a lavorare con lei nella stanza refrigerata, doveva fermarsi e posare gli strumenti per scaldarsi le mani. Si era tirata su le maniche, come faceva sempre quando lavorava, e aveva le braccia nude esposte alla temperatura gelida del padiglione.

Fuori stavano cadendo grossi fiocchi di neve. Anche se la strada era troppo bagnata perché la neve si attaccasse, certamente dimostrava quanto le temperature fossero basse.

All'improvviso si sentì un grido di dolore e Penny si voltò. Era stata Daisy a urlare e si stava stringendo il braccio al petto. Penny corse da lei e notò che si era tagliata. Non era una ferita grave, ma senza dubbio era stata causata dalle mani troppo fredde e intorpidite per tenere gli attrezzi nel modo corretto. I guanti che indossava erano troppo grandi per lei e lasciavano passare il gelo che le aveva ghiacciato le dita.

«Stai bene?» le chiese Penny, avvolgendola con le braccia per confortarla.

Daisy annuì e sorrise debolmente. «Fa un male cane. Non dirlo a papà.»

Penny rise. Se Daisy riusciva a scherzarci su, voleva dire che stava bene. Si guardò attorno. Henry sarebbe tornato a breve con le bevande calde ma adesso si stava chiedendo se non fosse il caso di fermare il seminario. Molti dei partecipanti, non abituati a lavorare a quelle temperature così basse, avrebbero potuto finire per farsi male proprio come Daisy.

Penny prese il kit del primo soccorso proprio mentre Henry rientrava nel padiglione. Il suo volto si deformò quando si accorse che Daisy si stava reggendo un braccio ferito.

«Cavolo» mormorò la ragazza. «Io ti fornisco un diversivo, tu scappa.»

«Cosa?» chiese Penny, ma lo sguardo sul viso di Henry le disse tutto quello che aveva bisogno di sapere.

Si concentrò nella ricerca di un cerotto e riuscì a ripulire la ferita con del disinfettante prima che Henry si avvicinasse di corsa. Aveva il respiro accelerato e fissò il taglio, non più lungo di un centimetro, con occhi terrorizzati.

«Che diavolo è successo?» ruggì a denti stretti.

«Papà, è stato un incidente, tutta colpa mia.»

Lo sguardo accusatorio di Henry si spostò su Penny. «Avevi detto che era sicuro.»

«Fa troppo freddo qui dentro, mi spiace» replicò lei, riportando la sua attenzione al taglio e applicando il cerotto sulla ferita con attenzione.

«Ora la riporto a casa» grugnì Henry.

Sembrava che stesse cercando di trattenere la rabbia. Le spalle di Daisy si incurvarono.

«Penso che tu stia esagerando» intervenne Penny.

«Esagerando?» esclamò Henry incredulo.

«Sì. Ti stai comportando da despota iperprotettivo. È soltanto un graffio e non mi piace essere guardata come se fossi un essere mostruoso» ribatté Penny richiudendo il coperchio del kit del primo soccorso.

Dopo una manciata di secondi di silenzio, le labbra di Henry si stiracchiarono in un sorriso. Daisy li fissava sconvolta. Penny ricambiò il sorrisetto, sentendo che il clima di tensione si era ormai dissipato. Portò il kit del primo soccorso nell'angolo in cui aveva lasciato tutta la sua roba e lui la seguì.

«Un despota?»

Sicura che fossero abbastanza lontani da orecchie indiscrete, Penny si voltò a fronteggiarlo.

«Esatto. E adesso perché non porti il tuo favoloso corpo da despota lontano da me, servi le bevande calde che hai comprato e poi ci lasci continuare a lavorare? Lascia in pace Daisy, imparerà dai suoi errori e la prossima volta starà più attenta con gli attrezzi che maneggia. E poi la terrò d'occhio, promesso.»

Henry annuì, all'improvviso molto più tranquillo. «Mi dispiace.»

Lei sorrise. «Non è nulla.» Si avvicinò a Daisy. «Stai bene? Se non vuoi continuare puoi andare a sederti lì.»

Daisy scosse la testa. «No, sto benone.» Lanciò un'occhiata a suo padre che, obbediente, stava distribuendo le bevande ai partecipanti. «Nessuno gli ha mai tenuto testa in quel modo. Pensavo che avrebbe dato di matto. Te l'ho detto, sei perfetta per lui.»

Penny seguì la direzione del suo sguardo. Non aveva mai reagito a un rimprovero prima di allora, aveva sempre tenuto la testa bassa durante le liti. Henry, però, le aveva insegnato che non doveva mai farsi trattare male da nessuno. Sorrise. Anche lui era perfetto per lei.

Capitolo 22

Quel pomeriggio, Penny era in camera sua a disfare il letto quando sentì bussare alla porta con una certa esitazione. Henry era rimasto in città per fare delle compere in vista del Natale mentre lei e Daisy erano tornate a casa; e poi dubitava che lui, dopo averla vista in tutta la sua gloria, avrebbe bussato prima di entrare.

Aprì la porta e si sorprese di trovare Daisy sull'uscio, con i capelli acconciati e il trucco perfetto. Il sorriso che le rivolse non coinvolse anche gli occhi. Era tesa.

«Ho un appuntamento con Josh. Puoi dire a papà che sono in giro con Rebecca o qualcosa del genere?»

«Daisy, non dovresti chiedermi di mentire a tuo padre per coprirti. Mi sento già in colpa per non avergli detto tutto quello che so, non mi va di raccontargli anche delle frottole. Devi...» La voce di Penny si affievolì di fronte allo sguardo preoccupato negli occhi della ragazza. «Che succede?»

Lei entrò nella stanza e si sedette sul letto. «Ho detto a Rebecca che hai chiamato quella vecchia capanna "nido d'amore" e mi ha risposto che tutti la chiamano così. Dice che un sacco di ragazzi ci portano le fidanzate per fare sesso. È stato Josh a proporre di incontrarci lì... e se volesse farlo con me?»

Penny si lasciò cadere sul letto accanto a lei. Non esisteva un manuale per questo genere di cose. Desiderò che Henry fosse lì con loro, ma immaginò anche che non l'avrebbe presa troppo bene e che fosse quello il motivo per cui Daisy si stava rivolgendo a lei.

«Quante volte vi siete visti dopo la gara di intaglio?»

«Quanti appuntamenti intendi? Tre. Penso di essere innamorata di lui.» Penny trattenne un sorriso. L'amore all'età di Daisy sembrava così semplice, ma sapeva che per lei non lo era. «Ma non sono ancora pronta per farlo con lui.»

«Allora diglielo.»

«E se mi lascia? Non ho mai avuto un ragazzo prima d'ora. Nessun ragazzo mi ha mai neanche prestato attenzione, come se non ne valessi la pena. E magari è vero, dato che persino mia madre mi ha abbandonato quando avevo soltanto due mesi. Josh non pensa che io sia brutta o inutile. Mi ama per quello che sono e non potrei sopportare di perderlo.»

Penny sentì il cuore stringersi. Il danno che la madre di Daisy le aveva inferto era molto più profondo di quanto lei stessa dava a vedere, e avrebbe richiesto ancora tanto tempo prima che potesse metterci una pietra sopra.

«Ascoltami. Sei bellissima, intelligente, dolce e simpatica. Tuo padre ti adora. Non ha mai pensato che tu sia inutile, anzi, sei la persona più importante della sua vita. Se io ed Henry dovessimo sposarci, un giorno, sarei orgogliosa di averti come figlia. Tua madre ha fatto un grande errore quando ti ha lasciata, ma è stata lei a perderci, non tu. E se Josh non riesce a capire quanto sei fantastica, allora sarà peggio per lui, non per te.»

Daisy la fissò per un momento prima di gettarle le braccia al collo e stringerla forte. Penny ricambiò l'abbraccio e le accarezzò affettuosamente la schiena finché la ragazza non si tirò indietro.

«Dimmi una cosa. Josh ha mai dato a intendere che vorrebbe farlo con te?»

Daisy scosse la testa. Penny sapeva bene che Josh era un ragazzo davvero timido. Probabilmente l'idea di portare la relazione a un livello successivo non lo aveva nemmeno sfiorato.

«Siete mai andati oltre il bacio?»

Daisy arrossì. «No, di solito chiacchieriamo e ascoltiamo la musica. Ci siamo baciati un paio di volte, ma è dolce e molto rispettoso. Rebecca dice che Lucas, il suo ragazzo, le tocca sempre il seno. Josh non l'ha mai fatto con me.»

Penny notò l'espressione delusa di Daisy. «Vorresti che lo facesse?»

«Sì. Forse. Non lo so. È piccolo.» Daisy abbassò lo sguardo sul suo petto. «Rebecca dice che è una bella sensazione.»

Dio. Come avrebbe reagito Henry a quella conversazione? Probabilmente avrebbe messo Daisy in punizione per il resto della vita e le avrebbe impedito di vedere sia Josh che Rebecca per sempre.

«È una bella sensazione?» chiese.

Miseriaccia. Penny ripensò allo scorso venerdì sera, a Henry che le baciava i seni e le succhiava i capezzoli.

«Sì, è bello, ma è una cosa che dovresti lasciarti fare soltanto se ne sei completamente sicura.»

«A volte sento di voler andare oltre il bacio, ma ho paura. Non so bene quello che faccio e non voglio sbagliare. E soprattutto non so se sono ancora pronta per farlo. Josh però è così dolce e non ha mai avuto una ragazza prima di me. Voglio che la mia prima volta sia con lui.»

«Io ero molto più grande di te quando l'ho fatto per la prima volta. Avevo vent'anni ed è stato un rapporto veloce e poco piacevole nella cameretta del mio fidanzato, che alla fine è corso di sotto per cenare con i suoi genitori. Ma la prima volta con… il mio secondo ragazzo è stata mille volte più bella e dolce e appagante. Ero nervosa ma lui è stato così delicato… Si è concentrato tutto il tempo su di me e su quello di cui avevo bisogno. Per molti versi vorrei aver aspettato lui per la mia prima volta. La prima volta dovrebbe essere romantica e meravigliosa, in un posto confortevole, e non in una capanna di legno dove decine di altre coppie hanno perso la verginità. Ma la cosa più importante è che tu ti conceda a una persona che ami e di cui ti fidi completamente.»

«Io lo amo e mi fido di lui.»

«Ci credo, ma vi frequentate soltanto da pochi giorni. Prenditi il tuo tempo per conoscerlo a fondo e, quando sarai pronta, se ti fidi davvero di lui, potrai parlargli delle tue paure. Non fare nulla di cui non sei sicura o per cui non ti senti pronta. Se lui ti ama veramente, ti aspetterà fino a quando non lo sarai.»

Daisy annuì solennemente. «Ora devo andare. Mi starà aspettando.»

Si alzò e Penny sentì una vena di panico. Avrebbe voluto portarla su in soffitta e rinchiuderla lontano da tutti finché non avesse avuto almeno venticinque anni. Avrebbe dovuto fermarla e impedirle di uscire fino a che non fosse tornato suo padre e lasciare a lui il compito di gestire quella situazione nel modo che riteneva migliore? Dopotutto lui era suo padre e lei era soltanto la loro padrona di casa.

Daisy si spostò verso la porta. «Grazie per questa chiacchierata. Non lo dirai a papà, vero?»

Penny deglutì e scosse la testa. «Aspetta un attimo.» Si avvicinò al comodino ed estrasse dal cassetto una manciata di profilattici. «Non penso proprio che dovresti farlo con Josh, non prima di qualche altra settimana o addirittura qualche mese, non fino a quando non ti senti pronta. Ma se decidi di farlo, prima o poi, prendi le dovute precauzioni, va bene?»

Daisy fissò i preservativi e le sue guance pallide si tinsero di rosso, confermando a Penny quanto ancora non fosse pronta per quel passo. Afferrò i profilattici e li nascose nella borsa.

«Digli solo che non sei pronta. Sono sicura che capirà.»

Daisy annuì, abbozzò un sorriso e se ne andò.

Penny rimase sulla soglia della sua camera da letto a guardarla scomparire giù per le scale. Dopo qualche secondo sentì il rumore della porta sul retro che si chiudeva. Che diavolo aveva appena fatto?

Henry si stava arrampicando su per la collina diretto verso casa, canticchiando allegramente tra sé e sé. Aveva risolto i suoi problemi di lavoro con Clara; Edward, mentre piantonava l'ufficio della sorella in attesa che levasse le tende, aveva adocchiato i suoi bozzetti e lo aveva appena chiamato per dirgli che li aveva portati a casa per esaminarli meglio, ma che già gli piacevano parecchio. Avrebbe organizzato un incontro con uno dei progettisti dopo Natale e avrebbe partecipato in prima persona. Daisy era felice a White Cliff Bay e lui aveva trovato una fidanzata meravigliosa di cui si stava innamorando. Mancavano soltanto due giorni al ballo della vigilia di Natale e la vita non poteva andargli meglio.

Prese una scorciatoia tagliando per il prato e passò accanto alla vecchia capanna ai piedi del vialetto che portava al cottage. In lontananza notò Penny che portava a spasso Bernard; la salutò con la mano ma gli sembrò di intravedere uno sguardo sconvolto sul suo viso.

Dall'interno della capanna provenivano musica leggera e risolini. Sorrise tra sé. Lì dentro c'era sicuramente una coppietta di adolescenti che si godeva la tranquillità di quel posticino. Passò davanti alla porta della capanna e si gelò sul posto quando risentì le risatine.

Conosceva quella risata. L'aveva ascoltata ogni giorno per gli ultimi sedici anni della sua vita. Tornò immediatamente indietro e spalancò la porta di scatto. Il cuore gli rimbalzò nel petto quando vide Daisy sdraiata sulla panchina che baciava Josh, steso completamente su di lei.

I due ragazzi si separarono e lei impallidì quando lo vide. Lui si voltò a guardare Josh che si rimise subito a sedere, allontanandosi da sua figlia. La sua collera si placò soltanto un po' quando realizzò, con estremo sollievo, che entrambi indossavano i vestiti.

«Che cosa diavolo pensi di fare con mia figlia?» ruggì, non riuscendo a controllare la rabbia che lo stava possedendo.

«Papà, era soltanto un bacio» disse Daisy sedendosi.

La maglietta le era scesa lungo la spalla rivelando una striscia di pelle bianca e la bretella nera del suo reggiseno di pizzo. Le aveva forse messo le mani addosso? Il pensiero di quel ragazzo che toccava sua figlia gli dava il voltastomaco.

All'improvviso Penny raggiunse la capanna di corsa, senza fiato. «Henry, calmati, ti prego.»

Henry la sentì a malapena, gli occhi ancora fissi su Josh che appoggiò il braccio intorno alle spalle di Daisy.

«Levale le mani di dosso prima che te le spezzi.»

«Henry!» esclamò Penny incredula. «È soltanto un ragazzino!»

«Papà, non parlargli così. Josh, va' via, per favore. Non peggioriamo la situazione.»

Josh si alzò in piedi. Era grande e grosso, e lo stomaco di Henry si contorse al pensiero di lui e Daisy insieme. Il ragazzo, però, invece di andarsene si posizionò tra Henry e Daisy.

«Non ho intenzione di lasciarti da sola con lui quando è arrabbiato. Non le lascerò fare del male a Daisy.»

Henry rimase esterrefatto. L'idea che potesse fare del male alla sua stessa figlia era semplicemente ridicola. Certo, aveva una gran voglia di tirare dei pugni, ma non avrebbe mai alzato un dito su di lei. La cosa che lo infastidiva di più, però, era l'atteggiamento protettivo che Josh aveva nei confronti di Daisy. Henry si sarebbe aspettato di vederlo scappare via non appena lo avesse riconosciuto; invece era evidente che tenesse davvero a lei.

Penny gli posò una mano sul braccio. «Henry, si stavano solo baciando.»

Lui la ignorò e rivolse la sua attenzione alla figlia. «Alzati, andiamo a casa. Questa è l'ultima volta che lo vedi.»

Da qualche parte nella sua testa capì che si stava comportando in maniera stupida, ma non era proprio il momento di mettersi a discutere con la parte razionale del suo cervello.

«Papà, ma noi ci amiamo!»

«Vi amate? Ma se vi conoscete da una settimana!»

«E allora?»

La sua figlia sedicenne era innamorata. Com'era potuto succedere? Sembrava ieri che le faceva i codini e la accompagnava al suo primo giorno di scuola. Doveva calmarsi, stava reagendo molto male. Era rimasto sconvolto nel trovare sua figlia in quella posizione, è vero, ma Penny aveva ragione, si stavano solo baciando. Prese un respiro profondo ed espirò lentamente.

Daisy si voltò verso Penny. «Non posso credere che tu gliel'abbia detto. Mi avevi promesso che avresti mantenuto il segreto.»

«Non gli ho detto niente, te lo giuro.»

Henry sentì la rabbia montare di nuovo e si voltò verso Penny. «Tu lo sapevi? Sapevi che si stava vedendo con lui e non mi hai detto nulla?»

Penny impallidì, colpevole. «Io… volevo dirtelo, ma…»

Henry le diede le spalle e afferrò la borsa di Daisy. «Andiamo a casa.»

La borsa rimase impigliata alla gamba di una sedia e tutto il suo contenuto si rovesciò sul pavimento, inclusi tre profilattici. Tutti e quattro guardarono terrorizzati i preservativi.

Henry, infine, ritrovò la voce. «Solo un bacio, eh?»

«Glieli ho dati io» intervenne Penny.

«Hai dato a mia figlia dei contraccettivi? Tu sapevi che stava frequentando Josh e non solo l'hai lasciata uscire e venire qui, ma l'hai spinta fuori dalla porta con una manciata di profilattici e le hai detto di divertirsi con il fidanzatino! Chi diavolo pensi di essere?»

Penny fece un passo indietro, ferita dalle sue parole.

«Non volevamo fare niente, papà» disse Daisy. «Ne ho parlato con Penny e mi ha raccontato di quanto fosse stata bella e speciale la sua prima volta con il suo secondo fidanzato e quanto fosse importante che io aspettassi di sentirmi pronta. Voglio che la mia prima volta sia fantastica come la sua, non come te che eri ubriaco a una festa e te ne sei pentito per il resto della vita!»

Daisy corse fuori ed Henry fece per seguirla, ma Penny lo fermò per il braccio. «Aspetta un attimo.»

Henry si divincolò dalla presa, ferito dal suo tradimento. Non avrebbe mai dovuto tenerlo all'oscuro di quella relazione. Se l'avesse saputo, avrebbe provato a sostenere una conversazione razionale sul sesso con sua figlia. Non avrebbe dovuto saperlo in quel modo. Gli occhi saettarono sui profilattici e si sentì sopraffare dalla rabbia.

«Stai lontana da mia figlia e stai lontana da me. Non voglio vederti mai più.»

Henry uscì a passo svelto dalla capanna, ignorando lo sguardo disperato sul volto di Penny.

Penny rientrò in casa solo dopo parecchie ore. Non aveva voluto rischiare di incontrare Henry e aveva passeggiato sugli scogli con Bernard fino a molto dopo il tramonto, piangendo tutte le lacrime che aveva in corpo. Solo alla fine, quando le lacrime si erano asciugate e avevano lasciato il posto a un dolore intorpidito, aveva ripreso la via di casa.

Si sentiva ridicola per essersi innamorata di Henry così in fretta e così profondamente. Non avrebbe dovuto soffrire tanto dopo una sola settimana, ma sebbene sapesse quanto fosse sciocco, non c'era nulla che potesse fare per evitarlo.

Entrò in casa passando per la porta sul retro e gli occhi schizzarono sulla porta comunicante. Le luci nella dépendance erano spente e la casa era immersa nel silenzio. La macchina di Henry però era ancora parcheggiata nello spiazzo, quindi non erano usciti o, peggio, non erano andati via per sempre.

Prese le chiavi del furgoncino per scaricare i blocchi di ghiaccio che non avevano usato durante il seminario e per riporli nella stanza refrigerata. Per fortuna li aveva tagliati in blocchi più piccoli, così, anche se erano piuttosto pesanti, poteva trasportarli da sé.

Li portò nella stanza da lavoro uno alla volta e poi aprì il portello del freezer. La porta era incastrata, ma dopo qualche strattone ben assestato riuscì a scollarla dal telaio. All'interno dell'armadio, una grossa pozza d'acqua si era ghiacciata, trasformando il pavimento in una piccola pista di pattinaggio sul ghiaccio.

Penny rimase a fissarla orripilata mentre realizzava la gravità della situazione. Non solo molti blocchi di ghiaccio da intagliare in futuro si erano completamente sciolti, ma alla pozza sul pavimento si erano aggiunti una scultura che aveva realizzato per una festa aziendale che si sarebbe tenuta il giorno dopo, quella che avrebbe presentato al ballo della vigilia di Natale e anche quella che le aveva commissionato un uomo che aveva intenzione di chiedere alla fidanzata di sposarlo quel martedì. Tra le tre sculture ormai disciolte, quella che la angosciava di più era l'ultima perché sapeva che l'anello di diamanti gigante che avrebbe dovuto consegnare a giorni era la ciliegina sulla torta di una serie di gesti romantici che il cliente aveva organizzato per la sua futura moglie. Non poteva deluderlo. Se i blocchi si erano sciolti la sera precedente a causa dell'interruzione di corrente, però, la stessa sorte era capitata a quelli nella macchina che creava il ghiaccio. Avrebbero impiegato tre giorni interi a congelarsi di nuovo. Magari sarebbero stati pronti per martedì, ma non avrebbe comunque fatto in tempo a scolpirli e consegnarli.

Diede un'occhiata ai cinque blocchi di ghiaccio più piccoli che giacevano nella stanza refrigerata. Avrebbe potuto fonderne tre insieme per creare un unico blocco grande. I bordi sarebbero stati piuttosto visibili, ma avrebbe almeno avuto abbastanza materiale per scolpire un anello di diamanti gigante e sperare che l'uomo apprezzasse l'effetto finale. Lo avrebbe rimborsato se avesse avuto da ridire sulla qualità della scultura, ma almeno l'avrebbe avuta. Doveva invece affrettarsi a contattare l'azienda per comunicare che non avrebbe consegnato l'ordine.

Trascinò velocemente i cinque blocchi nel freezer, inumidì le facciate di tre di essi e li avvicinò per creare un grosso blocco unico; il giorno seguente sarebbe stato pronto per essere intagliato.

Uscì dalla stanza refrigerata e trovò Daisy che la aspettava in cucina. Appena la vide scoppiò in un pianto disperato. Penny si avvicinò di corsa e la prese tra le braccia. La ragazza continuò a singhiozzare sul suo petto.

«Tesoro, che cosa sono queste lacrime?» le chiese, accarezzandole la nuca.

«Mi dispiace così tanto. È tutta colpa mia. Non avrei mai dovuto tenere il segreto con papà e soprattutto non avrei dovuto chiederti di coprirmi.»

«Non hai niente di cui scusarti.»

«Ma adesso lui ti odia.»

Penny si sentì come se l'avessero colpita nello stomaco. Henry la odiava. Gliel'aveva letto negli occhi. Quella era la parte peggiore. Il suo sguardo le aveva confermato che lui non aveva mai ricambiato i suoi sentimenti. Penny non aveva manipolato Daisy per convincerla di tenere a lei, non l'aveva usata per arrivare a suo padre né le aveva mai rivolto le parole spregevoli che si era sentita dire dalle fidanzate precedenti di Henry; anche se lui aveva tutto il diritto di essere infuriato, Penny non si meritava tanto astio. Aveva fatto ciò che credeva fosse meglio per Daisy, eppure Henry la stava trattando come se fosse la peggiore feccia sulla faccia della Terra.

Inghiottì il dolore e si preparò a mentire a Daisy. «Non mi odia. È molto arrabbiato e ha tutto il diritto di esserlo.»

«Pensavo che vi sareste messi insieme e adesso ho rovinato tutto.»

«Non hai rovinato niente.»

«Se vuoi posso non parlargli più» propose la ragazza.

In qualche modo Penny trovò la forza di abbozzare un sorriso. «Tesoro, non voglio che odi tuo padre per quello che è successo. È una cosa che riguarda solo noi due e io non vorrò mai essere la causa di una frattura tra voi.»

Daisy la strinse più forte mentre piangeva. «Lo perdonerai? Quando verrà a chiederti scusa, e so che lo farà perché lo convincerò, tu lo perdonerai, vero?»

Penny si tirò leggermente indietro e le baciò la fronte. «Qualsiasi cosa succeda tra me ed Henry, ti prometto che io e te saremo sempre amiche. Non dubitarne mai.»

Daisy la fissò per un istante prima che gli occhi le si riempissero di nuove lacrime.

«Non lo perdonerai, non è così?»

Penny decise di essere sincera con lei e scosse la testa. «Non penso di poterlo fare.»

«Perché?» gemette.

Il dolore lasciò improvvisamente il posto alla rabbia. «Perché il mio ultimo fidanzato mi ha trattata molto male e non ho intenzione di compiere gli stessi errori. Tuo padre mi ha sempre detto che merito di meglio ed è vero. Nessuno può trattarmi come uno straccio e poi venire a chiedermi scusa in ginocchio. Se tieni a una persona, non la tratti così male.»

Un rumore proveniente dalla porta comunicante le fece voltare. Henry era in piedi sulla soglia ma, stagliato nell'ombra, Penny non riuscì a decifrare l'espressione sul suo viso.

«È meglio che tu vada» disse lei. «Ma ricorda quello che ti ho detto: tra me e te non cambierà mai niente.»

Daisy tirò su con il naso e annuì prima di trascinarsi verso la porta. Penny non aspettò di rimanere sola con Henry e, quando la ragazza salì al piano di sopra, gli voltò le spalle e se ne andò a letto.

***

La mattina dopo Penny fu svegliata dal rumore di qualcuno che si muoveva nella sua cucina, quindi, pensando o forse sperando che fosse Henry, infilò la vestaglia e scese al piano di sotto. Fu soltanto leggermente delusa nel constatare che si trattava di Jill che metteva in ordine e preparava la colazione.

Jill le rivolse un sorriso sornione e la abbracciò, ma quando allentò la stretta e la guardò negli occhi il suo viso si rabbuiò.

«Hai pianto. Che cosa è successo?»

Penny scosse la testa. «Non è importante.»

«Certo che lo è.»

Sentirono dei rumori provenire dal piano superiore della dépendance e Penny dedusse che qualcuno si era appena alzato. All'improvviso sentì il bisogno di essere da tutt'altra parte. Henry poteva scendere e venire da lei per urlarle ancora contro, chiederle scusa oppure limitarsi a ignorarla; Penny non voleva assistere a nessuna delle tre opzioni.

Doveva ancora intagliare quell'anello per la proposta di matrimonio, ma poteva rimandare di qualche ora.

«Che programmi avevi per oggi?»

Jill raccolse subito l'imbeccata. «Io... volevo portarti a fare una passeggiata.»

Penny le sorrise. «Vengo volentieri.»

«Allora vatti a vestire mentre io sistemo queste cose.»

Penny annuì riconoscente e corse al piano di sopra.

I profumi inebrianti del mercatino di Natale della città vicina di Apple Hill raggiungevano anche l'estremità più lontana del parcheggio e si sposavano alla perfezione con i grossi fiocchi di neve che cadevano copiosi dal cielo e si attaccavano ai tettucci delle macchine e ai fili d'erba.

Entrarono nel mercatino e si scontrarono con un'ondata di calore e con gli odori di miele dolce, vino speziato, frutta, cioccolato, crema, pane e così tanti altri profumi che Penny non riuscì neanche a distinguerli.

L'edificio era affollatissimo: il giorno dopo sarebbe stata la vigilia di Natale e intorno a loro la gente correva avanti e indietro nel tentativo di terminare gli ultimi acquisti.

Davanti a una colazione con un tramezzino al bacon fatto con uno speciale pane al whiskey, dal sapore incredibile, Penny si decise a raccontare a Jill quello che era successo il giorno precedente.

Jill terminò il suo panino e si leccò le dita. «Mia cara Penny, sebbene abbia decisamente esagerato, essere un genitore ti rende molto poco razionale. Ti garantisco che sta già rimpiangendo quello che è successo ieri pomeriggio e che sta di certo cercando un modo per chiederti scusa.»

«Sai dove può ficcarsi le sue scuse? Non mi interessano.»

Jill scosse la testa. «Non conosco neanche un genitore che non abbia mai reagito in maniera sproporzionata quando si trattava della sicurezza dei figli. Con il primo figlio poi è peggio, si è sempre più morbidi con i secondi e i terzi. Henry non ne ha mai avuti altri, Daisy è l'unica figlia che ha ed è tutto il suo mondo. Non ho figli miei, ma amo te e tuo fratello come se lo foste, e sarei contenta di morire se significasse mantenervi al sicuro, in salute e felici. Un giorno potresti avere dei figli e per questo non giudicare un genitore se prima non hai passato cento giorni nei suoi panni e non hai mai provato quell'amore incondizionato e struggente per un bambino, che a volte ti fa agire in modo affrettato o irrazionale. Trovare sua figlia in quella posizione deve averlo sconvolto e il fatto che tu gliel'abbia tenuto nascosto l'ha ferito.» Jill alzò una mano per chiedere a Penny di non interromperla. «Anche se capisco perché l'hai fatto. Ogni relazione attraversa dei momenti difficili, ma ci si perdona e si va avanti. Non puoi allontanare l'uomo che ami alla prima difficoltà. Quando ti chiederà scusa, digli che è stato un cretino e spiegagli quanto ti ha ferito, ma perdonalo e non guardarti più indietro.»

Penny scosse la testa. Non poteva perdonare Henry, non adesso. Era ancora troppo arrabbiata.

Jill le strinse la mano e si alzò. «Andiamo, voglio vedere che cos'ha da offrirci questo mercatino.»

Non ne parlarono più. Jill sapeva quando seminare consigli e quando lasciare a Penny il tempo di rifletterci su. Si spostarono di bancarella in bancarella ammirando le candele aromatizzate e assaggiando tutta la crema, il cioccolato, il miele, i dolci, il pane, le noci zuccherate, le marmellate e i formaggi. Penny bevve parecchi bicchieri di sidro di mele speziato e vin brûlé, abbastanza da farla sentire calda e rassicurata. C'erano tante bancarelle che vendevano dolcetti natalizi fatti con spezie e ingredienti diversi, e Penny ne assaggiò molti e ne comprò altrettanti. Ammirarono le decorazioni per gli alberi di Natale fatte di legno e di vetro, e persino qualche pacchiana decorazione in plastica, che ricordò a Penny il meraviglioso albero agghindato che si innalzava nel suo salotto. C'era persino una bancarella che vendeva l'occorrente per creare delle casette di marzapane e delle bellissime case già pronte. Era come se Jill l'avesse portata lì di proposito, per farle ripercorrere tutti i ricordi piacevoli che aveva condiviso con Henry durante quell'ultima settimana.

Qualche ora più tardi, Penny aveva divorato una tonnellata di assaggini e bevuto dell'altro delizioso sidro di mele, e stava trasportando buste piene di acquisti che non ricordava nemmeno di aver fatto. Quando Jill la riportò a casa, si sentiva leggermente brilla e di sicuro non aveva nessuna forza per affrontare Henry, a prescindere dal suo umore, quindi lasciò le buste in salotto e salì in camera sua per un riposino pomeridiano.

Si svegliò molto più tardi. Fuori era già buio e la neve continuava a cadere pesantemente. Si sentiva ancora un po' annebbiata e ponderò l'idea di rimanere a letto finché Natale non fosse arrivato e passato. Il giorno dopo era la vigilia e la città si sarebbe riversata al ballo. Poteva tranquillamente rimanere sotto le coperte per due giorni, non sarebbe importato a nessuno.

All'improvviso si ricordò dell'anello di diamanti che doveva intagliare entro il giorno dopo. Inoltre aveva promesso a Maggie che l'avrebbe aiutata con l'organizzazione degli ultimi dettagli per il ballo, quindi non poteva permettersi di rimanere a letto a compiangersi.

Indossò degli abiti più caldi e si diresse nella stanza refrigerata. Aprì la porta del freezer, che era rimasta di nuovo incastrata, e guardò all'interno. Una volta consegnato l'anello per la proposta di matrimonio, avrebbe dovuto sbrinare la porta e il pavimento prima di riporre altre sculture lì dentro. Quella piscinetta di acqua congelata era davvero pericolosa.

Guardò i tre blocchi di ghiaccio che aveva incollato la sera prima e sospirò. Nella fretta di risolvere quel problema, e con la mente ancora occupata da Henry e Daisy, aveva dimenticato di caricare il blocco sul carrellino. Adesso era troppo pesante perché potesse sollevarlo da sola e non aveva nessuna intenzione di chiedere aiuto a Henry, quindi era costretta a intagliare nel freezer. Per fortuna l'anello di diamanti sarebbe stato piuttosto facile e rapido da scolpire, non sarebbe dovuta rimanere nel freezer a lungo e, una volta intagliata, la scultura sarebbe stata vuota al centro, quindi facile da spostare anche da sola il giorno successivo.

Afferrò gli strumenti dalla stanza refrigerata e si chiuse nel freezer, non completamente sicura che i tre blocchi di ghiaccio incollati in un pezzo solo avrebbero resistito ai colpi degli attrezzi. Per lo meno, esposti a quella temperatura gelida, avrebbero avuto meno probabilità di rompersi.

Cercò tra le canzoni del suo iPod, scartando tutte quelle che avessero anche solo lontanamente a che fare con il Natale, e cominciò a intagliare. Abbozzò la forma dell'anello nel ghiaccio e poi prese la motosega per tagliare tutte le parti che non le sarebbero servite, incluso il centro della circonferenza. Disegnò un anello molto più spesso di quello che aveva previsto perché aveva bisogno di una superficie più robusta. Impiegò una discreta quantità di tempo a cercare di rendere l'anello più liscio e levigato possibile, ma faceva davvero freddo dentro il freezer e stava cominciando a perdere la sensibilità alle dita nonostante i guanti.

Si fece forza, sapendo che avrebbe dovuto finirlo entro quella sera, e si disse che per lo meno, finché restava lì dentro e si concentrava sul disegno e l'intaglio, non doveva pensare a Henry e a quello che si era trasformato probabilmente nel peggior Natale di sempre. Lo avrebbe passato da sola, senza ombra di dubbio, e sebbene negli anni passati non avesse avuto problemi a restare sola di sua spontanea volontà, trascorrere la giornata intera in solitudine perché era stata appena mollata dall'uomo che amava rendeva il tutto ancora più triste.

Cominciava ad avvertire una certa sonnolenza, di certo imputabile anche all'alcol che aveva assunto. Non beveva quasi mai, quindi ogni volta che le capitava finiva per soffrire degli effetti della sbronza già qualche ora dopo invece che il giorno successivo. Avrebbe finito l'anello e sarebbe filata dritta a letto.

Ignorò il freddo che si era ormai infiltrato fin sotto i vestiti e si concentrò a rifinire i dettagli della fascia che avrebbe sorretto il diamante gigantesco, poi si assicurò che le facce della pietra fossero perfettamente lisce e lucide. Infine, fece un passo indietro e ammirò la sua opera finita.

Faceva davvero molto freddo lì dentro. Forse era dovuto al fatto che ci aveva trascorso troppo tempo, ma l'ambiente sembrava più gelato del solito. Aveva le braccia e le gambe dolorosamente congelate, le dita ormai intorpidite e le palpebre pesanti. Non le era mai capitato di soffrire così tanto all'interno della stanza freezer.

Controllò il termometro accanto alla porta e imprecò. Dopo l'interruzione di corrente di sabato, il freezer si era resettato automaticamente alla temperatura più fredda possibile, ovvero circa venti gradi in meno rispetto a quella raccomandata. Ecco perché stava soffrendo così tanto. Anche quella strana stanchezza aveva finalmente una spiegazione: non era l'alcol, ma il suo corpo che stava perdendo tutte le energie.

Aveva bisogno di un bel bagno caldo. Sapeva che passare da una temperatura così bassa a una troppo più alta non faceva bene all'organismo, quindi avrebbe comunque dovuto trovare un modo per riscaldarsi più lentamente.

Afferrò tutti gli strumenti e spinse il portello, che però non si mosse di un soffio. Confusa, Penny riprovò ad aprire la porta ma senza successo. Posò gli attrezzi sul pavimento e ritentò. Il portello rimase chiuso. Dannazione. Spinse la porta con tutto il peso del suo corpo, terrorizzata, ma non riuscì comunque ad aprirla. La maniglia non girava, in parte perché era congelata a causa della temperatura freddissima, in parte perché le sue mani intorpidite non riuscivano ad applicare una pressione sufficiente.

Si appoggiò a uno scaffale e cercò di spingere la maniglia con i piedi, ma nemmeno quel tentativo funzionò. Colpì il portello con i pugni con tutta la forza che aveva e gridò a pieni polmoni, ma dall'esterno non si sentivano rumori e nessuno venne a liberarla. Bussò di nuovo, urlò e strillò, si lanciò contro la porta con tutto il suo peso... ma era intrappolata.

Prese il cellulare dalla tasca ed esaminò la rubrica. Chi poteva chiamare? Henry e Daisy sarebbero stati una scelta ovvia. Se erano in casa potevano facilmente venire a liberarla. Henry però non voleva rivolgerle la parola e lei non aveva il numero di Daisy. Maggie abitava a venti minuti buoni da lì, Jill trenta e suo fratello distava quasi un'ora.

Il cellulare trillò flebilmente per avvisarla che aveva la batteria scarica. Dannazione, poteva mai andare peggio di così?

Digitò rapidamente il numero di Henry. Magari era arrabbiato con lei, ma non l'avrebbe abbandonata nel freezer a morire di freddo.

Squillò soltanto un paio di volte prima che lui rispondesse.

«Pronto?»

Penny cercò di decifrare il suo tono di voce. Era arrabbiato, turbato, spiacente? Non era il momento giusto però per farsi quelle domande.

«Henry, sei a casa? Ho bisogno di aiuto.»

«No.»

Una risposta così secca non poteva essere positiva. Doveva essere ancora infuriato con lei. E anche lei era talmente arrabbiata che non voleva nemmeno parlargli, miseriaccia. E se non era a casa, allora non poteva nemmeno aiutarla. Il telefono trillò di nuovo, segnale che la batteria era quasi giunta al capolinea.

«Quanto lontano sei?»

La voce di Henry si ammorbidì leggermente avvertendo la tensione. «Che succede?»

«Daisy è a casa?»

«No, è da Anna. Che succede?»

«Sono intrappolata nel freezer.»

«In che senso intrappolata?»

«La porta è bloccata. Quando è saltata la corrente, il freezer si è resettato e fa molto più freddo del normale. Dovevo lavorare qui dentro, sono passate due ore e adesso non riesco a uscire.»

Henry rimase in silenzio per un momento e poi cadde la linea. Penny guardò il cellulare con terrore. Sarebbe venuto oppure no? Provò a richiamarlo, ma il telefono si scaricò e si spense prima che potesse squillare.

Maledizione.

Doveva uscire da lì. Si lanciò contro il portello qualche altra volta, ma non riuscì a smuoverlo.

Bene. Doveva ricordare come fare a sopravvivere a una temperatura così estrema. Una volta aveva cercato informazioni a riguardo, quando si era chiesta per quanto tempo potesse lavorare nel freezer prima di sentirsi male. Non pensava che continuare a muoversi fosse una buona idea: il sangue pompava sì fino alle estremità del corpo, ma sottraendo forza agli organi vitali. Decise di rimanere immobile. Si accucciò in un angolo della stanza con le ginocchia al petto e le braccia strette attorno.

Henry sarebbe venuto. Per quanto fosse arrabbiato con lei, non l'avrebbe lasciata morire di freddo. Sarebbe venuto a salvarla. Adesso il problema era resistere finché non fosse arrivato.

Capitolo 23

Henry fermò la macchina fuori casa. Aveva impiegato quasi mezz'ora a tornare. Avrebbe dovuto chiamare i pompieri o la polizia o qualcun altro. Chiunque sarebbe arrivato prima di lui, ma sapeva anche che il navigatore satellitare non funzionava bene da quelle parti e, ricordando quanto fosse stato faticoso trovare la via di casa la prima sera, aveva scelto di non perdere tempo a spiegare dove fosse il cottage. Aveva telefonato a Daisy per chiederle di rientrare in bici, ma né lei né Anna avevano risposto al cellulare, e Anna non aveva la macchina, dal momento che Steve l'aveva presa proprio per incontrarsi con lui.

Corse sul retro della casa, entrò dalla porta sul retro e si fiondò nella stanza refrigerata. Strattonò il portello del freezer, ma era bloccato. Lo tirò con tutta la forza che possedeva e finalmente riuscì ad aprirlo. Penny era accovacciata in un angolo della stanza, rannicchiata su se stessa, immobile. Sentì il mondo crollargli addosso.

Si precipitò al suo fianco e la scosse, ma non ricevette risposta. La sollevò e la trascinò fuori dalla stanza, mentre lei si abbandonava priva di sensi tra le sue braccia. Doveva chiamare un'ambulanza? Doveva portarla all'ospedale? Quello più vicino distava almeno quarantacinque minuti, anzi, quasi un'ora. Sapeva che il segnale del cellulare non era affidabile lassù e non voleva lasciarla da sola mentre correva nel capanno degli attrezzi per telefonare.

La priorità era riscaldarla. La distese di fronte al camino e si affrettò ad accendere il fuoco. Mentre i rametti cominciavano a scricchiolare e le fiamme prendevano vita, Henry la coprì con una coperta e poi corse al piano di sopra per prendere il piumone dal suo letto.

I vestiti di Penny erano congelati, avrebbe dovuto toglierglieli per cercare di riscaldarla. Era immobile e vederla nelle vesti di una Bella Addormentata ghiacciata lo terrorizzava. Tirò giù la cerniera della sua felpa e gliela sfilò. Anche la maglietta a maniche lunghe che indossava era gelata e sfilò pure quella. Le tolse gli stivali, i pantaloni impermeabili e le calze, così che rimase semplicemente con la biancheria intima. Si sfilò la maglietta a sua volta e si sdraiò su di lei, coprendo entrambi con il piumone.

«Penny, mi senti?»

Lei non si mosse. Non era nemmeno sicuro che stesse ancora respirando. Avvicinò il volto al suo e percepì un flebile respiro contro la guancia. Le strofinò le braccia, disperato, ma era freddissima e non sembrava prendere calore.

«Andiamo, Penny, apri gli occhi e guardami» pregò.

Il fuoco scoppiettava allegramente nel camino ormai e Henry ne sentì il calore attraverso il piumone. Doveva sentirlo anche lei.

«Penny, se non apri gli occhi adesso, non ti parlerò mai più. Mi hai sentito? Apri questi maledetti occhi!»

Con sua grande sorpresa lei li aprì ed Henry quasi scoppiò a piangere dal sollievo. Penny guardò nel vuoto, senza riuscire a focalizzare lo sguardo su di lui, ed Henry le strinse il viso tra le mani.

«Guardami.»

Penny sbatté le palpebre un paio di volte e poi finalmente lo fissò.

«Sei venuto» sussurrò, con gli occhi che si riempivano di lacrime. «Pensavo che non ti importasse niente di me.»

«Ma certo che mi importa. Sai benissimo quanto ci tengo a te.»

Penny scosse la testa mentre lui continuava a strofinarle dolcemente le braccia. «No, non lo so. Hai detto che non volevi vedermi mai più.»

«Ero arrabbiato, non dicevo sul serio. Dio, Penny, come hai potuto pensare che non mi importasse di te?»

«Sei stato molto chiaro. E quanto ti ho odiato. Hai detto che era finita.»

«No che non lo è» la aggredì. La paura che aveva provato e il sollievo di sapere che stava bene si erano trasformati in rabbia. «Dio, mi hai spaventato a morte.»

Si ritrovò a seppellirle il viso nell'incavo del collo, la prese tra le braccia e la strinse forte contro di sé. L'aveva quasi persa. Chiuse gli occhi e respirò l'odore della sua pelle, sentendo i suoi battiti pulsargli sulle labbra.

«Perché sono nuda?»

Henry alzò la testa. «Stavo cercando di riscaldarti.»

«Spogliandomi?»

«Il calore corporeo è il modo migliore per combattere l'ipotermia.»

«Anche tu sei nudo?»

«Ho ancora i jeans.»

«Mi hai spogliato solo per approfittarti della situazione?»

«Non ci ho nemmeno pensato.»

«Sul serio? Quindi, se fossi stata un uomo, la prima cosa

che avresti fatto sarebbe comunque stata spogliarmi e sdraiarti su di me?»

Henry esitò. «Probabile. Forse no. Non è come se non avessi mai visto il tuo corpo prima d'ora. Se non stessimo insieme, non ti avrei spogliato.»

«Ma noi non stiamo insieme. Tu mi hai lasciata, non ti ricordi?»

«Non ti ho lasciata. Ero solo arrabbiato. C'è una grande differenza.»

Penny scosse la testa. «Ti ringrazio per essere venuto a salvarmi, ma non ti ho chiamato perché volevo tornare con te. Ti ho chiamato perché pensavo fossi a casa ed eri la persona più vicina. In tutta onestà sarei felice di non rivederti.»

Il petto di Henry bruciò di dolore. Ma poteva forse aspettarsi qualcosa di diverso? Le aveva urlato contro e le aveva detto che non voleva vederla mai più. Ma Penny era davvero decisa a rinunciare a tutto quello che avevano per colpa di un semplice momento di panico?

All'improvviso lei sembrava arrabbiata. «Non hai il diritto di rimanerci male. Era tutto perfetto e tu l'hai rovinato. Mi hai promesso che non mi avresti mai ferito e invece l'hai fatto.»

Henry digrignò i denti. «Maledizione, mi dispiace, non volevo ferirti.»

La baciò dolcemente ma lei non rispose al bacio. La guardò e si accorse che il suo sguardo era duro. La baciò di nuovo ma lei continuò a non ricambiare. Si fece di nuovo prendere dal panico. L'aveva persa. Era viva e respirava tra le sue braccia, ma l'aveva persa per colpa del suo stupido caratteraccio.

«Mi dispiace.» Le baciò la gola, seminando una scia di baci lungo le clavicole. «Ho parlato con Daisy e mi ha raccontato tutto quello che le hai detto. Sei stata perfetta, hai gestito la situazione molto meglio di come avrei fatto io. Sono stato cieco e sciocco. Non mi aspettavo di entrare lì dentro e trovarla in quella posizione così compromettente, con dei profilattici per giunta. Sono rimasto scioccato e so di aver reagito in maniera eccessiva, ma mi dispiace.»

Gli occhi di Penny si riempirono ancora di lacrime. «Non penso di poter continuare così, Henry. Se davvero tenessi a me tanto quanto io tengo a te, non alzeresti mai la voce contro di me. Non ti arrabbieresti mai così tanto da dirmi che è finita.»

Henry la fissò. Era finita. Non voleva lottare per lui.

Ma lui era pronto a lottare per lei.

«Aspetta un attimo. Io ti amo. Ti amo tanto. Pensavo che anche tu mi amassi. Daisy mi ha riferito quello che le hai detto sulla tua prima volta con il tuo secondo fidanzato e di quanto è stata bella e perfetta. So che stavi parlando di me ed è stata bella e perfetta perché io e te siamo fatti l'uno per l'altra. Quando ami qualcuno, ami tutto di lui. Lo ami quando è triste o arrabbiato o testardo o se reagisce in maniera irrazionale. Lo ami nella buona e nella cattiva sorte. Quando ami qualcuno, lo ami quando grugnisce ridendo e quando viene a cena a casa tua con i capelli ridotti a un cespuglio impazzito. Lo ami quando ha l'alito cattivo se lo baci appena sveglio, lo ami quando prepara le torte soltanto perché è arrabbiato, lo ami perché ti fa ridere e anche piangere. Io ti amo e se tu mi ami mi perdonerai.» Vide il suo viso rilassarsi leggermente. «Mi dispiace, mi dispiace tanto.» La baciò ancora e finalmente lei ricambiò. «Pace, va bene?»

Penny alzò una mano ancora debole e gli accarezzò i capelli, poi annuì. Henry la baciò di nuovo e la strinse più forte al petto. Dopo pochi istanti il bacio si fece più profondo e bisognoso, e l'urgenza, stavolta, era partita da lei.

Le mani di Penny scivolarono lungo la schiena di Henry fino a raggiungere l'orlo dei jeans e poi si spostarono sul davanti.

Lui si tirò leggermente indietro. «Penny, penso che dovremmo comunque andare in ospedale. Io...»

Penny lo baciò di nuovo ed Henry odiò che stesse piangendo, e soprattutto che fosse lui la causa di quelle lacrime. Lei trafficò ancora con la chiusura dei suoi jeans ed Henry la aiutò, sfilandoseli il più velocemente possibile.

Si inginocchiò e la tirò a sedere, rifiutandosi di abbandonare le sue labbra mentre le sfilava la biancheria. La fece sedere sulle sue cosce ed entrò in lei. Penny gli avvolse le braccia intorno al collo e lo baciò con passione. Si strinsero così forte che i loro corpi quasi si incollarono e cominciarono a muoversi. Fu veloce e urgente e disperato e, mentre entrambi raggiungevano il culmine, Henry seppe che non avrebbe mai potuto lasciarla andare.

Penny era sdraiata sul corpo di Henry e guardava le fiamme affievolirsi fino a spegnersi mentre lui giocava con i suoi capelli. Il battito del suo cuore stava tornando regolare.

«Pace» confermò Penny.

«Mi dispiace. Ti prometto che non alzerò mai più la voce con te» disse lui accarezzandole la schiena.

Lei si voltò a guardarlo. «Non fare promesse che non puoi mantenere. Avremo delle discussioni e litigheremo, ma non puoi lasciarmi ogni volta che ti arrabbi. Non è giusto.»

«Lo so. Perdonami. Sono un disastro a gestire queste situazioni. Non ho mai avuto una relazione del genere prima d'ora. Nemmeno quelle che cercavo di prendere sul serio mi hanno fatto sentire così.»

La porta sul retro si spalancò all'improvviso.

«Penny, papà!» strillò Daisy, la voce terrorizzata.

Penny si tirò su a sedere coprendosi con la coperta, lasciando a Henry il piumone. Daisy corse verso la porta della stanza refrigerata, ma prima che potesse aprirla si accorse di loro. Sul volto della ragazza si alternarono una miriade di emozioni: sollievo, delusione, dolore, umiliazione e infine rabbia.

Capitolo 24

«Voi due state insieme?»

«Non è come sembra» disse Henry avvolgendosi il piumone intorno ai fianchi. «Stavo solo cercando di riscaldarla.»

Penny lo guardò oltraggiata. Quello era il momento giusto per scusarsi di aver tenuto la loro storia nascosta a sua figlia e per spiegarle perché l'avevano fatto, di sicuro non per continuare a mentire.

«Dio, papà, non raccontarmi frottole. Da quanto tempo va avanti?»

«Quasi una settimana» rispose Penny.

Henry le rifilò un'occhiataccia e poi si avvicinò a Daisy. «Ascolta. Non volevamo turbarti.»

«Quindi avete mentito e fatto le cose di nascosto e mi avete trattato come una bambina. Perché diavolo non me l'avete detto?»

«Perché mi avevi chiesto di non frequentarla e...»

«E guarda come sei stato bravo a rispettare le mie richieste!»

«Ascoltami, tesoro. Tu sei felice qui e avevi paura che io combinassi qualche sciocchezza con Penny e che per colpa mia dovessimo lasciare il cottage. Volevo soltanto far passare il Natale e darti un po' di tempo per ambientarti in città prima di parlarti di quanto Penny sia importante per me.»

Daisy, che evidentemente non aveva ancora deciso con chi essere più arrabbiata, si voltò verso Penny.

«Ecco perché eri così carina con me! Mi hai insegnato a intagliare il ghiaccio, mi hai portata a fare compere con te, mi hai persino regalato un vestito, e tutto questo solo per arrivare a mio padre!»

Penny era orripilata. Desiderava più di ogni cosa al mondo non dover affrontare quella conversazione nuda, con una misera coperta a nasconderle le grazie.

«No, Daisy, tesoro, non farei mai una cosa del genere, mi piace davvero passare del tempo con te. Mi fai ridere, sei così creativa e ammiro la tua intelligenza e la tua gentilezza. Ero felice di stare con te anche prima che io e tuo padre cominciassimo a frequentarci. Se ci lasciassimo adesso, sarei comunque felicissima di insegnarti a intagliare e di portare a spasso Bernard insieme. Te l'ho detto anche l'altra sera, quando io ed Henry abbiamo litigato. Non ti userei mai per ottenere qualcosa in cambio. E so che ci conosciamo da poco tempo, ma spero che tu capisca che io sono la persona che vedi e che non ho mai avuto secondi fini.»

Daisy non sembrava volerla ascoltare e tornò a rivolgersi verso suo padre.

«Ma che problemi hai con le donne? Il sesso è davvero così importante per te da impedirti di restare single per più di un paio di mesi?»

Henry era furioso. «Maledizione, Daisy, questo non è soltanto sesso! Non stiamo solo giocando, io amo Penny, ormai già da un po'.»

Nella stanza scese un silenzio tombale, interrotto soltanto da Bernard che sbuffava sul divano.

«Tu la ami?» ripeté Daisy glaciale.

«Sì.»

«Dopo una settimana? Che razza di ipocrita. Hai sminuito i sentimenti che provo per Josh perché ci conosciamo da troppo poco per essere innamorati e poi fai la stessa cosa? E non hai pensato che fosse una cosa importante da dirmi?»

«Te l'avremmo detto dopo Natale. Volevo soltanto farti sentire a casa prima di sconvolgere tutto e presentarti Penny come la donna che voglio sposare.»

Penny sentì gli occhi riempirsi di lacrime. Henry la amava e voleva sposarla! Desiderò baciarlo e stringerlo forte, ma non era il momento giusto per farlo.

Daisy li fissò per qualche altro secondo prima di scappare via sbattendo la porta comunicante.

«Maledizione» imprecò Henry. Lasciò cadere il piumone e si rivestì in fretta. «Maledizione, maledizione.»

Si infilò la camicia litigando con i bottoni e fece per correre dietro alla figlia, ma tornò subito per lasciarle un rapido bacio sulle labbra.

«Ti amo e risolverò tutto, così potremo finalmente stare insieme senza più segreti. Fidati di me.»

Penny annuì. Henry la baciò sulla fronte e uscì dalla stanza, richiudendosi alle spalle la porta comunicante. Sentì il rumore dei suoi passi che salivano le scale e poi padre e figlia ricominciarono a gridarsi contro, sebbene non riuscisse a distinguere le parole. Doveva assolutamente risolvere quella situazione. Anche lei lo amava e non poteva perderlo prima ancora di averlo tutto per sé.

Penny osservò il paesaggio fuori dalla finestra della camera da letto, il cielo bianco e muto di prima mattina e i fiocchi di neve volteggianti nell'aria.

Non era riuscita a dormire bene. Aveva trascorso la notte a sperare che Henry entrasse nella sua stanza e le dicesse che aveva risolto tutto, ma i suoi desideri non si erano avverati. Di sicuro non avrebbe lasciato che questo intoppo li dividesse... anche se Daisy era stata il motivo principale per cui aveva lasciato la maggior parte delle sue fidanzate. Sarebbe stata sempre al primo posto per Henry.

Si sentiva scoppiare la testa. Prima la lite che li aveva allontanati, poi la riappacificazione dopo quel grosso spavento, e adesso sembravano essere ritornati al punto di partenza. Quella sera ci sarebbe stato il ballo della vigilia di Natale e ci sarebbe dovuta andare da sola se Henry non fosse riuscito a risolvere le cose con Daisy.

Si alzò dal letto e andò a farsi una doccia. Si sentiva come svuotata, sebbene la sera prima Henry avesse ammesso chiaramente che la amava.

Ritornò in camera e si accorse che lo schermo del suo cellulare, appoggiato sul comodino in modalità silenzioso, era illuminato. Lo prese e notò non solo di aver perso tre telefonate di Maggie, ma anche che era molto più tardi di quanto credesse. La neve aveva reso il paesaggio più cupo e doveva aver dormito più del previsto senza accorgersene.

Digitò rapidamente il numero dell'amica. Quando le rispose, capì subito che era entrata nel panico più completo.

«Penny! Questa maledetta, dannata neve ha rovinato tutto, tutto!»

«Maggie, che succede? Che vuoi dire?»

Si avvicinò alla finestra e rimase senza fiato. Il paesaggio, in ogni direzione in cui guardasse, era ricoperto da un pesante strato di neve bianca. Il tettuccio del suo furgoncino era sommerso da più di mezzo metro di neve e le ruote erano quasi del tutto sprofondate.

«Dovremo annullare il ballo. Doveva arrivare tutto oggi: i tavoli, le sedie, il dj, le stufe, persino la maggior parte dei camerieri che vengono da fuori città» spiegò Maggie, e Penny si accorse che stava quasi piangendo dalla frustrazione. «Metà degli intagliatori di ghiaccio hanno perso le loro sculture a causa dell'interruzione di corrente dell'altra sera e non abbiamo più decorazioni per la sala.»

«Aspetta un secondo. Non possiamo annullare il ballo, non lo faremo. Non dopo tutto il lavoro che hai fatto per realizzarlo. Organizziamo questo ballo in città fin da quando ho memoria e non lasceremo che un po' di neve ci fermi.»

«È più di un po' di neve, Penny» abbaiò Maggie.

Lei ignorò la rabbia nella voce della sua migliore amica. «Dammi cinque minuti per riflettere e ti richiamo.»

Chiuse la telefonata e camminò avanti e indietro per la stanza per qualche secondo prima di prendere il cellulare e controllare la rubrica. Il consiglio cittadino utilizzava un metodo di messaggi a catena per le emergenze, che si trattasse di una riunione da organizzare in tutta fretta o un semaforo rotto che doveva essere segnalato, oppure una mucca fuggita dalla stalla che andava recuperata. Quella si qualificava come una vera e propria emergenza.

Scrisse rapidamente un messaggio per spiegare il problema e chiedere se qualcuno avesse soluzioni da proporre. Incluse il suo numero di cellulare alla fine del messaggio così che chiunque potesse contattare lei in prima persona. Lo inviò a cinque persone, consapevole che nell'arco di mezz'ora quasi tutti i cittadini e le loro famiglie sarebbero stati informati della situazione.

Mentre aspettava si vestì velocemente. Il cellulare mandò un segnale la prima volta nel momento in cui si stava infilando i jeans e nel lasso di tempo che impiegò ad allacciarsi la cintura trillò altre sette volte di fila. Si mise gli stivali da neve e, mentre stringeva i lacci, sentì il telefonino vibrare ancora e ancora.

Quando guardò lo schermo, si accorse di aver ricevuto più di trenta messaggi. I suoi concittadini erano davvero rapidi!

Molte risposte consistevano in offerte di cibo. Si trattava quasi solo di tramezzini, stuzzichini e fette di torta, ma sarebbe sicuramente bastato a soddisfare l'appetito di tutti i presenti. Inoltre quelli che risposero si impegnarono a portare delle bevande alcoliche e analcoliche. Kathleen del pub The Pilchard offrì tavoli, sedie e le stufe che teneva sul portico, a patto che qualcuno andasse a prenderle. I proprietari dei locali The Bubble and Froth, The Mermaid e The Smuggler's Inn non si fecero attendere; visto che avrebbero comunque tenuto i pub chiusi in vista del ballo, rilanciarono offrendo bottiglie di vino e bibite analcoliche. Qualcuno disse di avere un iPod, ottimi altoparlanti perfetti per le feste e una vastissima scelta di musica, soprattutto pop, che avrebbe fatto canticchiare tutti i presenti. Un gruppo di volontari era già in città a spalare la neve per liberare le vie principali e le strade secondarie che portavano all'edificio del ballo. Fortunatamente la maggior parte degli snodi della città erano stati cosparsi di sabbia proprio la sera precedente. Anche se le strade che collegavano il centro ai paesi vicini erano ricoperte di neve, per lo meno gli spalatori non avrebbero dovuto raddoppiare gli sforzi.

Inviò una risposta rapidamente, includendo tutte le persone che le avevano scritto e i cinque destinatari del messaggio originale. Spiegò che l'emergenza del cibo era rientrata, chiese se ci fossero altri volontari disposti a scendere in città con le vanghe per aiutare a spalare la neve e domandò se qualcuno possedesse un furgone utilizzabile per caricare i tavoli e le sedie offerti dai pub. Aggiunse una richiesta per candele e tovaglie. Nel giro di pochi minuti ricevette risposte molto incoraggianti. Diverse famiglie si offrirono di aiutare a liberare le strade, due persone misero a disposizione i furgoni e molta altra gente promise di portare tovaglie e candele direttamente al ballo.

Anche se non sarebbe stato neanche lontanamente simile a quello che Maggie aveva organizzato, per lo meno l'evento avrebbe avuto luogo, in un modo o nell'altro.

Penny ricompose il numero dell'amica. «Maggie, per il cibo ho risolto: abbiamo tramezzini e torte e la gente porterà le bevande da casa...»

«Hanno pagato quaranta sterline a biglietto e vogliamo servire loro dei tramezzini? Rivorranno indietro fino all'ultimo centesimo.»

«No, non lo faranno. È un evento di beneficenza e la gente in città tiene molto al ballo. A nessuno importerà se ci saranno tramezzini invece di pollo ripieno di spinaci e formaggio. E comunque è meglio mangiare tramezzini piuttosto che rimanere a pancia vuota, quindi smettila di lamentarti e ascoltami.»

Maggie rimase in silenzio per un momento. «Va bene» disse infine più tranquilla. La strigliata era stata efficace.

Penny le spiegò il piano e si offrì di aiutarla a sistemare la sala. Maggie le diede appuntamento direttamente lì fuori appena fosse riuscita a mettersi in macchina e poi chiusero la telefonata.

Quello sarebbe stato un grosso problema anche per lei. La sua utilitaria non avrebbe mai potuto attraversare la strada innevata che scendeva fino alla città e il furgoncino era troppo vecchio e malandato per correre quel rischio. Una volta raggiunta la via principale non avrebbe più avuto problemi, ma la strada giù per la collina era lunga e scoscesa, e avrebbe impiegato almeno tre o quattro ore per liberarla tutta. La Range Rover di Henry, invece, aveva più possibilità di raggiungere il centro in meno tempo e l'emergenza del ballo andava risolta il prima possibile.

Infilò il cappotto, il cappello e i guanti, e scese al piano di sotto. Esitò per una manciata di secondi davanti alla porta comunicante. Dalla dépendance non proveniva neanche un fiato. Che padre e figlia si fossero scannati a vicenda durante la notte?

Bussò timidamente alla porta e una grossa ombra scura si stagliò contro la vetrata. Henry aprì la porta e le rivolse un sorriso breve che svanì quasi immediatamente. Aveva un'aria stanca e molto triste. Dietro di lui, Penny intravide Daisy che leggeva sul divano e cercava di fare del suo meglio per ignorare entrambi.

«Henry, ho bisogno del tuo aiuto. La neve ha creato un sacco di problemi all'organizzazione del ballo. Nessuno riesce a raggiungere la città per consegnare i tavoli, le sedie e il cibo che abbiamo ordinato. Sto cercando di risolvere la situazione ma ho bisogno di scendere in centro.»

«Vuoi che ti porti io?»

«Sì, per favore.» Lanciò un'occhiata a Daisy. «So che non è un buon momento, ma la mia macchina non ce la farebbe mai.»

Henry prese subito scarpe e cappotto, senza fare ulteriori domande, e con grande sorpresa di Penny anche Daisy si preparò a uscire. Henry guardò Penny e scosse lievemente le spalle.

Tutti e tre lavorarono per dissotterrare le ruote dalla neve e saltarono in macchina. Aveva finalmente finito di nevicare e il sole stava cominciando a fare capolino nel cielo grigio.

Henry diresse la macchina giù per la discesa con estrema cautela. L'auto procedeva con una certa difficoltà ma sembrava non avere troppi problemi. Finalmente raggiunsero lo svincolo che li avrebbe portati in città. Era comunque ricoperto di neve ma, grazie alla sabbia che avevano sparso la sera prima, non era nelle condizioni disperate del viale che avevano appena percorso.

Viaggiarono attraverso la città in completo silenzio e Penny non aveva idea di cosa dire per migliorare quella situazione. Il fatto che Daisy fosse venuta con loro per dare una mano a organizzare la sala per il ballo doveva significare pure qualcosa, ma non sapeva ancora se la storia tra lei ed Henry aveva fatto un passo avanti oppure indietro.

Svoltarono in una stradina laterale e Penny intravide un primo scorcio della città. I tetti delle case luccicavano sotto uno strato spesso di lana bianca e brillante, illuminata dalla luce del sole di mezzogiorno. Sembrava la scena di un film. La città non le era mai sembrata più bella, così bianca e luminosa in contrasto con lo sfondo scuro del mare in lontananza.

«Guarda!» esclamò Penny rivolgendosi a Daisy, dimenticandosi del silenzio stampa.

Daisy si sporse verso il finestrino e per un momento, per un breve istante, un'espressione di meraviglia per il paesaggio si dipinse sul suo viso. Un secondo più tardi era già rasprofondata nel suo terribile malumore e si lasciò di nuovo cadere contro lo schienale del sedile.

Penny rimase a guardare la città per qualche attimo ancora, poi si voltò per parlare con lei: «Sono davvero dispiaciuta per quello che è successo. Non volevamo ferirti. Tra me e tuo padre è successo tutto così in fretta e nessuno dei due se lo aspettava. Volevamo soltanto che ti ambientassi, che conoscessi nuovi amici e ti trovassi a tuo agio qui prima di annunciare che ci stavamo frequentando. Mi dispiace davvero tanto, Daisy».

La ragazza si voltò verso il finestrino e non diede segno di aver ascoltato il discorso di Penny. Lei lanciò un'occhiata a Henry, che rispose con uno sguardo di avvertimento: diceva chiaramente di lasciar perdere e di non tirare troppo la corda.

Penny sprofondò a sua volta nel sedile e sospirò. «Prima dobbiamo fermarci al The Pilchard. Dobbiamo prendere delle stufe da portare al ballo, così potremo cominciare a riscaldare la sala.»

Henry annuì.

Mentre si avvicinavano al centro della città, notarono che le strade erano molto più pulite. Decine di persone ai lati della carreggiata stavano lavorando all'unisono per spalare via la neve e Penny sorrise vedendoli ridere e scherzare tra di loro. Quella nevicata non era un problema per i cittadini di White Cliff Bay, piuttosto un invito all'avventura.

Accostarono fuori dal The Pilchard e, con l'aiuto di Daisy e di alcuni passanti volenterosi, riuscirono a caricare ben quattro stufe nel bagagliaio della Range Rover.

Guidarono fino all'edificio adibito a ospitare il ballo, che si trovava in un campo al centro di un promontorio che si affacciava sulla spiaggia di Silver Cove. In quella zona le strade non erano ancora state ripulite dalla neve ma, grazie al contributo del sole che cominciava a sciogliere il ghiaccio e alla potenza dell'auto di Henry, riuscirono a raggiungere l'ingresso.

Scaricarono le stufe e Henry le accese. Per fortuna il generatore di corrente e i cavi erano stati consegnati giorni addietro, insieme al padiglione stesso, mentre i bagni chimici erano stati installati il giorno prima. Era pur sempre qualcosa.

«Vado a spalare la neve» annunciò Daisy, scomparendo prima che Henry potesse ribattere.

«Io vado a cercare qualche altra stufa. Prima riscaldiamo questo posto, meglio è.»

Penny annuì e lo guardò uscire dal padiglione. Non l'aveva baciata. Non le aveva dato neanche un segnale che le cose tra loro si sarebbero risolte.

Arrivò un furgone e vennero scaricati parecchi tavoli; Penny dovette distogliere l'attenzione dalla sua relazione sentimentale che cadeva a pezzi per concentrarsi sulla disposizione dei tavoli nel padiglione.

Senza nessun cenno di speranza da parte di Henry, con l'umore di Daisy che non sembrava in procinto di rischiararsi e il ballo tutt'altro che pronto, quella sarebbe stata davvero una lunga giornata.

Capitolo 25

Penny uscì dalla vasca da bagno e si asciugò. Non aveva idea di cosa indossare al ballo quella sera. Immaginò che avrebbe finito per mettere il solito vestitino nero degli anni scorsi. Non le sembrava il caso di presentarsi al ballo con l'abito verde che aveva messo al suo primo appuntamento con Henry, dato che non sarebbero andati come coppia.

Per lo meno il ballo non era stato annullato, grazie agli abitanti della città che si erano offerti di aiutare e avevano portato roba da mangiare, spalato la neve dalle strade o dato una mano a lei e Maggie a sistemare tavoli, sedie e decorazioni. Il senso di comunità dei suoi cittadini e la prospettiva di riuscire comunque a donare una bella somma in beneficenza la rallegravano, ma non riusciva ancora a sentirsi meno triste per la situazione che si era creata tra lei ed Henry.

Lo aveva a malapena intravisto durante la giornata. Era ritornato con altre stufe ma era scomparso subito dopo senza dire una parola. Le aveva scritto un messaggio per avvertirla che aveva dovuto scarrozzare della gente avanti e indietro per la città e, sebbene molte persone fossero andate e venute più volte cariche di cibo e torte, non l'aveva più visto. Non sapeva nemmeno se fosse rientrato a casa o se fosse rimasto da qualche parte ad aiutare.

Alla fine lei aveva chiesto un passaggio a uno dei contadini del posto ed era tornata a casa da sola. Non era sicura che sarebbero riusciti a mettersi alle spalle quella storia. Si amavano, sì, ma la sua paura di turbare Daisy sembrava superare qualsiasi altro sentimento. Anche lei voleva che Daisy fosse contenta per loro, ma stava cominciando a innervosirsi perché Henry lasciava che una ragazzina di sedici anni, o meglio, che la paura di ferire i suoi sentimenti decidesse delle sue relazioni. E nonostante capisse perfettamente il timore che si celava dietro quella reticenza, una parte di Penny non poteva fare a meno di sperare che Henry lottasse per lei e la mettesse sullo stesso piano di sua figlia, non dieci gradini più in basso.

Uscì dal bagno, entrò nella sua stanza e si fermò sul posto. Steso sul letto giaceva quel meraviglioso vestito argentato che aveva provato qualche giorno prima nel negozio insieme a Daisy. Posato in cima all'abito c'era un cuoricino di carta che diceva: «Indossa questo e raggiungimi di sotto. Tuo, Henry».

Si ritrovò a sorridere esageratamente. Sarebbe davvero andata al ballo con il suo principe? Aveva quindi parlato con Daisy e aggiustato le cose?

Fu tentata di correre di sotto per chiederglielo, ma decise di finire di prepararsi. Si vestì in tutta fretta, si truccò e si sistemò i capelli.

Aprì la porta della camera da letto e rimase colpita dal sentiero di petali di rosa che partiva dall'uscio e proseguiva giù per le scale, invitandola a seguirlo. Come se non sapesse perfettamente dove voleva andare!

Cominciò a scendere e notò centinaia di candele sparse per il salotto che rischiaravano il buio della stanza; in piedi, al centro di quella scena così romantica, c'era Henry con indosso uno smoking. Si fermò a metà della scalinata per ammirarlo. Se esisteva in tutto il mondo un'immagine più bella di Henry in uno smoking, lei non l'aveva mai vista.

«Sei bellissima» sussurrò lui, avvicinandosi alle scale e tendendole la mano.

Penny la prese. Il cuore le tamburellava forte nel petto mentre si lasciava condurre al centro del salotto.

Henry la baciò teneramente su una guancia e poi si inginocchiò. Penny sentì il cuore saltare un battito.

«Henry, no, non puoi farlo.»

«Tranquilla, non è quello che pensi.»

Lei rise sollevata.

«Ci ho pensato molto negli ultimi giorni. Prima che ti urlassi contro e ti facessi piangere, prima di farmi odiare da mia figlia per averle mentito, ho pensato di doverti dire quello che provo. Non volevo dirlo in maniera casuale, come quando chiedi a una persona qual è il suo colore preferito, e non voglio nemmeno urlarlo per la disperazione nel caso dovesse ricapitarmi di riscaldarti per salvarti da un assideramento. Volevo qualcosa di più grande perché quello che provo per te va oltre qualsiasi cosa io abbia mai sentito in passato.»

Estrasse una scatolina nera da una tasca e Penny, sebbene sapesse che non si trattava di una proposta di matrimonio, non poté evitare di avere un sussulto.

La aprì e gliela porse. Sul velluto nero all'interno della scatola giacevano due cuori intrecciati, uno di legno e uno di cristallo. C'era un fiocco rosso arrotolato in cima al ciondolo, ma furono le parole incise nel cuoricino di legno ad attirare maggiormente l'attenzione di Penny: «Ti amo». Fece scorrere dolcemente le dita lungo il profilo intersecato dei due cuori e notò come le venature del legno e lo smalto lucido di cui era rivestito il ciondolo riflettevano in maniera spettacolare la luce delle candele.

«E questo cuore...» Henry indicò il cristallo. «Puoi fingere che sia fatto di ghiaccio, un tipo speciale che non si scioglie mai.»

Penny sorrise. Quei due cuori di legno e ghiaccio rappresentavano i loro mondi, finalmente intrecciati.

«E poi pensavo che dovessi aggiungere una decorazione tutta tua al nostro albero.»

«Non posso credere che tu abbia fatto tutto questo solo per dirmi che mi ami.»

«Ti amo davvero, Penny, e fin dal primo momento in cui ti ho vista. Non ho mai conosciuto una persona dolce, pura e gentile quanto te. Tu mi fai ridere, tanto, e potrei restare ad ascoltarti per ore senza mai annoiarmi. Hai ragione, tu meriti il meglio e io ti prometto che farò di tutto per fartelo avere.»

Penny si inginocchiò per essere alla sua stessa altezza. «Ti amo anch'io. Mi hai stravolto la vita in pochissimo tempo. Mi sono sempre ripetuta che non mi servivano un uomo o una famiglia per essere felice... ed è così, non ne ho bisogno. La verità è che li voglio. La mia idea di famiglia includeva un matrimonio e dei bambini, ma adesso è cambiata. Voglio fare parte della tua famiglia e più di ogni altra cosa voglio stare con te. Tu mi rendi felice, più felice di quanto io sia mai stata, e voglio farti felice anch'io.»

Henry la baciò e poi si tirò leggermente indietro. «Non sto escludendo a priori degli altri bambini. Ho già vissuto le notti insonni e gli orribili cambi di pannolini, ma con te lo rifarei volentieri.»

«Sul serio?»

Lui sorrise e annuì. «Solo, non adesso, va bene? Aspettiamo qualche mese prima di cominciare a pensarci.»

«Va bene.»

«Ora che ne dici di appendere la tua decorazione all'albero e andare al ballo?»

«E Daisy?»

Il volto di Henry si incupì. «Continua a non volermi parlare. Ho provato di tutto, ma rifiuta ogni tipo di ragionamento. Sono distrutto. Adesso è da Anna e penso che verrà al ballo con lei. Oggi comunque non abbiamo avuto modo di stare insieme, ma cercherò di risolvere con lei stasera. Non ho intenzione di trascorrere la giornata di Natale senza parlarle. Tra poco mi vedrà al ballo con te, quindi dovrà capire che faccio sul serio e che ti amo davvero.»

Penny sorrise. «Va bene.»

Si rimise in piedi e gli tese la mano. Lui la afferrò e si alzò.

«La prossima volta che mi inginocchierò davanti a te, sarà per quello che immagini.»

Il sorriso di Penny si allargò. Era sicura che nulla avrebbe potuto toglierle quell'espressione.

Stringendole la mano, Henry la portò fino all'albero di Natale.

«Dove vuoi appenderla?»

Penny ci rifletté per un momento. «Che ne dici se la mettiamo tra il Babbo Natale che mostra il sedere e quella specie di angelo che Daisy ha creato con una boccetta di detersivo?»

«In realtà credo sia un pipistrello di Halloween, ma mi sembra un'ottima scelta.»

Henry estrasse la decorazione dalla scatolina e gliela passò. Penny la appese a un ramo dell'albero e la ammirò scintillare alla luce dei led.

«Perfetta.»

Henry la aiutò a indossare il cappotto e si diressero insieme verso l'uscita.

«Aspetta! Dobbiamo prima consegnare una scultura di ghiaccio.»

«Stasera? Adesso? Ma non sono tutti al ballo?»

«È una sorpresa per una proposta di matrimonio. Penso che verranno al ballo prima o dopo il grande momento, dato che comunque devo portarla lì vicino. Non posso rovinare il piano del futuro sposo. Possiamo incartarla e caricarla nella tua auto. Basterà non alzare troppo il riscaldamento.»

Henry la aiutò a incartare l'anello e a caricarlo in macchina, poi mise in moto e guidò verso la città. Alla luce argentea della luna, la cittadina di White Cliff Bay brillava luccicante sotto la coperta di neve bianca che non accennava a sciogliersi. Era magica ed eterea nella sua bellezza.

Le strade erano completamente deserte, segno che tutti i cittadini fossero già al ballo. Sistemarono la scultura di ghiaccio sul retro del padiglione, alla fine del sentiero stretto e tortuoso che risaliva dalla spiaggia di Silver Cove, e poi tornarono al parcheggio strapieno. Henry riuscì a trovare un posto per l'auto e accompagnò Penny all'interno del padiglione.

All'entrata spiccavano due sculture ghiacciate, le uniche sopravvissute all'interruzione di corrente o che erano riuscite ad affrontare le strade innevate. Octavia aveva intagliato un meraviglioso Babbo Natale a grandezza naturale, seduto su una sedia a controllare la lista dei buoni e dei cattivi. Era stupendo. L'altra scultura era stata realizzata da Melody e ritraeva una bellissima renna. Non si trattava di una gara emozionante come quelle degli anni precedenti, ma almeno questa volta Octavia avrebbe vinto di diritto e Melody si sarebbe piazzata al secondo posto, ricevendo una menzione d'onore come nuova iscritta alla Federazione degli intagliatori di ghiaccio, indipendentemente dal fatto che avrebbe vinto per assenza di concorrenti.

Avanzarono nel padiglione. Era pieno zeppo di persone che chiacchieravano al bar improvvisato, seduti a quel miscuglio di tavoli diversi tra loro e ricoperti di tovaglie colorate, tra decorazioni che stonavano le une con le altre. Qualcuno ballava dolcemente sulle note di *Have Yourself A Merry Little Christmas* di Frank Sinatra. Penny notò che ogni singolo partecipante si stava godendo la serata. A nessuno importava che il buffet consistesse solo in una scarsa varietà di tramezzini, che la musica provenisse da un iPod piuttosto che dalla console di un vero dj o che i tavoli e le sedie non fossero coordinati tra loro. Il ballo aveva avuto successo soltanto perché ognuno dei presenti aveva dato una mano a organizzarlo. Intravide Jill, meravigliosa nel suo abito lungo blu, pieno di lustrini, che volteggiava sulla pista da ballo insieme a suo marito Thomas. Maggie stava ballando con uno dei suoi figli ed Edward li salutò con un gesto della mano mentre danzava con sua moglie. Amava la sua città e quelle persone così pazze, ficcanaso e premurose, e adesso aveva un ulteriore motivo per farlo.

Strinse la mano di Henry e lui le sorrise. Avrebbe voluto trovare Daisy e abbracciarla, ma dubitava che sarebbe riuscita a farlo di lì a breve.

«Riesci a vedere Daisy?» le chiese Henry.

«Sì, è vicino al buffet insieme a Josh. Ci ha già notati ma sta fingendo il contrario.»

Penny notò il cipiglio sul suo viso alla vista del braccio di Josh intorno alle spalle di Daisy.

«Non fare quella faccia. È un bravo ragazzo e sono sicura che non vuoi peggiorare le cose tra te e lei rimettendoti a fare il genitore super protettivo.»

«Devo comunque parlarle, ma… ti va di ballare prima?» le domandò Henry e lei annuì.

La guidò al centro della pista da ballo e le strinse la vita tra le braccia. Penny posò la testa sul suo petto e insieme, davanti a tutta la città, cominciarono a danzare lentamente.

Penny alzò la testa e lui le sorrise. Si sporse in avanti per baciarla quando all'improvviso un grosso gambero ricoperto di maionese si schiantò contro la fronte di Henry. Si guardò attorno confuso mentre il gambero gli scivolava lungo la guancia e Penny riuscì ad afferrarlo prima che colpisse i loro abiti eleganti.

Finalmente individuarono Daisy, ferma al centro della pista con le mani sui fianchi.

«Non mentirmi mai più» chiosò, lottando contro un sorriso che stava per scaturirle dalle labbra.

Henry scoppiò a ridere e attirò a sé la figlia con un braccio, senza smettere di stringere Penny con l'altra, unendo tutti e tre in un abbraccio di gruppo. Anche Penny abbracciò Daisy.

Henry baciò la figlia sulla fronte. «Sei la cosa più bella che mi sia mai capitata nella vita e non mi sono mai pentito di averti avuta, neanche per un secondo. Non farei mai nulla per ferirti di proposito. Ti voglio un bene dell'anima e il fatto che io sia innamorato di Penny non significa che tengo meno a te.»

«Lo so, papà.»

«E anch'io ti voglio bene» disse Penny. «Se sei d'accordo...»

Daisy annuì e li strinse forte.

Penny posò di nuovo la testa sul petto di Henry e si fermò ad ammirare le luci che scintillavano oltre la testa di Daisy. Era veramente un Natale perfetto.

Epilogo

Il giorno di Natale

Penny era sdraiata sul divano a guardare le fiamme che danzavano nel camino. Aveva mangiato troppo tacchino, cioccolato e dolci natalizi, non tutti nello stesso momento ma quasi. Si sentiva terribilmente piena e gonfia. Daisy era seduta accanto a lei con la testa poggiata sullo stomaco di Penny, il che non migliorava affatto la sua sensazione di pienezza, ma non le importava. Non si era mai sentita tanto felice in vita sua. Passò le dita tra i capelli di Daisy, accarezzandole dolcemente la testa. Anna, Steve, Bea e Oliver sarebbero passati a salutare più tardi, ma in quel momento erano soltanto loro tre e Penny adorava il pensiero di poter trascorrere la giornata di Natale con la sua nuova, meravigliosa famiglia.

«Sta nevicando copiosamente» disse Henry guardando fuori dalla finestra, Bernard sdraiato a pancia in su sulle sue cosce.

Penny si voltò verso la finestra e ammirò i grossi fiocchi di neve che volteggiavano nel cielo scuro.

«Smettila di preoccuparti.»

«Non sono preoccupato» ribatté Henry, non riuscendo però a nascondere una nota di tensione nella voce.

Daisy ridacchiò e le vibrazioni di quella risata scossero anche la pancia di Penny.

«Sei la persona più ansiosa del mondo e ti voglio molto bene per questo, ma sono davvero contenta che parte della tua iperprotettività sia ora rivolta verso Penny. Finalmente posso respirare un po'.»

«Mi preoccupo ancora per te. Il fatto che io mi preoccupi anche per Penny non significa che sia meno ansioso per quanto riguarda te e non pensare che questo...» indicò Penny «mi faccia sentire meno agitato per quel Josh. Niente... bravate, almeno fino a trent'anni.»

Penny rise. «Daisy è molto più assennata di te.»

«Infatti di lei mi fido, è di Josh che dubito. Mi ricordo ancora che cosa significa essere un maschio adolescente. Praticamente pensano soltanto al sesso.»

Penny si morse la lingua per evitare di rispondere che, nel caso di Henry, la situazione non era cambiata. Non era più un adolescente da tempo, ma aveva ancora un appetito sessuale di tutto rispetto. Henry arrossì, leggendole nel pensiero.

«Papà, Josh è ancora terrorizzato da te da quella volta che l'hai scaraventato a terra. Penso che avrebbe paura ad avvicinarsi a me persino alla nostra prima notte di nozze. Non credo proprio che tu abbia qualcosa di cui preoccuparti, al momento.»

Henry sembrò rilassarsi leggermente e tornò a guardare fuori dalla finestra, riesumando il suo cipiglio nervoso.

Bernard si svegliò, si stiracchiò pigramente e tirò un calcio sul volto di Henry senza però riuscire a distoglierlo dalla nevicata, poi scivolò giù dalle sue gambe e si accoccolò davanti al camino.

Penny si mise a sedere con qualche difficoltà, stampò un bacio sulla fronte di Daisy e si avvicinò a Henry, che la seguì con gli occhi in ogni suo movimento. Se la tirò a sedere sulle gambe e lei gli baciò la fronte aggrottata.

«Di che cosa hai paura?»

Henry le accarezzò la pancia. «Tutto. La neve sta cadendo così in fretta e potremmo non riuscire a scendere in città se ne abbiamo bisogno. Le strade saranno terribilmente scivolose e non so se qui abbiamo tutto il necessario, nel caso in cui ci ritrovassimo bloccati in casa…»

Penny lo baciò ancora, sulle labbra. «Andrà tutto bene. C'è qualche altra cosa che ti preoccupa, è tutto il giorno che sei agitato.»

Il timer del forno trillò, avvisandoli che i tortini natalizi che Henry aveva cucinato quella mattina erano pronti per essere mangiati. Lui lanciò uno sguardo ansioso verso la cucina e poi si voltò di nuovo verso Penny.

«Ho paura che non ti piaceranno i miei dolci.»

Penny rise. Lui la fece alzare, la baciò sulla fronte e corse in cucina.

Daisy gemette. «I tortini di papà sono i peggiori del mondo. Non riesco a capire come sia possibile sbagliare così drasticamente a preparare un dolce fatto di carne macinata presa da un barattolo e pasta sfoglia già pronta, ma lui ci riesce tutte le volte.»

«Questi sono diversi» avvertì Henry dalla cucina, mettendo su un piatto alcuni tortini appena sfornati.

«Io penso che mangerò il mio più tardi» disse Penny, anche se l'odorino delizioso che si sentiva era davvero invitante.

«No, devi almeno assaggiarlo. Devo sapere se sono sulla strada giusta.»

Tornò nel salotto con due piatti. Ne porse uno a Daisy e poi si inginocchiò in maniera teatrale di fronte a Penny offrendole l'altro piatto. Nonostante l'enorme quantità di cibo che aveva ingollato neanche un'ora prima, Penny si sporse volentieri per afferrare il suo dolcetto. Aveva un profumino fantastico.

Proprio mentre stava per prenderlo, si accorse di una cosina luccicante incastonata in cima al dolcetto. Realizzò immediatamente che si trattava di un anello di diamanti e i suoi occhi corsero a cercare quelli di Henry.

«Penny Meadows, poco più di un anno fa mi sono innamorato di te davanti a un piatto dei tuoi deliziosi tortini natalizi e mi stavo chiedendo se oggi, davanti a un piatto dei miei probabilmente immangiabili tortini, mi faresti l'onore di diventare mia moglie.»

Penny fissò l'anello e sentì il cuore martellare nel petto. Non era poi una proposta così inaspettata: sapeva che avevano in programma di sposarsi quasi fin dalla prima volta che si erano baciati, ma non si era aspettata di riceverla proprio quel giorno e soprattutto non davanti a un pasticcio di carne e pasta sfoglia.

«Santo cielo, papà, ci hai messo una vita a chiederglielo. Pensavo che avresti aspettato finché non avesse partorito un'intera squadra di calcio!»

«Be', non volevo affrettare le cose» replicò lui senza distogliere lo sguardo da quello di Penny. Stiracchiò le labbra in un sorriso malizioso. «Dovevo assicurarmi che fosse quella giusta.»

Lei sorrise.

«Ti amo, Penny Meadows, e ti ho sempre amato. Mi vuoi sposare?»

Penny estrasse l'anello dal dolce e leccò via l'impasto appiccicato. Aveva un sapore disgustoso, come di melassa bruciata. Si fece scivolare l'anello intorno all'anulare.

«Ti amo con tutta me stessa. Certo che ti voglio sposare.»

Si sporse in avanti per baciarlo e lui la abbracciò tenendola stretta a sé. Penny sentì un calcetto spingere contro il suo pancione e ridacchiò.

«Credo che anche tuo figlio ne sia molto contento.»

Henry rise e si avvicinò per baciarle la pancia. «Ha detto di sì» sussurrò.

«Probabilmente anche lui si sta chiedendo perché tu ci abbia messo così tanto» disse Daisy. Stava sorridendo apertamente e prese un grosso morso del suo dolce. La felicità scivolò via dal suo viso non appena cominciò a masticare. «Papà, è disgustoso.» Quindi si alzò per abbracciarli. «Congratulazioni. Sono davvero felice per voi.»

Henry si sedette sulla poltrona e tirò Penny sulle sue gambe, accarezzandole il pancione e ammirando l'anello che portava al dito.

Daisy si appollaiò sul bracciolo della poltrona e le sfiorò la pancia affettuosamente. Penny ammirò la sua meravigliosa famiglia mentre giocherellava con il ciondolo di legno a forma di stella che Henry aveva intagliato per lei.

Si ricordò del desiderio che aveva espresso davanti a una stella cadente un anno prima e sorrise. Tutto ciò che aveva sempre desiderato si era finalmente avverato.

Fine

HOLLY MARTIN
L'AMORE DI UN'ESTATE

In libreria

www.leoneeditore.it

Holly Martin
Un Amore da Favola
ROMANZO
LEONE EDITORE

BOB BATCHELOR
STAN LEE
IL PADRE DELL'UNIVERSO MARVEL
LEONE EDITORE

Finito di stampare
nel mese di novembre 2018
per conto di Leone Editore
dalla Grafica Veneta - Trebaseleghe (PD)
Printed in Italy